James Hazel

DIE SCHLANGE

Das Böse hat überlebt

JAMES HAZEL

DIE SCHLANGE

Das Böse hat überlebt

THRILLER

Aus dem Englischen
von Kristof Kurz

blanvalet

Die Originalausgabe erschien 2017 unter dem Titel
»False Prophet (Charlie Priest 3)« bei Bonnier Zaffre, London.

FSC www.fsc.org MIX Papier aus verantwortungsvollen Quellen FSC® C083411

Klimaneutral* Druckprodukt ClimatePartner.com/14044-1912-1001

Penguin Random House Verlagsgruppe FSC® N001967

1. Auflage 2021

Redaktion: Catherine Beck
Umschlaggestaltung und -motiv: www.buerosued.de
JB · Herstellung: sam
Satz: KompetenzCenter, Mönchengladbach
Druck und Einband: CPI books GmbH, Leck
Printed in Germany
ISBN: 978-3-7341-0975-1

www.blanvalet.de

Für Oliver

Verfolge deine Träume –
bis zum Ende der Welt, wenn es sein muss

»Es gibt keine Sünde,
und mag sie auch noch so groß sein,
die Gott nicht vergibt.«

Letzte Worte des Massenmörders Gilles de Rais
vor seiner Hinrichtung im Jahre 1440

Prolog

Die Schlange und der Junge

Es war einmal ein Engel namens Samyaza. Er war der Anführer einer Gruppe von Engeln, die als Wächter bekannt waren und vom Himmel herabstiegen, um sich unter die Menschen zu mischen.

Es heißt, dass Samyaza am Anfang die Gestalt einer Schlange annahm: einer Viper, angeblich das listigste unter Gottes Geschöpfen. In dieser Gestalt verführte Samyaza Eva im Garten Eden dazu, von der verbotenen Frucht zu essen, indem er sie glauben machte, dadurch ebenfalls göttliche Macht zu erhalten.

Prometheus stahl das Feuer und gab es den Menschen, worüber Zeus in große Wut geriet, wusste er doch, dass die Menschen keine Götter mehr brauchten, wenn sie erst Feuer besaßen. Und der Gott der Christen war ebenso wütend über Samyazas List. Adam und Eva wurden aus dem Paradies vertrieben, doch die eigentliche Strafe der Menschheit bestand darin, zukünftig mit der Bürde des Wissens um Gut und Böse leben zu müssen.

Samyaza sah von oben herab zu, wie Gott die Menschen bestrafte. In den himmlischen Gefilden waren sie nicht mehr willkommen. Ärger, Wut und Begierde stiegen in ihm auf – und noch etwas anderes: der Hass auf Gott und das brennende Verlangen nach Rache.

Eines Tages spürte Samyaza eine kalte Hand auf seiner Schulter. In seiner Wut wollte er die Hand abschütteln, sie zerschmettern und zerreißen. Doch als er sich umdrehte, blickte er in die kühlen, unnachgiebigen Augen der einzigen Kreatur, die noch Macht über ihn hatte: Satan. Und Satan flüsterte einen teuflischen Plan in das Ohr des von Mordlust erfüllten Samyaza.

Ein paar Stunden später unterbreitete Samyaza – in Einklang mit Satans Plänen – seinen Anhängern, den einhundertneunundneunzig anderen Wächtern, den Vorschlag, sich häuslich auf der Erde niederzulassen und sich Frauen unter den dort lebenden Menschen zu nehmen. Es war ein gefährliches Unterfangen, das den Zorn Gottes auf sich ziehen würde. Samyaza erklärte sich bereit, alle Schuld auf sich zu nehmen, falls sie entdeckt würden. Die einhundertneunundneunzig jedoch kamen überein, niemals zuzulassen, dass sich ihr Anführer für sie opferte.

Und so wurde ein Bund geschlossen. Jeder Wächter verpflichtete sich und seine Nachkommen auf Samyaza. Gemeinsam stiegen sie zur Erde herab. Einige nannten sie gefallene Engel, andere Dämonen. Jeder nahm sich eine Menschenfrau zum Weib, und sie vermehrten sich. Ihre Nachkommen – Mischwesen aus Dämon und Mensch – wurden als Riesen bezeichnet.

Die Riesen waren eine Blasphemie; die bösartigsten Kreaturen, die je auf Erden gewandelt waren, Ergebnis einer in jeder Hinsicht verbotenen Verbindung. Gottes Schöpfung war besudelt, verdorben, zerstört. Als die

Riesen in der Überzahl waren, wandten sie sich gegen ihre reinblütigen Vettern und zeigten ihr wahres Gesicht, indem sie sie einfach verschlangen.

Hämisch beobachtete Satan von seinem dämonischen Schloss in den Wolken aus das chaotische Treiben. Jeder Mensch, der starb, festigte seine Herrschaft. Er kannte die Prophezeiung aus der Bibel: Nur ein Mensch konnte ihn stürzen, und wenn keine Menschen mehr übrig waren ...

Gott übte Vergeltung und schickte eine Flut, die die Erde bedeckte und alle Lebewesen und auch das blasphemische Dämonengezücht ertränkte. Damit die Menschheit nicht ausstarb, rettete er den frommen Noah und seine Familie, die Reinsten der Reinen, deren Blut noch nicht von den Dämonen befleckt war. Die letzte Hoffnung der Erde.

Doch Satan gab sich nicht geschlagen.

Janus war der Sohn eines Bauern aus Mesopotamien, dem heutigen Irak. Er pflügte die Ölsaatfelder und hütete das Vieh, das auf dem trockenen Boden weidete, arbeitete ehrlich und schwer und wäre wohl längst in Vergessenheit geraten.

Doch das Schicksal wollte es anders. Sein Vater schickte Janus auf die Suche nach einem verlorenen Schaf. Janus irrte zwei Tage lang durch die unbarmherzige Wüste, bis er zu hungrig und zu durstig war, um die Suche fortzusetzen. Da stolperte er und fiel hin, und ein heftiger Schmerz fuhr ihm ins Bein. Er blickte auf: Eine Schlange, mit Schuppen so blutrot wie ein arabischer Sonnenuntergang, hatte ihn gebissen. Es war dieselbe Schlange, die sich so anmutig um den Baum der Erkenntnis gewunden und Eva zur Sünde verführt hatte. Es war der hinterlistige Samyaza, der Widersacher Gottes.

Der verängstigte Janus wollte mit seinem Hirtenstab danach schlagen, als die Schlange – genau wie damals im Garten Eden – die Stimme erhob und ihn vor der bevorstehenden Flut warnte. Für seine Eltern gebe es keine Hoffnung, sagte die Schlange, doch Janus selbst überlebte womöglich, wenn er sich als blinder Passagier in die Arche einschmuggele, die Noah baute und die noch kaum mehr war als ein riesiges Holzskelett, das aus der Wüste aufragte.

Dann kroch die Schlange davon, und auf dem Grund, auf dem sie glitt, wuchsen Feldfrüchte und floss Wasser. Janus, der einem geschenkten Gaul nicht ins Maul schauen wollte, machte sich auf die Suche nach der Arche. Sobald er sie fand, gab er sich als Arbeiter aus. Doch während jene Männer, die nichts von ihrem eigenen Untergang ahnten, Noahs Anweisungen befolgten, baute sich Janus einen kleinen Geheimraum unter Deck, in dem er sich versteckte, bis die Arche fertig war.

Dort blieb er auch, als der Regen einsetzte und der Wind die Arche vierzig Tage und Nächte über die Wellen trieb, bis schließlich auch die höchsten Berge im schwarzen Wasser versanken und alles Leben auf der Erde vernichtet wurde – bis auf Noah, seine Familie, die Tiere auf der Arche und den blinden Passagier.

Als sich die Wolken teilten und der Regen nachließ, nutzte Janus die Gelegenheit und stahl sich davon – und mit ihm das dämonische Erbe in seinem Blut.

Satan hoch über ihm lächelte. Sein Plan war aufgegangen. Nun würde es nicht mehr lange dauern, bis Janus seine dämonische Saat in die Welt trug und das nächste Zeitalter der Dämonen anbrach.

1

Montag

Emma erwachte in den frühen Morgenstunden mit einem pochenden Schädel und Schmerzen in der linken Körperhälfte, die beim Einschlafen noch nicht da gewesen waren. Anscheinend hatte sie die Jalousie des Dachfensters nicht heruntergelassen, da Mondlicht den Raum erfüllte. Einen Moment lang lag sie mit offenen Augen still da. Es war unerträglich heiß; die Klimaanlage gab keinen Laut von sich, obwohl sie sich sicher war, dass sie sie gestern noch auf Automatikbetrieb gestellt hatte. Womöglich war sie ja von der Hitze aufgewacht.

Ihr ungeliebter Morgenmantel hing über einem Stuhl in der Ecke. Auf dem blassblauen Stoff schlängelten sich zwei hässliche Rosen aneinander hoch, die wenig elegant in Blüten direkt unter ihren Brüsten endeten. Harry hatte ihn ihr letztes Jahr geschenkt. Sie war jetzt seit zwei Jahren mit Harry zusammen, was einen neuen Rekord darstellte, doch mit dreiunddreißig war sie zu alt, um »mit jemandem zu gehen« … als ihren Lebenspartner wollte sie ihn aber auch nicht bezeichnen. Sie hatte große Angst, dass er ihr bald einen Antrag machen könnte. Gott sei Dank war er aus beruflichen Gründen viel auf Reisen.

Emma schloss die Augen. Die Schmerzen in ihrer Seite ließen allmählich nach – anscheinend hatte sie sich nur verlegen. Sie hätte gern die Klimaanlage eingeschaltet, doch wenn sie erst mal aufstand, würde sie bestimmt nicht mehr einschlafen können. Sie drehte sich um. Der Vollmond schien durch das Oberlicht. Sie nahm sich vor, gleich am nächsten Morgen mit Harry per SMS Schluss zu machen und den beschissenen Morgenmantel zu verbrennen.

Da hörte sie ein Geräusch. Sie riss die Augen auf. Von unten war definitiv ein Poltern gekommen. Einen Moment lang hielt sie den Atem an. Hatte sie es sich etwa nur eingebildet?

Da hörte sie es wieder. Wie ein schwerer Gegenstand, der aus einem Regal und zu Boden fiel.

Emma lebte seit ihrem sechzehnten Lebensjahr allein und war daran gewöhnt. Harry blieb nie länger als ein paar Tage am Stück, bevor er sich wieder auf die nächste Tagung verdrückte. Aber machte ihr das etwas aus? Eher nicht. Sie lebte gern allein; so musste sie keine Kompromisse eingehen und sich nicht auf die Gewohnheiten und Rituale anderer Menschen einstellen. Geräusche mitten in der Nacht dagegen gefielen ihr gar nicht.

Bumm. Noch lauter diesmal.

Emmas Herz schlug schneller. Das Laken war klamm, die Hitze plötzlich unerträglich. *Was zum Teufel war das?* Ihre Wohnung bestand aus zwei Zimmern auf einem Zwischengeschoss sowie Küche, Bad und Arbeitszimmer in der Etage darunter. Das Geräusch war also zwangsläufig aus ihren vier Wänden gekommen.

Sie fluchte leise. Jetzt war sie hellwach. *Ob jemand …?* Nein, sie konnte diesen Gedanken unmöglich zu Ende denken. Das war lächerlich. Sie war wie immer allein. Niemand konnte den Wohnblock und schon gar nicht ihr Apartment ohne Schlüssel betreten. Sie schloss die Augen. Wenn das Geräusch noch einmal erklang, würde sie aufstehen und nachsehen; wenn nicht, war es wahrscheinlich nur der Boiler gewesen, der ab und zu seine Macken hatte.

Ein Augenblick verging, länger als vorher. Ihr schwirrte der Kopf.

Dann: *Bumm.*

Emma schlug das Laken zurück, sprang auf und stand einige Sekunden lang schwankend da. Ihr war schwindlig und übel, Unruhe machte sich in ihr breit. Sie zog den Morgenmantel fester um sich und versuchte, einen klaren Kopf zu bekommen. Was, wenn wirklich jemand in der Wohnung war? Was, wenn gerade mehrere Einbrecher dabei waren, ihre Elektrogeräte aus dem Haus zu tragen? Wäre es dann nicht besser, hier oben zu bleiben?

Sie verdrängte den Gedanken und warf einen Blick über das Glasgeländer. Das Wohnzimmer war von demselben gespenstischen Mondlicht erfüllt wie das Schlafzimmer, doch sonst schien es unverändert. Da war es wieder: *Bumm.*

Emma ging langsam die Treppe hinunter, die in einem Bogen am Rand des großen Zimmers entlangführte. Die Wand war mit Emmas preisgekrönten Arbeiten vollgehängt. Die Farb-, Sepia- und Schwarz-Weiß-Fotografien zeigten eine Elefantenherde, die vor dem Savannensonnenuntergang im knietiefen Wasser stand; höchstens zehnjährige Kinder, die sich um einen UN-Konvoi scharten und aufgeregt die Ankunft eines Panzers bejubelten; eine weinende Frau, die zu Füßen einer zusammenfallenden Ruine an ihrer blutgetränkten Kleidung zupfte. Emma hatte ein Talent dafür, die Seele eines leidenden Menschen mit der Linse ihrer Kamera zu erfassen. Beim Gedanken daran wuchs ihre Entschlossenheit: Sie hatte Krisengebiete überlebt, da würde sie sich in ihrer eigenen Wohnung keine Angst machen lassen.

Doch als das Geräusch ein weiteres Mal ertönte, zuckte sie dennoch unwillkürlich zusammen und rannte die Treppe hinunter.

Im Wohnzimmer war alles ruhig. Sie öffnete die Doppeltür zur Küche, die sich direkt unter dem Schlafzimmer befand, und tastete nach den Schaltern an der Wand. Sofort warfen die in die Decke montierten LED-Spots ihr sanftes blaues Licht in den Raum. An der gegenüberliegenden Wand stand ein schwarz glänzender, topmoderner Herd, davor befand sich eine ebenso glänzende weiße Kücheninsel. Bis auf das leise Summen des riesigen amerikanischen Kühlschranks war nichts zu hören. Die Anzeigen der vielen Apparate glühten wie grüne Katzenaugen. Alles war makellos sauber.

Sie ließ das Licht an und warf einen Blick ins Badezimmer. Dort war alles unverändert, genau wie im Arbeitszimmer. Schließlich sah sie sich noch im Wohnzimmer um. An der weiß getünchten Wand auf einer Seite, die sich über die beiden Stockwerke erstreckte, hingen abstrakte Gemälde. Der Raum selbst war spärlich mit einigen extravagant geformten Stühlen und einer zwischen zwei Metallhalterungen in der Ecke angebrachten Hängematte möbliert. Den Blickfang stellten allerdings die drei hohen, schwarzgerahmten Fenster zu Emmas Linken dar. Hier, im fünfundzwanzigsten Stock, wirkte es, als würde ihr London zu Füßen liegen, ausgebreitet wie eine Decke.

Alles war in bester Ordnung, alles war an seinem Platz, und außer ihr war niemand hier. Emma spürte, wie sich ihr Körper entspannte. Sie atmete ruhiger, und die Unruhe wich der Verärgerung darüber, wertvolle Stunden der Ruhe verloren zu haben.

Sie schaltete das Licht wieder aus, kehrte ins Schlafzimmer zurück, zog den Morgenmantel aus und warf ihn in die Ecke. Er hatte es noch nicht einmal verdient, über dem Stuhl zu hängen. Sie ließ sich wieder ins Bett fallen und zog die Decke über ihren nackten Körper.

Dann schloss sie die Augen.

Im Geiste formulierte sie schon die SMS, die sie Harry schreiben würde. Doch weit kam sie nicht.

Viel zu spät begriff sie, dass sie die Geräusche nach unten hatten locken sollen, damit derjenige, der in ihre Wohnung eingedrungen war, Zeit gehabt hatte, sich im Schlafzimmer zu verstecken.

Emma wollte schreien, aber schon legten sich zwei kräftige Hände auf ihren Mund. Ein Mann setzte sich mit seinem erdrückenden Gewicht auf ihre Brust und klemmte ihre Oberarme mit den Knien ein. Sie trat um sich und zappelte, doch er war viel zu stark.

Das Letzte, was sie sah, war der Mond hinter dem Oberlicht, dessen blasser Schimmer den wolkenlosen Himmel erfüllte. Dann wurde ihr ganz leicht zumute, als der Eindringling einen Hammer nahm und mit einem einzigen tödlichen Schlag einen zwanzig Zentimeter langen Nagel in ihren Schädel trieb.

2

Dienstag

An der Ecke Walnut Avenue stand ein heruntergekommenes, von einem schwarzen Geländer umgebenes gregorianisches Townhouse aus grauem Backstein mit Schiebefenstern, von denen der Lack abblätterte. Es verfügte insgesamt über fünf Stockwerke, wenn man das Souterrain und die Mansardenwohnung hinter den drei Erkerfenstern über dem vorspringenden Dach mitzählte.

Zwei Autos waren in einiger Entfernung auf der gegenüberliegenden Straßenseite geparkt. Vom ersten Wagen aus – einem blauen Mercedes – beobachteten zwei Personen das Haus. Sasha Merriweather, Partnerin der Anwaltskanzlei Merriweather, Stevens and Shuttler, saß hinter dem Steuer. Henrik Vose, der Bevollmächtigte ihrer Klientin, befand sich neben ihr auf dem Beifahrersitz. Nervös fummelte er an seiner Krawatte herum und sah immer wieder auf seine teure Uhr.

»Er ist spät dran«, sagte Henrik.

»Kein Grund zur Panik. Er kommt schon noch.«

Henrik zog den Rückspiegel zu sich und beobachtete den hinter ihnen geparkten Van, in dem drei Männer und eine Frau saßen. Henrik kannte ihre Namen, sonst wusste er praktisch nichts über sie. Sashas Kanzlei hatte sie für höchstwahrscheinlich astronomische Summen engagiert. Gottlob waren die Heckscheiben des Vans getönt; besagte Personen hätten durch ihr Aussehen sonst wohl leicht Verdacht erregt.

»Der Beschluss sollte um Punkt neun Uhr dreißig ausgeführt werden.« Henrik rutschte auf seinem Sitz herum. »Das war vor fünf Minuten.«

»Er kommt schon noch«, wiederholte Sasha.

Henrik konnte seine Frustration kaum verbergen. Mit Sashas schroffer Art konnte er inzwischen einigermaßen umgehen, doch die Unpünktlichkeit des ausführenden Anwalts brachte ihn allmählich zur Weißglut. Er seufzte tief und wünschte, er wäre wieder zu Hause. In Deutschland hätte es wohl niemand gewagt, sich derartig zu verspäten.

»Sind Sie sich sicher, dass diese Person keine wie auch immer geartete Verbindung zu Professor Owen hat?«, fragte Henrik.

»Er hat zu niemandem, der in diesen Fall verwickelt ist, eine Verbindung, Henrik. Und hören Sie mit der Zappelei auf. Mir ist schon ganz heiß.«

»Das liegt nicht an mir, sondern an der Sonne.«

Da hatte er recht. Seit Sasha den Motor ausgestellt hatte, war die Temperatur im Wagen ständig gestiegen. Obwohl es noch früh am Tag war, brannte die Sonne auf die Stadt herunter. Dem Nachrichtensprecher zufolge handelte es sich um die schlimmste Hitzewelle seit 2003. Henrik hatte das Jackett ausgezogen und die Krawatte gelockert, aber dieser Tage schleppte er viel zu viel überflüssiges Bauchfett mit sich herum. Schon hatten sich Schweißflecken in seinen Achselhöhlen gebildet.

»Ich brauche Luft«, murmelte er.

Sasha schaltete die Zündung ein, und Henrik ließ das Fenster herunter. So verschaffte ihm die – wenn auch ungewöhnlich heiße – Brise etwas Erleichterung.

»Ich rufe ihn an«, sagte Sasha und nahm das Handy aus einem Fach in der Mittelkonsole. »Ich habe seine Nummer gespeichert.«

Henrik sah sie an, während sie durch ihre Kontaktliste scrollte. »Er weiß doch, was er tut, nicht wahr?«

Sie hielt inne. »Er hat schon viele Durchsuchungsbeschlüsse überwacht«, sagte sie. »Er kennt sich aus.«

»Was fährt er für einen Wagen? Ein Auto verrät üblicherweise viel über seinen Besitzer.«

»Einen klapprigen alten Volvo.«

Henrik pfiff durch die Zähne. »Großartig! Wahrscheinlich ist er irgendwo liegen geblieben.«

Er rutschte wieder auf dem Sitz herum und wischte sich den Schweiß von der Stirn. Seine Hose war bereits völlig durchnässt. Ob er um eine Gehaltserhöhung bitten sollte? Immerhin hatten sie jetzt einen neuen Investor. Nein, das konnte er sich abschminken. Vor sechs Jahren hatte er in einer Regionalzeitung eine Stellenanzeige für einen Buchhalter und persönlichen Assistenten gesehen, seitdem arbeitete er für die öffentlichkeitsscheue Elisha Capindale. Davor war er beinahe zehn Jahre für die Deutsche Bank tätig gewesen und schließlich nach London versetzt worden, wo er zwar irgendwie die Finanzkrise von 2007 überlebt hatte, dann jedoch entlassen worden war, als die Bank im Zuge des Brexit ihre Geschäfte zurück nach Deutschland verlagert hatte. Enttäuscht war er in England geblieben und nach Ely gezogen, wo er nun in einem Nebengebäude von Elishas

Anwesen wohnte – die Dienstwohnung war der Hauptgrund gewesen, weshalb er den Job überhaupt angenommen hatte.

Henrik kicherte in sich hinein. *Anwesen.* Bruchbude traf es wohl eher. Ihm wäre es lieber gewesen, Elisha würde das Geld des neuen Investors in den Unterhalt seiner heruntergekommenen Wohnung (der Boiler funktionierte schon seit letztem Jahr nicht mehr richtig) stecken als in teure Anwälte.

Doch das Buch hatte Vorrang. Dafür hatte er Verständnis, auch wenn es ihm nicht gefiel.

»Wo bleibt er denn?«, grunzte er entnervt. »Wenn Owen Verdacht schöpft, bevor er ihm den Beschluss überbringt, wird er das Buch zerstören.«

»Herrgott noch mal, Henrik, nun machen Sie sich mal locker. Ein unabhängiger Anwalt, der zur Beaufsichtigung eines Durchsuchungsbeschlusses engagiert wird, zeichnet sich durch Erfahrung und Diskretion aus. Er wird nicht einfach hier reinplatzen und …«

Sasha wurde vom Heulen eines hochgezüchteten Motors unterbrochen. Ein Auto hielt direkt vor Owens Tür auf der anderen Straßenseite. Henrik streckte den Hals, um besser sehen zu können. Der Fahrer war Anfang vierzig und hatte dunkles Haar, mehr konnte er nicht erkennen.

»Das ist er«, sagte Sasha und stieg aus.

»Was?«, fragte Henrik bestürzt. »Das nennen Sie Diskretion?« Schnell kletterte er aus dem Auto und stellte sich zu Sasha auf den Bürgersteig.

Der Aston Martin Rapide S schimmerte im hellen Sonnenlicht wie eine Luftspiegelung. Der dunkelrote Lack war so blitzsauber, als käme der Wagen direkt aus dem

Autosalon. Der Motor gab noch ein letztes gefährliches Knurren von sich und erstarb.

Henrik atmete schwer. Er ließ den Blick über die Fenster im Obergeschoss schweifen. Die Vorhänge waren zugezogen. Wäre jemand zu Hause, dann hätte derjenige doch sicher nachgesehen, was das für ein Höllenlärm gewesen war? Er widerstand der Versuchung, über die Straße zu rennen und dem Fahrer eine zu verpassen. *Owen darf auf keinen Fall Gelegenheit bekommen, das Buch zu vernichten.*

Ein großer Mann mit breiten Schultern stieg aus dem Wagen und knallte die Tür zu. Er trug ein weißes Hemd und Weste, aber weder Jackett noch Krawatte, und hatte einen Aktendeckel in der Hand. Als er Henrik und Sasha erblickte, lief er über die Straße auf sie zu. Dabei sah er auf die Uhr. Je näher er kam, desto kürzer wurde Henriks Geduldsfaden. Der Mann sah nicht wie ein Anwalt aus. Eher wie ein Kunstsammler.

»Das ist kein beschissener Volvo«, knurrte Henrik leise. Dann hatte der Mann sie erreicht, und Sasha hielt ihm lächelnd die Hand hin.

»Sie sind sicher Charlie Priest.«

»Stimmt genau.« Priest nickte. »Und Sie sind zweifellos Sasha Merriweather. Und Sie …« Priest wandte sich Henrik zu, der ihn wütend anfunkelte und dann zögerlich seine Hand schüttelte. Priest drückte so fest zu, dass Henrik das Gesicht verzog.

»Henrik Vose. Ich gehöre zu Elisha Capindales engsten Beratern. Bedauerlicherweise haben Sie bisher keinen guten Eindruck gemacht, Mr. Priest. Diese Angelegenheit ist für Miss Capindale von außerordentlicher Wichtigkeit, daher …«

»Verstehe«, fiel ihm Priest ins Wort und sah an ihm vorbei. »Wo ist Miss Capindale denn?«

Henrik spitzte die Lippen. Anscheinend hatte Priest die vier Leute im Van bemerkt. Sie hatten die Anweisung, das Fahrzeug nicht zu verlassen, bis sie den Befehl zur Hausdurchsuchung erhielten. Henrik betrachtete Priests markantes, aber unrasiertes Kinn und das verknitterte Hemd. Nicht besonders professionell, dachte er.

»Miss Capindale hat anderweitig zu tun«, sagte Henrik kühl. »Ich bin ihr Bevollmächtigter.«

Die Lüge kam ihm leicht über die Lippen; dieses Täuschungsmanöver war Routine. Elisha Capindale litt unter einer Krankheit, die es ihr nicht erlaubte, das Haus zu verlassen. Sie war zwar nicht auf Pflege im herkömmlichen Sinne angewiesen, dennoch fungierte Henrik als ihr Vertreter in allen Angelegenheiten, die eine persönliche Anwesenheit vonnöten machten. Dies alles hätte er Priest natürlich erklären können, doch er verzichtete darauf. Elisha war sehr darauf bedacht, dass über ihre Krankheit Stillschweigen bewahrt wurde.

»Aha«, sagte Priest. »Wenn sie sich nicht persönlich herbemüht hat, kann es ja nicht so wichtig sein, oder?«

Henrik öffnete den Mund, doch Sasha kam ihm zuvor. »Haben Sie die Unterlagen?«, fragte sie Priest.

Er tippte grinsend auf die Akte, die er unter dem Arm trug. »Hier. Ist schon eine Weile her, seit ich den letzten Durchsuchungsbefehl beaufsichtigt habe. Glückwunsch übrigens, dass Sie einen Richter gefunden haben, der Ihnen einen ausgestellt hat. So etwas ist selten – wahrscheinlich, weil die Durchführung so kompliziert ist.«

»Das nennt sich Durchsuchungsbeschluss«, sagte Sasha. »Und zwar schon seit 1998.«

»Ach was! Also, Mr. Vose.« Der Angesprochene rümpfte verächtlich die Nase. *Für wen hielt sich dieser Clown eigentlich?* »Das Gericht hat mich als unabhängigen Anwalt zur Beaufsichtigung Ihres Durchsuchungsbeschlusses bestellt. Ich werde weder ein Urteil sprechen noch mich auf eine Seite schlagen, sondern lediglich dafür sorgen, dass alles mit rechten Dingen zugeht. So weit verstanden?«

»Von mir aus«, sagte Henrik gereizt. »In dem Fahrzeug hinter uns sitzen vier Angestellte von Miss Capindale. Sie werden die Durchsuchung durchführen, eventuelle Beweismittel sichern und sie …«

»Das glaube ich nicht«, sagte Priest. »Der Beschluss erlaubt nur dem Anwalt des Klägers zusammen mit dem Kläger *oder einem Bevollmächtigten* Zutritt.«

»Ja, wie gesagt, diese Personen …«

»Plural, Mr. Vose. Es handelt sich um *mehrere* Personen, während die Vorschrift nur *einem* Bevollmächtigten die Teilnahme an der Durchsuchung erlaubt. Ein Anwalt und ein Bevollmächtigter.«

Zu Henriks Entsetzen besaß Priest die Frechheit, ihm eine Kopie des Beschlusses unter die Nase zu halten und mit dem Finger auf den entsprechenden Absatz zu zeigen. Henrik fehlten die Worte, und er warf Sasha einen hilfesuchenden Blick zu. Aber die schüttelte den Kopf.

»Das ist doch lächerlich!«, sagte Henrik. »Das Haus ist riesig! Wenn ich es ganz allein durchsuchen muss, wird das Stunden dauern!«

Priest zuckte mit den Schultern. »Professor Owen hat das Recht, vor dem Inkrafttreten des Durchsuchungsbeschlusses einen unabhängigen Rechtsbeistand zu Rate zu ziehen. Das heißt, dass niemand ohne meine Erlaubnis das Haus betritt und ohne mein Einverständnis nichts daraus mitgenommen wird. Das hat Miss Merriweather Ihnen doch zweifelsohne alles genau erklärt, nicht wahr, Mr. Vose?«

Henrik nickte. Er spürte, wie die Adern in seiner Schläfe pulsierten. »Ja, ja. Nun machen Sie schon.«

»Also gut«, sagte Priest und drückte den Rücken durch. »Dann müssen Sie jetzt nur noch vier Stunden lang warten.«

Henrik schüttelte erbost den Kopf. Hatte er da richtig gehört? »Vier Stunden?«

»Professor Owen hat das Recht, sich in aller Ruhe einen Rechtsbeistand zu suchen. Vier Stunden mögen vielleicht etwas hoch gegriffen sein, aber wir wollen ihn ja nicht unter Druck setzen.«

»Es dauert ja wohl kaum so lange, mitten in London einen Anwalt aufzutreiben. Noch dazu an einem Wochentag.«

Priest zog eine Augenbraue hoch und beugte sich zu Henrik vor. »Einen Anwalt aufzutreiben ist nicht das Problem. Sich mit ihm über sein Honorar zu einigen, das braucht seine Zeit.«

Priest zwinkerte Henrik zu und schlenderte mit den Dokumenten unter dem Arm auf Owens Haus zu. Sasha und Henrik sahen ihm sprachlos hinterher.

3

Detective Chief Inspector Tiff Rowlinson blieb auf der letzten Treppe vor dem fünfundzwanzigsten Stock stehen, schnappte nach Luft und achtete darauf, dass die uniformierten Beamten im Flur nicht mitbekamen, wie er einen tiefen Zug aus seinem Asthma-Inhalator nahm. Man hatte die Fahrstühle vorübergehend außer Betrieb gesetzt, damit leichter kontrolliert werden konnte, wer das Gebäude betrat. Den Wohnblock zu evakuieren war nicht einfach gewesen. Viele der Bewohner hatten noch geschlafen, eine Frau aus dem fünften Stock hatte sich standhaft geweigert: Wieso sollte sie wegen eines Mordes im Penthouse die *Jeremy Kyle Show* verpassen?

Rowlinson steckte den Inhalator wieder in die Tasche und nahm die letzten Stufen in Angriff. Auf dem Treppenabsatz wartete ein untersetzter Mann mit pockennarbigem Gesicht, der sich als Leiter der Spurensicherung vorstellte. Seinen Namen bekam Rowlinson nicht mit, doch der war auch nicht wichtig. Rowlinson wollte die Angelegenheit so schnell wie möglich hinter sich bringen. Während er in den weißen Schutzanzug stieg, gab ihm der Spurensicherungsleiter einen ersten Überblick über das, was ihn am Tatort erwarten würde. Rowlinson wusste aus Erfahrung, dass derlei Berichte mit Vorsicht zu genießen waren. Er hielt sich an die bewährten Grundregeln: Keine Mutmaßungen anstellen, niemandem glauben, alles hinterfragen.

Er schlüpfte in ein paar Überschuhe, zog Nitrilkautschukhandschuhe und eine Gesichtsmaske über und folgte dem Spurensicherungsbeamten hinein.

Obwohl die Wohnung sehr geräumig war, hatte seit gestern niemand gelüftet, und der Flur war heiß und stickig. Schon klebte der Schutzanzug an seiner Haut. Im Eingangsbereich standen mehrere Topfpflanzen – Rowlinson bemerkte, dass alle bis auf einen Drachenbaum am Ende der Reihe dringend etwas Wasser und Pflege benötigten. Die Spurensicherung hatte bereits Fußmarkierungen auf dem Boden angebracht, auf denen man durch den Flur und über eine Treppe, vorbei an einer mit Fotografien bedeckten Wand, zum Zwischengeschoss gelangte.

Rowlinson durchquerte vorsichtig das große Schlafzimmer. Drei Beamte standen gebückt in den Ecken und suchten nach Spuren. Das gleißende Sonnenlicht fiel durch die drei hohen Fenster in der Ostwand des Penthouse und wurde so grell von den weißen Wänden reflektiert, dass Rowlinson die Augen abschirmen musste. Der Raum war minimalistisch eingerichtet: Die wenigen um das Bett gruppierten Möbel waren so abstrakt, dass er sich nicht wie in einem Wohnraum, sondern wie in einem Museum für moderne Kunst vorkam. Alles war sehr avantgardistisch, sodass die Lache aus getrocknetem Blut, die den Großteil des grauen Holzbodens bedeckte, beinahe wie zur Einrichtung gehörig wirkte. Nun fehlt nur noch ein Elefantenkothaufen auf einem Teller, dachte Rowlinson.

Das Opfer lag mit dem Rücken mitten auf dem schwarz-weißen, niedrigen Doppelbett aus italienischem Leder. Ein Arm lag im Mittelpunkt der Blutlache. Im Kopf der Frau steckte ein Nagel. Fette schwarze Fliegen surrten umher, doch das war nicht das Einzige, was Rowlinsons Aufmerksamkeit erregte.

»Was ist das da auf dem Boden?«, fragte er in den Raum hinein.

Ein Spurensicherungsbeamter drehte sich zu ihm um. »Salz, Sir.«

Rowlinson sah genauer hin. Überall auf dem getrockneten Blut klebten kleine Kristalle. *Salz.*

Er rieb sich die Stirn und wischte sich eine blonde Haarsträhne aus den Augen. Seine Befürchtung hatte sich bewahrheitet. Vor vier Tagen hatte er eineinhalb Meilen von hier einen ganz ähnlichen Tatort untersucht: Eine junge Frau – Jane Vardy – hatte mit aufgeschlitzter Kehle auf einem Hotelbett gelegen. Überall Blut, aber keine Fingerabdrücke oder sonstige biologische Spuren, kein Motiv und bis jetzt auch keine Hinweise. Bis auf etwas sehr Entscheidendes, das sich auch in diesem Raum wiederfand: ein mit dem Blut des Opfers an die Wand gemaltes Symbol.

Rowlinson erschauerte. Das dunkelrote Blut bildete einen scharfen Kontrast zu der blütenweißen Schlafzimmerwand, sodass ihn das Symbol geradezu höhnisch anzustarren schien. Diesmal hatte sich der Mörder richtig ausgetobt: Dieses sorgfältiger und mit dickeren Strichen gezeichnete Symbol war beinahe eineinhalb Meter hoch. Ein Kreuz, um das sich ein an eine Tilde erinnerndes Zeichen rankte. Das Symbol sagte Rowlinson überhaupt nichts, und doch stellte es den Schlüssel zur Lösung dieses Rätsels dar.

»Sieht genauso aus wie das andere«, sagte eine Stimme zu Rowlinsons Rechten.

Er hatte Detective Sergeant Fay Westbrook nicht hereinkommen hören. Seit ihrer Beförderung im Juni war sie ihm als Partnerin zugeteilt. Unter dem Plastikschutzanzug steckte eine schlanke, gut aussehende Frau Anfang dreißig, die ebenso ehrgeizig wie ambitioniert war. Rowlinson war jedoch viel zu lange im Geschäft, um sich von ihrer Begeisterung anstecken zu lassen. Bis dato waren sie gut miteinander ausgekommen – nur bei einigen wenigen Gelegenheiten hätte er beinahe die Geduld mit ihr verloren.

»Sieht so aus«, sagte er beinahe flüsternd.

»Dann sind wir jetzt wohl auf der Jagd nach einem Serienmörder«, bemerkte sie, und Rowlinson wusste nicht recht, ob es sich um eine Feststellung oder um eine Frage handelte.

»Kommt darauf an, wie man einen Serienmörder definiert«, sagte er. »Auf jeden Fall haben wir zwei Mordfälle, die ganz eindeutig miteinander in Verbindung stehen. Weitere Spekulationen wollen wir vorerst nicht anstellen.«

»Wann werden die Medien Wind davon bekommen?«

»Das ist eine Frage von Tagen, womöglich nur Stunden. Aber das ist nicht unser Problem, sondern das der Presseabteilung. Was wissen wir über diesen Mord?« Rowlinson deutete mit dem Kinn auf das Opfer. Westbrook zog einen Notizblock aus dem Schutzanzug.

»Das hier ist Emma Mendez, dreiunddreißig, freischaffende Fotografin. Geriet letztes Jahr kurz in den Blickpunkt der Öffentlichkeit, als sie für ein Bild von syrischen Flüchtlingen, die einen Zug besteigen, den Pulitzerpreis gewonnen hat. Sie war für mehrere Zeitungen und Onlinepublikationen tätig. Nicht verheiratet, aber liiert – wir sind gerade dabei, ihren Partner aufzuspüren. Sie ist britische Staatsbürgerin, ihre Eltern stammen aus Mexiko. Der Vater ist bereits verstorben.«

»Wer hat sie gefunden?«

»Die Putzfrau, eine gewisse Gita Johar. Sie ist bereits auf dem Revier und macht ihre Aussage. Offenbar ist sie ziemlich durch den Wind.«

»Kein Wunder.« Er warf ihr einen Seitenblick zu. »Muss ein ziemlicher Schock gewesen sein, sie … so vorzufinden.«

Westbrook besaß immerhin den Anstand, den Blick zu senken und das Thema zu wechseln. »Wie bei dem anderen Mord gibt es keine Anzeichen eines gewaltsamen Eindringens. Vielleicht hat sie den Täter ins Haus gelassen. Vielleicht kannte sie ihn ja – auch das ist ähnlich wie bei Jane Vardy.«

Aus statistischen Gründen gingen sie davon aus, dass der Täter männlich war, obwohl sie keinen eindeutigen Beweis dafür hatten. Doch es war sehr unwahrscheinlich, dass eine Frau diese Taten begangen hatte.

»Er wird mutiger«, sagte Rowlinson und betrachtete das Symbol. »Das andere hat er sehr hastig an die Wand geschmiert. Hier hat er sich mehr Zeit gelassen. Das ist viel sorgfältiger gezeichnet.«

»Boss, wir müssen einen Profiler hinzuziehen.«

»Mit Profilern fängt man aber keine Mörder, Westbrook. Sondern mit viel Arbeit und Glück.«

»Diese Einstellung wird der Assistant Commissioner aber nicht gefallen, Boss. Und die kann Sie sowieso schon nicht besonders gut leiden, wenn mir die Bemerkung gestattet ist.«

»Ist sie nicht, Westbrook.« Rowlinson schlug nach einer Fliege, die vor seinem Gesicht herumtanzte. *Schon komisch, wie die lästigen kleinen Mistviecher selbst in geschlossene Räume gelangen.* »Und dass ich mit ihrem Exmann befreundet bin, macht es nicht gerade einfacher.«

»Ich dachte, da gäbe es eine … alte Geschichte.«

»So ist das in diesem Job, Westbrook. Es gibt *immer* eine alte Geschichte.«

Dann schwiegen sie, und Rowlinson hatte das dringende Bedürfnis, den Raum zu verlassen. Der Geruch der einsetzenden Verwesung ließ ihn nach dem Inhalator in seiner Tasche greifen, doch er widerstand der Versuchung, ihn auch zu benutzen.

»Boss, was hat das Salz auf dem Boden zu bedeuten?«, fragte sie.

Er sah sich noch einmal um. Das Salz bedeckte eine beinahe ebenso große Bodenfläche wie das Blut.

»Hat man bei Jane Vardy auch Salz am Tatort gefunden?«

Westbrook zuckte mit den Schultern. »Keine Ahnung. Ich frage mal die Spurensicherung.«

»Es gab keine Anzeichen eines gewaltsamen Eindringens?«

»Nein. Genau wie bei dem anderen Mord. Der Täter ist plötzlich aufgetaucht, hat ihr einen Nagel in den Kopf gerammt und ist wieder spurlos verschwunden.«

Rowlinson nickte mürrisch. *Auch auf diesem Nagel wird man keine Spuren finden.* In den letzten sechs Monaten waren drei hochrangige Ermittler in Rente gegangen, sodass das Dezernat für Schwerverbrechen hoffnungslos unterbesetzt war. Deshalb hatte man Rowlinson, der eigentlich nur vorübergehend aus South Wales hierher versetzt worden war, einen unbefristeten Posten in Holborn angeboten. Er hatte die Stelle angenommen – eine Entscheidung, die er zunehmend bedauerte.

Er drehte sich weg und schirmte seine Augen erneut gegen die brennende Sonne ab, die durch das Fenster schien. »Berufen Sie ein Treffen des Ermittlungsteams ein«, befahl er.

Westbrook nickte und zückte ihr Handy. Rowlinson trat vorsichtig auf den Flur hinaus. Es würde ein weiterer heißer Tag werden.

4

Charlie Priest ging zu dem Reihenhaus am Ende der Walnut Avenue hinüber und klingelte. Er hatte das Haus und seinen Bewohner bereits gestern observiert und war zu dem Schluss gekommen, dass ihm Professor Norman Owen – zweiundsechzig, alleinlebend, seit zwei Jahren geschieden, eine Tochter in den Zwanzigern – wohl keinen großen Ärger machen würde.

Priest wusste nicht viel über den Fall. Sasha Merriweather hatte den Durchsuchungsbeschluss ohne vorherige Ankündigung beim High Court beantragt, was bedeutete, dass Professor Owen erst gestern erfahren hatte, dass der Antrag bewilligt worden war. Offenbar war der zuständige Richter der Meinung gewesen, dass die Ansprüche des Klägers berechtigt waren und es Owen durchaus zuzutrauen war, das Beweismittel zu zerstören oder verschwinden zu lassen.

Merriweather hatte Priest kurz darauf kontaktiert. Anscheinend hatte ihn einer ihrer Anwaltskollegen als den richtigen Ansprechpartner in einer solchen Angelegenheit empfohlen. Selbst in London gab es nicht viele Anwälte mit Erfahrung in der Beaufsichtigung von Durchsuchungsbeschlüssen, und obwohl Priest nicht genau wusste, wieso man ihm diese Ehre angedeihen ließ, eilte ihm doch ein gewisser Ruf der Unerschrockenheit und Findigkeit voraus. Er war einer der gefragtesten Anwälte der Stadt. Seine Kanzlei mit Büro in Holborn – Priest & Co. – musste regelmäßig mehr Interessenten abweisen, als sie Klienten aufnehmen konnte, und hatte in den über zehn Jahren seit ihrer Gründung noch keinen einzigen Fall verloren. Priest hatte stets der Versuchung widerstanden, sein Unternehmen zu vergrößern oder sie an eine der Kanzleien aus dem sogenannten Magic Circle – den fünf profitabelsten, umsatzstärksten und angesehensten Kanzleien Londons – zu veräußern. Neben ihm selbst waren in seiner Kanzlei lediglich drei weitere Personen tätig: Vincent Okoro, ehemaliger Staatsanwalt am Internationalen Strafgerichtshof; Georgie Someday, eine junge, ehrgeizige Anwältin mit einem scharfen juristischen Verstand; und Simon »Solly« Solomon, ein in Rechtsfragen kundiger Buchhalter, dessen Genie nur noch von seiner sozialen Inkompetenz übertroffen wurde.

Priest hätte auch Merriweather um ein Haar eine Absage erteilt, doch ihr Fall hatte viel zu interessant geklungen, um ihn abzulehnen.

»Was hat Professor Owen denn in seinem Besitz, das Sie so dringend haben wollen?«

»Ein Buch, mehr nicht. Eine Handschrift.«

»Eine alte Handschrift?«

Es folgte eine kurze Pause. »Ja. Eine der Schriftrollen vom Toten Meer.«

Nach ein paar Minuten öffnete sich die Tür, und ein faltiges, argwöhnisches Gesicht spähte heraus. Der Professor hatte dünnes silbernes Haar, das ihm bis auf die Schultern reichte, trübe graue Augen und wächserne Haut. Obwohl er kaum mehr als den Kopf aus der Tür streckte, sah Priest, dass er ein Netzhemd trug. Seine Arme und Schultern waren mit dünnem Flaum bedeckt.

»Professor Owen?«, fragte Priest.

»Wer will das wissen?«

»Mein Name ist Charlie Priest, ich bin Anwalt und damit beauftragt, die Durchführung eines gestern vom High Court bewilligten Durchsuchungsbeschlusses zu überwachen, der Elisha Capindale oder einen von ihr Bevollmächtigten dazu berechtigt, Ihr Anwesen nach Beweismitteln zu durchsuchen und diese sicherzustellen, bevor sie möglicherweise vernichtet werden. Darf ich reinkommen?«

Owen knallte ihm die Tür vor der Nase zu. Priest schloss die Augen. Er hatte geglaubt, diese Angelegenheit schnell hinter sich bringen zu können, doch offenbar hatte er sich geirrt. Er wandte sich zu Henrik Vose und Sasha Merriweather um, die neben dem Mercedes standen. Vose hatte die Arme verschränkt. Als er sah, wie sich Priest umdrehte, winkte er verärgert und bedeutete ihm, es noch einmal zu versuchen.

Priest zuckte mit den Schultern und klopfte etwas lauter als beim letzten Mal gegen die Tür. Er hatte vor zwölf Jahren seinen Posten als Detective Inspector bei der Londoner Polizei aufgegeben, aber alte Gewohnheiten ließen sich nur schwer ablegen. Dazu gehörte auch, vor verschlossenen Türen hartnäckig zu bleiben.

»Professor Owen!«, rief er durch den Briefschlitz. »Darf ich reinkommen? Ich bleibe vor Ihrer Tür stehen, bis Sie mir aufmachen. Ich werfe Ihnen eine Kopie des Gerichtsbeschlusses durch den Briefschlitz. Bitte nehmen Sie ihn zur Kenntnis, und lassen Sie mich rein.«

Er schob das Dokument in den Schlitz und wartete.

Auf der anderen Seite waren Geräusche zu hören. Es klang, als würde Owen das Papier aufheben und auseinanderfalten. *Sehr gut. Es ist viel zu heiß für solche Spielchen.*

Merriweather hatte ihre Klientin als sehr interessant beschrieben: Elisha Capindale war in Irland aufgewachsen und in den Siebzigern mehrere Jahre durch England gezogen, bevor sie sich schließlich als auf christliche Artefakte spezialisierte Antiquitätenhändlerin in Ely niedergelassen hatte. Sasha hatte sie nie persönlich getroffen; sie ließ sich stets durch ihren Assistenten Henrik Vose vertreten. Offenbar war sie eine Eigenbrötlerin, die ihr Anwesen nur selten verließ. Dennoch hatte sie in der Branche einen gewissen Ruf gehabt, wenn auch nicht unbedingt wegen ihrer menschlichen Qualitäten (Sasha hatte sie am Telefon als »nörgelig« beschrieben), sondern aufgrund ihrer Fähigkeit, mit Hilfe eines beeindruckenden Netzwerks aus Archäologen und Schatzjägern jedes noch so ungewöhnliche Artefakt beschaffen zu können. Zu diesem Netzwerk hatte bis vor Kurzem wohl auch Professor Owen gehört.

»Professor Owen?«, rief Priest noch einmal durch den Briefschlitz. Owen hatte nun lange genug Zeit gehabt, um sich den Beschluss durchzulesen. »Ich bleibe gern den ganzen Tag hier stehen, aber wenn Sie mich nicht irgendwann hereinlassen, stellt das eine Missachtung des Gerichts dar, die eine strafrechtliche Verfolgung nach sich ziehen wird.«

Priest wartete. Er war sich sicher, dass Owen gleich hinter der Tür stand.

»Ich werde keinesfalls Capindales Bevollmächtigten in mein Haus lassen«, rief er schließlich.

Priest seufzte erleichtert. Owen würde früher oder später keine andere Wahl bleiben. Zumindest war er bereit, mit ihm zu reden.

»Ich arbeite nicht für Elisha Capindale, sondern bin unabhängiger Anwalt, der vom Gericht damit beauftragt wurde, die Ausführung des Durchsuchungsbeschlusses zu überwachen. So ähnlich wie ein Schiedsrichter.«

»Ich weiß …« Owens Stimme brach, und er nahm einen neuen Anlauf. »Ich weiß nicht, was ich tun soll.«

»Lassen Sie mich rein, dann erkläre ich Ihnen alles in Ruhe«, sagte Priest mit etwas sanfterer Stimme.

Merriweather zufolge war Owen Archäologe, Bibelforscher, Sprachwissenschaftler und Experte für antike Schriften. Ein verdienstvoller Akademiker, der aber offenbar weltabgeschieden in seinem Elfenbeinturm lebte und mit dieser Situation hoffnungslos überfordert war.

»Machen Sie sich keine Sorgen, Professor. Setzen Sie sich einfach, trinken Sie eine Tasse Tee, und wir gehen das alles gemeinsam durch. Ich sorge dafür, dass Sie einen Rechtsbeistand erhalten. Jemanden, der auf Ihrer Seite ist. Und wenn es den ganzen Vormittag dauert. So lange muss Capindale eben warten. Einverstanden?«

Priest hielt den Atem an. Einen Augenblick lang dachte er, Owen wäre im Haus verschwunden, doch dann klickte der Riegel, der Professor öffnete ihm und winkte ihn herein. Er schloss die Tür hinter Priest und legte den Riegel wieder vor.

»Zur Küche geht's da lang«, grunzte Owen und deutete den Flur hinunter. »Ich ziehe mir nur schnell etwas über. Für mich zwei Stück Zucker.«

5

Nach längerer Suche entdeckte Priest einen Wasserkocher hinter einem Stapel dreckiger Teller und zwei einigermaßen saubere Tassen in einem Schrank. Das übrige Geschirr war in verschiedenen Stadien der Sauberkeit – von leicht verschmutzt bis vollständig mit Schimmel überzogen – in der Küche verteilt. Offenbar hatte Professor Owen Wichtigeres zu tun, als sich um den Abwasch zu kümmern.

Das Haus schien seit den Dreißigerjahren nicht mehr renoviert worden zu sein. Der weiße Herd mit den schwarzen Kochplatten auf dem Terrakottaboden erinnerte Priest an die kleine Küche seiner Großmutter. Unwillkürlich hatte er den Geruch von angebrannten Scones in der Nase und den Geschmack der neuen Kartoffeln aus der Dose im Mund; sein älterer Bruder William klimperte auf dem Klavier im Flur und kreischte vor Vergnügen, wenn man ihn deshalb ausschimpfte. Seine jüngere Schwester Sarah – kaum sechs oder sieben Jahre alt – ermahnte ihn, Oma nicht zum Narren zu halten.

»Haben Sie die Milch gefunden?«

Priest drehte sich um. Owen stand in der Tür. Er trug ein viel zu großes Karohemd und eine ebenso fadenscheinige und verwaschene blaue Hose.

»Augenblick«, sagte Priest. Er öffnete den Kühlschrank und nahm die Milch heraus. Dabei schlug ihm ein übler Geruch entgegen. Er hoffte, dass es sich nicht um die Milch handelte.

Er stellte die beiden mit Tee gefüllten Tassen auf einen mit alten Zeitschriften und Zeitungen vollgestellten Klapptisch. Dann nahmen die beiden gegenüber Platz. Priest legte seine Papiere neben sich auf die Sitzbank. Owen hielt den Durchsuchungsbeschluss immer noch fest umklammert.

»Wie viel Zeit habe ich?«, fragte Owen und betrachtete den Beschluss mit finsterer Miene.

»So viel, wie Sie brauchen.«

»Versuchen Sie nicht, mich für dumm zu verkaufen«, zischte Owen. »So einfach sind derlei Angelegenheiten üblicherweise nicht. Also, wie viel Zeit habe ich?«

»Vier Stunden, maximal fünf. Dann wird man Ihnen vorwerfen, die Justiz zu behindern.«

Owen fluchte leise und nahm einen großen Schluck von dem noch glühend heißen Tee. Der altersschwache Deckenventilator über ihnen klickte bei jeder Umdrehung. Er erzeugte gerade so viel Wind, dass sie nicht vor Hitze den Verstand verloren.

»Haben Sie einen Anwalt?«, fragte Priest. »Irgendeinen Rechtsbeistand, an den Sie sich wenden können?«

Owen schnaubte verächtlich. »Ich habe noch nicht einmal ein Testament. Nichts für ungut, aber ...«

Priest hob die Hand. »Sie können Anwälte nicht leiden. Schon gut, das höre ich nicht zum ersten Mal. Um die Wahrheit zu sagen: Das geht mir genauso.«

»Können Sie mich nicht vertreten?«

»Leider nicht. Ich werde dafür sorgen, dass der Beschluss korrekt ausgeführt wird, und kann Ihnen ein paar gute Anwälte empfehlen, aber sonst sind mir die Hände gebunden. Lassen Sie einfach Capindales Bevollmächtigten und ihren Anwalt ins Haus, und im Gegenzug werden die Sie und Ihr Eigentum schonend behandeln und nur das mitnehmen, was ihnen zusteht.«

»Und das wäre?«

Priest legte seine Kopie des Beschlusses vor sich hin und deutete auf den entsprechenden Absatz. *»Jegliche Dokumente, Materialien, Artefakte, Texte und Schriften, die im Zusammenhang mit den Ausgrabungen in den nördlichen Qumran-Höhlen stehen und die sich in Ihrem Besitz oder unter Ihrem Eigentum befinden.«*

»Sie will das Buch«, murmelte Owen. »Warum zum Teufel sagt sie das nicht einfach?«

»Fangen wir doch am Anfang an, Professor. Verraten Sie mir, worum es hier überhaupt geht. Was ist das für ein Buch?«

Owen seufzte und leerte seine Tasse in einem Zug. Er antwortete nicht, sondern schien tief in Gedanken versunken; seine Stirn lag in Falten, Schweißperlen hatten sich auf seinen Schläfen gebildet. Er war stämmig und sah gesund aus, die Muskeln waren klar definiert. Offenbar war er schwere Arbeit im Freien und bei jedem Wetter gewöhnt.

»Sie sind Archäologe«, sagte Priest.

Owen nickte. »Capindale oder einer ihrer Mitarbeiter hat mich engagiert. Niemand bekommt Elisha Capindale zu Gesicht und ein Laufbursche wie ich schon gar nicht. Die Frau ist ein Rätsel, so viel steht fest. Ich sollte in ihrem Namen ein Geschäft mit einem Schweizer Kunsthändler einfädeln. Es ging um ein Schriftstück, das nördlich der Qumran-Höhlen östlich von Jerusalem gefunden war.«

»Was für ein Schriftstück?«

»Ein Buch. Eine der Schriftrollen vom Toten Meer, aber von der haben Sie bestimmt noch nie gehört. Ich musste einen Vertrag unterzeichnen. Darum dreht sich das alles hier.«

»Darf ich diesen Vertrag mal sehen?«

Owen zögerte. Offensichtlich überlegte er, ob das auch wirklich zu seinem Besten war. Dann stand er auf, verließ den Raum, kehrte ein paar Minuten später zurück und legte einen dicken Papierstapel auf den Tisch. Priest blätterte durch das Dokument, überflog die Zeilen und blieb dabei an einzelnen Formulierungen hängen. Soweit er auf den ersten Blick erkennen konnte, war es ein Geschäftsbesorgungsvertrag, der Owen dazu ermächtigte, in Capindales Namen einen Handel abzuschließen. Der Sprache nach zu urteilen hatte ihn ein Amerikaner verfasst, der sich bemühte, wie ein englischer Anwalt zu klingen – wozu in seiner Vorstellung auch jede Menge lateinischer Phrasen und elliptischer Sätze gehörten.

»Sie haben das Buch mit Capindales Geld gekauft, und das heißt, dass Sie ihr es auch aushändigen müssen. Oder ist das zu einfach gedacht?«

»In der Tat«, sagte Owen. »Im Vertrag steht nicht, was genau ich kaufen sollte. Das habe ich erst herausgefunden, als ich es schon hatte.«

Priest kratzte sich am Kopf. »Und genau deshalb wirft man Ihnen Vertragsbruch vor.«

»Das Buch Janus gehört mir. Ende der Diskussion.«

»Das Buch Janus?«

»So die vorläufige Vermutung, obwohl eine genauere

Analyse selbstverständlich mehrere Monate in Anspruch nehmen wird.«

Priest legte den Vertrag auf den Tisch zurück. Durch das Fenster konnte man den kleinen Garten hinter Owens Haus erkennen, der im Gegensatz zur Küche sorgfältig gepflegt zu sein schien. Zwischen Rosenbüschen stand ein Gartenpavillon hinter einer, wie es aussah, erst kürzlich angelegten steinernen Sonnenuhr.

»Ich will mir in dieser Angelegenheit zwar kein Urteil erlauben, aber Capindales Anwälten ist es gelungen, einen Richter am High Court auf ihre Seite zu ziehen. Sie rechnen sich nicht nur gute Chancen darauf aus, diesen Prozess zu gewinnen, sie sind davon überzeugt. Und sie konnten dem Richter glaubhaft machen, dass Sie unter Umständen dazu fähig wären, den Gegenstand der Auseinandersetzung zu vernichten.«

Priest hatte eigentlich heftigen Widerspruch gegen diese Andeutung erwartet, doch der Professor nickte nur. »Das kann ich ihnen nicht verdenken. Als ich die ersten Mahnschreiben von Capindales Anwälten erhielt, habe ich mich wohl zu der Bemerkung hinreißen lassen, dass ich das Buch im Notfall verbrennen würde.« Owen wandte sich kopfschüttelnd ab. »Ich weiß, das war nicht besonders schlau, aber ich wollte Zeit gewinnen. Ich dachte, dass sie weniger Druck machen, wenn ich damit drohe. Aber stattdessen haben sie den Druck noch erhöht.«

Priest atmete tief aus. Er konnte Owens Fehleinschätzung nachvollziehen. Er blätterte zu der entsprechenden Stelle im Vertrag. »Alles, was Sie in ihrem Auftrag erwarben, gehört ihr, *darunter alle Dokumente, die Teil des hebräischen Bibelkanons oder masoretischen Textes sind oder sonst Lobpreisungen oder Schilderungen der Werke Gottes enthalten.* Was ist dieses Buch Janus?«

»Im weitesten Sinne ein hebräischer Text«, sagte Owen. »Sobald dieser Rechtsstreit beigelegt ist, werde ich eine Radiokarbondatierung veranlassen. Ich gehe davon aus, dass das Buch Janus im ersten Jahrhundert nach Christus verfasst wurde.«

»Ich bin zwar nicht besonders bibelfest, aber von einem Buch Janus habe ich noch nie gehört.«

»Wissen Sie, was es mit den Schriftrollen vom Toten Meer auf sich hat?«

»Nur in etwa. Man hat sie zufällig in den Vierzigerjahren gefunden, aber dann ist ein Akademikerstreit entbrannt, der dazu führte, dass man sie erst viel später wissenschaftlich untersuchen konnte.«

»Stimmt genau.« Owen wischte sich die Nase am Ärmel ab. »Irgendwann im Jahr 1946 oder 1947 waren drei palästinensische Araber vom Nomadenstamm der Taamireh in den Felsklippen in der Nähe des Toten Meers auf der Suche nach einer entlaufenen Ziege. Einer der Araber warf einen Stein in eine Höhle im Fels – zu seiner Überraschung hörte er ein Geräusch wie von zerbrechendem Ton. Die Beduinen verkauften die wenigen bis dato gefundenen Schriftrollen, die daraufhin mehrmals den Besitzer wechselten und schließlich nach Jerusalem zurückkehrten. Da hatte sich die Kunde von den Schriftrollen schon längst wie ein Lauffeuer verbreitet, und jeder Archäologe, der etwas auf sich hielt, beschäftigte sich damit. Erst nach Vermittlung mehrerer einflussreicher Personen und Organisationen, darunter auch der israelischen Regierung, wurde der Inhalt der Schriftrollen 1991 endlich veröffentlicht.«

»Und warum war das Buch Janus nicht darunter?«

Priest sah etwas in Owens Augen aufblitzen. Offensichtlich überlegte der Professor, wie viel er ihm anvertrauen durfte. »Das Buch Janus ging schon kurz nach dem Auffinden der Schriftrollen verloren. Wahrscheinlich haben die Beduinen, die die Fundstätten plünderten, das Buch gestohlen und verkauft. Gelegentlich machten sie sich auch die Mühe, gefundene Fragmente über Monate hinweg so gut, wie es ihnen möglich war, zusammenzusetzen. Wenn sie dann glaubten, einen einigermaßen zusammenhängenden Text zu haben, verkauften sie ihn. Kein Wunder, dass das Buch Janus so lange verschollen war. Wer weiß, welche Schätze noch ihrer Entdeckung harren?«

»Wie dem auch sei – Sie sind also nicht der Meinung, dass der Text unter die Kategorisierung fällt, die Elisha Capindale in ihrem Vertrag vorgenommen hat?«

Owen verschränkte die Arme. »Dieser Meinung bin ich allerdings nicht«, sagte er entschieden.

Priest wartete vergeblich auf eine nähere Erklärung. Der Deckenventilator klickte. Priest war nicht religiös – bei seiner Hochzeit mit Dee war er zum letzten Mal in einer Kirche gewesen. Drei Jahre später hatten sie sich scheiden lassen. Priest glaubte ebenso an Gott wie daran, dass die Gebühren des Scheidungsanwalts angemessen gewesen waren.

»Also ist es weder ein christlicher noch ein jüdischer Text?«, fragte er.

Owen rückte auf dem Stuhl ein wenig nach vorn und setzte sich gerade hin. »Das Buch Janus ist der Bericht eines blinden Passagiers auf der Arche zur Zeit der in der Genesis beschriebenen Sintflut.«

»Und dieser Bericht stellt keine Lobpreisung oder Schilderung der Werke Gottes dar, weil …?«

»Nun, diese Frage ist einfach zu beantworten, Mr. Priest«, sagte Owen selbstbewusst. »Weil das Buch Janus vom Teufel persönlich verfasst wurde.«

6

Vor einem Jahr

Die St.-Swithin's-Kirche in Hackney ist einer der einsamsten Orte, die man sich vorstellen kann. Ein kleiner normannischer Bau mit einem einzelnen Turm auf einem moosbewachsenen, von Sozialwohnblöcken und abgestorbenen Bäumen umgebenen Hügel. Seit fünfzig Jahren wurde niemand mehr auf dem Friedhof bestattet, und die Lücken zwischen den Bodenbrettern sind so groß, dass ein versehentlich fallen gelassenes Handy hindurchpasst.

Meines Wissens hat die Kirche keinen Pfarrer, sondern nur einen Hausmeister, der alle zwei Wochen vorbeikommt, um nach dem Rechten zu sehen. Das Gotteshaus ist nur an Weihnachten geöffnet. Dann lässt sich ein Geistlicher aus der Nähe blicken und murmelt ein paar Worte vor einer desinteressierten Gemeinde. Abgesehen davon wird die Kirche nicht mehr genutzt.

Ideal für meine Zwecke also. Einer der letzten Außenposten und noch nicht völlig gottlos – Dohlen nisten im Gebälk und halten den Teufel fern –, aber seelenlos. Welcher Ort wäre besser geeignet, um ein Imperium darauf zu errichten?

Ein bescheidenes Imperium selbstverständlich. Eines,

dessen Untertanen den Bodensatz der Gesellschaft bilden. Menschen von ganz unten, die scheinbar rettungslos auf einem Meer aus Trauer und Verzweiflung treiben. Die in einem Teufelskreis – Alkohol, Selbstzerstörung, Reue, Alkohol, Selbstzerstörung, Reue und so weiter – gefangen sind. Welche Phase davon die erste war? Das ist von Fall zu Fall verschieden.

Heute sind wir zehn. Eine beeindruckende Zahl. Noch kenne ich die Namen der beiden neuen Mitglieder nicht, doch ich werde sie irgendwann herausfinden – wir zwingen niemanden dazu, seine Personalien sofort offenzulegen. Dies ist weder eine Ausbildung noch eine Schule. Sie werden uns zu gegebener Zeit und auf ihre Weise mitteilen, was sie wollen.

Zugegebenermaßen macht mir Sue in letzter Zeit Sorgen. Sie wirkt müde, aber das ist nicht alles. Deshalb habe ich versucht, auf sie zuzugehen und sie zu ermuntern, mit uns zu reden. Dabei übe ich keinen Druck aus – viele kommen zu den Treffen und sagen überhaupt nichts, doch wenn sie auch nur einen winzigen Funken Hoffnung mitnehmen, war ich erfolgreich. Das weiß ich, weil ich selbst einmal in ihrer Lage war. Nach dem Feuer hatte ich alles verloren.

»Sue, ich freue mich, dich wiederzusehen«, sage ich vorsichtig. »Möchtest du uns später etwas mitteilen? Wir würden gern erfahren, was du uns zu sagen hast.«

Die Anwesenden nicken wenig begeistert. Ich habe nicht »Möchtest du uns jetzt *etwas mitteilen?« gesagt, sondern »später«. So baue ich nicht zu viel Druck auf.*

Sue sieht mich gleichzeitig neugierig und erschrocken an. Sie kommt schon seit mehreren Wochen zu den Meetings, doch sie hat Schritt drei noch nicht erreicht.

»Ich werde es versuchen«, sagt sie, und das reicht mir.

Das Zwölf-Schritte-Programm der Anonymen Alkoholiker ist weithin bekannt, wird jedoch meistens missverstanden. Zum Beispiel hat es nicht unbedingt mit Religion zu tun. Es geht nur darum, sich einer höheren Macht zu unterwerfen. Wenn es sich dabei um Gott handelt: prima. Das unterstütze ich voll und ganz. Aber diese höhere Macht kann auch andere Namen haben. Vor anderen Gottheiten schrecke ich etwas zurück, immerhin ist das hier eine christliche Kirche. Aber wir hatten auch schon Außerirdische und einmal sogar ein Stofftier. Solange es funktioniert, bin ich zufrieden. Alles, was zählt, ist der individuelle Heilungsprozess, und der Glaube (egal, woran – letzten Endes handelt es sich doch immer um Gott, auch wenn man das auf den ersten Blick nicht unbedingt erkennt) hilft dabei.

Leider bin ich mir nicht sicher, worum es sich bei Sues höherer Macht handelt, und das ist ein Problem. Sie ist bei »Wir kamen zu dem Glauben, dass eine Macht, größer als wir selbst, uns unsere geistige Gesundheit wiedergeben kann« stecken geblieben. Das ist Schritt zwei. Sie hat mir letzte Woche gebeichtet, dass sie große Schwierigkeiten hat voranzukommen. Ich habe ihr ein paar Ratschläge gegeben und ihr in Aussicht gestellt, sie nach dem Meeting zu einem Vieraugengespräch zu bitten, wenn sie bis nächste Woche keine Fortschritte macht. Darauf wird es wohl hinauslaufen.

Für mich ist Gott diese Macht, die größer ist als wir selbst, aber ich habe mich in Geduld geübt. Es hat sehr lange gedauert, bis ich begriffen habe, was mein Daseinszweck ist, warum ich auf der Welt bin und, was am wichtigsten ist, was Er mit mir vorhat. Und o Wunder: Er will nicht, dass ich in einer Provinzkirche versauere und dem Bodensatz der Gesellschaft dabei zusehe, wie er mühsam diese endlos lange Leiter hinaufklettert, nur um mit einem kleinen Schluck Wodka wieder am Boden zu landen. Nein. Er hat Größeres mit mir vor. Aber irgendwo muss man ja einen Anfang machen.

Als das Meeting zu Ende ist, bitte ich Sue zu mir. Die anderen treten in den strahlenden Sonnenschein, schirmen die Augen mit den Händen ab und sprechen leise über Erleuchtung, Gott und Pferderennen. Sue sieht mich unsicher an. Sie könnte attraktiv sein, wenn sie sich etwas mehr Mühe geben würde, doch der Alkohol hat ihr viel von ihrer Menschlichkeit und ihrer Respektabilität genommen, sodass nur noch eine zerbrechliche Kreatur mit ungesunder Haut und dünnen Armen übrig geblieben ist. Andererseits ist sie noch jung, und ihre Augen sind voll Leben. Sie hat Potenzial.

Ich bitte Sue nach hinten in die Sakristei. Der kleinere Raum ist nicht ganz so einschüchternd. Dort lässt es sich vertraulicher sprechen, obwohl ich mir nicht vorstellen kann, dass uns jemand stört.

Sie sitzt wie ein braves Schulmädchen auf der Kante eines alten Stuhls und sieht mich ernst an. Am liebsten würde ich sie in den Arm nehmen, so bemitleidenswert sieht sie aus. Sie blickt mich an, als hätte ich einen Zauberstab, der alles wiedergutmachen kann. Wenn es doch nur so wäre! Aber ich kann es versuchen.

»Wie schätzt du deinen Fortschritt ein, Sue?«, frage ich.

Sie starrt auf den Boden, als stünde die Antwort auf den Steinfliesen geschrieben. »Nicht besonders gut. Ich bin immer noch bei Schritt zwei. Ich will weiterkommen, aber das ist nicht leicht.«

Ich seufze. »Mehr kann ich leider nicht für dich tun, Sue. Und ich habe eine Menge getan. Den nächsten Schritt musst du allein gehen.«

Sie sieht mich erschrocken an. Will ich sie etwa im Stich lassen? »Bitte nicht. Du warst mir immer eine so große Hilfe. Ich brauche nur etwas Schwung, dann schaffe ich Schritt drei.«

Ich schüttle den Kopf. »Die Regeln sind eindeutig, Sue. Ich kann nichts mehr tun.«

»Gar nichts?«

Ich seufze noch einmal. Was jetzt kommt, habe ich gut einstudiert. »Willst du Schritt drei wirklich schaffen?«

Sie nickt. Sue weiß genau, was das bedeutet: Ich entscheide, ob sie Schritt drei geschafft hat. Sie braucht meine Bestätigung.

»Na schön«, sage ich zögerlich. »Das ist zwar etwas unorthodox, aber eine Möglichkeit gibt es. Aber ich warne dich, einfach ist es nicht. Aber ich glaube, dass du das nötige Durchhaltevermögen hast.«

»Ich werde alles dafür tun.«

»Also gut.«

Wie ich aus Erfahrung weiß, bringt das, was ich als Nächstes sagen werde, die Leute völlig aus dem Konzept. Sie starren mich entgeistert an, keuchen erstaunt auf und werfen mir hilfesuchende, verwirrte Blicke zu. Zu Tode erschrocken. Sue macht da keine Ausnahme. Als ich die Ginflasche auf den Beistelltisch stelle, werden ihre Augen vor Schreck groß.

»Du musst rückfällig werden«, sage ich traurig.

Sie sieht mich völlig verständnislos an. »Was?«

»Du musst rückfällig werden. Solange du nicht hinfällst, kannst du auch nicht wieder aufstehen. Jeder scheitert früher oder später, aber wenn du beim elften Schritt rückfällig wirst, ist es aus. Game Over. Dann wirst du es nicht noch einmal so weit nach oben schaffen. Das habe ich alles schon erlebt. Es ist besser, du scheiterst jetzt und bringst es hinter dich. Dann bist du frei. Versprochen.«

Sie rutscht auf ihrem Stuhl herum. Der innere Kampf ist ihr deutlich anzusehen. Irgendwann wird sie genau wie die anderen zu dem Schluss kommen, dass das unmöglich die richtige Methode sein kann. Aber sie bleibt trotzdem sitzen. Nicht meinetwillen, sondern wegen der Flasche.

Ich hole zwei Gläser und schenke ein. Dabei achte ich darauf, dass das Glas leise klirrt. Sie reagiert sofort auf dieses Geräusch, diesen vertrauten, tröstlichen Klang. Schon stellt sie sich vor, wie die brennende Flüssigkeit ihre Kehle hinunterrinnt, in ihre Blutgefäße dringt und an den einzigen Ort zurückbringt, an dem noch Vernunft herrscht.

»Ich verstehe nicht«, sagt sie, ohne den gierigen Blick von der Flasche zu nehmen.

Ich reiche ihr das Glas und nehme das andere in die Hand. Dann leere ich es in einem Zug. Sie keucht, wendet sich ab, sieht mich wieder an. Ich nicke ihr aufmunternd zu.

»Wenn du nicht scheiterst«, wiederhole ich, »kommst du niemals weiter. Keine Sorge, das bleibt unter uns.«

Normalerweise folgt nun eine längere Diskussion. Manche wollen Gewissheiten: Du darfst es niemandem erzählen, die anderen dürfen es nicht wissen. Sue nicht. Sie trinkt einfach, was mich offen gestanden etwas überrascht. Mehrere Tropfen laufen ihr Kinn hinunter. Sie leckt sie ab und sieht mich an.

Ich schenke nach.

7

Priest nahm einen Schluck Tee und wartete, bis sich Owen wieder einigermaßen gesammelt hatte. Dann verkündete der Professor, dass er am Verhungern sei, und machte sich Toast. Kurz darauf erfüllte der Duft von verkohltem Vollkorntoast die Küche.

Priest hatte abgelehnt und nur darauf gewartet, dass Owen seine dramatische Aussage näher erläuterte, doch der war zu sehr damit beschäftigt, einen sauberen Teller für sein Brot zu suchen.

Das Buch Janus wurde vom Teufel persönlich verfasst.

Priest musste vorsichtig vorgehen. Er war zwar zynisch, aber er wollte den Professor auch nicht vor den Kopf stoßen. Er mochte ihn – nicht zuletzt, weil ihn dessen Zerstreutheit an ihn selbst erinnerte.

»Sie sagen, dass der Teufel das Buch Janus geschrieben hat. Meinen Sie damit, dass es ein satanischer Text ist oder dass es aus der Feder des Antichristen persönlich stammt?«, fragte er.

Owen antwortete mit einer Gegenfrage. »Glauben Sie an Gott, Mr. Priest?«

Priest schnalzte mit der Zunge. Owen starrte ihn prüfend an. Mit dem Durchsuchungsbeschluss hatte das nun längst nichts mehr zu tun, doch der Professor hatte

Priests Neugier geweckt. Er musste dieser Sache einfach auf den Grund gehen.

»Nein. Ich bin Atheist.«

»Na schön«, sagte Owen. »Glauben Sie an die Existenz des Bösen?«

Unwillkürlich musste Priest an seinen Bruder Dr. William Priest denken, der gerade in einer Hochsicherheitspsychiatrie einsaß und aller Voraussicht nach auch dort sterben würde. Die Presse hatte ihn den »Dunklen Rächer« genannt, da seine Opfer entweder Kriminelle oder zumindest Personen mit zweifelhaften Moralvorstellungen gewesen waren. Wie bei jedem Serienmörderfall hatte man sich auch hier die übliche Fülle an Fragen gestellt: *War William von Geburt an so gewesen, oder hatte ihn ein bestimmter Vorfall erst zum Mörder gemacht? War es die Schuld der Eltern oder wie so oft die der Gesellschaft? Steckt das Böse in den Genen?*

Priest wägte seine Worte sorgfältig ab. »Ich glaube, dass die Bereitschaft des Menschen, seinen Mitmenschen Leid zuzufügen, theoretisch unbegrenzt ist. Reicht Ihnen das?«

»Stimmt genau, obwohl in unserer materiellen Welt so ziemlich alles andere begrenzt ist. Waren Sie denn *irgendwann einmal* gläubig?«

»Ich verlasse mich auf das, was ich berühren oder empfinden kann, Professor. In dieser Hinsicht bin ich sehr einfach gestrickt.«

»Wirklich? Also ist alles nur eine Illusion?« Owen biss von seinem Toast ab. Priest rutschte unbehaglich auf der Sitzbank herum. Entweder war seine Weste eine Nummer zu klein, oder er hatte trotz der hohen Temperaturen zu viel gegessen. Er dachte an Sasha Merriweather und

Henrik Vose, die in diesem Augenblick zweifellos in ihrem Mercedes saßen und ungeduldig auf die Uhr sahen. Die hatten wenigstens eine Klimaanlage.

»›Mein Anwalt, Schneider, Kammerdiener, selbst meine Frau sollen an Gott glauben; ich glaube dann nämlich, weniger beraubt und betrogen zu werden‹. Das hat der französische Philosoph Voltaire gesagt, wenn ich mich nicht irre. Und dem ist nichts hinzuzufügen, oder?«

»Da haben Sie recht.« Owen wurde schlagartig ernst. »Von wem der Spruch stammt, ist ja auch egal. Nur woran die Menschen glauben, zählt.«

»Und woran glauben Sie?«

Owen lächelte, biss von seinem Toast, kaute und schluckte. »Der Text ist auf Hebräisch. Über zweitausend Jahre alt und beinahe fehlerlos. Er sollte – *behutsam* – studiert werden, und die darin enthaltenen Thesen dürfen auf keinen Fall an die Öffentlichkeit gelangen. Aber genau das will Elisha Capindale.«

»Es geht doch um einen blinden Passagier auf Noahs Arche, oder? Warum darf davon niemand erfahren?«

»Das ist nur die Rahmenhandlung. Dieser Text beinhaltet ein finsteres und sehr gefährliches Geheimnis. Womöglich sogar das gefährlichste Geheimnis aller Zeiten.«

Mit einem Mal bemerkte Priest, dass der Deckenventilator nicht mehr klickte. Er blickte auf. Die Ventilatorblätter wurden immer langsamer und blieben dann mit einem letzten *Klack* stehen. Seine Weste war erdrückend eng. Priest holte tief Luft und öffnete den obersten Knopf. Schwindel stieg in ihm auf, und er fürchtete schon, das Bewusstsein zu verlieren. Doch dann verschwand das Gefühl genauso schnell, wie es gekommen war.

»Mr. Priest? Fehlt Ihnen etwas?«

Owen beugte sich besorgt vor.

»Nein, alles prima«, stotterte Priest. »Liegt wohl an der Hitze.«

»Ich hole Ihnen ein Glas Wasser.«

Owen stand auf, stopfte sich den restlichen Toast in den Mund, ging mit schnellen Schritten zum Spülbecken und klapperte auf der Suche nach einem sauberen Glas mit dem Geschirr. Schließlich entdeckte er eines, füllte es mit Leitungswasser und stellte es vor Priest hin.

»Und was ist das Geheimnis des Buchs Janus?«, fragte Priest, nachdem er das Glas geleert hatte.

»Das kann ich Ihnen nicht verraten, Mr. Priest. Das ist ja gerade der Witz an einem Geheimnis.«

»Aber Sie haben den Text gelesen und das Geheimnis entschlüsselt?«

»Selbstverständlich. Ich bin Fachmann für alte Sprachen mit Spezialgebiet Hebräisch.«

»Das größte Geheimnis aller Zeiten muss doch eine Menge wert sein, oder? Finanziell gesehen?«

Owen sah ihn finster an. Er war eindeutig beleidigt. »Ich bitte Sie, Mr. Priest. Dabei waren Sie mir gerade noch so sympathisch. Wenn es nur um Geld ginge, hätte ich das verdammte Ding schon längst an den Meistbietenden verkauft.«

»Also sind Sie der Hüter des Buchs, und das größte Geheimnis aller Zeiten ist in Sicherheit?«, fragte Priest.

Owen nickte kauend.

»Woher wollen Sie wissen, dass Capindale nicht dasselbe hehre Ziel im Sinn hat?«

Owen verzog das Gesicht, so sehr verärgerte ihn diese Frage. »Elisha Capendale ist nur auf Gewinn aus. Sie kauft und verkauft historische Artefakte. Schon möglich, dass sie vor langer Zeit einmal Respekt in unseren Kreisen genossen hat, aber inzwischen interessiert sie sich nur noch dafür, den nächsten Heiligen Gral zu finden. Und nicht mehr für ihren Ruf als ernst zu nehmende Antiquitätenhändlerin.«

»Haben Sie noch einmal mit ihr gesprochen, nachdem Sie das Buch erworben hatten?«

»Genau einmal. Am Telefon selbstverständlich. Persönliche Gespräche lehnt sie ja ab. Ich weiß noch nicht einmal, ob sie überhaupt existiert.«

»Worum ging es dabei?«

»Sie hat immer nur *›Ich will dieses Buch, ich will dieses Buch!‹* geschrien. Wie eine Verrückte.« Owen warf in gespielter Empörung die Hände zum Himmel. »Sie hat mir mit so ziemlich allem gedroht, von der Polizei bis zur Mafia. Die Frau ist geisteskrank. Das Buch Janus *muss* in meinem Besitz bleiben.«

»Und weshalb das? Zum Wohle der Menschheit?«

»Ja, wenn Sie es so ausdrücken wollen.«

»Wie würden *Sie* es denn ausdrücken?«

Owen sah Priest streng an. »Ungefähr so: Wenn das Geheimnis aus dem Buch Janus bekannt wird, könnte es einen Heiligen Krieg auslösen, gegen den jeder Dschihad eine Kindergartenveranstaltung ist. Blut wird fließen, und das werde ich keinesfalls zulassen.«

»Professor, wenn Sie dem Durchsuchungsbeschluss nicht Folge leisten, wird das strafrechtliche Konsequenzen haben. Sie könnten im Gefängnis landen.«

Owen beugte sich vor. Seine Augen waren feucht, doch in seinem Blick lag Entschlossenheit. »Mr. Priest, wenn es sein muss, werde ich mein Leben geben, um das Geheimnis des Buchs zu schützen.«

8

Rowlinson sah sich im Großraumbüro des Dezernats um. Von den sechs Schreibtischen waren drei besetzt. Westbrook saß vor einem Computer, hatte einen Stift zwischen die Zähne geklemmt und starrte auf den Bildschirm. Erst jetzt fiel ihm auf, dass sie heute Zöpfe trug. Sie war unbestritten attraktiv, aber – da sie eine Frau war – nicht sein Typ. Die Lampe über dem Schreibtisch, die vor einer Woche den Geist aufgegeben hatte, war noch nicht repariert, sodass nur der Schein des Bildschirms auf ihre dunkle, makellose Haut fiel. Der teigige Detective Constable am Schreibtisch neben ihr warf ihr jedes Mal, wenn er sich unbeobachtet glaubte, einen Seitenblick zu. Ihr dagegen schien das Dämmerlicht nichts auszumachen.

Rowlinsons eigener Schreibtisch stand hinter mehreren Raumtrennern aus Kunststoff in der Ecke. Im Frühling war ihm nach neun Monaten Aushilfstätigkeit eine feste Stelle angeboten werden – trotzdem war er immer noch der neue DCI in der Abteilung. Nur Westbrook war noch später dazugestoßen. Er sah sich zum vierten Mal im Büro um und fand immer noch nicht, wonach er suchte. Aufgeregt lief er an Westbrooks Schreibtisch vorbei zum anderen Ende des Raums, wo mehrere Aktenschränke und ein Schrank mit Bürobedarf standen. Sie hatten Emma Mendez' Wohnung vor einer Stunde verlassen. Rowlinson hatte sich die Zeit genommen, zuerst nach Hause zu fahren, um sich zu duschen und umzuziehen, bevor er ins Revier zurückgekehrt war. Der Geruch des Todes hatte in seiner Kleidung gehangen.

»Boss, wonach suchen Sie denn?«, fragte Westbrook, ohne aufzusehen.

»Nach einer Pinnwand oder so«, grunzte er, während er in den Schränken kramte und unter dem Schreibtisch nachsah. »Für eine Ermittlungstafel.«

Westbrook nahm den Stift aus dem Mund und runzelte die Stirn. »So was machen wir heutzutage digital, Boss.«

»Die altmodische Art ist mir lieber. Aha!« Rowlinson entdeckte eine transparente Tafel hinter dem Büromittelschrank. Er schob den Schrank mit einem kratzenden Geräusch beiseite, wobei alle Anwesenden die Köpfe zu ihm drehten. Dann beobachteten sie ihn dabei, wie er die Tafel hervorzog, sie neben Westbrooks Schreibtisch aufstellte und mit einem Lappen sauber wischte.

»Versuchen Sie's doch mal mit *i2 Analyze*«, sagte Westbrook. »Ich kann Ihnen das Programm gern erklären ...«

»Vielen Dank, Westbrook«, rief er ihr über die Schulter hinweg zu. Dann befestigte er Fotos von Jane Vardy und Emma Mendez nebeneinander auf der Tafel und schrieb über jedes in Großbuchstaben das Wort »Opfer«. »Wenn Ihre Software so gut ist, wie kommt's, dass sie den Fall noch nicht gelöst hat? Also schön ...« Er wandte sich mit dem Stift in der Hand zu ihr um. »Wir suchen nach einer Verbindung zwischen diesen beiden Opfern.«

Westbrook lehnte sich zurück, nahm ihre Kaffeetasse in die Hand und starrte die Tafel an. »Beide sind weiblich und ungefähr im gleichen Alter. Emma war vier Jahre älter.«

»Okay.« Rowlinson schrieb eine entsprechende Bemerkung an die Tafel.

»Und das wär's auch schon. Sonst haben sie nicht viel gemeinsam. Jane war verheiratet und hat drei Kinder. Emma war ledig und hatte keine Kinder, aber einen Freund, den wir immer noch nicht gefunden haben. Jane war Grundschullehrerin, Emma freiberufliche Fotografin. Jane war weiß, Emma Halblatina, obwohl ihre Bekannten ausgesagt haben, dass man das nicht bemerkt hat. Ihr Vater ist Brite.«

Rowlinson schrieb alles auf die Tafel neben die vor dem Tod aufgenommenen Porträtfotos der beiden Frauen. Sie lächelten unschuldig in die Kamera. Rowlinson klebte ein Foto der Opfer nach ihrer Ermordung unter die Notizen.

Westbrook atmete scharf ein. »Muss das sein, Boss? Wir wissen doch, was passiert ist.«

»So vergessen wir nicht, womit wir es zu tun haben.«

Als Nächstes befestigte er Bilder des Symbols, das sie an den beiden Tatorten gefunden hatten, an der Tafel.

»Darauf müssen wir uns konzentrieren«, verkündete er. »Der Mörder will uns etwas mitteilen. Wir müssen so schnell wie möglich herausfinden, was das ist. Treiben Sie einen Fachmann für so etwas auf. Einen Symbologen oder so.«

»Das ist wie eine Gangmarkierung«, sagte Westbrook. »Der Mörder hinterlässt sein Zeichen, damit wir wissen, dass er es war.«

»Das ist reine Spekulation. Serienmörder pflegen nur in Hollywoodfilmen Zeichen zu hinterlassen.«

»Schon mal vom Zodiac-Killer gehört, Boss?«

»Der Zodiac-Killer hat seine Briefe an die Polizei mit einem kleinen Symbol versehen, seine Tatorte nicht. Deshalb weiß auch niemand, ob es sich bei dem Briefeschreiber tatsächlich um den Mörder oder nur um einen irren Trittbrettfahrer handelte.«

Westbrook wollte gerade etwas erwidern, als sie von dem DC am benachbarten Schreibtisch – der ihr die heimlichen Seitenblicke zuwarf – unterbrochen wurden.

»Chef?«, fragte er und legte eine Hand über die Sprechmuschel des Telefonhörers. »Der DSI will Sie beide sehen.«

Rowlinson seufzte. »Sagen Sie ihm, dass wir in fünf Minuten bei ihm sind.«

Der DC nahm den Hörer wieder ans Ohr und lauschte. »Sie haben genau eine Minute«, sagte er.

Detective Superintendent John Eatons Büro – ein großer Raum, in dem überall Akten und Papiere verstreut waren – befand sich eine Etage über Rowlinsons Schreibtisch. An einer Pinnwand hingen Fotos der Enkel. Eaton selbst saß mit übergeschlagenen Beinen an seinem Schreibtisch und drehte sich eine Zigarette. Der DSI hatte schon vor drei Jahren verkündet, in den Ruhestand gehen zu wollen, machte aber keine Anstalten, seinen Posten zu räumen. Rowlinson vermutete, dass er auf seinem Stuhl kleben bleiben würde, bis er das Zeitliche segnete. Eaton hatte einen wilden grauen Haarschopf und ein faltiges Gesicht mit tief in den Höhlen liegenden Augen, die nichts von ihrer Wachsamkeit eingebüßt hatten. Er mochte zwar den Eindruck des kühlen, unverblümten und zielorientierten Zuchtmeisters erwecken, doch Rowlinson wusste, dass hinter dieser Fassade eine komplexe Persönlichkeit steckte. Immerhin hatte Eaton sowohl Assistant Commissioner Auckland davon überzeugt, Rowlinson eine Festanstellung anzubieten, als auch Rowlinson dazu gebracht, diese anzunehmen.

Neben ihm stand ein schlanker Mann mit lockigem Haar und Aknenarben im Gesicht, der verlegen an seiner Krawatte nestelte. Er lächelte Rowlinson nervös an und musterte Westbrook dann ungeniert, wobei sein Blick besonders lange auf ihren Beinen ruhte.

»DCI Rowlinson, DS Westbrook«, sagte Eaton mit starkem Yorkshire-Akzent, »ich fühle mich geehrt, dass Sie trotz Ihres vollen Terminkalenders Zeit für mich gefunden haben.«

»Sir, wir haben uns nur noch schnell auf den neuesten Stand der Ermittlungen gebracht«, sagte Rowlinson.

»Schwachsinn. Wie auch immer, das hier ist Ethan Grey. Wir haben keine Kosten und Mühen gescheut, ihn anzuheuern, damit er Ihnen in den Mordfällen Jane Vardy und Emma Mendez beratend zur Seite steht. Mr. Grey ist Profiler.« Als niemand reagierte, wedelte Eaton ungeduldig mit den Armen. »Was denn, wir sind hier doch nicht in der verdammten Sonntagsschule. Sagen Sie *Hallo* oder irgendwas.«

Rowlinson ging auf Grey zu und hielt ihm die Hand hin. »DCI Rowlinson. Das hier ist DS Westbrook.« Der Händedruck des Profilers war schwach.

»Freut mich«, murmelte Grey.

»Bitte verstehen Sie meine nächste Bemerkung nicht falsch«, sagte Rowlinson und wandte sich Eaton zu. »Brauchen wir wirklich einen Profiler, Sir? Mir wäre es lieber …«

»Ich weiß, was Ihnen lieber wäre, Rowlinson. Mr. Grey wurde auf Assistant Commissioner Aucklands ausdrücklichen Wunsch hin angefordert. Seine Referenzen sind erstklassig.«

Rowlinson warf Grey, der unbehaglich von einem Bein aufs andere trat, einen kurzen Blick zu. Der Mann sah aus, als käme er frisch aus der Ausbildung; er war so jung, dass er wahrscheinlich seinen Ausweis vorzeigen musste, wenn er Alkohol im Supermarkt kaufen wollte.

»Mit Profilern fängt man keine Mörder, Sir. Mit harter Arbeit und …«

»Ersparen Sie mir Ihren philosophischen Bullshit, Detective. Wir alle wissen, was hier vor sich geht und dass es wohl noch schlimmer wird. Zwei Opfer, die offenbar nichts miteinander zu tun haben, und das in vier Tagen.«

»Dafür ist es noch etwas zu früh, Sir. Wir wissen nicht mit Sicherheit, dass es keine Verbindung zwischen den Opfern gibt; wir haben sie nur noch nicht gefunden.«

»Wissen Sie, was? Ich setze mich gern hin und denke den ganzen Tag über Ihre Theorie nach, aber es macht überhaupt keinen Unterschied. Wenn die AC sagt, dass Sie einen Profiler brauchen, kriegen Sie auch einen Profiler.«

»Und wessen Budget geht dafür drauf?«, fragte Rowlinson genervt, obwohl er wusste, dass er kurz davor war, den Bogen zu überspannen. Wahrscheinlich bewahrte ihn nur Greys Anwesenheit davor, von Eaton zur Schnecke gemacht zu werden.

Grey, der in der Ecke stand, lachte nervös. »Haben Sie denn Erfahrung mit Serienmördern, DCI Rowlinson?«

»Sie etwa?«, gab Rowlinson zurück.

Greys Lächeln erlosch. »Ich habe Ihre Ermittlungsprotokolle gelesen, Detective. Sie haben bereits vier Tage verschwendet. Dieser Mörder ist raffiniert und weiß genau, was er tut. Um ihn zu fassen, reichen harte Arbeit und Gottvertrauen nicht aus. Sie brauchen meine Hilfe.«

»Nichts für ungut, aber …?«

»Haben Sie schon ein Profil auf *Analyzer* angelegt?«, fiel ihm Eaton ins Wort.

»Wir haben eine Ermittlungstafel aufgestellt«, sagte Westbrook. Rowlinson drehte sich zu ihr um und sah sie tadelnd an. *Tausend Dank, Westbrook.*

»Eine Ermittlungstafel?« Grey lachte wie ein Privatschuljunge. Er klang, als hätte er den Mund voller Watte. »Ist das Ihr Ernst?« Er sah Eaton an und hob übertrieben die Augenbrauen. Rowlinson biss sich auf die Zunge.

Eaton bemerkte nichts davon. Er hatte seine Zigarette fertig gedreht und stand auf. »Wir treffen uns morgen zu einer ausführlichen Besprechung. Bis dahin werden Sie Grey Zugriff zu Ihrem Material gewähren, damit er ein Profil anlegen kann, das als Kernstück der Ermittlung dienen wird. Wir haben nicht viel Zeit. Die Medien wissen zwar von den Morden, aber noch haben sie die Verbindung nicht hergestellt, weil ihnen das Symbol, das der Mörder an beiden Tatorten hinterlassen hat, bisher unbekannt ist. Und jetzt vertragen Sie sich gefälligst und machen sich an die Arbeit.«

Rowlinson und Westbrook verdrückten sich schnell zur Kaffeemaschine neben Eatons Büro. Ethan Grey folgte ihnen nicht. »Mussten Sie die Tafel erwähnen?«, fragte Rowlinson, sobald sie außer Hörweite waren.

»Tut mir leid, Boss. Dieser Grey hätte sich trotzdem nicht so aufführen dürfen.«

»Ganz meine Meinung.«

Rowlinson kramte nach Kleingeld und holte sich einen koffeinfreien Latte und Westbrook einen schwarzen Americano.

Westbrook nahm den Becher dankbar entgegen. »Haben Sie denn schon mal einen Serienkiller erwischt, Boss?«, fragte sie auf dem Weg zur Treppe. »Einen *richtigen* Serienkiller, meine ich.«

Rowlinson blieb stehen. »Nein. Ich kenne überhaupt nur einen Menschen, dem es gelungen ist, einen Serienmörder zu schnappen.«

»Und der wäre?«

Ohne zu antworten, lief Rowlinson die Treppe hinunter, immer zwei Stufen auf einmal.

9

Priest sah auf die Uhr. Eine Stunde war vergangen. Er stand auf, um sich die Beine zu vertreten; dabei spähte er durch die Vorhänge auf die Straße hinaus. Ob Merriweather und Vose noch im Mercedes saßen, war kaum zu erkennen, da die Sonne auf die Windschutzscheibe fiel. Wenn er Glück hatte, waren sie bereits vor Hitze ohnmächtig geworden.

Owen telefonierte im Nebenraum. Seine Stimme dröhnte durch die Wand, dennoch konnte Priest nur wenige Worte verstehen. »Unerhört«, »unbefriedigende Gesamtsituation«, »die haben doch keine Ahnung!« – offenbar sprach er mit einem Kollegen, wenngleich Priest auch nicht wusste, mit wem. Er hatte dem Professor geraten, sich einen Rechtsbeistand zu suchen, doch der schien sich lieber seinen Akademikerfreunden anzuvertrauen als einem unbekannten Anwalt. Was ihm auch niemand verdenken konnte.

Priest seufzte. Owens Entschlossenheit – sein unerschütterlicher Glaube an das, was er Priest erzählt hatte – machte ihm Sorgen. Der Professor hatte zweifellos große Angst. Aber was hatte er zu verbergen? Was war das für ein Geheimnis, das die Welt auf keinen Fall erfahren durfte?

Will ich das überhaupt wissen?

Jessica hatte sich für heute Abend um sieben angekündigt, und Priest hatte ihr ein Gourmetessen versprochen, wie sie es noch nie gekostet hatte; sie hatte ihn skeptisch angesehen und seine Einladung dann mit einem leichten Lächeln auf den Lippen angenommen. Ihre Lippen waren unglaublich – allein der Gedanke daran quälte ihn, wenn er nachts allein wach lag und sich wünschte, mehr Zeit mit ihr verbringen zu können. Gelegentliche Augenblicke der Leidenschaft waren in ihrer Beziehung das höchste der Gefühle, mehr ließen Jessicas geschäftliche Verpflichtungen nicht zu. Eigentlich war es überhaupt keine Beziehung; das hatte sie jedenfalls behauptet. Jessica Ellinder stand einer der größten Pharmafirmen Großbritanniens vor und hatte alle Hände voll damit zu tun, diese vor dem Bankrott zu retten. Mehr als dann und wann eine schnelle Nummer durfte er nicht erwarten. Damit musste er leben.

Priest biss sich auf die Lippen. Was ihr wohl lieber war – der chinesische oder der indische Lieferdienst? Sie hatten so wenig gemeinsame Zeit, die würde er sicher nicht mit seinen Kochversuchen verschwenden – Versprechen hin oder her.

Owen kehrte in die Küche zurück, knallte die Tür hinter sich zu und ließ sich in einen Holzstuhl neben der Vorratskammer fallen. Sein Gesicht war gerötet, die Angst war ihm deutlich anzusehen.

»Niemand will mir helfen«, verkündete er wütend.

Priest ging zum Spülbecken und füllte den Wasserkocher. »Wo ist das Buch?«

»Oben. Ich hole es.«

Owen verschwand erneut und kehrte eine Minute später mit einem großen Kasten zurück, den er vorsichtig auf den Küchentisch stellte. Er verband ein Stromkabel, das aus der Rückseite des Kastens führte, mit der nächsten Steckdose.

Priest sah sich den Kasten genauer an. Er war schwarz, versiegelt und anscheinend ziemlich schwer. Auf seiner Seite war ein Bedienfeld mit Digitaldisplay. Aus dem Inneren war das Surren eines Ventilators zu hören.

»Das Pergament ist hier in dieser tragbaren Mikroklima-Speichereinheit«, erklärte Owen. »Die Einheit ist durch ein Kombinationsschloss gesichert. In ihrem Inneren herrschen eine konstante Temperatur von einundzwanzig Grad Celsius und eine relative Luftfeuchtigkeit von fünfzig Prozent. Für den Transport ist sie mit einer Batterie ausgerüstet. Dadurch können diese Bedingungen mehrere Stunden lang aufrechterhalten werden.«

»Verstehe. Darf ich …?«

»Nein. Wenn wir das Pergament dem Licht aussetzen, kann es ganz besonders bei diesen Temperaturen Schaden nehmen. Es ist jetzt schon kaum lesbar.«

»Woher wissen Sie dann, dass es überhaupt da drin ist?«

»Da gibt es einen Trick.«

Owen zeigte Priest einen kleinen Metallring in der Seite des Kastens, der sich als Guckloch entpuppte. Priest kniff ein Auge zu und spähte hinein. Und tatsächlich konnte er mehrere rissige vergilbte Seiten mit verblassten schwarzen Symbolen darauf erkennen.

»Haben Sie es komplett übersetzt?«

»So gut es ging. Manche Stellen waren so unleserlich, dass ich nur raten konnte.«

»Und diese Übersetzung ist an einem sicheren Ort?«

Owen lächelte. »Ja, allerdings.«

»Und wo? Capindale wird sicher darauf bestehen, dass sie ebenfalls Teil des zu beschlagnahmenden Materials ist.«

»Sie werden sie niemals finden.«

»Ihre Leute werden Ihr Haus auf den Kopf stellen.«

»Mr. Priest, ich bin bereit, mein Leben zu geben, um die Geheimnisse des Buchs Janus zu schützen. Da wird es mir ganz sicher nichts ausmachen, ein wenig hinter diesen Leuten aufzuräumen.« Owen sah sich um und deutete auf die verschmutzte Küche. »Besonders sauber ist es hier sowieso nicht.«

Priest setzte sich wieder. Das Wasser kochte, doch er hatte keine Lust mehr auf Tee. Wenn Owen unbedingt wollte, dass Henrik Vose den ganzen Tag in seinem Unterwäscheschrank wühlte, würde er ihn sicher nicht davon abhalten. Priests Aufgabe lautete, die Durchführung des Durchsuchungsbeschlusses zu überwachen – und nicht, Capindale das zu verschaffen, was sie haben wollte.

Er stützte den Kopf auf die Hand. »Sollen wir weitermachen, Professor? Wenn Sie keinen Rechtsbeistand hinzuziehen wollen, wird es die Laune der Wartenden da draußen kaum bessern, wenn wir drei Stunden lang müßig hier rumsitzen.«

»Können Sie wirklich nichts für mich tun, Mr. Priest?« Owens Stimme brach. »Gar nichts?«

Priest schüttelte den Kopf. »Professor …«

»Moment.« Owen zögerte, dann wedelte er mit der Hand. »Bitte. Selbst wenn sie die Übersetzung nicht finden, ist es nur einer Frage der Zeit, bis sie jemanden auftreiben, der den Text übersetzen kann. Der Inhalt dieses

Buchs könnte … er wird die Welt aus den Angeln heben. Und das wird unmöglich wieder rückgängig zu machen sein.«

Priest musterte Owen zögerlich. Der Professor war verzweifelt, weshalb Priest geneigt war, seinen Worten Glauben zu schenken.

Es ist nicht meine Aufgabe, ihm zu helfen.

»Ich weiß, wie lächerlich das klingt, Mr. Priest«, sagte Owen, der Priests Unentschlossenheit offenbar bemerkt hatte. »Ich verlange von Ihnen, an Kräfte zu glauben, die weitaus mächtiger sind als Sie, ich oder Elisha Capindale.«

»Wie bereits erwähnt, glaube ich nicht an Gott.«

»Na schön.« Owen war enttäuscht. »Aber Sie glauben doch daran, dass diejenigen, die an Gott glauben, großes Unheil anrichten können?«

»Darüber will ich mir kein Urteil erlauben, Professor Owen.« Priest nahm sein Handy heraus und schrieb Sasha Merriweather eine Nachricht: *Es kann losgehen. Nur Sie und Vose.* »Ich kann Ihnen etwas Zeit verschaffen. Mehr nicht.«

Owen stöhnte und vergrub den Kopf in den Händen. »Zeit ist nicht alles, Mr. Priest. Selbst tausend Jahre würden nicht reichen.«

Priest sah Owen noch einmal an. Er wirkte müde, aber nicht so, als wollte er klein beigeben. Nachdenklich betrachtete Priest die Nachricht auf dem Handydisplay. *Welchen Schaden kann ein altes Buch schon anrichten?* Er drückte auf »Senden«.

Kurze Zeit später öffneten sich die Türen des Mercedes.

10

Henrik Vose lockerte die Krawatte und öffnete den obersten Hemdknopf. Als er aus dem Wagen stieg und die Straße überquerte, traf ihn die Hitze wie eine Abrissbirne. Sasha Merriweather ging an seiner Seite. Sie hantierte mit einer Videokamera.

»Wollen Sie das etwa filmen?«, fragte er.

»Damit wir eindeutig nachweisen können, wie die Durchsuchung verläuft. Das ist zum Besten für alle.«

Das gefiel Vose überhaupt nicht. Er hatte nicht damit gerechnet, die Suche selbst durchzuführen – hatte ihm Capindale nicht genau deswegen ein ganzes Team zur Verfügung gestellt? Er wusste ja noch nicht einmal, wonach genau er suchte. Owen musste ihm einfach nur irgendein altes, teefleckiges Manuskript in die Hand drücken und behaupten, es sei das Buch Janus. Wie konnte er sich sicher sein, dass das auch der Wahrheit entsprach?

Henrik stieg die Treppe zur Haustür hinauf und drückte auf die Klingel. »Ob er es uns einfach so überlassen wird?«, fragte er Merriweather.

»Priest kennt sich aus. Wir hätten leicht doppelt so lange warten können. Offenbar hat er Owen unter Kontrolle. Also machen Sie sich keine Sorgen, Henrik.«

Sie schaltete die Kamera ein und richtete sie auf die sich öffnende Tür.

Charlie Priests stämmige Gestalt erschien im Türrahmen. »Zuerst mal schalten Sie das verdammte Ding ab«, knurrte er.

Dann trat er zurück und ließ Merriweather und Vose in die Küche. Vose sah sich um, bemerkte die Unordnung und roch den Schimmel. Dann fiel sein Blick auf den verzweifelten Owen in der Ecke und die Mikroklima-Speichereinheit auf dem Klapptisch.

Priest räusperte sich. »Professor Owen, das sind Henrik Vose, Elisha Capindales Bevollmächtigter, sowie Sasha Merriweather, ihre Anwältin.«

»Freut mich.«

Merriweather hielt ihm die Hand hin.

Owen weigerte sich, sie zu schütteln.

»Vielen Dank für Ihre Geduld. Wir werden uns nicht länger hier aufhalten als nötig.«

Vose deutete mit dem Kinn auf den Kasten. »Was ist das?«

»Eine Mikroklima-Speichereinheit«, sagte Priest. »Sie enthält das Buch Janus.«

Vose schluckte. Seine Augen verengten sich. Irgendetwas war hier faul. Priest bemerkte, dass Vose den Kasten nicht mit Befriedigung oder Erleichterung ansah. Gier lag in seinem Blick. Nackte, kalte Gier.

»Können wir nicht einfach …?«

»Die Batterie der Einheit hält mehrere Stunden«, erklärte Priest. »Sie sollten sie schnell wieder in die Steckdose stecken, wenn Sie nicht wollen, dass ihr Inhalt zu Staub zerfällt.«

»Wir bringen sie unverzüglich in meine Kanzlei«, sagte

Merriweather und zog den Stecker. »Helfen Sie mir mal, Henrik.«

»Moment«, sagte Vose und funkelte Owen böse an. »Was ist mit der Übersetzung?«

Owen schüttelte den Kopf. »Die bekommen Sie nicht.«

»Wir haben einen Durchsuchungsbeschluss und können mitnehmen, was wir wollen. Habe ich recht, Mr. Priest?«

»Nein«, sagte Priest ruhig. »Sie können nur das mitnehmen, was in dem Beschluss aufgeführt wird. Vorausgesetzt, Sie finden es.«

»Ist die Übersetzung hier?«, fragte Vose barsch. Sein Gesicht hatte sich bis zum Hals gerötet, und er sah aus, als würde er gleich die Beherrschung verlieren.

»Ich sollte Ihnen noch etwas zu dem Buch sagen, das Sie mir wegnehmen wollen, Mr. Vose«, sagte Owen.

»Ersparen Sie mir den spirituellen Blödsinn, Professor. Ich kenne Ihre diesbezügliche Einstellung. Das Buch kommt mit. Also, wo ist die Übersetzung?«

Owen zögerte. »Dieses …«, begann er mit zitternder Stimme, »dieses Buch ist der Weg zu etwas unvorstellbar Bösem.«

Priest bemerkte, dass Merriweather Vose einen fragenden Blick zuwarf. *Sie weiß also nicht, worum es hier geht. Interessant.* Vose wog den Kasten bereits prüfend in den Armen.

»Das stellen wir in den Wagen«, befahl er Merriweather. »Wenn wir zurück sind, hat Mr. Priest Professor Owen hoffentlich beigebracht, dass uns die Übersetzung unverzüglich auszuhändigen ist.«

»Das werde ich nicht tun«, sagte Priest. »Damit das klar ist.«

Vose blieb stehen und ballte die Fäuste. »Sie werden tun, was ich sage. Haben Sie schon vergessen, wer Sie bezahlt? Oder soll ich beim Richter einen Antrag auf Befangenheit des die Durchsuchung beaufsichtigenden Anwalts stellen?«

»Henrik …«, sagte Merriweather ängstlich.

»Ruhe!«, zischte Vose. »Gehen wir.«

»Hören Sie auf, Mr. Vose, sonst wird Blut fließen«, stammelte Owen und stand auf. Er klang zunehmend wie ein religiöser Fanatiker. »Vergessen Sie nicht: Die Welt steht in Christus' Schuld, und eines Tages wird er diese Schuld eintreiben. Dann werden wir bezahlen. Mit Blut. Dieses Buch enthält den Schlüssel zur Tilgung dieser Schuld, die seit Jahrtausenden prophezeit wird und ebenso grausam und unerbittlich wie glorreich sein wird.«

Vose sah den Professor mit einer Mischung aus Mitleid und Verachtung an. »Wenn Sie so etwas glauben, sind Sie ein Narr. Dieses Buch ist ein Relikt. Genau wie Sie.«

Owen sah Priest entsetzt an. *Die Welt wird ihre Schulden mit Blut bezahlen.* Priest schnalzte mit der Zunge. *Wie habe ich Owen gerade eingeschätzt? Verzweifelt, aber glaubwürdig.*

Vose bedeutete Merriweather, ihm mit dem Kasten zu helfen.

Verzweifelt und glaubwürdig. Was erste Eindrücke anging, lag Priest nur selten daneben.

Owen stöhnte, als Vose die Tür auftrat und sie den Kasten langsam aus dem Raum manövrierten.

»Augenblick!«, sagte Priest.

Vose blieb stehen und sah sich verärgert zu ihm um. »Was ist denn jetzt noch?«

»Das dürfen Sie nicht mitnehmen.«

»Was?«, fragte Vose erbost. »Das haben wir doch gerade besprochen, Priest.« Er wandte sich Merriweather zu. »Haben Sie nicht gesagt, dass er weiß, was er tut?«

»Mr. Vose, tut mir leid, aber das dürfen Sie nicht mitnehmen«, wiederholte Priest und zückte seine Kopie des Durchsuchungsbeschlusses.

Vose zögerte, dann stellte er mit einem verächtlichen Schnauben den Kasten auf den Tisch zurück. Etwas außer Atem suchte er nach seiner Kopie des Beschlusses. *»Jegliche Dokumente, Materialien, Artefakte, Texte und Schriften, die im Zusammenhang mit den Ausgrabungen in den nördlichen Qumran-Höhlen stehen und die sich in Ihrem Besitz oder unter Ihrem Eigentum befinden«,* las er laut vor. Dann blickte er zu Priest auf und hob die Arme in gespielter Ratlosigkeit. »Bitte schön. Zufrieden?«

»Voll und ganz.« Priest nickte.

Vose knurrte einen unverständlichen Fluch, dann drehte er sich wieder zu dem Kasten um.

»Sie sind berechtigt, das Buch Janus mitzunehmen, da es ganz zweifellos unter die in dem Beschluss aufgeführten Gegenstände fällt. Aber für den Kasten, in dem es sich befindet, gilt das nicht.«

Vose hielt inne. Priest glaubte einen Augenblick lang, er wollte auf ihn losgehen. Seine Furcht hielt sich in Grenzen, immerhin war Priest eins neunzig groß, muskelbepackt und konnte sich noch gut an das im Rahmen seiner Polizistenausbildung absolvierte Kampfsporttraining erinnern. Vose dagegen war etwas übergewichtig und wirkte nicht gerade kampferprobt.

»Seien Sie nicht albern«, sagte Vose anklagend. »Wir können das beschissene Buch nicht aus dem Kasten nehmen, das wissen Sie genau.«

»Tja, für solche Fälle hätte der Beschluss etwas eindeutiger formuliert werden müssen.«

Vose warf Merriweather einen Blick zu, der sie zusammenzucken ließ. »Sasha, sagen Sie mir, dass dies ein Scherz ist.«

»Das … also …«, stammelte sie.

»Nun sagen Sie schon etwas!«, brüllte Vose.

Merriweather gewann langsam die Fassung zurück. »Charlie, dieser Beschluss ist dahingehend zu interpretieren, dass …«

Priest war die Auseinandersetzung leid: »Ich bin kein Richter, Sasha, und es ist nicht meine Aufgabe, irgendetwas zu interpretieren. Der Wortlaut ist klar und eindeutig. Sie können das Buch mitnehmen, den Kasten aber nicht. Dafür müssen Sie eine Änderung des Beschlusses beantragen.«

Nun verlor Vose die Beherrschung. »Er wird das verdammte Ding vernichten! Kapieren Sie das denn nicht, Sie *Witzfigur?*«

Priest hob beschwichtigend die Hände, obwohl er nicht im Mindesten eingeschüchtert war. »Ja, Mr. Vose, offenbar gehen die Meinungen hier auseinander. Sie dürfen das Buch mitnehmen, aber nicht den Kasten. Aber Sie können das eine nicht ohne das andere haben.« Er wandte sich der unglücklich dreinblickenden Merriweather zu – offenbar überlegte sie bereits, wie sie ihrer Klientin diese Situation möglichst schonend beibringen sollte. »Sasha, ich schlage vor, dass ich die Einheit samt Buch vorläufig an mich nehme, bis Sie eine Änderung des Beschlusses erwirkt haben.«

Einen Augenblick lang sagte niemand mehr etwas. Vose sah erbost von einem zum anderen, bis sein Blick schließlich auf Merriweather zum Ruhen kam. »Und?«, fragte er. »Wollen Sie nichts dagegen unternehmen?«

Merriweather nahm sich einen Augenblick Zeit, um sich zu sammeln. »Henrik, ich glaube, er hat recht.«

Vose schlug die Hände über dem Kopf zusammen. »Was ist das denn für eine Farce?«

Der Professor wirkte erschüttert, aber auch erleichtert. »Sie sollten sich einen Anwalt suchen«, riet Priest ihm.

Owen nickte dankbar.

Vose packte Merriweathers Arm und stürmte wütend mit ihr aus dem Raum. Sie warf Priest einen vorwurfsvollen Blick zu, bevor sie sich von Vose davonzerren ließ.

»Lassen Sie sich ruhig Zeit damit«, sagte Priest, bevor sie aus der Tür verschwand. »Das Buch ist bei mir in guten Händen.«

Vose knallte die Haustür so heftig zu, dass die entstehende Vibration den Deckenventilator wieder in Gang setzte.

11

Georgie Someday schloss die Augen. Sie hörte das Blut im Schädel dröhnen, spürte das Herz gegen ihre Brust schlagen. Adrenalin durchströmte sie, und sie war so konzentriert, dass sie die Welt um sich herum vergaß. Alles war perfekt ausgerichtet und ausbalanciert. Georgie war ein Vogel, der sich gleich in die Lüfte erheben würde.

Dann hörte sie Schritte. Nackte Füße huschten über die Matte. Georgie öffnete die Augen. Ihr kauernder Körper war angespannt. Die Gestalt vor ihr täuschte nach links an, doch dieses Manöver hatte sie erwartet. Sie trat zur Seite, wobei sie den linken Fuß ausgestreckt hielt. Die Gestalt kollidierte mit ihrem Knie, und sie nutzte Gewicht und Schwung zu ihrem Vorteil, indem sie den Angreifer über die Schulter schleuderte, sodass er hinter ihr mit dem Rücken auf die Matte knallte.

»Au! Verdammt noch mal!«, stöhnte Li und riss Georgie damit aus ihrer Trance.

Sie lief zu Li hinüber. »O Gott, alles in Ordnung? Das tut mir wahnsinnig leid. Hast du dir wehgetan?«

Li setzte sich mit Georgies Hilfe auf. »Nein, alles okay. Übrigens, Georgie – das war ausgezeichnet!«

»Ich wollte dich nicht so schwungvoll auf die Matte schleudern. Das sollte nur …«

»Georgie, beim Judo geht es darum, andere Personen auf ihren Allerwertesten zu befördern. Also hör auf, dich zu entschuldigen.«

Li rappelte sich auf. Der weiße Judoanzug passte ihr wie angegossen, aber Li hätte wohl auch in einem Müllsack eine gute Figur gemacht. Kein Wunder, dass die Hälfte der männlichen Anwesenden jede ihrer Bewegungen genau verfolgte – selbst wenn sie durch die Luft geschleudert wurde.

Georgie dagegen hatte ihren Judoanzug bei eBay gekauft. Er war zwei Nummern zu groß.

»Anscheinend habe ich den Bogen allmählich raus«, sagte Georgie.

»Ja, das glaube ich auch«, pflichtete ihr eine Männerstimme bei.

Georgie spürte eine Hand auf der Schulter, drehte sich um und blickte in das lächelnde Gesicht ihres Trainers Andy. Der große Mann mit dem markanten Kinn trug sein mausbraunes Haar stets so sorgfältig frisiert, als käme er geradewegs von Toni & Guy. Seine Augen waren so grün wie ihre eigenen.

Georgie lächelte zurück. Zu einer schlagfertigen Antwort war sie nicht in der Lage.

Li stellte sich so hin, dass Andy sie nicht sehen konnte, machte auffordernde Handbewegungen und formte *»Sag doch was«* mit den Lippen.

Georgie sagte nichts.

Andy nahm seine Hand von ihrer Schulter und tätschelte verlegen ihren Arm.

»Das war jedenfalls große Klasse«, sagte er etwas unbeholfen und ging zu zwei anderen Schülern hinüber, die in der Mitte des Raums miteinander rangen.

»Das war die schlechteste Anmache aller Zeiten«, bemerkte Li.

»Wie meinst du das?«, fragte Georgie und sah Li ratlos an.

»Okay, ich erklär's dir ganz genau: Dieser Mann, der übrigens ziemlich gut aussieht, findet dich offensichtlich sehr sympathisch. Aber jedes Mal, wenn er ankommt, um eine Unterhaltung anzufangen, gehen bei dir die, äh … Rollläden runter.«

»Ach, so ein Quatsch. Er will doch nicht … ich bin mir sicher, dass …«

»Georgie, wir trainieren seit acht Wochen hier. Ich bin Prostituierte, ich weiß, wann jemand jemanden wirklich sympathisch findet. Aber auch ein asexuelles Alien ohne Verständnis für Psychologie oder menschliches Begehren würde merken, dass Andy dich toll findet. Du bist mit deiner Meinung in der Minderzahl. Ehrlich.«

»Wirklich?« Georgie sah zu ihm hinüber, doch ohne ihre Brille war alles auf mittlere Entfernung leicht verschwommen. Aber irgendwo dort musste Andy gerade sein, und bestimmt sah er sehr gut aus, genau wie Li sagte. *Eine dieser undeutlichen weiß gekleideten Gestalten muss er sein …*

»Da bist du so intelligent und siehst trotzdem den Wald vor lauter Bäumen nicht«, schimpfte Li und seufzte.

Georgie wandte sich wieder zu Li um. »Darüber reden wir später, jetzt üben wir erst mal unsere Ko-uchi-gaeshi. Diesmal übernehme ich die Attacke.«

Li stöhnte, als Georgie Angriffsposition einnahm. »Na schön, aber sei diesmal etwas vorsichtiger. Ich will mir nur ungern das Kreuz brechen.«

12

Jessica Ellinder lehnte am Küchentisch. In einer Hand hielt sie ein Glas hellen Rosé, die andere ließ sie an der Seite herabbaumeln. Sie trug ein einfaches weißes hochgeschlossenes Oberteil mit kurzen Ärmeln und einen Faltenrock in derselben Farbe wie der Wein. Für sich genommen waren weder ihre Kleidung, das sparsame Make-up noch das rotbraune Haar oder die praktische Kurzhaarfrisur besonders schick, doch alles zusammen verlieh ihr eine herbe Attraktivität.

»Und was ist dann passiert?«, fragte sie und sah Priest über den Rand des Weinglases hinweg an.

Priest öffnete seine Bierflasche und fuhr sich peinlich berührt mit der Hand übers Gesicht: Sie sah aus wie für ein *Vogue*-Fotoshooting, er dagegen hatte sich seit drei Tagen nicht rasiert. »Na ja, Sasha Merriweather war zunächst ziemlich aufgebracht«, sagte er, deckte den Tisch für zwei und hoffte, dass sie sein etwas verwahrlostes Äußeres nicht bemerkt hatte. »Ich war selbstverständlich wie immer die Ruhe in Person. Als sie sich endlich beruhigt und der Typ, den sie dabeihatte – ein gewisser Vose – genug geschimpft hatte, hat sie mir den Kasten mit dem Manuskript ausgehändigt.«

»Und wo ist er jetzt?«

»Gleich hier drüben im Arbeitszimmer.«

»Darf ich mal sehen?«

»Klar. Besonders interessant ist das aber nicht. Man kann durch ein Guckloch ein Stück von dem Pergament mit ein paar Symbolen darauf erkennen, das war's. Ich zeig's dir nach dem Essen.«

Jessica nahm einen Schluck Wein und fuhr sich gedankenverloren durchs Haar. »Er hat dir nicht verraten, was in dem Manuskript steht? Nur dass es ein Geheimnis enthält, für das es wert ist, sein Leben zu geben?«

Priest schenkte Wasser in zwei Gläser. »Mehr oder weniger. Noch irgendwas vom Ende der Welt oder so ähnlich. Keine Ahnung.«

»Macht dich das nicht neugierig?«

Priest hatte noch keine Gelegenheit gehabt, länger darüber nachzudenken. Als er den Kasten endlich im Auto verstaut und sich von Merriweather, Vose und Owen verabschiedet hatte, war es schon nach fünf gewesen. Dann hatte er sich durch den Feierabendverkehr gekämpft und war plötzlich am Straßenrand stehen geblieben, als er unter den Passanten einen Mann mit Hundekopf gesehen hatte.

Schnell verscheuchte er das Bild aus seinen Gedanken, doch allein die Erinnerung daran ließ sein Herz kurzzeitig schneller schlagen.

Priests dissoziative Störung war vor Kurzem in eine neue Phase eingetreten. Die psychische Erkrankung, die seine Wahrnehmung derart verzerrte, hatte ihren Anfang als lang andauernde Episode des ständigen Grübelns und Hinterfragens genommen – er hatte sich in einem emotionalen Niemandsland wiedergefunden, in dem er nichts und gleichzeitig alles empfunden hatte. Im Lauf der Jahre hatten die Symptome nachgelassen. Als er Jessica kennengelernt hatte – sie und ihr inzwischen verstorbener Vater hatten ihn engagiert, um den Mord an Jessicas Bruder Miles aufzuklären –, waren die Symptome mehr oder weniger verschwunden gewesen. Die Episoden der Depersonalisation – wenn er sich nicht mehr sicher war, ob er überhaupt existierte – und Derealisation – wenn er sich nicht mehr sicher war, dass die Welt existierte – suchten ihn nur noch selten heim. In besonders schlimmen Fällen gleichzeitig.

Doch seit Kurzem erlebte er mitten im Alltag Halluzinationen wie etwa den Mann mit dem Hundekopf. Dabei war bis auf diese bizarre Ausnahme alles andere völlig normal. Es war, als würde er Gespenster sehen, die sonst niemand bemerkte. Dieses gottlob nur selten auftretende Phänomen stellte eine unangenehme (und nachts sogar schreckenerregende) Erinnerung daran dar, dass es mit seiner geistigen Gesundheit momentan nicht zum Besten stand und noch nie besonders weit her gewesen war.

»Was ist?«, fragte sie, als sie sein Zögern bemerkte.

»Nichts«, sagte er automatisch.

»Was macht deine ...« Sie machte eine entsprechende Geste. Einen Augenblick lang sah er sie verständnislos an, dann fiel ihm wieder ein, dass Jessica eine der wenigen Personen war, die von seiner Depersonalisations- und Derealisationsstörung wusste.

»Ist nicht so schlimm«, sagte er betont beiläufig, doch an ihrem kurzen Nicken bemerkte er, dass sie ihm das nicht abkaufte. Es lag allerdings nicht in Jessicas Natur, weiter nachzubohren. Inzwischen war es ein ungeschriebenes Gesetz, dass sie weder vor, während oder nach dem

Sex über ihre Gefühle sprachen. Das Problem war nur, dass Priest vergessen hatte, auf wessen Betreiben hin diese Regel in Kraft getreten war: Auf seines oder ihres?

Wahrscheinlich wollten wir das beide.

»Was hast du mich eben gefragt?«

»Warum dich das Buch Janus nicht neugierig macht«, sagte sie.

Er nickte. »Natürlich bin ich neugierig, wer wäre das nicht? Aber solche abenteuerlichen Theorien hört man schließlich öfter, und Owen hat selbst gesagt, dass die Echtheit des Manuskripts noch nicht zweifelsfrei festgestellt wurde.«

»Und was steht deiner Meinung nach drin?«

»Wer weiß, vielleicht ein Lasagnerezept.« Er zwinkerte ihr zu.

Sie lachte und deutete auf die Rauchschwaden, die durch den Spalt in der Ofentür drangen. »In diesem Fall taugt es nicht viel.«

Dann ging der Feueralarm los. »Scheiße!« Priest schaltete den Ofen aus und öffnete die Tür. Eine dicke Rauchwolke schlug ihm entgegen. Die Hitze brannte in seinen Augen. Er schaltete den Alarm per Knopfdruck aus und wedelte mit einem Geschirrtuch, bis sich der Qualm verzogen hatte. Schließlich warf er einen Blick auf die verkohlten Überreste der Lasagne in der Backform.

»Wie hast du das denn geschafft?«, fragte Jessica und nahm noch einen Schluck Rosé.

Priest betrachtete den Ofen. »Keine Ahnung. Sollen wir uns was bestellen?«

Das war sowieso der ursprüngliche Plan gewesen. Aus einer Laune heraus hatte er jedoch auf dem Heimweg – womöglich inspiriert durch den Mann mit dem Hundekopf – beschlossen, sich in der Küche zu beweisen, dass er nicht völlig nutzlos war.

Jessica seufzte. »Zum Glück habe ich schon lange die Hoffnung aufgegeben, mich irgendwann einmal von dir beeindrucken zu lassen.«

Priest spürte ein heißes Prickeln im Hinterkopf, und seine Laune fiel schlagartig in den Keller. Sie starrte auf einen Punkt hinter ihm und hielt sich das Glas vors Gesicht, sodass sich die Farbe des Weins auf ihrer Wange widerspiegelte. Das Schicksal hatte sie zusammengeführt, doch diese Verbindung war alles andere als wasserdicht – eher ließ sie sich mit klebrigem Teer vergleichen, der sich löste, sobald sie zusammen waren, aber sich nie so weit ausdehnte, dass er zerriss. Bei jedem Zusammensein mit Jessica zerfiel seine Psyche in ihre Einzelteile, und sobald er sich wieder unter Kontrolle hatte, war er noch ratloser als zuvor. Wenn sie so kühl und abgeklärt vor ihm stand wie jetzt, rechnete er fest damit, dass der Augenblick nicht mehr fern war, in dem er erkannte, dass er sie nicht brauchte. Dass er auch ohne sie *zurechtkam*. Wenigstens so einigermaßen. Doch dieser Augenblick kam nie. Dafür war sie zu sehr Teil seiner Welt. Ihre Wege hatten sich im Zuge der Mayfly-Affäre gekreuzt und waren nun untrennbar miteinander verbunden. Sie *suchte ihn heim* und er sie, und das war das Problem, der Grund, weshalb sie niemals eine *normale* Beziehung führen, sich häuslich einrichten und eine Familie gründen, gemeinsame Freunde haben oder sich wie Erwachsene benehmen würden. Der Grund, weshalb sie nicht händchenhaltend durch den Park gehen, einen Film ansehen oder sich lieben konnten, anstatt Sex miteinander zu haben. Dies war der Grund, weshalb sie auch nicht getrennte

Wege gehen konnten. Mayfly war das unvorstellbare Böse gewesen – ein tödliches Echo aus finstersten Zeiten. Und es hatte kein Ende genommen. Das Böse war noch da, schwebte zwischen ihnen wie ein heimtückischer Geist. Das war es, was sie zusammenschweißte, und deshalb würde Priest niemals derjenige sein können, den sie brauchte. Er würde ihr niemals wahre, unbefleckte Liebe geben können, würde sie nie nachts in den Armen halten, ihr eine Schulter zum Ausweinen oder eine helfende Hand bieten können, wenn sie ins Straucheln geriet. Dazu erinnerte er sie zu sehr an das, was geschehen war, an das Böse, das sie beinahe zerstört hätte. Das sah er auch jetzt in ihren Augen – das Hindernis, das sie wohl nie überwinden würden, und gleichzeitig das Begehren, das sie beide immer wieder überkam.

Er wandte sich ab. »Und weshalb bist du dann hier?«

Sie ließ den Finger über den Rand des Glases gleiten, sagte aber nichts. Die Frage hing im Raum. Priest wartete. Er spürte, wie er auf ihre kühle Art reagierte, auf ihren Schlafzimmerblick, wie sie beinahe unmerklich an ihrer Lippe saugte und wusste, was sie dachte. Was sie beide dachten.

Sie öffnete den Mund, und ihre hohen Wangenknochen hoben sich in perfekter Symmetrie. Priest spürte ein Ziehen in der Leistengegend. Er hatte sie seit zwei Wochen nicht gesehen und sehnte sich danach, sie zu berühren, aber …

Es klingelte an der Tür.

Sie atmete aus und legte den Kopf schief. Die Spannung verpuffte.

»Erwartest du Besuch?«

Priest war unentschlossen. Man konnte das Gebäude

nur betreten, wenn man im Besitz der entsprechenden Schlüsselkarte war oder von einem Bewohner eingelassen wurde. Priest kannte seine Nachbarn kaum, und in dieses Stockwerk verirrten sie sich nie – es gab nur ein Penthouse.

Wieder klingelte es, dann folgte ein lautes und ungeduldiges Klopfen.

»Sieh doch mal nach«, sagte Jessica spöttisch. »Könnte wichtig sein.«

Ärgerlich durchquerte Priest den Raum und riss in der Absicht, den ungebetenen Gast wieder abzuwimmeln, die Tür auf, ohne vorher auf den Bildschirm der Überwachungskamera zu sehen. Plötzlich hatte er seine Schwester und seine Nichte vor sich.

»Wird auch Zeit. Entschuldige, aber offenbar hast du meine Nachricht nicht bekommen. Zum Glück kenne ich den Portier.«

Sarah Boatman spazierte in die Wohnung, als würde sie erwartet. Die sechsjährige Tilly folgte ihr. Die Wangen unter ihrem braunen Lockenkopf glänzten. Sie hatte eine Spielzeuggiraffe unter den Arm geklemmt.

»Hallo, Onkel Charlie«, sagte sie und lief zum Küchentisch, auf den sie eine kleine Plastikdose und einen Plüschhasen stellte.

»Sarah … was?«, stammelte Priest.

Sie drehte sich zu ihm um. Offensichtlich hatte sie Jessica nicht bemerkt. Irgendetwas war mit ihr: Sie wirkte verdrießlich, ihre Augen waren leicht gerötet, und ihr rotblondes, normalerweise perfekt frisiertes Haar war zerzaust und ungewaschen. Sie hatte eine große Tasche dabei und trug eine Trainingshose. *Sarah würde das Haus doch niemals in einer Trainingshose verlassen.*

»Charlie, ich muss mit dir reden.«

»Das sehe ich, aber …«

»Hast du Wein im Haus?«

»Äh, Sarah …«

Tilly, die bereits die kleine Plastikdose geöffnet und mehrere Buntstifte und Papier herausgenommen hatte, malte munter drauflos. »Wer ist die Frau da?«, fragte sie.

Priest sah zu Jessica neben dem Ofen hinüber. Die Neuankömmlinge hatten sie offenbar nicht aus der Ruhe bringen können.

»O Gott, Charlie, das tut mir …«, fing Sarah an.

Priest fiel ihr ins Wort: »Jessica, das sind meine Schwester Sarah und meine Nichte Tilly. Sarah, das ist Jessica.«

»Freut mich, Sie kennenzulernen«, sagte Jessica höflich.

»Hallo«, sagte Tilly.

Sarah sah Priest an. Tränen traten in ihre Augen. Er seufzte. Es musste sich um eine ernste Angelegenheit handeln. Seine Hoffnung, Jessica noch irgendwie ins Bett zu bekommen, zerfiel wie die Lasagne zu Asche.

»Setz dich doch erst mal«, schlug Priest vor. »Wir wollten uns gerade etwas zu essen bestellen.«

13

Vor einem Jahr

Nach dem dritten Gin entspannt sich Sue allmählich. Sie erzählt mir von ihrem Leben und erkundigt sich nach meinem. Wo bin ich aufgewachsen? Marypoint, Cumbria. Was waren meine Eltern von Beruf? Meine Mutter hatte einen Bürojob, ich glaube, bei einer Versicherung, und mein Vater war Pfarrer. Ob ich deshalb tue, was ich tue? Wegen meinem Vater?

»Wahrscheinlich schon«, gebe ich zu, fülle das Glas und reiche es ihr. »Im Gegensatz zu dir hatte ich keine besonders glückliche Kindheit.«

Sie sieht mich besorgt an. »Wie meinst du das?«

Ich wende mich mit einem wehmütigen Gesichtsausdruck ab. »Unser Haus ging in Flammen auf, und meine Eltern starben, als ich zehn war. Eine Gasleitung war undicht, und aus unerfindlichen Gründen gab es einen Funken, der das ganze Haus in Brand steckte. Ich weiß es noch, als wäre es gestern gewesen. Das Feuer war heiß wie die Hölle. Ich habe das verbrannte Fleisch gerochen. Wie beim Grillen, kannst du dir das vorstellen? Kannst du dir vorstellen, dass deine Eltern gegrillt werden, Sue?«

»Das ist ja schrecklich«, murmelt sie, kippt den Gin und

hält mir mit zitternder Hand das Glas hin. »Und wo warst du, als sie gestorben sind?«

»Tja, das ist eine Geschichte, die ich bisher nur wenigen erzählt habe.« Ich lächle vielsagend.

»Mir kannst du es ruhig sagen.«

»Kann ich dir vertrauen, Sue?«

Sie hebt etwas schwankend die Hand zum Schwur wie eine Pfadfinderin. Das heißt dann wohl ja. »Eigentlich hätte ich auch in den Flammen umkommen müssen, aber irgendetwas hat mich in den frühen Morgenstunden geweckt. Keine Ahnung, was es war, vielleicht ein Ast, der gegen das Fenster gestoßen ist, oder der Schrei einer Schleiereule. Jedenfalls bin ich aufgewacht und habe den unwiderstehlichen Drang verspürt, aus dem Bett zu steigen. Warum, kann ich nicht erklären. Ich bin weder schlafgewandelt noch hatte ich einen Albtraum, und normalerweise hatte ich auch einen gesunden Schlaf. Aber irgendetwas hat mir befohlen, das Haus zu verlassen, so unglaublich es auch klingt.«

Ich nehme einen Schluck. Ich muss zugeben, dass ich die Wirkung des Alkohols mittlerweile selbst merke – nicht so stark wie Sue natürlich. Ich esse immer reichlich, bevor ich ein derartiges Vieraugengespräch führe. Trotzdem bin ich leicht benebelt.

»Was ist dann passiert?«, fragt sie ernst. Sie ist so nett, und sie frisst mir aus der Hand.

»Na, ich habe auf meine innere Stimme gehört, bin aus dem Bett und nach draußen. Zum Glück war es eine warme Nacht, sodass ich mich im Schlafanzug auf eine Bank im Garten setzen konnte. Ich betrachtete das Haus mit seinen rauen Mauern und dem grauen Schieferdach. Die nächsten Nachbarn waren eine halbe Meile entfernt, ihr

Haus von hier aus nicht zu sehen. Wir waren nur von Äckern, Bäumen und einer ganzen Kaninchenarmee umgeben.«

Ich schenke uns nach.

»Und dann?«

Ich runzle die Stirn, als müsste ich nachdenken, dabei hat sich alles tief in mein Gedächtnis eingebrannt. Unauslöschlich wie eine Tätowierung, die niemals verblasst. »Irgendwas explodierte, wahrscheinlich in der Küche. Ich sprang vor Schreck auf. Das war, als wäre eine Bombe hochgegangen.«

Ich lege eine Hand auf mein Gesicht, als wäre die Erinnerung so schmerzhaft. Sie beugt sich vor. Wir sind jetzt kaum noch einen Meter voneinander entfernt. Der Raum stinkt nach Alkohol. Sie schwankt leicht hin und her.

»Das Feuer hatte schnell das ganze Haus erfasst. So etwas hatte ich noch nie gesehen. Ich hatte immer gedacht, dass so ein Haus langsam abbrennt, aber es hat nur Sekunden gedauert, bis die Flammen aus den Fenstern im ersten Stock geschlagen sind. Das Schlafzimmerfenster meiner Eltern war auch dabei, und da wusste ich sofort, dass sie sich unmöglich gerettet haben konnten. Es sei denn, sie hätten ebenfalls den plötzlichen Drang verspürt, das Haus zu verlassen. Aber dann hätten sie ja neben mir stehen müssen.«

Sue legt die Hand vor den Mund. »O Gott.«

»Sue«, ermahne ich sie.

»Tut mir leid. Oje. Tut mir leid.«

»Nicht so schlimm.« Ich lächle sie aufmunternd an. »Jedenfalls bin ich zum nächsten Haus gerannt. Eine halbe Meile, ohne Schuhe. Als ich ankam, waren meine Füße völlig blutig. Ich konnte kaum noch gehen. Ich hämmerte

gegen die Tür, bis Mr. Barnes, unser Nachbar, öffnete. Er sah mich ernst an, und ich erklärte schnell, was passiert war. Er hat sofort die Feuerwehr gerufen, aber als die ankam, war das Haus schon bis auf die Grundmauern niedergebrannt.«

Das ist etwas übertrieben. Das Feuer brannte noch, als der Löschzug eintraf. Es brannte sogar über einen Tag lang, aber ich finde, dass um der Dramatik willen eine kleine Übertreibung hier und da erlaubt sein muss.

»Wie schrecklich«, flüstert sie. »Schrecklich.«

»Ja.« Ich senke traurig den Blick.

»Und bei wem bist du aufgewachsen? Nachdem deine Eltern gestorben waren?«

»Na ja.« Ich rutsche herum, als würde ich unbequem sitzen. Tue ich auch. Die Stühle in der Sakristei sind mindestens hundert Jahre alt. »Das ist schwierig zu sagen. Ich hatte so viele Pflegeeltern, dass ich mich kaum noch an sie erinnere. Mit einer Ausnahme.«

»Ja?«

Ich zögere und schenke Gin nach. Die Flasche ist leer, also hole ich eine neue. Sue fällt gar nicht auf, dass der ganze Schrank voller Flaschen ist. »Ich will es mal so ausdrücken: Nicht jeder, der in der Fürsorge tätig ist, hat auch das Wohl der Kinder im Sinn.«

Ich sehe sie mit einem, wie ich hoffe, bedeutungsschwangeren Ausdruck an. Es funktioniert. Sie fällt auf meine Geschichte herein, aber das war mir von Anfang an klar. Ich kenne ihre Biografie. Sie wurde von ihrem Onkel missbraucht.

»Das tut mir so leid.« Sie lässt den Kopf hängen, und eine grässliche Minute lang sieht es so aus, als würde sie gleich anfangen zu weinen. Doch dann reißt sie sich

zusammen. Um meinetwillen, nehme ich an. Ich fühle mich geschmeichelt.

»Wie gesagt, wir alle haben unser Kreuz zu tragen.« Ich lächle wieder.

»Das war Gott«, sagt sie, als ihr plötzlich ein Einfall kommt. »Gott hat dich in jener Nacht aufgeweckt und aus dem Haus geführt. Das war Gottes Werk. Er hatte einen Plan für dich, einen großen Plan. Er hat dich gerettet, damit du diese Arbeit tun kannst.«

Sie freut sich sehr über diese Erkenntnis, aber sie liegt falsch. Sie hat nur insofern recht, als Gott mich zu einem bestimmten Zweck erwählt hat – aber nicht dazu, meine Zeit bei AA-Meetings zu verschwenden.

Nichtsdestotrotz will ich sie nicht entmutigen. Es läuft gerade so gut. »Ja, das denke ich auch. Nein, ich weiß es sogar, denn in jener schicksalhaften Nacht haben sich nicht nur ein, sondern gleich zwei Wunder zugetragen.«

Ihr Mund steht sperrangelweit offen. Sie wiegt sich vor und zurück, ohne dass ihr bewusst ist, wie lächerlich sie aussieht. Das weite Oberteil ist von ihrer Schulter gerutscht. Ich kann den Ansatz des Schlüsselbeins und den Ausschlag auf ihrem Hals sehen.

»In der Nacht, in der meine Eltern gestorben sind, hat mich Gott in Gestalt einer Dohle besucht«, sage ich sachlich. Sie erhebt keinen Einspruch. »Die Dohle sagte mir, dass es einen Plan für mich gäbe. Für mich und die Welt. Wie Johannes, der tief in seiner Höhle auf Patmos die Offenbarung empfing, so habe auch ich den Worten der Dohle gelauscht.«

Plötzlich herrscht Stille, und ich spüre Sues gebannten Blick auf mir. Sie hat sogar aufgehört zu trinken, obwohl noch Gin im Glas ist, so konzentriert ist sie. Ich habe sie, zumindest vorübergehend, von ihrer Krankheit kuriert.

»Und?«, flüstert sie. »Was hat er gesagt?«

Ich hole tief Luft. »Er hat gesagt, dass es mir vorherbestimmt ist, an Seinem Tisch zu sitzen, aus Seinem Kelch zu trinken und von Seinem Teller zu essen. Dass ich zwar nicht Sein Sohn, aber doch Sein Stellvertreter auf Erden bin, insbesondere, was den Kampf gegen das Böse angeht. Sue, kennst du die Johannesoffenbarung?«

Sie nickt. »Ein wenig.«

»Nun, es ist verzeihlich, wenn man sich nicht über alle Einzelheiten unseres bevorstehenden Endes bewusst ist. Es ist ein heikles Thema und nichts für Zartbesaitete.«

»Aber wie passt das alles zusammen?« Sie ringt verzweifelt um Verständnis, das sehe ich in ihren geröteten Augen. »Soll das heißen, dass es noch eine weitere Offenbarung gibt?«

Vorsichtig stelle ich das Glas ab, und einen Augenblick lang sitzen wir uns gegenüber. Niemand sagt etwas, die Luft zwischen uns ist dünn und hohl. Sie zittert wie ein verängstigter Vogel, bemüht sich aber, aufrecht und stark zu bleiben. Nun hat der Alkohol die Oberhand: Sie ist an einem vertrauten, sicheren, aber auch verwirrenden Ort.

Das kann nur eins bedeuten: Es ist Zeit.

14

Priest half dabei, Tilly ins Bett eines der vier Schlafzimmer mit angeschlossenem Bad zu bringen. Er hatte hastig Bettzeug für das kleinste Zimmer herausgekramt, das sich Tilly deshalb ausgesucht hatte, weil man von dem Fenster dort auf Covent Garden blicken konnte und eine kleine Blaskapelle gerade unten auf der Straße spielte. Sarah musste ihr geduldig erklären, dass sie nicht das Fenster öffnen konnte, um sie zu hören, da das Penthouse über eine Klimaanlage verfügte. Zurzeit fiel selbst nachts die Temperatur nie unter zwanzig Grad.

Als sie Tilly schließlich ins Bett gebracht hatten, kehrten Priest und Sarah in die Küche zurück und setzten sich zu Jessica an den Tisch.

»Während ihr euch um Tilly gekümmert habt, habe ich Pizza bestellt«, sagte Jessica und deutete auf einen Stapel dampfender Schachteln. »Sind gerade gekommen. Ihr mögt doch Salami?«

»Es tut mir wirklich sehr leid«, sagte Sarah zu Jessica. »Ich wollte Ihnen nicht den Abend verderben. Normalerweise tauche ich nicht unangekündigt auf und schon gar nicht in so einem Zustand.«

»Aber ich bitte Sie, das ist doch kein Problem«, beschwichtigte Jessica. »Charlie spricht immer in den höchsten Tönen von Ihnen. Es ist mir eine Ehre, Sie kennenzulernen.«

Sie warf Priest einen Blick zu. Der rutschte nervös auf seinem Stuhl herum. Er hatte noch nie mit Jessica über Sarah oder Tilly gesprochen. Nicht weil sie ihm nicht wichtig waren – im Gegenteil. Aber sie redeten einfach nicht über ihre Verwandtschaft.

»Ach, das ist aber reizend, vielen Dank«, sagte Sarah. »Charlie hat auch schon oft von Ihnen gesprochen.«

Sarah lächelte Priest an. Der lächelte zurück. Jessica lächelte auch. Alle wussten, dass das gelogen war. Priest betete darum, dass sich der Erdboden auftun und ihn verschlingen möge.

Sarah verteilte Pizza und schenkte Wein ein, bevor sie sich wieder auf den Stuhl fallen ließ.

»Es geht um Ryan«, sagte sie und biss in die Pizza.

Das hatte sich Priest bereits gedacht – schließlich war es nur eine Frage der Zeit gewesen. Sarah hatte Ryan ein Jahr vor Tillys Geburt geheiratet. Sie hatten sich noch nicht lange gekannt, und Priest hatte ihn zunächst kaum beachtet: Immerhin war es nicht Sarahs erste Beziehung gewesen. Priest neigte zu einem übertriebenen Beschützerinstinkt, was seine Schwester anging, sodass diese ihn einem neuen Partner erst dann vorstellte, wenn es nicht mehr anders ging. Ryan war gelernter Buchhalter und nicht dumm, aber faul. Sobald Sarah genug verdient hatte, hatte er seinen Job unter dem Vorwand, einen todsicheren Plan zum Reichtum zu verfolgen (der, wenig überraschend, nie Früchte getragen hatte), an den Nagel gehängt und sich ein entspanntes Leben als Teilzeitehemann und -vater gemacht, während sich Sarah ständig neue Entschuldigungen für sein Verhalten ausdachte.

»Was ist passiert?«, fragte Priest mit einem Seitenblick auf Jessica. Eigentlich hatte er erwartet, sie peinlich berührt zu sehen, doch stattdessen hatte sie Sarah tröstend die Hand auf den Arm gelegt und sich interessiert und besorgt vorgebeugt. Priest war eifersüchtig. Sie war also zu Mitgefühl und Wärme fähig, nur ihm gegenüber nicht. Jedenfalls nicht außerhalb des Schlafzimmers.

»Bitte spar dir dein ›Ich hab's dir ja gesagt‹.« Eine Träne erschien in Sarahs Augenwinkel.

»Die Versuchung ist zugegebenermaßen groß, aber ich will dieses Mal Gnade vor Recht ergehen lassen.«

»Ich nehme an, dass Ryan …«, warf Jessica mit sanfter Stimme ein.

»Das ist mein Ehemann. Noch«, flüsterte Sarah.

»Hat er dir etwas angetan?«, fragte Priest, der Wut in sich aufsteigen spürte.

Sarah blickte beschämt zu Boden. »Da gibt es jemand anderen.«

Einen Augenblick lang war Priest verwirrt. *Wer hatte jemand anderen?* Doch irgendwie hatte Sarah Jessica eine Botschaft von Frau zu Frau übermittelt, die Priest völlig entgangen war.

»Und wen hat er?«, fragte Jessica.

»Eine Onlinebekanntschaft.«

»Hatte er schon öfter Affären?«

Sarah spitzte die Lippen. Priest sah deutlich, dass Zorn und Kränkung, Verlegenheit und Reue in ihr miteinander rangen. »Sie hat mich angerufen.«

Priest lehnte sich mit verschränkten Armen zurück. Er sollte Herr der Lage sein: der verständnisvolle, vernünftige, objektive Freund, nicht der wütende große Bruder. Dennoch hatte er insgeheim die Hände zu Fäusten geballt.

Jessica legte eine Hand auf Sarahs Schulter. Die saß vornübergebeugt mit dem Kinn in den Händen da und starrte ins Leere.

»Was hat sie gesagt?«, fragte Priest knurrend.

»›Ich dachte mir, es interessiert Sie vielleicht‹«, sagte Sarah, wobei sie eine hohe, mädchenhafte Stimme imitierte, *»›dass Ihr Mann Frauen im Internet aufgabelt und mit ihnen schläft.‹«*

Eine Weile lang war bis auf das Brummen des Kühlschranks und das Tropfen des Wasserhahns nichts zu hören.

»Und sie ist eine dieser Frauen?«, fragte Jessica.

Sarah nickte.

»Hast du ihren Namen mitbekommen?«, fragte Priest.

»Spielt der denn eine Rolle?«

»Wahrscheinlich nicht. Wie lange geht das schon so?«

Sarah atmete tief aus. Ein Zittern durchfuhr sie, und ihre Stimme war nur noch ein Flüstern. »Sehr lange.«

»Wo ist er jetzt?«

Sarah hatte seinen bedrohlichen Tonfall bemerkt und sah zu ihm auf. »Mach nicht alles noch schlimmer. Denk an Tilly.«

»War nur eine Frage.«

Sie nahm einen Schluck Wein. »Zu Hause. Die Frau hat mich heute Nachmittag angerufen. Ich habe gewartet, bis er nach Hause kam, und ihn dann zur Rede gestellt. Zuerst hat er alles abgestritten, hat behauptet, dass sie eine durchgeknallte Exfreundin sei, die ihn gestalkt hätte, aber … ich hatte mir schon seit längerer Zeit so etwas gedacht. Einzelheiten habe ich nicht gekannt, aber ich wusste Bescheid. Wahrscheinlich habe ich es nur Tilly zuliebe verdrängt.«

»Hat er es denn schließlich zugegeben?«, fragte Jessica.

»Mehr oder weniger. *Was ich denn erwarten würde?,* hat er gefragt. Die Arbeit wäre mir ja wichtiger als er. Scheiße.« Sarah schüttelte den Kopf. »Wie konnte ich nur so dämlich sein!«

Priest biss sich auf die Zunge.

»Keiner hält Sie für dämlich, Sarah«, beteuerte Jessica, als Sarah zu weinen anfing.

»Tut mir leid«, brachte Sarah zwischen tiefen, feuchten Schluchzern hervor. »Sie sind so nett zu mir, dabei habe ich Ihren Abend ruiniert.«

Priest stand auf und tigerte hin und her. Es gelang ihm nur mit Mühe, seine Wut zu bezähmen. Er legte einen Arm um Sarah. »Tut mir leid, kleine Schwester.« Er drückte sie einen Augenblick an sich, woraufhin sie ihren Kopf an seine Schulter legte. »Weiß Tilly davon?«

Sarah wischte sich die Tränen aus den Augen und schnäuzte in ein Taschentuch, das Jessica ihr gereicht hatte. »Sie weiß nur, dass wir eine Weile hierbleiben, weil Daddy auf Dienstreise ist. Dürfen wir denn überhaupt bleiben?«

»Solange ihr wollt.«

»Ich mache dir auch was zu essen«, flüsterte sie. »Du bist doch so ein beschissener Koch – falls Sie das noch nicht wussten, Jessica.«

Priest warf Jessica einen Blick zu.

»Doch«, sagte sie. »Diese Tatsache ist mir bekannt.«

15

Mittwoch

DS Fay Westbrook stellte einen Plastikbecher mit Kaffee auf den Besprechungstisch. Rowlinson hob den Deckel und spähte in den Becher, während sie sich neben ihn setzte.

»Ohne Koffein, richtig?«, fragte er.

Sie schnaubte. »Sie trinken ausschließlich koffeinfreien Kaffee. Wenn ich sechs Monate lang eng mit jemandem zusammenarbeite, bin ich durchaus in der Lage, mir gewisse persönliche Eigenheiten zu merken.«

Rowlinson nickte zufrieden.

Ethan Grey steckte in einem blauen Nadelstreifenanzug und war in das Studium einer Akte vertieft. Er sah aus, als käme er gerade aus der Dusche. Im künstlichen Bürolicht glänzte sein gegeltes Haar wie der Ölteppich nach einer Tankerhavarie.

»Der Mörder hat sich bei der zweiten Tat mehr Zeit gelassen«, murmelte Grey und betrachtete ein Tatortfoto.

»Das Symbol wurde sorgfältiger gemalt, und außerdem ist überall Salz am …«, erklärte Rowlinson, doch Grey brachte ihn mit erhobener Hand zum Schweigen. Als er sich der Aufmerksamkeit der beiden Polizisten sicher war, schlug er die Beine übereinander und lehnte sich nachdenklich zurück.

»Chief Inspector, wir haben es hier mit einem äußerst gefährlichen Individuum zu tun; höchstwahrscheinlich männlich. Anfang zwanzig, würde ich schätzen, schwierige Kindheit, möglicherweise Missbrauch, vermutlich durch die Mutter, weshalb er sich weibliche Opfer sucht. Ohne Zweifel ein Eigenbrötler ohne soziale Kontakte und mit nihilistischer Grundhaltung.«

»Ist das nicht etwas voreilig, Ethan? Bisher haben wir lediglich zwei Morde und ein Symbol, das sie miteinander verbindet.«

»Das ist das Werk eines Serienmörders.« Greys Augen verengten sich. »Wir haben also allen Grund, Eile walten zu lassen.«

»Ein Serienmörder wird durch mindestens drei Morde mit einer Abkühlperiode dazwischen definiert«, warf Westbrook ein.

Grey schnaubte verächtlich. »Das ist womöglich der Standpunkt des FBI, aber wir sind hier immer noch in England.« Als ihm niemand widersprach, fuhr er fort: »Wir müssen von der Annahme ausgehen, dass wir es mit einem Serienmörder zu tun haben, der bald wieder zuschlägt. Sehr bald sogar, würde ich sagen. Hier.« Er warf einen Papierstapel auf den Tisch. »Mein vorläufiges Profil, das ich selbstverständlich den Ermittlungsfortschritten anpassen werde. Noch stehen wir ganz am Anfang, aber ich zweifle nicht daran, dass es Ihnen bei der Arbeit gute Dienste leisten wird, Chief Inspector.«

Rowlinson hob den Stapel argwöhnisch auf und tat so, als würde er die ersten Seiten überfliegen. »Was ist mit dem Symbol?« Er legte die Hand auf ein Foto, das Emma

Mendez auf dem Bett liegend zeigte. Die tiefroten Striche an der Wand, die das Kreuz und die Schlangenlinie bildeten, waren deutlich zu erkennen.

Grey runzelte die Stirn. »Das Symbol? Noch kann ich keine Vermutung über seine Bedeutung abgeben, aber es scheint dem Mörder wichtig zu sein. Er will berühmt werden. Er braucht Publicity, und das ist sein Markenzeichen.«

»Sieht aus wie eine Schlange«, sagte Westbrook leise. Rowlinson sah sich das Bild noch einmal an. *Ja – sieht aus wie eine Schlange.*

»Der Schlangenmörder?«, schlug Grey vor.

»Wie bitte?«

»Er braucht einen Namen. Wie wäre es mit ›Schlangenmörder‹?«

»›Täter‹ reicht fürs Erste«, murmelte Rowlinson, sammelte seine Unterlagen ein und stand auf. »Ein griffiger Spitzname wäre zu viel der Ehre für dieses Arschloch. Wir sind hier ja nicht beim FBI.«

»Schlangenmörder klingt aber gar nicht schlecht«, sagte Westbrook mit ernster Miene.

Rowlinson war sofort klar, dass sie den ahnungslosen Grey auf den Arm nehmen wollte.

»Da hat sie recht.«

»Der Täter bleibt bis auf Weiteres der Täter«, sagte Rowlinson und bedeutete Westbrook, ihm zu folgen.

Grey räumte die restlichen Akten und Fotos zusammen.

16

Georgie lief die Treppe zu den Büroräumen von Priest & Co. hinauf und stürmte dann durch die Tür in das Vorzimmer. Maureen, die gerade telefonierte, lächelte fröhlich und winkte ihr zu. Georgie erwiderte die Geste.

Dann wartete sie, bis die Empfangsdame von Priest & Co. ihrem Gesprächspartner am anderen Ende der Leitung geduldig erklärt hatte, dass Charlie nicht zu sprechen war. Ihre trockenen Antworten ließen keine Einwände zu, die die andere Seite möglicherweise vorbrachte: »Wenn ich es Ihnen doch sage, Mr. Ferdinand, Mr. Priest ist kein Fachmann für Fischereirecht … nein, mir war nicht bewusst, dass die Weiterverarbeitung von illegal gefangenem Lachs eine Straftat darstellt.«

Maureen schob Georgie ihre Post über den Tisch zu. Georgie nahm den Stapel entgegen und sah ihn durch. Mehrere Briefe waren an sie adressiert – es ging um die Fälle, die sie eigenständig bearbeitet –, der Rest ging an Charlie und Vincent Okoro, den ehemaligen Staatsanwalt am Internationalen Strafgerichtshof, dessen Ruf ebenso einschüchternd war wie seine massige Statur.

Der vierte Kanzleimitarbeiter, Simon »Solly« Solomon, bekam nur selten Post. Sollys Reich war die oberste Etage des Gebäudes. Er verließ es nur selten – seine schwere Zwangsstörung hatte eine ausgeprägte Menschenscheu zur Folge, seine Fähigkeiten in der forensischen Buchführung dagegen waren unübertroffen.

»Zweifellos verfügen Sie über die Mittel, um Mr. Priest zu bezahlen, Mr. Ferdinand, aber das ist nun mal nicht unser Fachgebiet … ja … genau … tut mir leid, dass ich Ihnen nicht weiterhelfen kann.« Maureen legte auf und seufzte tief, was sich nach einem vierzigjährigen Konsum von dreißig Zigaretten pro Tag eher nach einem Gurgeln anhörte.

»Lachse?«, fragte Georgie mitfühlend.

»Frag nicht.«

»Okay. Wo sind alle?«

»Im Besprechungsraum bei der Fallsichtung.«

Georgie wollte gerade gehen, als sie Maureen noch einmal zu sich rief. »Sarah hat gestern ihren Mann verlassen. Sie ist bei Charlie untergekommen. Nur, damit du Bescheid weißt, weshalb er heute noch mehr durch den Wind ist als sonst.«

Georgie hob die Augenbrauen. Sie wusste nicht viel über Sarah und Ryans Beziehung – nur dass Sarah sehr nett war und Charlie seinen Schwager auf den Tod nicht ausstehen konnte.

»Gut, vielen Dank für den Tipp. Ich werde ihn behandeln wie ein rohes Ei.«

Der geräumige Besprechungsraum befand sich direkt neben Okoros Büro. Um den modernen Tisch mit dunkler, polierter Eichenplatte und schlanken, schiefen grauen Beinen hätten locker zwölf Leute Platz gehabt. Die schwarzen Ledersessel mit den hohen Lehnen und den dünnen

Beinen erinnerten an Steampunk-Spinnen. Von der Decke hing ein ausladender kugelrunder Lüster: ein blaues Netz aus dünnen Metallstreifen, durch die man gerade so die kricketballgroße Glühbirne sehen konnte und das Georgie immer an den Planeten Neptun, jenen riesigen Ball aus Gas und Eis, denken ließ.

Charlie saß am Kopfende. Er hatte sich zurückgelehnt und ein Knie gegen die Tischkante gestemmt. Er trug eine dunkle Jeans und ein braunes Wolljackett. Wie üblich hatte er eine Tasse mit dampfendem Earl Grey vor sich. Sein dunkles, beinahe schwarzes Haar war perfekt verstrubbelt, was sie jedoch nicht auf irgendwelche Bemühungen seinerseits zurückführte. Die Stoppeln auf seinem Gesicht waren inzwischen so lang, dass man schon von einem gestutzten Vollbart sprechen konnte. Dadurch kam sein markantes Kinn noch besser zur Geltung – sein bodenständig gutes Aussehen wurde nur durch die dunklen Ringe unter seinen Augen getrübt.

Okoro saß neben ihm. Er lächelte Georgie, die sich in den Raum schlich und gegenüber Platz nahm, freundlich zu. Wie immer war er makellos gekleidet: Heute trug er einen cremefarbenen Dreiteiler zu Krawatte und blauem Hemd. Während Charlie hochgewachsen war und breite Schultern wie ein Boxer hatte, erinnerte der stämmige Okoro an einen Ringer. Seine Arme hatten ungefähr denselben Umfang wie Georgies Oberschenkel.

In Gegenwart ihrer beiden Mentoren fühlte sich Georgie stets sicher. »Guten Morgen«, sagte sie fröhlich, nahm mehrere Papiere aus ihrer Tasche und legte sie vor sich auf den mit Unterlagen und Papierstapeln übersäten Tisch. Mehrere Dokumente waren mit blauem Band zusammengeschnürt.

»Morgen, Georgie«, sagte Okoro. »Dann können wir ja schon anfangen.«

Die Besprechung war für acht Uhr dreißig angesetzt, doch aus irgendeinem Grund waren alle früher gekommen.

»Wie lief es bei der Hausdurchsuchung?«, fragte Georgie.

Charlie verzog das Gesicht.

»Das war vielleicht merkwürdig. Ich bin jetzt der Hüter einer apokryphen hebräischen Schrift, die ein so brisantes Geheimnis enthält, dass ihr vorheriger Besitzer sein Leben geben wollte, um es zu schützen.«

Georgie nickte eifrig. »Interessant! Was ist das denn für eine Schrift?«

»Das Buch Janus.«

Georgie dachte einen Augenblick lang nach. »Das Buch Janus? Darüber habe ich vor Kurzem etwas gelesen. Ist das nicht eine der Schriftrollen vom Toten Meer?«

»Anscheinend. Jedenfalls gibt es jetzt einen Rechtsstreit darüber, wer der Besitzer ist.«

»Cool. Darf ich es mal sehen?«

»Gern, die Mikroklima-Speichereinheit, in der es aufbewahrt wird, hat ein Guckloch. Aber darin herumblättern kommt nicht in Frage.«

»Und was ist das für ein Geheimnis?«, fragte Okoro, dessen Interesse nun ebenfalls geweckt war.

»Keine Ahnung. Professor Owen wollte es mir nicht verraten, und selbst wenn ich an das Manuskript gelangen könnte – mein Hebräisch ist etwas eingerostet.«

»Um das Schriftstück rankt sich eine Verschwörungstheorie«, sagte Georgie mit leuchtenden Augen. »Angeblich wollte der Papst seine Existenz vertuschen. Anscheinend würde sein Inhalt der Kirche schwer schaden. Ach, das ist ja aufregend! Wie bei Indiana Jones.«

»Nein, das ist nur ein völlig aus dem Ruder gelaufener Durchsuchungsbeschluss«, berichtigte Charlie. »Das Ganze muss noch einmal vor Gericht, und ich glaube, ich habe den Kläger etwas verärgert.«

»Das ist doch sonst nicht deine Art«, ätzte Okoro.

Sobald Georgie von dem Fall erfahren hatte, hatte sie Elisha Capindale gegoogelt. An einen vor vier Jahren erschienenen Artikel konnte sie sich noch gut erinnern. Die Schlagzeile lautete: »Zurückgezogene Antiquitätenhändlerin behauptet, Fläschchen mit Muttermilch der Jungfrau Maria verkauft zu haben.« Und so ging es weiter. Capindale war früher eine renommierte Kunsthändlerin gewesen. Ihr Ansehen hatte in den letzten Jahren jedoch durch ihre Vorliebe für ausgefallene und bizarre christliche Artefakte Schaden genommen. Inzwischen war sie beinahe zu einer Lachnummer verkommen.

Charlie ging nicht weiter auf Okoros Bemerkung ein. »Egal. Was steht noch auf der Tagesordnung?«

Georgie genoss diese vierteljährlich stattfindenden Fallsichtungen, bei denen das gesamte Team von Priest & Co. zusammenkam und die Fälle durchsprach, die der Kanzlei angeboten worden waren. Sie mussten die meisten und manchmal sogar alle nach sorgfältiger Prüfung ablehnen. Hin und wieder kam es aber vor, dass Charlie sich in einen Fall verbiss – letztes Jahr hatte er die Verteidigung in einer Verleumdungsklage übernommen, die bis vor den High Court gelangt war: Die Geschäftsführerin einer internationalen Hilfsorganisation hatte ein kleines Onlinemagazin verklagt. Dann hatte Priest seinen Hauptentlastungszeugen am Tag der Verhandlung tot aufgefunden und war in ein Netz aus Mord und Obsession getappt, das ihn zwei Mal um Haaresbreite das Leben gekostet hätte.

Georgie hoffte, dass es dieses Jahr etwas ruhiger zuging.

»Der sieht ganz interessant aus«, sagte Okoro und nahm eine Akte in die Hand. »Arglistige Täuschung. Der Fall ist zuerst vor dem Croydon County Court gelandet. Es geht um die Echtheit eines ausgestopften Waschbären aus dem siebzehnten Jahrhundert.«

»Ach, wie niedlich«, sagte Georgie. »Er trägt einen kleinen Hut.«

Eine Weile lang sagte niemand etwas.

»Wer ist der zuständige Anwalt?«

Okoro blätterte durch die Akte. »Ein gewisser Jonathan Price.«

»Nie gehört.«

Sie verbrachten die nächste Stunde mit der Sichtung weiterer Fälle, bis Charlie schließlich aufstand, zum Fenster ging und auf den Verkehr in der Straße unter ihm hinabsah. »Nein, nein, *nein*. Das ist doch alles Schwachsinn.«

»Bist du sicher, Priest?«, fragte Okoro und hob eine Augenbraue. »Bei dem hier könnten wir locker in Berufung gehen.«

Charlie wandte sich wieder zum Tisch um, und jetzt sah Georgie, wie müde er eigentlich wirkte. Als hätte das Sonnenlicht, das durch das Fenster fiel, die Maske geschmolzen, die er den ganzen Morgen zur Schau getragen hatte.

»Vielleicht sollten wir die Besprechung vertagen«, schlug sie vor.

Charlie nickte. Okoro verstand den Wink und suchte die Unterlagen zusammen. »Ich bin in meinem Büro, falls ihr mich braucht«, sagte er und ging.

Charlie rieb sich das Gesicht. »Tut mir leid. Ich habe schlecht geschlafen.«

Georgie zuckte teilnahmslos mit den Schultern. »Kein Problem. Darf ich das Buch Janus trotzdem mal sehen?«

»Hm. Hoffentlich beeilt sich Elisha Capindale mit der Änderung des Gerichtsbeschlusses. Das Ding macht mir Gänsehaut. Owen behauptet, dass es der Teufel geschrieben hat.«

»Glaubst du das etwa?«, fragte Georgie vorsichtig.

»Da ich nicht an Gott glaube: nein. Trotzdem ist es ein schlechtes Omen.«

Georgie wusste, wie er das meinte, da sie ebenfalls nicht religiös war. Vor dem Tod ihres Vaters war ihre Mutter gelegentlich zur Kirche gegangen, danach nicht mehr. Georgie hatte sich nie große Gedanken über das Thema gemacht. Sie wollte nicht behaupten, dass Gott nicht existierte; es spielte einfach nur keine Rolle. Vielleicht gab es ihn ja wirklich, und er war nicht mehr an den Menschen interessiert. Wie ein Hausmeister im Sabbatical.

»Verstehe. Ist bestimmt komisch, es im Haus zu haben.«

Charlie nickte. »Ja, es ist etwas unheimlich. Als hätte man das *Necronomicon* im Keller liegen.«

»Das *Necro*-was?«

»Nicht so wichtig. Komm doch nach der Arbeit vorbei und sieh's dir an.«

Georgie grinste. Gemeinsam räumten sie die Akten weg, dann verbrachte sie den Rest des Tages an ihrem Schreibtisch. Es hätte ein schöner Nachmittag werden können, doch das Schriftstück ließ ihr keine Ruhe. Sie wusste nur wenig über das Buch Janus, wurde jedoch das Gefühl nicht los, dass bald etwas Schreckliches geschehen würde. Etwas, das eine nicht mehr rückgängig zu machende Veränderung mit sich brachte.

17

Gegen sechs Uhr abends ließ die Hitze allmählich nach; Wolkenfetzen hingen vor der tief stehenden Sonne. Georgie konnte durch Covent Garden spazieren, ohne wie eine Wüsteneidechse von einem Schattenplatz zum nächsten eilen zu müssen.

Charlie schien die Hitze nichts auszumachen. Immerhin hatte er das Jackett ausgezogen und über die Schulter geworfen; irgendwann war ihm wohl aufgefallen, dass das schwere braune Wollsakko die völlig falsche Kleiderwahl für dieses Wetter darstellte, aber im Büro hatte er es wohl auch nicht lassen wollen. Sie musste beinahe laufen, um mit ihm Schritt halten zu können.

Georgie mochte den Markt mit seinen kleinen Geschäften, ständig wechselnden Buden und dem leckeren Gewürzduft. Drei Akrobaten unterhielten vor der St Paul's Church eine kleine Touristengruppe. Die Musik, die sie dabei abspielten, war viel zu laut. An jedem anderen Ort hätte sie sie wohl als Belästigung empfunden, doch hier, auf der lebhaften Straße, passte sie perfekt.

Der Markt stellte eine Abkürzung zu Charlies Penthouse dar. Er hatte Georgie einen Blick auf das Buch Janus versprochen, ihr aber bereits zu verstehen gegeben, dass es nicht viel zu sehen gab. Außerdem waren Sarah und Tilly bei ihm zu Hause. Er hatte irgendetwas von Urlaub gemurmelt. Georgie spielte mit und stellte ihn nicht zur Rede, obwohl ihr Maureen bereits erzählt hatte, wie es sich tatsächlich verhielt. Vielleicht wusste er auch, dass sie es wusste – es spielte keine Rolle.

»Wir können es gern verschieben«, hatte sie gesagt.

»Nein, nein, heute Abend passt prima. Beachte Sarah und Tilly einfach nicht. Sie sind eine Weile bei mir.«

»Sicher?«

»Ganz sicher.«

Als sie in die Wohnung kamen, wirkte es so, als wären Sarah und Tilly nicht nur zu Besuch, sondern würden seit Längerem hier wohnen. Sarah war mit einem Wok zugange; aus der Küche duftete es nach Curry. Tilly saß aufrecht mitten auf dem großen Ledersofa im Wohnzimmer, einen Stoffhasen neben sich. Sie erinnerte an eine kleine Puppe mit wuscheligem Haar. Auf dem kinoleinwandgroßen Fernseher lief eine Folge von *Peppa Pig*. Als ihr Georgie von der Küche aus zuwinkte, grinste sie spitzbübisch und wandte sich dann wieder dem Bildschirm zu. Ob sie begriffen hatte, was vor sich ging? Jedenfalls schien es sie nicht groß zu beunruhigen.

»Tut mir leid, dass ich einfach so reinplatze«, fing Georgie an. Viel weiter kam sie nicht. Sarah hatte nichts von der sozialen Inkompetenz ihres Bruders, sondern war darauf bedacht, dass man sich in ihrer Gegenwart sofort wohlfühlte.

»Aber nein, wir sind der unangekündigte Besuch. Keine Sorge, Georgie. Außerdem habe ich für mindestens acht Leute gekocht, Sie sind also herzlich eingeladen.«

Priest wollte etwas sagen, doch Sarah warf ihm einen

Blick zu, bei dem er gehorsam den Mund hielt. *Gar nicht schlecht, Sarah,* dachte er.

»Willkommen bei Familie Priest«, murmelte er. »Komm mit, die Peepshow ist hier drüben.«

Charlie führte sie durch einen Flur in ein weiteres Zimmer. Georgie hatte den Versuch, die Räume des Penthouse zu zählen, längst aufgegeben. Charlies Küche kannte sie ja inzwischen, aber vom Rest des Hauses hatte sie nur das Gästezimmer gesehen, das von einer psychopathischen Journalistin, die Charlie eigentlich mit Handschellen ans Bett gefesselt hatte, zu Kleinholz verarbeitet worden war. Dabei wäre eine Führung bitter nötig gewesen: Das Penthouse – eingeschlossen der Dachgarten, den man über eine gesonderte Treppe erreichte und von dem man eine spektakuläre Aussicht auf das Royal Opera House hatte – war riesig. Man brauchte schon eine Karte und einen Kompass, um sich nicht zu verirren.

Als sie schließlich die Tür zum Arbeitszimmer erreichten, fand sie Charlie zu seiner Überraschung nicht abgeschlossen. »Das gefährlichste Buch in der Geschichte der Menschheit, und ich stelle es einfach so auf meinen Schreibtisch. Ich sollte wohl besser darauf aufpassen.«

»Dem Buch ist bestimmt nichts passiert«, sagte Georgie.

Im Arbeitszimmer herrschte Unordnung. An einer Wand standen vier hohe Bücherregale und ein Flatscreen-Fernseher, ein riesiges Fenster nahm beinahe die gesamte gegenüberliegende Wand ein. Die Jalousien waren heruntergelassen. Charlie schaltete mit einem Druck auf den Schalter die vielen in die weißgetünchte Decke eingelassenen Spots ein. Die schwarzen Möbel hoben sich deutlich von den ebenfalls weißen Wänden ab. Auf einem

L-förmigen, mit Akten und Büchern übersäten Schreibtisch stand ein Mac.

Georgie ging neugierig auf die leise summende Mikroklima-Einheit auf dem Schreibtisch zu. Das Kabel steckte in der Steckdose, und der schwache Lichtschein, der aus dem Kasten drang, hatte beinahe etwas Übernatürliches. Ihr Herz schlug schneller.

Zum Wohle der Menschheit, hatte Owen gesagt.

»Wie du siehst, ist kaum etwas zu erkennen.« Charlie schloss die Tür hinter sich.

Georgie untersuchte den Kasten, fuhr mit den Fingern über das kalte Metallgehäuse. Um das Bedienfeld herum war eine leichte Vibration zu spüren, ein winziger Stromfluss.

Das Pergament war gerade so zu erkennen. Charlie hatte recht: Die Symbole auf dem vergilbten Schriftstück ließen sich im schwachen Licht nicht entziffern. Ein gleichzeitig enttäuschender und aufregender Anblick.

Sie richtete sich wieder auf.

»Und die Übersetzung?«

»Die ist in Sicherheit, sagt Owen. Also nehme ich an, dass er sie nicht bei sich zu Hause aufbewahrt. Sie könnte überall sein.«

»Er hat so richtig Angst, oder?«

»Allerdings. Ich weiß nur noch nicht, wovor.«

»Was meinst du, wie wird das Ganze ausgehen?«

Charlie schob sie mit einem Grinsen aus dem Raum und schloss die Tür hinter sich ab. »So wie immer, wenn eine Sache vor Gericht landet: Alle verlieren.«

Zu ihrer Freude sah Georgie bei ihrer Rückkehr in die Küche, dass Sarah bereits den Tisch deckte.

18

Donnerstag

Als Rowlinson eintraf, ebbte der Rushhour-Verkehr um den Russell Square herum allmählich ab. Er parkte das Auto hinter dem weißen Lieferwagen der Spurensicherung, stieg aus und drängte sich durch die Menge. Auf dem Weg durch den Park spürte er eine heiße Brise, die durch die alten Eichen fuhr. Ihre Äste beugten sich wie aus Respekt vor dem Opfer, das vor einem trockenen kreisförmigen Brunnen lag. An einem Ende hatte sich eine Menschentraube versammelt. Journalisten schimpften auf die uniformierten Polizeibeamten ein, die sie zurückdrängten, reckten die Hälse und schossen Fotos durch Lücken im Gebüsch. Ihr Lärm verschmolz mit dem Rauschen des Verkehrs zu einem gleichförmigen Geräusch, das Rowlinson nach Möglichkeit auszublenden versuchte.

Er zeigte einem Polizisten seinen Ausweis. Der nickte und hielt das Flatterband hoch, damit sich Rowlinson darunter hindurchducken konnte. Wenige Meter dahinter stand der Leiter der Spurensicherung und reichte ihm einen weißen Schutzanzug samt Maske, Handschuhen und Überschuhen. Rowlinson legte alles an, hörte dem

Spurensicherer, so gut es ging, zu, überlegte fieberhaft und wusste doch, dass er dabei war, diesen Kampf zu verlieren.

Noch eine Leiche. Derselbe Modus Operandi: Man hatte dem Opfer höchstwahrscheinlich mit einem Hammer einen zwanzig Zentimeter langen Nagel in den Kopf getrieben. Das Symbol befand sich auf dem Boden unter dem seit zwei, höchstens drei Stunden toten Opfer. Ein Spaziergänger mit seinem Hund hatte die Leiche gefunden.

Es war derselbe Mörder.

Dieselbe Vorgehensweise. Eine andere Art Opfer.

Jeder, der den Park betreten oder verlassen wollte, musste dies durch einen mit Flatterband abgesperrten Gang tun. Später würden sie ein Spurensicherungszelt neben dem Brunnen aufstellen. Nicht den Brunnen betreten und die Überschuhe regelmäßig wechseln. Immer zwei Paar Handschuhe tragen, um im Notfall eines abstreifen zu können.

Erste Ermittlerin am Tatort: Fay Westbrook. Sie hatte ihn sofort angerufen und ihn aus dem Schlaf gerissen: »Boss?«

»Scheiße, wie spät ist es?«

»Wir haben noch eine Leiche.«

Jetzt stand Westbrook mit hinter dem Rücken verschränkten Händen vor dem Tatort und beobachtete zwei Beamte der Spurensicherung dabei, wie sie den Brunnen auf Zehenspitzen umrundeten.

»Uns läuft die Zeit davon«, sagte sie, ohne sich zu ihm umzudrehen.

Rowlinson sah sich um. Die Reporterschar wuchs ständig. Er erkannte mehrere Journalisten von Sky News und BBC. Ein Ritualmord in einem öffentlichen Park war für sie ein gefundenes Fressen. Westbrook hatte recht: *Uns läuft die Zeit davon.*

»Was jetzt, Boss?«

Rowlinson steckte sich einen Kaugummi in den Mund und bot auch Westbrook einen an. Sie nahm ihn dankbar an. Selbst von hier war der Verwesungsgestank zu riechen. Der Kaugummi half etwas.

»Wir müssen wohl an die Öffentlichkeit«, sagte er.

»Mit allen drei Morden?«

Diese Frage beantwortete Rowlinson nicht sofort. Er dachte nach, doch sein schlaftrunkenes Gehirn arbeitete nur langsam und erratisch.

»Wer ist das überhaupt?«, fragte er.

»Laut dem Führerschein, den er bei sich hatte, ein gewisser Alan Burberry. Zweiundzwanzig Jahre alt, wohnhaft in Islington. Ich habe bereits alles an die Zentrale durchgegeben – bald wissen wir mehr.«

Rowlinsons Kehle schnürte sich zusammen. Der Gestank verstopfte seine Luftröhre und erschwerte das Atmen. Alan Burberry war kaum zu erkennen. Sein bleiches, vor Entsetzen verzerrtes Gesicht war ebenso wie seine Kleidung mit getrocknetem Blut bedeckt. Offenbar war er beim Joggen gewesen: Seine nagelneuen weißen Nikes hatten wundersamerweise nichts abbekommen. Rowlinson konnte den Nagel, der aus seiner Stirn ragte, nicht genau erkennen, doch er vermutete, dass er genau wie die anderen etwa zwanzig Zentimeter lang war. Ein Zimmermannsnagel, den man für wenige Pfund in jedem Baumarkt bekam.

»Das Symbol?«, fragte Rowlinson.

»Auf der anderen Seite unter der Leiche, wie die anderen mit Blut gemalt. Er wird mutiger, Boss.«

»Erst zwei Frauen, eine in einem Hotelzimmer, die andere in ihren eigenen vier Wänden. Und jetzt ein Mann in einem öffentlichen Park.«

»Hier sind überall Überwachungskameras. Er wird unvorsichtig. Es ist nur eine Frage der Zeit.«

Rowlinson blickte auf. An beinahe jedem Laternenpfahl in der Umgebung war eine auf den Park gerichtete Kamera befestigt. Westbrook hatte recht. Aber weshalb sollte der Täter so ein Risiko eingehen? Bisher war er sehr sorgfältig vorgegangen. Die letzten beiden Morde waren keine blutigen Affekttaten, sondern minutiös geplante Hinrichtungen gewesen.

Was zum Teufel führst du im Schilde?

»Weiß der DSI schon Bescheid?«

»Er ist auf dem Weg hierher«, sagte Westbrook. »Er wird sicher wissen wollen, wie weit wir sind.«

Rowlinson verzog das Gesicht. »Wir müssen es ihnen sagen.«

Nun sah ihn Westbrook zum ersten Mal an. Sie hatte fesselnde, durchdringende Augen und dichte Wimpern. Ihre Miene war unergründlich. Anscheinend hatte es ihr nichts ausgemacht, so früh aufzustehen. Sie war hellwach. Wie ein Raubtier.

»Wem müssen wir was sagen?«

»Wir müssen die Presse über die anderen beiden Morde in Kenntnis setzen.«

Westbrook wandte sich wieder zum Tatort um. Ein Windstoß fuhr in die Äste über ihren Köpfen. »Dann bricht eine Panik aus. Und genau das will der Täter ja.«

»Früher oder später kommt es sowieso ans Licht, weil irgendjemand in Jane Vardys oder Emma Mendez' Umkreis die Story verkaufen wird. So können wir wenigstens den Informationsfluss kontrollieren und machen nicht den Eindruck, dass wir völlig inkompetent wären.«

»Spielt das denn eine so große Rolle, Boss? Dass wir gut dastehen?«

»Ja.« Rowlinson ärgerte sich darüber, dass sie diese Frage überhaupt stellte und dabei nicht ihren üblichen monotonen, sondern einen leicht schnippischen Ton anschlug. Es kam ihm nicht respektlos, aber etwas hochmütig vor. Herablassend. »Das spielt sehr wohl eine Rolle, Westbrook. Unterschätzen Sie nie die öffentliche Meinung.«

Westbrook zuckte mit den Schultern. »Ich dachte, unsere Aufgabe ist es, den Mörder zu schnappen. Und nicht, dabei auch noch gut auszusehen.«

»Das erzählen Sie am besten Eaton persönlich. Und sagen Sie mir Bescheid, wie das gelaufen ist.«

Sie schnaubte, gab aber zu seiner Zufriedenheit keine Antwort. Er beruhigte sich etwas. Die Sonne war aufgegangen und tauchte den wolkenlosen Horizont in ein tiefes Violett. Es würde ein weiterer heißer Tag werden. Die Beamten von der Spurensicherung blickten mit finsterer Miene zum Himmel auf. Rowlinson wusste, warum: Die Hitze beeinträchtigte den Verwesungsprozess. Sie tötete Bakterien und Insekten, verlangsamte die Zersetzung und trocknete das Gewebe aus, sodass die Bestimmung des Todeszeitpunkts und die Beweisaufnahme im Allgemeinen erschwert wurden.

»Da wäre noch etwas«, sagte Westbrook nach einer Weile.

Rowlinson begriff plötzlich, dass ihr schon länger etwas auf den Nägeln brannte. Er trat von einem Fuß auf den anderen. Der Spurensicherungsleiter hatte ihn ebenfalls darauf hingewiesen, doch er hatte nicht zugehört. Er war zu sehr damit beschäftigt gewesen, den Schutzanzug überzuziehen.

»Was denn?« Rowlinsons Eingeweide verkrampften sich.

»Hier drüben.«

Westbrook führte ihn vorsichtig um Alan Burberrys ausgestreckt daliegenden Körper herum. Von dieser Warte aus war das grob mit Blut gemalte Symbol unter seinem Leichnam deutlicher zu erkennen.

»Da.«

Rowlinson folgte ihrem ausgestreckten Finger mit dem Blick zu einem Stück Gehweg, das von ihrer vorherigen Position nicht einsehbar gewesen war. Vier Pfade führten durch den Park auf ein kreisrundes Zentrum mit dem Brunnen in der Mitte zu.

Rowlinson sah sich um. »Was …?«, begann er ratlos.

Dann blieb er stehen. Im Licht der Morgendämmerung waren die Wörter, die genau wie das Symbol mit Blut auf den Stein geschrieben waren, nur schwierig zu erkennen.

»Tötet die Riesen«, las Rowlinson. »Was zum Teufel soll das bedeuten?«

Westbrook schüttelte den Kopf. »Keine Ahnung. Aber diese Botschaft ist für uns bestimmt. Er will mit uns reden.«

Rowlinson starrte auf die Schrift. *Tötet die Riesen.* Westbrook hatte recht. Der Mörder wollte ihnen etwas mitteilen.

»Haben Sie nicht gesagt, dass Sie jemanden kennen, der schon mal einen Serienmörder geschnappt hat?«, fragte Westbrook leise.

»Stimmt.«

»Dann wäre es jetzt vielleicht an der Zeit, dass Sie sich mal wieder bei ihm melden. Wir brauchen jede Hilfe, die wir kriegen können.«

19

Vor einem Jahr

Die Sakristei von St. Swithin ist ein kleiner, eichenvertäfelter und mit einem dicken lila Vorhang vom Rest der Kirche abgetrennter, fensterloser Raum, der an die Kabine eines Passbildautomaten erinnert. Die Treppe hinter mir führt zum Glockenturm. Auf dem Schreibtisch neben dem Stuhl, auf dem Sue sitzt, türmen sich Bücher und liturgische Gewänder. In einem kleinen Schrank befinden sich die alten Brettspiele der seit Jahren eingestellten Sonntagsschule – und natürlich meine Gin- und Whiskysammlung. Die Sakristei ist ein seltsamer Ort, sozusagen das Schwarze Loch der Kirche. Hier kann man leicht das Zeitgefühl verlieren, ganz besonders, wenn man schon ein paar im Tee hat. Nach einer Weile gewöhnt man sich sogar an den muffigen Geruch.

Sue wartet auf die Pointe der Geschichte, aber da muss ich sie enttäuschen. Aus offensichtlichen Gründen muss ich gewisse Elemente meiner Erzählung für mich behalten. Ich bezweifle stark, dass Sue jemandem von unserer kleinen Unterredung heute erzählt – wenn sie sich morgen überhaupt noch daran erinnert. Außerdem wird einer Säuferin wie ihr sowieso keiner Glauben schenken.

Trotzdem werde ich ihr nichts von der Bindung erzählen.

Gott hat mich dazu auserwählt, die blasphemische Mischrasse, die vor so vielen Jahrtausenden unsere DNA verseucht hat, zu vernichten. Und dabei darf mich niemand aufhalten.

Was die Dohle zu mir sagte, war eine Sache, aber was ich später selbst herausfand, eine andere: Nach dem Tod meiner Eltern verbrachte ich mehrere Tage in einer Betreuungseinrichtung für Jugendliche und dachte über alles nach. Ich hatte meinen Eltern nicht besonders nahegestanden, Fremde waren sie für mich jedoch auch nicht gewesen. Sie hatten einen bestimmten Zweck für mich erfüllt und ich wohl auch für sie, so lässt sich unsere Beziehung wohl am besten beschreiben. Selbstverständlich machte mich ihr Tod traurig, besonders der meines Vaters. Ich hatte zwar seine religiöse Besessenheit nicht nachvollziehen können, begriff jetzt aber, dass Gott ihn trotz seines starken Glaubens geopfert hatte, um mich auf das Kommende vorzubereiten.

Mein Vater war sein ganzes Leben lang ein eifriger Diener Gottes gewesen, und ein Teil dieses Eifers hatte darin bestanden, gewisse Relikte und Artefakte zu sammeln, die er für bedeutsam hielt. Die meisten waren es nicht. Beispielsweise war er sehr stolz auf ein Stück Holz, das angeblich Teil der Arche gewesen, am Berg Ararat angespült und Mitte des vierten Jahrhunderts von einer jüdischen Sekte geborgen worden sein soll. Ich ließ das Stück testen: Es war nicht einmal fünfhundert Jahre alt, also bei Weitem nicht alt genug. Es machte mich sehr traurig, dass er sich trotz aller Leidenschaft so hatte täuschen lassen.

Nur ein Gegenstand in seinem Besitz interessierte mich

wirklich: Der Auszug aus einer Übersetzung eines alten Manuskripts, angeblich einer Schriftrolle vom Toten Meer. Merkwürdigerweise hatte mein Vater an diesem Schatz wenig Gefallen gefunden. Ich entdeckte ihn irgendwo ganz hinten im Werkzeugschuppen, als mich meine Betreuer zur Ruine unseres niedergebrannten Hauses brachten. Selbstverständlich hatte die Übersetzung das Feuer unbeschadet überstanden – es war Gottes Wille.

Ich behielt die Übersetzung viele Jahre lang, obwohl ich sie nicht verstand. Sie überstieg den Horizont eines unreifen zehnjährigen Jungen bei Weitem. Als sie mir jedoch am Ende meiner Teenagerjahre noch einmal in die Hände fiel, begriff ich, dass sie womöglich bedeutsamer war, als ich zunächst gedacht hatte.

Zu meiner Schande muss ich gestehen, dass ich keine Ahnung habe, wie mein Vater an den Text gelangt ist. Ich weiß, dass er auf der Suche nach Artefakten mehrmals die Türkei besucht hat. Vielleicht entschied er bei einer Auktion aus einer Laune heraus, die Blätter zu kaufen. Oder sie waren ein Bonus, um ihm einen bestimmten Handel schmackhaft zu machen. Ich weiß es nicht, und es spielt auch keine Rolle.

Ich reiste fünf Jahre lang von Bibliothek zu Bibliothek und Kirche zu Kirche und befragte einen Theologen nach dem anderen, bis ich endlich herausfand, was der Text zu bedeuten hatte. Er war unvollständig und die Übersetzung selbst von schlechter Qualität. Doch irgendwann begriff ich, worum es sich handelte.

»Alles kann ich dir nicht erzählen«, sage ich langsam.

Sue schwankt hin und her.

»Gewisse Dinge müssen zwischen einem Mann und seinem Gott bleiben.«

»Bist du ein Prophet?«, fragt sie.

Darüber habe ich ehrlicherweise noch nie nachgedacht, doch in gewisser Weise hat sie nicht unrecht. Was meine Vermutung bestätigte, dass Sue eine Partisanin ist, eine von Gott gesandte Mitstreiterin und Lohn für meine Mühen. Ich ging also darauf ein.

»Ja, Sue. Das könnte man sagen.«

»Meine Güte.«

»Aber deshalb bist du nicht hier, oder?« Sie sieht mich einen Augenblick lang verwirrt an. Ich nehme an, dass sie der letzten Stunde unserer Unterhaltung nicht mehr hundertprozentig folgen konnte. »Die zwölf Schritte?«

Ich hebe eine Augenbraue. Sie braucht einen Augenblick, um sich zusammenzureißen. »Ja. Die zwölf Schritte«, stammelt sie schließlich. »Ich bin beim zweiten stehen geblieben.«

»Schritt drei ist einfacher als gedacht.«

»Und wie soll ich das anstellen?«

Ich lehne mich zurück, öffne lächelnd die Beine, lege meine Hand auf den Stuhlrücken und warte. Als sie nicht reagiert, deute ich beinahe unmerklich mit dem Kinn auf meinen Schritt, wo sich bereits etwas tut. Bei der Vorfreude auf die höchstwahrscheinlich bevorstehende Stimulation überkommt mich ein angenehm warmes Gefühl.

Diese Vieraugengespräche in der Sakristei haben nichts Heiliges, aber ich schäme mich auch nicht dafür. Ich wasche mich hinterher, wie es die Heilige Schrift verlangt, und den Frauen schadet es auch nicht, denn sie haben geholfen, Gottes Plan zu erfüllen. Was die meisten auch einsehen. Auch Sue wird es verstehen. Sie begreift allmählich, doch trotz des Alkohols ist ihr deutlich anzusehen, dass sie die Realität noch nicht völlig verlassen hat und merkt, dass diese neue Entwicklung gegen den Anstand verstößt.

»Ich … ich weiß nicht so recht … ich dachte nicht …«

Zugegeben, ich bin etwas frustriert. »Entspann dich, Sue. Wie gesagt – du musst scheitern. Du hast doch nicht ernsthaft geglaubt, dass es mit ein paar Gläsern Gin getan ist, oder?«

»Ich dachte … du willst mir helfen.«

»Will ich auch. Aber du musst dir selbst helfen. Hilf dir selbst, Sue, und mir auch.«

Jetzt kann Sue keinen Rückzieher mehr machen, dafür ist mein Körper zu erregt. Ich nicke noch einmal, deutlicher. Sie sieht zum Vorhang hinüber, und das gefällt mir gar nicht. Sie lässt sich viel zu lange bitten.

»Denk doch mal nach, Sue. Wenn ich ein Prophet bin, wozu macht dich das dann?«

»Keine Ahnung. Zu einer Hure?«

Ich lache, damit sie begreift, wie dumm diese Bemerkung war. Insgeheim allerdings werde ich allmählich wütend. Das müsste weitaus reibungsloser laufen. Ich habe viel Zeit in Sue investiert, nicht nur heute, sondern auch in der Vergangenheit. Dass sie plötzlich mehr Courage zeigt als erwartet, enttäuscht mich.

»Aber ich bezahle dich doch nicht. Außerdem solltest du mehr Selbstachtung haben. Gott sieht nicht zu, aber Er weiß trotzdem, wenn du mir dienst.«

»Dir dienen?«

So langsam reißt mir der Geduldsfaden. »Ja. Mir dienen.«

Das reicht. Womöglich gibt der drohende Unterton in meiner Stimme oder der Alkohol den Ausschlag. Ich vermute allerdings, dass sich Sue mit dem Gedanken an-

gefreundet hat und bereits überlegt, welchen Nutzen sie daraus ziehen kann. Jedenfalls gleitet sie vom Stuhl und kniet sich – nicht gerade elegant – zwischen meine Beine.

Sie öffnet meinen Gürtel. Ich kann in ihr Top und auf ihre kaum vorhandenen Brüste blicken. Dann hält sie inne und sieht zu mir auf.

»Nur das?«, fragt sie, und ich weiß sofort, was sie meint.

»Ja«, lüge ich. »Nur das.«

20

Schreie ließen Priest in den frühen Morgenstunden aus dem Schlaf schrecken.

Er schlug die Augen auf. Alles war so hell. Halb fiel, halb sprang er mit dröhnendem Kopf aus dem Bett. Nur mit Boxershorts bekleidet riss er die Schlafzimmertür auf.

Die Schreie kamen aus seiner Wohnung. *Scheiße! Tilly!*

In Lichtgeschwindigkeit gingen ihm hundert verschiedene Möglichkeiten durch den Kopf: *War sie verletzt? War jemand in der Wohnung? Wo war Sarah?*

Dann fiel ihm Ryan ein.

»Tilly!«, rief er.

Er rannte den Flur hinunter, riss die Tür zum Wohnzimmer auf und stürmte, bereit zum Angriff, hinein.

Die Schreie verstummten. Sarah und Tilly sahen ihn entsetzt an. Er stand schwer atmend in der Tür und sah sich um. Alles war so wie immer. Seine Schwester und seine Nichte lagen im Schlafanzug vor dem Sofa. Der Fernseher lief, die Fernbedienung lag neben Sarah. Tilly war in der Ecke neben dem Aquarium mit den Feuerfischen.

»Was ist denn?«, fragte Sarah. »Was stehst du denn da in Unterwäsche rum?«

»Ich habe Schreie gehört und …«

Sarah drehte sich zu Tilly um. »Ich hab dir doch gesagt, du sollst nicht so laut sein«, schimpfte sie.

»Dieser Fisch war sehr ungezogen«, verkündete Tilly und deutete auf den ihr nächsten Feuerfisch. »Er hat das *ganze* Futter allein gefressen.«

»Und deshalb schreist du ihn an?«, fragte Priest. Er war nicht wütend, nur neugierig. Warum zum Teufel sollte man einen Fisch anschreien? Und noch dazu so laut?

Tilly öffnete den Mund. Ihrem verdutzten Gesichtsausdruck nach zu schließen wollte sie gerade eine Erklärung abgeben, doch Sarah fiel ihr ins Wort. »Tut mir leid, sie ist erst sechs. Da kommt so was schon mal vor. Frühstück?«

Das Adrenalin wurde allmählich abgebaut, und Priests Kopfschmerzen verschlimmerten sich. Er rieb sich den Nacken. Plötzlich fiel ihm auf, dass er halb nackt war.

»Frühstück wäre toll. Für mich am liebsten Eier.«

»Kommt Daddy bald nach Hause?«, fragte Tilly, als er wieder auf dem Weg zum Schlafzimmer war.

Er wurde langsamer. »Daddy ist noch eine Weile unterwegs, Schätzchen«, sagte Sahra. »Sollen wir zusammen Frühstück für Onkel Charlie machen?«

»Ja! Glaubst du, dass er Kuchen mag?«

»Ganz bestimmt.«

»Mummy, warum hat Onkel Charlie nur eine Unterhose an?«

Und so wird es immer weitergehen, dachte Priest. Sie wird ihr versichern, dass alles gut wird. Und solange Mummy sagt, dass alles gut wird, ist es auch so. Ryan konnte nichts mit Tilly anfangen. Er hatte sich einen Jungen gewünscht, mit dem er Fußball spielen konnte, dem er Flüche beibringen und auf das erste Bier in den Pub und ins Wettbüro nehmen konnte. Es war ein Wunder, dass die Beziehung überhaupt so lange gehalten hatte. Ein größerer Gegensatz war kaum vorstellbar: Sarah, die attraktive, intelligente Geschäftsfrau, und Ryan, der… was auch immer er eben darstellte.

Priest musste unter vier Augen mit Sarah reden. Tilly würde sich bald schulfertig machen. Sarah hatte Urlaub. Was sie damit anfing, wusste er nicht genau. Bereitete sie die Scheidung vor? Überlegte, wie sie es Tilly beibringen sollte?

Leider wusste er nicht, was er zu ihr sagen sollte. Er war voreingenommen und wollte nicht, dass Sarah oder gar Tilly unglücklich waren. Da ereilte ihn eine Erkenntnis, die seinen Kopf beinahe zum Platzen brachte: Wenn er ehrlich war, hatte er gehofft, dass die Ehe scheiterte. Er hatte seinen Schwager jahrelang mit Verachtung gestraft und seiner Schwester ebenso lange Vorwürfe gemacht – nun wollte er, dass er damit recht behielt.

Jetzt war es so weit, doch seine Schuldgefühle wollten sich nicht legen. Im Gegenteil: Sie *wuchsen* noch.

»Hey«, sagte sie lächelnd.

Er war gerade dabei gewesen, sich anzuziehen, und hatte sie gar nicht bemerkt. Sie trug einen weiß gestreiften Schlafanzug. Als Kind hatte sie einen ganz ähnlichen gehabt. Als Mum und Dad noch am Leben gewesen waren.

»Sarah, du musst es ihr sagen«, sagte er, schlüpfte in ein weißes Hemd und knöpfte es zu.

»Ich weiß.« Sie versuchte, entspannt und zufrieden zu wirken, doch ihr Blick strafte sie Lügen. Er kannte diesen Blick – er hatte ihn bereits während Williams Gerichtsverhandlung gesehen oder als sie den Medien danach ein Statement vorgelesen hatte. Eine unnahbare Fassade – doch er wusste genau, dass sie zerbrechlich wie Glas war.

»Was zum Teufel ist passiert?«

»Genau das, was ich dir gestern Abend erzählt habe. Diese Frau hat mich angerufen und mir gestanden, dass sie meinen Mann trifft. Sie hatte so große Schuldgefühle, dass sie es mir sagen musste. Außerdem bezweifelt sie, dass sie die erste war.«

»Was ist das für eine Frau?«

»Sie heißt Gemma und ist sehr nett. Ich habe sie getroffen. Sie war genauso am Boden zerstört wie ich.« Sarah ließ den Kopf hängen.

Priest knöpfte das Hemd fertig zu und stopfte es in die dunkelblaue Hose. Irgendwo hatte er doch einen passenden Pullover …

»Hast du ihn schon zur Rede gestellt?«, fragte er, während er seine Garderobe durchsuchte. Das Handy auf dem Nachttisch vibrierte; er beachtete es nicht weiter.

Sarah hielt inne. Die Fassade bröckelte etwas, dann hatte sie sich wieder in der Gewalt. »Ich wollte warten, bis er von der Dienstreise zurück ist.«

»Hat er etwa einen Job?«

Sarah seufzte. »Er hat letztes Jahr bei einem Tattoo-Studio angefangen. Das wollte ich dir nicht sagen, weil …«

Priest war so erstaunt, dass er das Schließen der Manschettenknöpfe unterbrach und zu ihr aufblickte. »Ein Tattoo-Studio?«

»Er entwirft die Motive. Das war schon immer sein Traum.«

Priest wollte noch etwas hinzufügen, überlegte es sich aber anders und wandte sich wieder dem Hemd zu – das Signal für sie fortzufahren.

»Ich habe nur ›*Gemma hat angerufen*‹ gesagt, als er nach Hause kam. Das war alles. Ganz einfach. Sieben Jahre Ehe, zerstört mit einem einzigen Satz.« Gedankenverloren starrte sie an ihm vorbei aus dem Fenster. Vielleicht begriff sie jetzt erst so richtig, was sie getan hatte. Priest trat unruhig von einem Fuß auf den anderen. Sein Handy klingelte, und er konnte seinen Pullover nicht finden.

»Wie hat er reagiert?«

»Zuerst hat er alles geleugnet. Er wollte mir weismachen, dass es sich um eine obsessive Exfreundin handelt, die ihn fertigmachen will. Dann wurde er wütend und hat mir die Schuld gegeben, weil ich so viel arbeite. Schließlich tat es ihm leid, und er hat mich mit seinem Hundeblick angefleht und mir das Blaue vom Himmel versprochen. All das in ein paar Minuten. Als hätte er den ganzen Scheiß geprobt.«

Sie machte ihrem Ärger Luft, indem sie den letzten Satz giftig hervorzischte. Priest konnte ahnen, wie verraten und verkauft sie sich fühlte. Ihr Herz war wie ein schwarzer Brunnenschacht, in den sie alles hineingeworfen hatte – bis jetzt.

Sobald sie sich wieder in der Gewalt hatte, blickte sie zu Priest auf. Der begriff, dass er etwas sagen sollte, doch ihm fiel beim besten Willen nichts ein.

»Tut mir leid«, sagte er schließlich.

Das brachte sie wieder ins Hier und Jetzt zurück. »Es tut dir leid?«

»Ja.« Er kam sich hilflos vor, unfähig, emotionalen Beistand zu leisten. »Sagt man das nicht in … solchen Situationen?«

»Ja, das sagt man Leuten, die man gerade kennengelernt hat. Fremden. Unter Geschwistern darf man wohl etwas Konstruktiveres erwarten.«

Priest hob die Hände, als könne er so die passenden Worte auf wundersame Weise aus der Luft zaubern. »Er war sowieso ein Arschloch«, fiel ihm schließlich ein.

Einen Augenblick lang rechnete er mit scharfen Widerworten. Sarah hatte Ryan immer verteidigt. Auch aggressiv, wenn es sein musste.

Stattdessen ließ sie den Kopf hängen und stieß ein hohles Lachen aus. »Ja. Du hast recht. Ein Riesenarschloch.«

Er trat zu ihr und nahm ihren Arm. Eigentlich hatte er ihr nur aufmunternd die Schulter tätscheln wollen, doch sie zog ihn in eine Umarmung, und da begriff er, dass er in all diesen Jahren keine große Hilfe gewesen war. Im Gegenteil. Wahrscheinlich war sie nur aus Trotz bei Ryan geblieben. Damit er nicht recht behielt.

Einen Augenblick lang schluchzte sie in seinen Armen. »Du bist ein blöder Idiot«, sagte sie schließlich.

Er legte seine Hände auf ihre Schultern und wischte ihr dann die Tränen aus den Augen. Das hatte er bisher erst zwei Mal in seinem Leben getan. Einmal, als sie im Alter von zehn Jahren von einem Baum gefallen war, nachdem er sie dazu angestiftet hatte hinaufzuklettern. Und einmal nach seiner eigenen Scheidung. Obwohl sich die Vorzeichen nun geändert hatten, war ihre emotionale Reaktion darauf die gleiche.

»Soll ich ihn für dich verprügeln?«

Sie lachte unter Tränen. Diesmal war es ein aufrichtiges Lachen. »Zu mehr bist du ja nicht nutze, du großer Trottel.«

»Wir alle haben unseren Nutzen, Sarah. Nur manchmal ist der nicht auf den ersten Blick offensichtlich.«

Sie nickte und lächelte tapfer. Er löste sich von ihr und suchte weiter nach seinem Pullover, den er eigentlich gar nicht brauchte, aber so hatte er zumindest etwas zu tun. Er hatte ein mulmiges Gefühl in der Magengegend – das Mitleid, das er für sie empfand, und die Wut, die er Ryan gegenüber verspürte, machten ihm Angst. In Priests Leben hatte es längere Episoden gegeben, in denen er so gut wie gar nichts gefühlt hatte. Dann hatte er stundenlang, manchmal sogar tagelang dagesessen und über das emotionale Loch nachgedacht, das in ihm wuchs. *Es ist nicht so, dass ich überhaupt nichts fühle,* hatte er irgendwann erkannt, *sondern dass sich alles gleich anfühlt.*

»Jessica ist übrigens sehr nett.«

Sarahs Bemerkung kam so unerwartet, dass ihm schwindlig wurde und er regelrecht einen Schritt zurücktaumelte. »Was?«

»Jessica. Die Frau, die du vor mir geheim gehalten hast.« Als er nichts darauf antwortete, lächelte sie. »Schon gut, war nur ein Scherz. Du musst mich nicht ständig über dein Leben auf dem Laufenden halten. Ich freue mich einfach, dass du jemand gefunden hast.«

Was sollte er darauf sagen? Er fühlte sich nicht in der Lage zu erklären, wie sehr er in Bezug auf Jessica litt, wie widersprüchlich seine Gefühle waren. Besonders eine Sache machte ihm Angst: die Möglichkeit, dass er das Maximum an Liebe – oder dem, was in seiner Erfahrung der Liebe am nächsten kam – erreicht hatte. Dies war die Summe seiner selbst, das, was er zu geben imstande war.

Und selbst das lief auf dasselbe hinaus: ein hohles Gefühl der Unruhe.

»Ja«, hörte er sich selbst sagen, »sie ist toll.«

Sarah nickte skeptisch. »Mach dich lieber mal auf die Socken.« Sie deutete auf das Handy auf dem Tisch. »Tiff hat dich schon fünf Mal angerufen. Es ist wohl dringend.«

21

Priest saß mit übereinandergeschlagenen Beinen auf einer Bank, hatte den Arm auf die Lehne gelegt und betrachtete durch seine Pilotensonnenbrille das auf dem Wasser tanzende Sonnenlicht. Der St. James's Park lag still da. Spaziergänger schlenderten über die Blue Bridge und machten Fotos vom See und dem am Horizont aufragenden London Eye, das eine riesige Metalliris um den Shell Tower bildete. Heute war es etwas kühler. Eine soufflé-artige Wolkenformation verdeckte die Sonne und versprach für die nächste Zeit etwas erträglichere Temperaturen.

Trotzdem hatte er den Pullover ausgezogen und neben sich auf die Bank geworfen. *Was wollte er überhaupt damit?*

Tiff Rowlinson setzte sich zu ihm und reichte ihm eine Plastikflasche.

»Was ist das?«, fragte Priest und inspizierte die Flasche.

»Wasser.«

»Und wo ist mein Tee?«

Rowlinson öffnete seine eigene Flasche und trank. Dann deutete er auf den Himmel. »Bei solchen Temperaturen ist Tee ganz ungesund. Da dehydrierst du mir noch.«

Priest ließ enttäuscht den Kopf hängen. »Im Gegenteil. Da ist Tee gerade gut, weil er die Körpertemperatur senkt.«

Rowlinson schüttelte den Kopf. »Das ist ein Gerücht, das die Teefirmen in den Neunzigern zu Werbezwecken in die Welt gesetzt haben. Wer Wasser trinkt, lebt länger.«

Rowlinson wischte sich eine strohblonde Haarsträhne aus den Augen. Wie immer war er makellos gekleidet: Heute trug er einen hellgrauen Anzug ohne Krawatte und teuer aussehende Lederschuhe. Er war etwas jünger als Priest und hatte ein scharf geschnittenes, knabenhaftes Gesicht. Sie kannten sich schon eine Ewigkeit, hatten sich allerdings schon länger nicht gesehen. Zuletzt, kurz nachdem ihn Priest aus einer brennenden, kurz vor dem Zusammenbruch stehenden Kirche gezogen hatte. Die einzigen Veränderungen, die Priest an ihm bemerkte, waren einige zusätzliche Krähenfüße um die Augen – und ein Ehering am Finger.

»Ist schon eine Weile her«, bemerkte Priest, öffnete die Flasche und schwenkte das Wasser, sodass etwas davon auf den Boden tropfte.

»Du hast doch immer so scheißviel zu tun, Priest. Hast du meine Post nicht bekommen?«

Priest dachte nach. Ihm fiel nichts ein. »Nein. Was war das denn, ein Brief?«

»Eine Hochzeitseinladung.«

Priest drehte sich peinlich berührt zu ihm um. *Habe ich etwa seine Hochzeit verpasst?* »O Scheiße, Tiff, ich …«

»Ach was.« Er lachte und nahm einen großen Schluck Wasser. »Ich verarsch dich nur. Wir haben im Ausland geheiratet. Im Kreis der Familie. Das hätte dir sowieso nicht gefallen.«

»Und wer ist der Glückliche?«

Rowlinson lächelte, und seine winzigen, unbewussten Gesten – das kaum merkliche Senken der Schulter, das Leuchten in seinen Augen – verrieten Priest, dass er glücklich war. »Er arbeitet für die Regierung. Beim Geheimdienst. Er heißt Gary. Du … hast ihn noch nicht kennengelernt.«

Priest lächelte ebenfalls. Rowlinsons Freude war ansteckend. Damals, als Priest sich seine Brötchen noch mit der Verfolgung von Kriminellen verdient hatte, waren sie Kollegen bei der Met gewesen. Rowlinson war ein scharfsinniger und einfallsreicher Ermittler und einer der wenigen Männer, denen Priest vertraute. Sie waren in Kontakt geblieben, als Priest den Dienst quittiert hatte und Anwalt geworden war. Wenn es Priest überhaupt möglich war, Freunde zu haben, so hätte er Tiff auf jeden Fall als einen davon bezeichnet. »Glückwunsch, Tiff«, sagte er und meinte es auch so.

Rowlinson rieb sich das Kinn, als hätte ihn Priest leicht in Verlegenheit gebracht. »Danke. Kommen wir zur Sache. Hast du heute Morgen schon Nachrichten gesehen?«

Nein, hatte Priest nicht. Normalerweise las er zumindest die Schlagzeilen auf seinem Handy oder schaute CNN, da der amerikanische Nachrichtenkanal viel unterhaltsamer als die britischen war. Doch heute war er damit beschäftigt gewesen, sich – nachdem er so lange allein gelebt hatte – an seine unverhofften Mitbewohner zu gewöhnen, sodass er keine Zeit zum Fernsehen gehabt hatte.

»Nein, was ist los? Haben wir Mexiko den Krieg erklärt?«

Rowlinson reichte ihm sein Handy. Das Video startete,

sobald es geladen war. Ein Reporter stand vor ... *war das der Russell Square?* Rowlinson machte den Ton lauter.

»Heute Morgen wurde in der Mitte des Russell Square der Leichnam eines zweiundzwanzigjährigen Mannes gefunden. Offenbar wurde ihm ein schwerer Nagel in den Kopf getrieben. Die Polizei hat die Ermittlungen aufgenommen. Der Mann, dessen Identität noch nicht bekannt ist, wurde in den frühen Morgenstunden gefunden. Die Polizei bittet die Bevölkerung um Mithilfe. Detective Chief Inspector Tiff Rowlinson zufolge gibt es noch keine weiteren Anhaltspunkte, und auch das Motiv für diesen brutalen Mord ist noch unklar. Wer sich zwischen zweiundzwanzig und fünf Uhr im Umkreis des Russell Square aufgehalten hat, wird gebeten, sich bei der Polizei zu melden, insbesondere gilt dies für Autofahrer, die mit eingeschalteter Dashcam unterwegs waren. Der Park bleibt geschlossen, bis die Spurensicherung ...«

Rowlinson hielt das Video an und schaltete das Handy aus.

»Üble Sache«, sagte Priest. »Bist du der leitende Ermittler?«

Rowlinson nickte. Priest nahm einen Schluck Wasser und fragte sich, worum es hier ging. Ein weiterer Mord, ein weiteres unbekanntes Opfer. Er war heilfroh, dass er all dies hinter sich gelassen hatte. Priest war weiß Gott lange genug Detective gewesen – inzwischen machte er sowohl um Kriminalität als auch um ihre Aufklärung einen großen Bogen.

»Wer ist das Opfer?«

»Alan Burberry. Ein Börsenmakler.«

»Okay.« Priest zögerte. *Worauf wollte Tiff hinaus?* »Warum wolltest du mich unbedingt sehen?«

Rowlinson reichte ihm einen zusammengefalteten Zettel. Priest öffnete das Blatt und erblickte ein schwarzes Symbol: ein Kreuz, an dem eine geschlängelte Linie entlanglief. Er betrachtete es, drehte das Papier um. Das Symbol sagte ihm überhaupt nichts.

»Was ist das?«

»Dieses Symbol hat der Mörder am Tatort hinterlassen. Er hat es neben dem Opfer mit Blut auf den Boden geschrieben.«

Priest warf einen weiteren Blick darauf, und ihm war, als würde eine kleine Feder in seiner Brust aufschnappen. Jetzt begriff er. *Scheiße.*

Er sah Rowlinson an. Hochzeitsstress war also nicht der Grund für die Krähenfüße. »Wie viele sind es außer Burberry bisher?«

»Zwei. Jane Vardy, neunundzwanzig, verheiratet, drei Kinder. Und Emma Mendez, dreiunddreißig, ledig. Eine Fotografin.«

»Zwei Frauen und ein Mann. Wo fanden die anderen Morde statt?«

»Beide in unserem Zuständigkeitsbereich. Einer in einem Hotelzimmer, der andere bei Emma zu Hause. Emma wohnte in London. Jane war zwar hier geboren, lebte jedoch in Stroud. Sie war auf Familienbesuch hier. Offenbar wollte sie nicht bei ihren Eltern übernachten und hat ein Hotelzimmer genommen. Ihre Mum hat Demenz im Frühstadium, da war das wohl einfacher. Sagt zumindest ihr Dad.«

Priest runzelte die Stirn. »Und immer dasselbe Symbol?«

»Immer dasselbe Symbol und immer derselbe Modus Operandi – ein Nagel in den Kopf. Allmählich wird er aggressiver. Der erste Mord war sauber ausgeführt, die nächsten waren schon blutiger.«

»Also macht es ihm Spaß.«

Rowlinson nickte. »Noch wissen die Medien nichts davon. Jane Vardys Mann hält fürs Erste still. Leider konnten wir Emma Mendez' Freund noch nicht aufspüren. Das Ganze könnte also jeden Augenblick auffliegen.«

»Ein Serienmörder. In London.«

»Der erste seit ...«

Priests Eingeweide krampften sich zusammen. Er schloss die Augen. Dr. William Priest war der grausamste Serienmörder Londons seit Jack the Ripper. Er war keinem Muster gefolgt, hatte keine bevorzugte Tötungsmethode. Anders als alle anderen Mörder, mit denen es die Met zu tun gehabt hatte, war er völlig unberechenbar gewesen. Man hatte sogar eine zehnköpfige Profilertruppe des FBI hinzugezogen, doch auch die hatte es nicht geschafft, ihn zu schnappen. Irgendwann war William zu dem Entschluss gekommen, dass er genug hatte, war zu Scotland Yard marschiert, hatte sich geduldig an den Empfang gesetzt, gewartet und schließlich dem diensthabenden Beamten seine Taten gestanden.

»Der erste seit William«, beendete Priest atemlos den Satz.

»Ich brauche deine Hilfe.«

Diese Bitte traf Priest völlig unerwartet. Die Welt um ihn herum verlangsamte sich, die Schuldgefühle lasteten einmal mehr mit ihrem ganzen Gewicht auf seinen Schultern und nahmen ihm die Luft zum Atmen. »Wie bitte?«

»Ich brauche deine Hilfe, Priest. Wir haben niemanden, der Erfahrung mit Serienmördern hat. Jedenfalls nicht mit so gut organisierten. Du kennst dich mit Serienkillern aus. Immerhin hast du einen gefasst.«

»Ich habe William nicht gefasst. William hat William gefasst. Ich war noch nicht mal im Ermittlungsteam.«

Rowlinson sah Priest durchdringend an. »Ich weiß nicht, was damals passiert ist«, sagte er langsam und senkte die Stimme, als ein Pärchen Arm in Arm an ihnen vorbeiging. »Das weiß niemand außer dir und William. Wenn das so bleiben soll – von mir aus. Aber den Mythos kennen wir alle.«

»Tiff …«

Rowlinson hob die Hand. Er duldete keine Widerrede. »Dieser Mann wird erneut töten, Priest. Und zwar sehr bald. Alle um mich herum sind entweder unerfahren oder dumm. Ich brauche *dringend* Hilfe.«

»Er ist kurz vor dem Eskalieren?«, fragte Priest. Serienmörder fingen oft langsam an und reduzierten allmählich den Zeitraum zwischen den Taten. Die Mordlust wuchs, aber die Realität reichte niemals an die Fantasie heran.

Rowlinson schüttelte seufzend den Kopf. »Nein, er ist nicht kurz davor, er *ist bereits* eskaliert. Es vergehen nicht mehr als drei, vier Tage zwischen den Morden.«

Priest schnalzte mit der Zunge. »Was ist mit dem Symbol?«

»Er bringt es mit dem Blut des Opfers am Tatort an.«

»Mit Symbolen haben Serienmörder nichts am Hut. Das ist Hollywood-Blödsinn.«

»Dieser schon.«

Priest dachte nach. Keiner der einigermaßen bekannten Serienmörder hatte ein Symbol am Tatort hinterlassen. Der Zodiac-Killer hatte die Polizei mit verschlüsselten Botschaften zum Narren gehalten und den Medien

Briefe geschrieben, auf denen er grob ein Tierkreissymbol gezeichnet hatte – wenn er denn überhaupt der Verfasser der Briefe war. Es kam zwar oft vor, dass sich Serienmörder etwas aus dem Besitz der Opfer als Trophäen oder Souvenirs mitnahmen, doch die dienten dazu, den Mord in der Erinnerung noch einmal zu durchleben. Unterwäsche, Ringe. Augen. William hatte seinen Opfern nie etwas genommen. Nur ihre Seelen.

»Und das hier«, sagte Rowlinson und gab Priest ein Tatortfoto.

»*Tötet die Riesen*«, murmelte Priest. Der Satz war mit Blut geschrieben. Im Vordergrund des Bilds waren verschwommen Beine und Schuhe des Opfers zu erkennen. »Was soll das bedeuten?«

»Es bedeutet, dass er einen Plan hat.«

»Gibt es eine Verbindung zwischen den Opfern?«

»Nein.« Rowlinson nahm noch einen Schluck Wasser und sah auf die Uhr. »Keine Gemeinsamkeiten, was Alter, Herkunft, Geschlecht oder Einkommen angeht. Sie gehören völlig unterschiedlichen sozialen Gruppen an. Es gibt keinen gemeinsamen Nenner.«

»Waren sie vielleicht mal Geschworene bei einer Gerichtsverhandlung? Oder hatten denselben Arbeitgeber? Gingen sie auf dieselbe Schule, oder waren sie im selben Verein? Kannten sie sich online oder über Freunde?«

Rowlinson schüttelte den Kopf. »Nein. Das haben wir überprüft. Nichts.«

Priest gab das Foto zurück, streckte die Beine aus und starrte auf den See hinaus. *Tötet die Riesen.* Er dachte an Williams Opfer – die Geister, die ihn noch immer heimsuchten. Er kannte sie alle, kannte ihre Namen, ihre Biografien, ihr Alter, ihre Familien. Ihre Gesichter. *Scheiße.*

Die Sonne kam hinter den Wolken hervor und tauchte ihn in ihr Licht, und in der Sekunde, die er brauchte, um die Hand vor die Augen zu nehmen, waren sie wieder am Rand der Klippe. Ein erst vierzehnjähriger Junge mit bereits muskulöser Statur und wildem Haar, das ihm ständig in die Augen fiel. Ein jüngeres, schlankes und zierliches Mädchen mit strohblondem Haar und Sommersprossen. Sie lag lächelnd auf dem Felsen und hatte wie immer die Nase in einem Buch. Und William. Der größere, stärkere und schlauere William.

»Hey, Charlie«, rief er. Er war gefährlich nahe am Rande der Klippe. Der See lag unter ihnen wie ein blauer Rockzipfel. Das Wasser glänzte im Sonnenlicht. »Komm her, Charlie!«

Priest verscheuchte die quälende Erinnerung und schauderte trotz der Hitze.

»Ich weiß nicht, ob ich das ... noch einmal fertigbringe«, flüsterte Priest. Die verzweifelte, wütende Mutter eines der Opfer hatte ihm nach der Gerichtsverhandlung einen Brief geschrieben. Er hatte ihn bis heute aufbewahrt: *»Sie müssen es gewusst haben.«*

Rowlinson stand auf und hielt Priest das Blatt mit dem Symbol darauf hin. »Denk noch mal drüber nach und ruf mich an. Auch wenn du nur deine Beziehungen spielen lässt, um herauszufinden, was zum Teufel das sein soll, wäre mir schon sehr geholfen.«

Priest nickte und nahm das Foto entgegen. Als Rowlinson davonging, glaubte Priest, im Wind den Ruf des jungen William zu hören: *»Hey, Charlie! Komm her!«*

22

Freitag

Georgie starrte die Nachricht an, schloss die zugehörige App, öffnete sie wieder und legte das Telefon schließlich beiseite. Doch die Nachricht blieb, wo sie war, und starrte zurück.

Sie lag zusammengerollt auf dem Sofa des Wohnzimmers der WG, die sie mit Li teilte, und hatte gerade noch überlegt, was sie mit ihrem freien Tag anfangen sollte. Li war in der Küche und machte Kaffee, wobei sie einen Beyoncé-Song summte. Im Hintergrund lief der Fernseher: In der amerikanischen Talkshow ging es um eine Frau, die mit Leidenschaft Esszimmermöbel verspeiste.

»Alles klar?«, rief Li aus der Küche.

»Entschuldige, was?«

»Ich hab dich jetzt schon ein paar Mal gefragt, ob du Kaffee willst.«

»Ach so. Sorry. Ja.«

Georgie blickte wieder aufs Telefon, dann erst merkte sie, dass Li im Türrahmen stand und sie verwundert ansah.

»Was machst du denn da? So lange hast du dich noch

nie mit deinem Handy beschäftigt. Dabei bist du noch nicht mal auf Instagram.«

Verlegen suchte Georgie nach dem »Home«-Button und warf dabei das Handy auf den Boden. Li hob es schnell auf.

»Hey!«

Georgie sprang auf. Heißes Blut schoss ihr in die Wangen.

Li streckte die Hand aus, um sie auf Abstand zu halten. »Was haben wir denn hier? O mein Gott, du hast eine Nachricht von …«

»Ja.« Georgie riss ihr das Handy aus der Hand. Dann begriff sie, dass sie es nicht länger verheimlichen konnte, und fiel wieder aufs Sofa zurück. »Ja, Andy hat mir eine Nachricht geschickt.«

»Unser Kampfsportlehrer nutzt also seine Machtposition aus, um seiner Schülerin über Handy mitzuteilen, wie groß ihre Fortschritte sind. Einfach so.«

Georgie blickte auf und sah verärgert, dass Li wieder mal ihr wissendes Lächeln aufgesetzt hatte. »Die Nachricht hat er bestimmt allen Kursteilnehmern geschickt. Er ist eben sehr gewissenhaft.«

Li wedelte mit ihrem eigenen Handy vor ihrer Nase herum. »*Ich* bin auch in seinem Kurs, Schätzchen, und mir hat er keine Nachricht geschrieben.«

»Vielleicht ist sie noch nicht angekommen. Oder er hatte noch keine Zeit dafür.«

Li seufzte und kümmerte sich wieder um den Kaffee. Die Maschine klickte und zischte, dann gurgelte es. »Wir müssen uns unterhalten.«

»Wirklich?«

Li verließ die Küche und reichte Georgie eine Tasse.

»Du kannst dich nicht dein ganzes Leben lang verstecken, Georgie.«

»Einmal wurde ich von Neonazis gefangen genommen, die mich zum Spaß foltern wollten, und letztes Jahr hat eine Verrückte versucht, mich mit einem Feuerfisch zu töten. Als *verstecken* würde ich das nicht gerade bezeichnen.«

Li wollte gerade etwas antworten, als es an der Tür klingelte.

»Ich gehe schon. Hier.« Sie gab Georgie die Fernbedienung. »Such mal was Inspirierenderes, dann machen wir uns einen Mädelsvormittag. Und später gehen wir shoppen, diese Latzhose ist ja grauenhaft.«

»Die ist total modisch«, protestierte Georgie, während Li in den Flur ging.

»Bei Super Mario vielleicht«, rief sie zurück, dann öffnete sie die Tür. »Oh, hallo.«

Georgie blickte auf. Ihr war die leichte Veränderung in Lis Tonfall nicht entgangen. *O Gott, hoffentlich ist es keiner ihrer Freier.*

Li erschien wieder in der Tür. Sie grinste über beide Ohren. »Besuch für dich, Georgie.«

Priest stand in der Wohnzimmertür und ließ den Blick über das hellgrüne Sofa, den großen Fernseher und Georgie schweifen, die mit untergeschlagenen Beinen dasaß und ihn mit großen Augen anstarrte, als wäre er der Letzte, mit dem sie gerechnet hätte.

»Tut mir leid«, murmelte er. »Du hast ja heute frei.«

»Ach, Sie sind ein schlechter Arbeitgeber«, sagte die englisch-japanische Frau – *wie hieß sie noch gleich?* – lächelnd und schob ihn ins Wohnzimmer.

Er nahm neben Georgie Platz, die sich wenig elegant gerade hinsetzte und dabei den Kaffeebecher auf dem Tisch vor ihr umstieß.

»Ach, verdammt.«

»Nett hier«, sagte Priest, während sie sich beeilte, die Bescherung aufzuwischen.

»Die Wohnung haben wir möbliert bezogen«, sagte Georgie. »Der Vermieter lebt in Frankreich.«

»Kann ich Ihnen was zu trinken anbieten?«, fragte Georgies Mitbewohnerin. Täuschte sich Priest, oder bemerkte er da eine stumme Botschaft, die zwischen den beiden Frauen ausgetauscht wurde?

»Nein, vielen Dank«, sagte er. »Ich wollte nur kurz vorbeischauen und dir das hier zeigen.« Er gab Georgie das Blatt mit dem Symbol, das unter Alan Burberrys Leichnam gefunden worden war.

Sie nahm es vorsichtig entgegen und betrachtete es genau. »Was ist das?«

»Ich hatte gehofft, dass du mir das sagen könntest.«

Georgie rückte ihre Brille zurecht. »Sieht aus wie ein Kreuz, durch das eine Schlangenlinie führt.«

»Es ist ein Kreuz, durch das eine Schlangenlinie führt«, pflichtete Priest ihr bei. »Jetzt bräuchten wir noch ein paar weiterführende Informationen.«

»Ist das ein neuer Fall?«

Priest lehnte sich betont gelassen zurück – er wollte sie nicht in Aufregung versetzen, doch die Erfahrung hatte ihn gelehrt, dass es keinen Sinn hatte, etwas vor Georgie Someday verbergen zu wollen. »Eine Mordermittlung.«

Georgie beugte sich vor und nahm das Blatt näher in Augenschein. Ihre Bewegungen hatten stets etwas Verspieltes. Priest bemerkte, dass die Mitbewohnerin nicht mehr in der Küche vor sich hin pfiff, sondern sie ganz schamlos belauschte.

»Ist das etwa …«

»Blut. Ja.«

Georgie machte große Augen. »Wahnsinn! Ist das was Satanistisches?«

»Dann wäre das Kreuz ja umgedreht«, warf die Mitbewohnerin ein.

»Möglich«, sagte Georgie. »Es könnte aber auch ganz etwas anderes sein – ein Anker, ein Firmenlogo, das Wappen eines Fußballvereins.«

»Kannst du das übernehmen?«, fragte Priest und wischte sich den Schweiß von der Stirn. Er sah leicht verschwommen und hörte die anderen Stimmen nur gedämpft. Mit einem Mal wurde ihm ganz anders.

Georgie nahm das Handy heraus, fotografierte das Symbol und gab Priest das Blatt zurück. »Ich kenne zwar keine Symbologen, aber ich kann ja mal nachforschen. Irgendetwas lässt sich sicher herausfinden.«

»Prima«, sagte Priest und wollte gerade aufstehen, als ihm der Satz einfiel, der mit Blut zu Alan Burberrys Füßen geschrieben war. »Ach ja, könntest du mal nachsehen, was *Tötet die Riesen* bedeutet?«

»Okay«, sagte Georgie langsam. »*Tötet die Riesen?*«

»Genau.«

»Ich werd's … versuchen.«

»Prima«, sagte Priest und wandte sich zur Tür. Er schwankte leicht, schaffte es aber, den Kaffeebecher kein zweites Mal umzustoßen. »Ich werde die nächsten Tage ziemlich beschäftigt sein. Kannst du ein paar von meinen Fällen übernehmen, wenn du wieder im Büro bist?«

Georgie nickte unsicher. »Bist du etwa so beschäftigt,

weil du in einem Mordfall ermittelst? Ich dachte, das hättest du hinter dir gelassen?«

Priest erwiderte lächelnd ihren Blick. Ihre Neugier war unbezähmbar. Priest erkannte sich selbst in ihr, bevor William Serienmörder geworden war und alles ruiniert hatte. Sie teilten denselben Wissensdurst, denselben ausgeprägten Gerechtigkeitssinn. Nur dass Georgies Zukunft viel rosiger und unbeschwerter sein würde – mit seiner eigenen dagegen sah es düster aus, er war viel zu abgestumpft und obsessiv.

Wie sehr er sie beneidete!

Er musste so schnell wie möglich an die frische Luft. Als er sich hingesetzt hatte, waren drei schwarze Punkte vor seinem Auge erschienen – vor seinem Gesichtsfeld tanzende Staubkörner. Er betrachtete seine Hände. Sie schienen völlig normal, dennoch bohrte er die Fingernägel in die Handflächen, um sich durch den Schmerz zu vergewissern, dass er existierte. Dass er lebte. *Das ist eine der schlimmsten Auswirkungen der Dissoziationsstörung: Sie bringt einen dazu, die eigene Existenz in Frage zu stellen.*

»Nein, wie es aussieht, bin ich wieder dabei. Dann bis Montag in der Kanzlei.«

»Charlie, ist wirklich alles in Ordnung?«

Er blieb stehen. *War denn alles in Ordnung? Würde denn jemals alles in Ordnung sein?* Er hörte den Klang einer Kirchenglocke in der Entfernung und hatte plötzlich ein so mulmiges Gefühl in der Magengegend, dass er einen Augenblick lang völlig orientierungslos war.

»Hey, Charlie! Komm her!«

Er kämpfte dagegen an. Georgie starrte ihn besorgt an. Er blickte auf seine Hände hinab. Sie waren weiß vor Anspannung, aber auch ein Teil von ihm. Der *Beweis*, dass es ihn gab.

»Alles bestens.« Er wollte gerade zu einer Erklärung ansetzen, als er von Georgies Mitbewohnerin unterbrochen wurde. Sie stand auf der anderen Seite des Raums und trat aufgeregt von einem Fuß auf den anderen.

»Entschuldigt, ich will nicht stören, aber vielleicht kann ich euch weiterhelfen.«

»Nur zu.«

»Ein … Bekannter von mir ist Dozent am UCL.« Pries bemerkte, wie Georgie beim Wort »Bekannter« das Gesicht verzog. »Er hat mit Symbolen zu tun.«

Priest nickte ermutigend. »Sehr gut. Können wir diesen Bekannten von Ihnen mal treffen?«

»Ich weiß nicht so recht …«, fing Georgie an, doch ihre Mitbewohnerin – *Li, so hieß sie!* – fiel ihr ins Wort.

»Klar! Ich schreibe ihm eine Nachricht, dann können wir ihn jetzt sofort besuchen.«

»Großartig«, sagte Priest und sah Georgie an. Diese nickte, allerdings etwas weniger begeistert. Li tippte eifrig auf ihr Smartphone ein. Er wartete und lehnte sich dabei gegen die Wand. Alles war penibel aufgeräumt, Ikeamöbel standen auf dem hellen Vinylboden. Das quietschgrüne Sofa war zwar nicht direkt scheußlich, aber auch kein schöner Anblick. Es roch gut – etwas künstlich, aber selbst mit den offen stehenden Fenstern war die Hitze unerträglich.

Schließlich blickte Li zu ihnen auf. »Wollen wir?«

Georgie stand auf und streckte sich. »Ist das auch wirklich kein Problem?«, fragte sie.

»Ach, woher«, sagte Li. »Er ist mir noch was schuldig.«

Priest folgte Li aus dem Zimmer. Als er sich umdrehte, blickte er in Georgies Augen.

»Tötet die Riesen«, flüsterte sie, sodass Li sie nicht hören konnte.

»Du sollst einfach nur einen Blick auf dieses Symbol werfen und ein paar Fälle betreuen, bis ich mit dieser seltsamen Angelegenheit fertig bin. Sonst nichts, klar?«

Sie nickte. »Wie Kloßbrühe, Charlie.«

23

Der Campus des University College London war in helles Sonnenlicht getaucht. Priest, Georgie und Li gingen auf das Wilkins Building zu, dessen an einen griechischen Tempel erinnernde Fassade von zehn gewaltigen Säulen gestützt wurde. Als Priest die Studentengrüppchen sah, die inmitten ihrer Bücher und Taschen auf dem Rasen lagen und alle Sorgen und Nöte zusammen mit Zigarettenrauch und leiser, einlullender Musik in die Lüfte steigen ließen, packte ihn unwillkürlich der Neid.

Im Gebäude selbst war es überraschend kühl, obwohl es augenscheinlich nicht über eine Klimaanlage verfügte. Weitere Studenten auf dem Weg zu ihren Vorlesungen kamen ihnen aufgeregt plaudernd und mit Kaffeebechern in den Händen entgegen. Li blieb gelegentlich stehen und sah auf ihr Handy. Ihr »Bekannter« Isaac O'Brien hatte ihr eine Wegbeschreibung zu seinem Büro geschickt: Es befand sich auf der rückwärtigen Gebäudeseite jenseits der Parkettböden und terrakottafarbenen Räume der Flaxman Gallery. In den viel engeren Fluren dort hingen statt eindrucksvoller Ölgemälde Sicherheitshinweise, Feuerschutzmaßnahmen und Bekanntmachungen der Fakultät.

»Hier«, sagte Li nach einem Blick auf die Zimmernummer.

»Sollen wir anklopfen?«, fragte Georgie.

»Besser wäre es. Der Gute ist manchmal etwas schreckhaft.«

Priest hob eine Augenbraue. »Wieso das denn?«

Ihre Antwort, bevor sie die Tür aufstieß und dabei klopfte, lautete lapidar: »Er ist verheiratet.«

Isaac O'Brien stand vor einem Wasserspender. Entweder versetzte ihm Lis unerwartetes Eintreten oder die Luftblase, die plötzlich in dem Spender aufstieg, so einen Schreck, dass er sein Wasser auf dem Boden verschüttete.

»Ach du liebe Güte«, sagte er und drehte sich mit großen Augen zu ihnen um.

»Verzeihung«, sagte Li. »Wir sind's nur.«

O'Brien wischte sich die Wassertropfen vom Tweedanzug. Er war der Inbegriff des weltfremden Akademikers: runde Brille, hageres Gesicht und schwarzes Haar, das zu einem nicht geringen Teil büschelweise aus seinen Ohren wuchs. Der drahtige Mann wirkte viel älter als die fünfunddreißig, auf die Li ihn vorhin geschätzt hatte, und wie er so verlegen vor ihnen stand, war er beinahe einen Kopf kleiner als Priest.

»Sehr erfreut.« O'Brien sprang vor und hielt Priest die Hand hin. Der schüttelte sie.

»Vielen Dank, dass Sie Zeit für uns haben, Professor O'Brien.«

»Doktor reicht völlig.«

»Natürlich. Doktor.«

»Li.« Er wandte sich Georgies Mitbewohnerin zu und überlegte eine Weile, wie er sie wohl am besten begrüßte. Er entschied sich für einen weiteren Handschlag, ohne ihr – wie Priest bemerkte – dabei in die Augen zu sehen.

Als er Georgie sah, verzog er seine dünnen Lippen zu einer Grimasse, die nur entfernt einem Lächeln ähnelte.

»Und Sie sind sicher …«

»Georgie«, sagte sie und nahm seine Hand, die O'Brien etwas länger als nötig festhielt.

»Wirklich ganz reizend.« Er sprach so geziert und hochgestochen wie eine Nebenfigur in der Verfilmung von *Mary Poppins.*

»Also.« Er wandte sich wieder Li zu. »Ihr braucht meine Hilfe.«

Priest trat vor, und O'Brien ließ ihn gewähren, obwohl seine Körpersprache deutlich signalisierte, dass er lieber mit einer der beiden Frauen gesprochen hätte. Priest gab ihm den Zettel mit dem Symbol des Mörders darauf. Der Dozent machte große Augen.

»Wissen Sie, was das ist?«

»Also … ich …«, stammelte O'Brien. »Nun … um die Wahrheit zu sagen … bin ich auf dem Gebiet der Symbolkunde eher Amateur … mein Fachgebiet ist die Naturphilosophie, aber … mal sehen …« Er drehte das Blatt hin und her und betrachtete es aus verschiedenen Winkeln. »Ach du meine Güte, ist das etwa Blut?«

»Es ist wahrscheinlich besser, wenn wir Sie nicht zu sehr mit Details belasten«, sagte Priest. »Außerdem möchte ich Sie bitten, dass dieses Gespräch unter uns bleibt.«

O'Brien blickte leicht gekränkt von dem Foto auf. »Und in welcher Funktion richten Sie diese Bitte an mich, wenn ich fragen darf?«

»Spielt das denn eine Rolle?«

»Sie zeigen mir hier ohne weitere Erklärung ein mir unbekanntes Symbol, das ganz offensichtlich mit Blut an eine Steinwand geschrieben wurde. Von der Polizei sind

Sie ja wohl nicht, sondern Anwalt, wenn ich Li da richtig verstanden habe.«

Priest seufzte innerlich – *auf diesen Schwanzvergleich könnte ich weiß Gott gut verzichten.* Li half ihm aus der Patsche: »Jetzt stell dich nicht so an, Isaac. Das hier ist wichtig.«

»Trotzdem ist das eine berechtigte Frage, oder nicht? Kannst du für diesen Mann bürgen?«

Priest wollte sich nicht mit dem Gedanken anfreunden, dass der ganze Weg umsonst gewesen war. Außerdem verfügte O'Briens Büro über eine Klimaanlage, und er war seit vierundzwanzig Stunden nicht mehr in einem so kühlen Raum gewesen. Andererseits drängte die Zeit. Behutsam zog er das Foto aus O'Briens Fingern und wandte sich zum Gehen um.

»Wo wollen Sie denn hin?«, fragte O'Brien empört.

»Das Symbol ist Ihnen unbekannt. Das haben Sie gerade gesagt.«

»Einen Augenblick. Nur weil ich es nicht erkenne, heißt das noch lange nicht, dass ich Ihnen nicht helfen kann.«

»Entscheiden Sie sich, Doktor.«

»Bitte nicht in diesem Ton. Ja, womöglich kann ich Ihnen helfen, aber mein Honorar für derartige Privataufträge ist …«

»Isaac!«

Bei Lis Zurechtweisung fuhr der Akademiker zusammen, ihre erhobene Stimme ließ ihn beinahe vor Schreck erstarren. Wieder fragte sich Priest, was Li gegen ihn in der Hand hatte. *»Er ist verheiratet.«*

»Tut mir leid.« O'Brien ließ wie ein kleines Kind den Kopf hängen.

»Wenn du uns helfen willst, dann schau dir das Scheißfoto an und sag, was du dazu meinst. Wenn du uns nicht helfen willst – auch recht. Allerdings habe ich die schlechte Angewohnheit, in Gegenwart der Ehefrauen meiner Bekannten munter drauflos zuplappern, falls mir besagte Bekannte dumm kommen.«

Aha. Da haben wir's.

Priest hielt O'Brien das Foto hin. Dieser nahm es kleinlaut entgegen und warf einen weiteren Blick darauf. Georgie, die neben Priest stand, atmete erleichtert aus.

»Nun«, sagte er nach einer Weile, »das hier ist selbstverständlich ein lateinisches Kreuz, die Schlangenlinie dagegen ist mir unbekannt. Soll sie den Buchstaben ›S‹ darstellen? Fraglich. Sind es womöglich zwei ›S‹ übereinander? Auch das ergäbe wenig Sinn. Eine so unruhige Linie ist höchst ungewöhnlich. Die meisten christlichen Symbole bestehen aus Geraden. Natürlich gibt es Ausnahmen wie das Keltenkreuz oder das koptische Kreuz, aber in diesen Fällen hätten wir zumindest einen Kreis und kein Gekrakel.«

»Könnte das etwas Satanisches sein?«, fragte Priest. »Ein Symbol für das Böse?«

»Das bekannteste satanische Kreuz ist das Leviathans- oder Schwefelkreuz, aber das hat das Unendlichkeitssymbol als Basis und sieht völlig anders aus.«

»Ich dachte, das satanische Kreuz steht einfach nur auf dem Kopf?«, warf Li ein.

»Nicht unbedingt.« O'Brien kniff sich in den Nasenrücken und schob seine Brille etwas höher. »Der katholischen Überlieferung zufolge wurde der Apostel Simon Petrus auf eigenen Wunsch verkehrt herum gekreuzigt, weil er sich nicht für würdig genug erachtete, auf dieselbe Weise zu sterben wie Jesus. Darauf nimmt das auf dem Kopf stehende Petruskreuz Bezug, auch wenn Hollywood diesbezüglich eine Uminterpretation vorgenommen hat und wir es heutzutage als Symbol des Teufels kennen.«

»Und was ist mit dem Buchstaben ›S‹, wenn es denn einer ist?«, fragte Georgie.

O'Brien machte ein ratloses Gesicht und ruderte mit den Armen, als könne er nach der Antwort greifen. »Das kann ich mir auch nicht erklären. Das Marian-Kreuz ist mit dem Buchstaben ›M‹ für die Jungfrau Maria versehen. Er befindet sich normalerweise in der rechten unteren Ecke, so wie Maria für gewöhnlich demütig zu Füßen des Kreuzes sitzt. Ob und welche Bedeutung der Buchstabe ›S‹ in der christlichen Symbolik hat, entzieht sich bedauerlicherweise meiner Kenntnis. Da müssen Sie schon einen Theologen konsultieren.«

»Na schön«, sagte Priest, dessen Zorn bei den kühleren Temperaturen schnell wieder verraucht war. »Das war ja schon mal sehr hilfreich.«

O'Brien schenkte Georgie ein verlegenes Lächeln und scheuchte dann alle bis auf Li aus seinem Büro. Wahrscheinlich glaubte er, dass man ihn im Flur nicht hören konnte, doch da hatte er sich geirrt.

»Ich habe dir geholfen, also …«

»Ja, mach dir deshalb keine Sorgen, Isaac.«

»Fantastisch. Vielen Dank. Hättest du später vielleicht …?«

»Nein.«

Priest, der zugegebenermaßen etwas neugierig geworden war, hätte sich die Unterhaltung gern länger angehört. Immerhin war es doch sehr verwunderlich, dass sich die äußerst attraktive Halbjapanerin ausgerechnet den weltfremden Isaac O'Brien angelacht hatte. Leider gab es Wichtigeres zu tun: Ein Mörder trieb sein Unwesen.

»Eins noch, Doktor«, sagte er und ließ den schreckhaften O'Brien ein weiteres Mal zusammenfahren. »Sagt Ihnen der Satz *Tötet die Riesen* etwas?«

O'Brien sprang förmlich zurück in sein Büro, doch ob dies an der plötzlichen Temperaturveränderung, Lis Abfuhr oder Priests Frage lag, blieb ungeklärt. »Nein, tut mir leid. Das sagt mir gar nichts«, erwiderte O'Brien und blickte dabei verstohlen zu Boden.

24

Priest dachte über Isaac O'Briens merkwürdige Reaktion auf den Satz *Tötet die Riesen* nach, während er die Lobby durchquerte und die Tür öffnete, die zu seinem Penthouse führte. Gleichzeitig schossen ihm Bilder von Alan Burberrys verstümmeltem Leichnam und andere willkürliche Erinnerungen durch den Kopf. In Georgies Haus hatte es angenehm geduftet, süß wie der Tau auf dem Felsen damals mit William und Sarah. An jenem Tag, nach dem nichts mehr so gewesen war wie zuvor.

»Hey, Charlie! Komm her!«

Er hatte sich bei Li und Georgie bedankt und Letzterer aufgetragen, in den nächsten Tagen während seiner Abwesenheit den Laden gemeinsam mit Okoro am Laufen zu halten. Sie hatten sich gegenseitig versprochen, nicht in Schwierigkeiten zu geraten, doch das war von beiden Seiten unaufrichtig. Es lag einfach nicht in Georgies Natur, und was ihn anging … *wird das Ganze sicher nicht nach ein paar Tagen vorbei sein.*

Priest schloss die Tür auf, drückte sie auf und spähte in die Küche. Ein kühler Luftzug schlug ihm zusammen mit dem Lärm des Fernsehers im Wohnzimmer und Kuchenduft entgegen. Er ließ die Tür hinter sich ins Schloss fallen. Im Penthouse herrschte Chaos. Papier,

Malkreiden und Farben waren auf der Küchenzeile verteilt, mitten auf dem Boden lag ein offen stehender Koffer – es sah aus, als hätte ihn jemand durchwühlt und die Kleidung darin überall verstreut. In der Ecke stand eine Tafel, auf die Tilly »Willkommen zu Hause, Onkel Charlie« geschrieben hatte. Alle Türen standen offen, jedes Licht war eingeschaltet, obwohl die Abendsonne hell durch die Scheiben der geöffneten Balkonfalttür fiel.

»Herr im Himmel«, murmelte Priest.

Sarah erschien mit einem großen Tablett voller Cupcakes. Sie blieb stehen und lächelte, als sie ihn sah, doch erwartet hatte sie ihn ganz offensichtlich noch nicht.

»Du bist aber früh zu Hause.«

»Gewöhnliche Arbeitszeiten sind nichts für mich.«

»Gleitzeit ist was Tolles. Cupcake?«

Priest beäugte das Tablett, auf dem acht mit schlampig aufgetragenem Zuckerguss bedeckte Kuchen standen.

»Danke, aber mir ist eher nach etwas Herzhaftem.«

»Tilly hat sie für *dich* gebacken.«

In diesem Augenblick tanzte Tilly in einem rosa Trikotanzug in den Raum und wedelte mit einem gefährlich aussehenden Zauberstab. Auf dem Rücken hatte sie grüne Flügel, die ganz offensichtlich zu einem anderen Kostüm gehörten. Ihre Füße waren nackt, sodass man ihre kleinen Knubbelzehen sehen konnte. *Sie hat die Zehen ihrer Mutter.*

»Nimm dir doch einen Cupcake, Onkel Charlie«, sang sie und tanzte um ihn herum. Priest nahm sich den kleinsten Kuchen und aß ihn auf, wobei er zwischen den Bissen begeistert mit den Händen wedelte.

»Köstlich, vielen Dank.«

»Die sind aus Feen-Kacka.«

Tilly kicherte und hüpfte davon, dann knallte sie lautstark die Tür zum Wohnzimmer zu. Der Fernseher war immer noch so laut, dass er jedes Wort der *Powerpuff Girls* deutlich hören konnte.

»Ist da wirklich Feen-Kacka drin?«, fragte er Sarah.

»Nein. Das ist eine Backmischung, keine Sorge.« Sie stellte das Tablett ab. »Tut mir leid, ich muss Tilly jeden Tag von der Schule abholen. Früher hat Ryan das drei Tage die Woche gemacht. Zum Glück springt Gerry in der Arbeit für mich ein. Ich wollte noch aufräumen, bevor du nach Hause kommst.«

»Kein Problem, Sarah. Wirklich.«

Das war sein Ernst. Die Unordnung störte ihn nicht, und der Vorteil war, dass es nicht mehr so still in der Wohnung war. Priest lebte schon seit so langer Zeit allein, dass er froh über die Gesellschaft war – auch wenn dies bedeutete, dass sein Stromverbrauch drastisch anstieg. Sarah und Tilly konnten die Leerstelle in seinem Leben nicht vollständig ausfüllen, aber fast. Sie und Jessica, dachte er. Mehr brauchte er womöglich nicht: seine Schwester, seine Nichte und eine Frau, die er nur selten sah und noch weniger verstand.

»Hat er nach ihr gefragt?« Sarah begriff sofort, dass er wissen wollte, ob Ryan sich nach seiner Tochter erkundigt hatte. Sie verzog das Gesicht.

»Wir sprechen momentan nicht miteinander.«

»Hat er wenigstens versucht, dich zu erreichen?«

»Er hat ein paar SMS geschickt. Nur Blödsinn. Es tut ihm leid und so weiter.«

»Ist es denn aus zwischen euch? Von deiner Seite aus?«

Sie wischte sich eine blonde Haarsträhne aus den

Augen und schaltete den Wasserkocher ein. »Ja. Unwiderruflich.«

»Und das weiß er auch?«

»Ich hab's ihm gesagt.«

Das überraschte Priest nicht. Sarah mochte vielleicht Ryans Nachnamen angenommen haben, die von ihrem Vater ererbte Sturheit dagegen hatte sie nicht abgelegt. Eine Sturheit übrigens, die viel stärker in ihren Genen verankert war als in denen ihrer Brüder.

Was gleichzeitig Fluch und Segen war. Hätte sie vor langer Zeit, als sie mit dem Rücken im Moos gelegen und Figuren in den Wolken gesucht hatte, auf ihn gehört, wäre wohl alles anders gekommen. Seine eigene kreischende Kinderstimme hallte in seinem Kopf wider:

»Sarah! Hilfe!«

»Lass mich in Ruhe. Wer einmal lügt, dem glaubt man nicht. Darauf falle ich nicht noch mal rein.«

Doch das war ungerecht. Sie hätte es nicht aufhalten können. Der Schaden war bereits angerichtet.

Anschließend spielten sie Pictionary an der Tafel. Am Ende erklärte Tilly ihre Mum zur besten Zeichnerin, gefolgt von ihr selbst. Onkel Charlie konnte am schlechtesten zeichnen, aber am besten raten – ein sehr wohlwollendes Urteil, hatte er doch lediglich zwei Mal richtiggelegen.

Das Spiel hatte Priest einige kostbare Stunden lang von dem rätselhaften Symbol abgelenkt. Nach dem Abendessen – er hatte das Angebot seiner Schwester, für alle zu kochen, abgelehnt und Würstchen mit Kartoffelbrei zubereitet – teilte ihm Sarah mit, dass heute Badetag war. Sie zogen sich zurück, während es sich Priest im Sessel gemütlich machte und sich erneut den Kopf über das Symbol zerbrach.

Er wollte gerade Rowlinson anrufen, als Sarah wieder auftauchte: Sie war völlig durchnässt und hatte ein vom Wasserdampf gerötetes Gesicht.

»*Du* sollst ihr vorlesen.«

Priest nickte. »Und wie funktioniert das?«

Sarah verdrehte die Augen und gab ihm ein Buch. *Prinzessin Lollipop.* »Was glaubst du denn? Du liest ihr das mit ruhiger Stimme langsam vor, und dann bringst du sie ins Bett. Das Licht im Flur muss angeschaltet bleiben.«

Priest nahm das Buch argwöhnisch entgegen und ging ins Gästezimmer. Tilly lag bereits im Bett. Sie hatte sich die Decke bis zum Kinn hochgezogen. »Hier i-i-ist es so k-k-k-kalt«, stammelte sie.

Er lachte. »Das ist die Klimaanlage.« Er nahm eine Fernbedienung vom Nachttisch und stellte die Temperatur ein. »Immer noch besser, als sich das Hirn rauszuschwitzen.«

»Kann man sich wirklich das Hirn rausschwitzen?«

Priest zögerte. »Ja, ich glaube schon.«

Tilly kicherte. Nachdem er ihr die Geschichte vorgelesen hatte, gab er ihr einen Kuss auf die Stirn. Sie versprach, sofort einzuschlafen, und wie um ihre Worte zu bekräftigen, kniff sie fest die Augen zusammen und legte sich stocksteif hin.

»Entspann dich«, sagte er. »Gute Nacht.«

»Onkel Charlie«, rief sie ihm gähnend hinterher, als er schon fast aus dem Zimmer war. »Glaubst du, dass Daddy bald zurückkommt?«

Priest wusste nicht, was er sagen sollte – er konnte es

mit dem hartgesottensten Richter der Welt aufnehmen, doch diesem sechsjährigen Mädchen gegenüber fehlten ihm die Worte.

»Ganz bestimmt, Til«, sagte er beschwichtigend. Glücklicherweise schien sie mit dieser Antwort zufrieden und drehte sich um.

»Schick doch Mummy noch mal vorbei«, bat sie mit einem gönnerhaften Winken der gespreizten Hand.

»Mach ich.«

Priest kehrte ins Wohnzimmer zurück, wo Sarah auf dem Sofa lag und stirnrunzelnd das Telefon betrachtete. »Meine Mails«, sagte sie wenig überzeugend.

»Sie will dich noch mal sehen.«

Sarah murmelte ihre Zustimmung, steckte das Handy weg und ging. Priest nahm ihren Platz auf dem Sofa ein und sah sein eigenes Smartphone nach neuen Nachrichten durch. Als er nichts Dringendes entdeckte, warf er das Telefon auf den Beistelltisch und betrachtete die Feuerfische, die im Aquarium ihre Kreise zogen. Sarah hatte ihm noch nicht alles erzählt. Die Trennung war ungewöhnlich schnell und endgültig vonstattengegangen – Sarah hatte weder besonders wütend noch gekränkt gewirkt. Als hätte sie sich einfach so ins Unvermeidliche gefügt.

Andererseits hatte er nur seine eigene verdammte Scheidung als Vergleich, was nicht gerade fair war. Dee zu verlassen hatte ihr weniger das Herz gebrochen als ihren Stolz verletzt. Sie hatten beide gewusst, dass das Ende nahe war, hatten sich jedoch an die trügerische Hoffnung geklammert, ewig so weiterleben zu können. Tatsächlich? Sich diese Täuschung einzugestehen, sie zu der Einsicht zu zwingen, dass ihre Liebe auf Sand gebaut und ihre Ehe nur eine Farce war, hatte sie nicht so sehr verletzt wie die Erkenntnis, dass sie sich in ihm geirrt hatte und ihn nicht ändern konnte. Ihm hingegen hatte eine andere Einsicht weitaus mehr Sorgen bereitet: dass er unfähig zu wahrer Liebe war.

Priest nahm einen Papierstapel, der auf dem Tisch lag, und blätterte ihn gedankenverloren durch. Zum Großteil handelte es sich um Tillys Zeichnungen, die sie, wie er bemerkte, auf vertraulichen Dokumenten angefertigt hatte, die wohl irgendwo in der Wohnung herumgelegen hatten. Er seufzte müde. Zugegebenermaßen hatte sie den langweiligen Strafregisterauszug für einen nächstes Jahr anstehenden Betrugsfall ganz hübsch verziert. Das trockene juristische Dokument konnte durch die Zeichnung nur gewinnen, die offenbar ein Einhorn neben einem Haus darstellte, über dem …

Priest hielt inne. Sah genauer hin. Er drehte die Seite um und betrachtete seine Hände. Verschränkte die Finger. Er spürte den Druck. Also war die Zeichnung real und existierte nicht nur in seiner Einbildung. Ein kalter Schauer lief ihm über den Rücken, und ihm war, als würde ihm das Blut in den Adern gefrieren.

Großer Gott.

Da war es.

Ohne Zweifel handelte es sich um dasselbe Symbol, das mit Blut neben die drei Mordopfer – Jane Vardy, Emma Mendez und Alan Burberry – gemalt worden war. Ein lateinisches Kreuz mit einer Schlangenlinie darauf.

Priest blätterte durch den Papierstapel und erblickte es über mehreren Strichmännchen. Und dann noch einmal im Himmel neben Mond und Sternen. Und wieder auf einer Rakete.

Und dann war eine ganze verdammte Seite damit bedeckt.

Priest warf das Papier von sich, als wäre es glühend heiß. Adrenalin schoss durch seinen Körper und erfüllte seinen Kopf mit verwirrenden Fragen. Er sprang zu schnell auf – die plötzliche Bewegung brachte ihn aus dem Gleichgewicht. Sobald er sich wieder in der Gewalt hatte, schnappte er sich eine Seite und rannte in Tillys Zimmer.

Sarah war gerade über ihre Tochter gebeugt, um ihr einen Gutenachtkuss zu geben. Sie sah Priest tadelnd an. »Was soll denn das?«

»Tut mir leid, ich wollte nur …«

Er schob sie sanft beiseite und kniete sich neben Tilly, die ihn mit großen Augen, aber ohne Angst anblickte. »Hey, Onkel Charlie!«

»Tilly«, sagte er leise, ohne Sarahs Protest zu beachten. Er zeigte ihr die Seite und deutete auf das Symbol. »Warum hast du das gemalt?«

»Es hat mir gefallen.«

»Verstehe. Hast du es irgendwo gesehen?«

»Ja.«

»Charlie«, unterbrach Sarah, doch Priest hob die Hand. Offenbar spürte sie seine Aufregung, da sie wieder verstummte.

»Wo, Til? Wo hast du es gesehen?« Tilly beugte sich über das Bett, spitzte die Lippen und berührte seinen Kopf. Ihre Augen waren so leuchtend blau wie die ihrer Mutter. »Keine Sorge, ich bin dir nicht böse. Ich will nur wissen, wo du es gesehen hast.«

»Onkel Charlie, kannst du ein Geheimnis für dich behalten?«

»Aber sicher.« Sein Herz klopfte bis zum Hals, und das weiße Rauschen in seinem Kopf wurde immer lauter.

»In dem Kasten in deinem Arbeitszimmer ist ein komisches Buch«, flüsterte sie ihm ins Ohr. »Da ist es drin.«

Priest nickte und zwang sich zu einem Lächeln. Das Rauschen war nun ohrenbetäubend.

Die heiße, trockene Nachtluft klebte an Priest wie eine zweite Haut, während er an Owens Tür hämmerte. Er hatte zum letzten Mal am frühen Abend auf die Uhr gesehen und keine Ahnung, ob er den Professor aus dem Bett holte. Priest war in sein Büro gerannt und hatte schnell herausgefunden, dass man – wenn man aus einem bestimmten Winkel, der ungefähr Tillys Blickhöhe entsprach, in den Glaskasten schaute – ganz deutlich am oberen Rand das mit uralter kohlschwarzer Tinte gezeichnete Symbol erkennen konnte. Der Mörder von Jane Vardy, Emma Mendez und Alan Burberry musste Kenntnis vom Buch Janus haben.

»Owen!«, schrie Priest nun durch den Briefkasten. »Es ist wichtig. Machen Sie auf.«

Während er durch die Stadt gerast war – wobei der V12-Motor des Aston Martin die nächtliche Stille durchschnitten hatte wie eine Kettensäge –, hatte er Rowlinson angerufen, war jedoch direkt auf seiner Mailbox gelandet. Was womöglich besser so war: Owen war sowieso recht schreckhaft und hatte ihm kaum etwas über das Buch verraten wollen. Wenn er jetzt erfuhr, dass sich die Polizei eingeschaltet hatte, machte er womöglich völlig dicht.

Priest fragte sich, ob Owen ein Alibi für die Tatzeiten hatte.

»Owen!«

Er wollte schon unverrichteter Dinge wieder abziehen, als ein Licht im Flur eingeschaltet wurde. Dann öffnete Owen die Tür. Er trug einen schlecht sitzenden Morgenmantel, der schon bessere Zeiten gesehen hatte. Seine nackte Brust war mit roten Flecken übersät, die Augen gerötet. Es roch ganz eindeutig nach Gras.

»Komme ich etwa ungelegen?«, fragte Priest.

»W-was wollen Sie?«

»Mit Ihnen reden. Über das Buch Janus.«

»Jetzt?«

»Jetzt.«

Owen stand leicht schwankend da. Entweder schien ihn etwas auf der Straße hinter Priest sehr zu faszinieren, oder er war einfach stoned.

»Mir … ist gerade nicht so gut«, murmelte er.

»In dem Buch ist ein Symbol. Ein lateinisches Kreuz mit einer Schlangenlinie. Was hat das zu bedeuten?«

Owen holte tief Luft, verschluckte sich und hustete. »Priest, können wir nicht morgen Vormittag darüber reden?«

Priest war überrascht, dass Owen ihn überhaupt erkannte – der Professor konnte ja kaum aus den Augen sehen. In der kurzen Zeit war der Ausschlag auf seiner Brust größer und sein Gesicht bleicher und eingefallener geworden. Er sah aus, als müsse er sich jeden Augenblick übergeben. Wahrscheinlich ging die Wahrscheinlichkeit, in diesem Zustand etwas Brauchbares aus ihm herauszuholen, gegen Null.

Scheiße.

»Um neun im Savoy«, sagte Priest. »Aber nüchtern. Und bringen Sie die Übersetzung mit.«

Owens Mundwinkel hoben sich, und er kicherte dämlich. »Geht klar.«

Dann schloss er die Tür, und Priest wandte sich frustriert um. Zu seinem Verdruss schien ihm der Marihuanageruch bis nach Hause zu folgen.

25

Samstag

Owen fand sich tatsächlich in der Lobby des Savoy ein – seine Erscheinung stand in krassem Gegensatz zu der abgerissenen Gestalt, die gestern Nacht wankend in der Tür gestanden hatte wie eine Kreatur aus einem Horrorfilm der Hammer-Studios. Der Professor trug einen braunen Anzug und ein weißes Hemd, und trotz der müden Augen wirkte er für jemanden, der die ganze Nacht high gewesen war, überraschend ausgeschlafen.

Er blickte auf, als Priest und Rowlinson über den Marmorboden auf ihn zukamen und kurz stehen blieben, um einem Pagen mit einem vollbeladenen Kofferwagen vorbeizulassen.

Rowlinson nutzte die Gelegenheit, um Priest ein »Hast du ihm gesagt, dass ich auch dabei bin?« zuzuraunen.

»Nicht direkt. Letzte Nacht war er so durch den Wind, daran hätte er sich sowieso nicht mehr erinnert.«

»Na schön.« Sobald der Page vorbei war, beschleunigte Rowlinson seinen Schritt. Owen stand auf und runzelte die faltige Stirn. »Und warum ausgerechnet das Savoy?«

»Ich dachte, dann zieht er sich wenigstens einigermaßen ordentlich an.«

Nachdem sie sich die Hände geschüttelt hatten, erschien ein Kellner und nahm ihre Bestellung entgegen. Obwohl es hier zum guten Ton zu gehören schien, Tee zu trinken, bestellte Owen nur Wasser. Sobald sich der Kellner entfernt hatte, nahmen sie Platz. Priest stellte die beiden einander vor. Owen schien jeden Blickkontakt vermeiden zu wollen.

»Norman, das hier ist Detective Chief Inspector Tiff Rowlinson von der Met Police, Dezernat für Schwerverbrechen.« Er vermied absichtlich das Wort »Mordermittlung« – Owen war schon nervös genug. Seine Hände zitterten.

»Priest, Sie, äh … Sie haben mich gestern Abend auf dem falschen Fuß erwischt.«

Priest machte eine wegwerfende Geste. Schon vergessen. »Es war ziemlich spät. Machen Sie sich deshalb keine Gedanken.«

»Darf ich fragen, was …?«

Rowlinson ließ den Professor nicht zu Ende sprechen, sondern knallte eine Schwarz-Weiß-Kopie der Fotografie auf den Tisch, die das an den Tatorten gefundene Symbol zeigte. Owen öffnete den Mund und holte ein weiteres Mal scharf Luft.

»Was ist das?«, wollte Rowlinson wissen.

Priest rückte näher heran. Rowlinson war ungeduldig, dabei brachte es überhaupt nichts, Owen so zu überfallen. Man musste ihn langsam weichkochen.

»Das ist das Symbol aus dem Buch Janus«, sagte Owen vorsichtig.

Rowlinson rutschte auf seinem Stuhl herum. »Und was bedeutet es?«

»Das wissen wir noch nicht. Diese Abwandlung des

lateinischen Kreuzes taucht in keinem anderen Text auf. Auch nicht in den anderen Schriftrollen vom Toten Meer.«

»Haben Sie eine Vermutung?«

»Nein. Womöglich ist es ein altes Symbol der Essener.«

»Die Essener waren eine jüdische Sekte«, erklärte Priest, der sich an seine erste Unterhaltung mit Owen erinnerte. *Mr. Priest, wenn es sein muss, werde ich mein Leben geben, um das Geheimnis des Buchs zu schützen.* »Würde man da nicht eher einen Davidsstern oder so vermuten?«

»Ja. Nein. Vielleicht. Das ist völlig ungeklärt. Aber es wäre nicht ungewöhnlich für eine solche Gruppierung, sich ein eigenes Symbol zuzulegen – ich würde dem keine größere Bedeutung beimessen.«

Owen bemühte sich trotz seiner Abwehrhaltung, einigermaßen freundlich zu klingen, was Rowlinson dummerweise als Einladung interpretierte, weiter nachzubohren. Priest wollte jedoch nicht riskieren, ihn aufzuhalten – der Eindruck, dass sie an einem Strang zogen, musste gewahrt bleiben. Diesmal pfefferte Rowlinson ein Foto auf den Tisch: Es zeigte Alan Burberrys Leichnam im Vordergrund und das mit seinem Blut geschriebene Symbol dahinter.

»Ist das Bedeutung genug für Sie?«

Rowlinson lehnte sich zurück, legte einen Finger an die Lippen, schlug die Beine übereinander und wartete. Owen schwieg. Der Kellner kam. Niemand sagte etwas, während er Tee eingoss. Die leisen Gespräche um sie herum, das metallische Klappern der Teekanne und ein gelegentliches Lachen sorgten für eine willkommene Unterbrechung des unangenehmen Schweigens.

Der Kellner legte Priest die Rechnung hin und verschwand wieder.

Owen drehte das Foto mit spitzen Fingern zu sich herum, um es besser betrachten zu können.

»Großer Gott!«

Priest beobachtete Owens Reaktion genau. Der Professor schlug mit zitternden Händen schnell ein Kreuz vor der Brust.

»Anscheinend hat jemand Ihr Buch gelesen«, sagte Rowlinson teilnahmslos.

Owen nahm einen Schluck Wasser. »Wurde dieser Mann etwa …«

»… ermordet. Ganz genau.«

»Wer weiß von diesem Symbol?«, fragte Priest.

Owen zögerte. »Keine Ahnung. Den Inhalt des Buchs kennen nur wenige. Der Text ist zwar seit mehr als zweitausend Jahren im Umlauf, aber dabei handelt es sich um eine sehr unvollständige Version.«

Rowlinson beugte sich wieder vor. »Also sind Sie nicht der Einzige?«

»Ich … Augenblick mal. Nein. Natürlich ist der Text nicht nur mir bekannt.« Owen hustete, als ihm klar wurde, worauf Rowlinson anspielte. »Mehrere Fachleute haben das Buch studiert. Womöglich gibt es Fotos des Pergaments im Internet.«

»Das werden wir nachprüfen«, sagte Rowlinson warnend.

»Tun Sie das.«

Priest ging dazwischen, als er Rowlinsons zunehmend rauer werdenden Ton bemerkte. »Norman, bei unserer letzten Unterhaltung haben Sie gesagt, dass Sie Ihr Leben geben würden, um das Geheimnis zu bewahren, das im

Buch Janus steht. Das, wie Sie meinten, vom Teufel geschrieben wurde.«

Owen rutschte unbehaglich herum. Das Ganze schien ihm peinlich zu sein. »Verzeihung, aber das stimmt nur teilweise. Das Buch Janus wurde höchstwahrscheinlich von den Essenern verfasst, einer alten jüdischen Sekte, auf die vermutlich auch die Schriftrollen vom Toten Meer zurückgehen. Womöglich habe ich mir da etwas dichterische Freiheit herausgenommen, aber ich wollte Ihnen die Bedeutung des Buchs unmissverständlich klarmachen. Das Geheimnis gibt es tatsächlich, und ich bin nach wie vor willens, es mit meinem Leben zu bewahren.«

»Vielleicht wäre jetzt der richtige Zeitpunkt, um uns einzuweihen«, sagte Rowlinson, der keine Anstalten machte, seine wachsende Ungeduld zu verbergen.

»Habe ich denn eine andere Wahl?«

»Leider nicht.«

Owen trank sein Wasser in einem Zug aus. Priest nahm seine Tasse mit betont bedächtigen Bewegungen auf, obwohl ihm nicht nach Tee, sondern etwas Kräftigerem, Süßerem war. Doch er wollte dem Professor damit mitteilen, dass sie es nicht eilig hatten. Owen hielt sie hin. Ihm war deutlich anzusehen, wie hin- und hergerissen er war. Auf seiner Stirn zeichneten sich tiefe Falten ab – ganz offensichtlich lastete eine schwere Bürde auf ihm.

Schließlich gelangte er – nicht zuletzt durch Rowlinsons ungeduldiges Fingertrommeln auf der Stuhllehne – zu einer Entscheidung. »Also gut. Die Katze ist ja sowieso aus dem Sack, warum es also noch verbergen? Zumindest ein anderer weiß bereits Bescheid.«

»Sie meinen den Mörder?«, fragte Priest und deutete auf das Foto.

Owen wandte sich ab – was weder ja noch nein bedeutete. Stattdessen drehte er das Foto um und schob es Rowlinson zu. Er ließ es vor sich liegen.

»Sind Sie religiös?«, wollte Owen von Rowlinson wissen.

Rowlinson schüttelte den Kopf. »Ich war in der Sonntagsschule, seitdem habe ich damit nichts mehr am Hut. Man könnte mich wohl als Agnostiker bezeichnen.«

»Aber die Geschichte von Noahs Arche kennen Sie, oder?«

Rowlinson biss sich auf die Lippe. Priest lehnte sich gespannt zurück und fragte sich, ob sich sein Freund so lange am Riemen reißen konnte, bis Owen fertig war. »Gott kommt eines Tages zu dem Schluss, dass er seine Schöpfung verabscheut. Und weil es so viele Sünder gibt, lässt er in der Sintflut alle bis auf Noah und seine Familie ertrinken.«

»So ungefähr«, pflichtete Owen ihm bei. »Allerdings sind Sie einem weit verbreiteten Irrtum aufgesessen. Sie haben gesagt, dass Gott die Sintflut geschickt hat, um die Menschen für ihre Sündhaftigkeit zu bestrafen. Das ist zweifellos die Version, die man Ihnen in der Sonntagsschule beigebracht hat.«

»Aber so war es doch angeblich auch, oder nicht?«

Priest nippte an seinem Tee. Er war einigermaßen bibelfest, obwohl er sich schon in seinen frühen Teenagerjahren zum Atheisten erklärt hatte – eine Entscheidung, die weniger auf einer theologischen Einsicht als vielmehr auf dem Wunsch beruht hatte, William nachzueifern. Doch nach dem Tod seiner Eltern, jener willkürlichen, sinnlosen Tragödie, hatte es für ihn keinen Zweifel mehr daran geben können, dass Gott nicht existierte.

Er hatte die Bibel in der Hoffnung gelesen, irgendwo auf eine Rechtfertigung zu stoßen, einen Grund, trotz dieser Katastrophe zu glauben. Er hatte nichts gefunden, und in den folgenden Jahrzehnen hatte sich seine Position nur noch verfestigt.

»Hat das etwas mit den Nephilim zu tun?«, fragte Priest.

Owen nickte langsam. Rowlinson hob ratlos die Hände. »Könnte mir jemand mal erklären, was zum Teufel ein Nephilim ist?«

»Nicht *einer, mehrere*«, sagte Owen leise und betrachtete dabei das Foto von Alan Burberrys Leichnam. »Sie werden auch als Riesen bezeichnet.« Obwohl der Satz *Tötet die Riesen* nicht auf dem Foto zu sehen war, musste Priest unwillkürlich daran denken. Mit einem Mal erkannte er den Zusammenhang, als er sich an die Geschichte der Wächter erinnerte, jene gestürzten Engel, die – gegen Gottes Gebot – Kinder mit Menschenfrauen zeugten. Die meisten wussten nicht, dass im ersten Buch Mose von Halbdämonen die Rede war, die einst auf der Erde wandelten. Sie waren die Riesen. *Natürlich.*

»Riesen?«, fragte Rowlinson, der wohl ebenfalls die Verbindung hergestellt hatte.

»Das hebräische Wort Nephilim lässt sich mit ›Riesen‹ übersetzen«, sagte Owen und nahm das Foto zwischen die Finger. Im künstlichen Licht der Hotellobby wirkte er bleich, verloren und abgeschlagen.

»Halten Sie es für möglich«, fragte Priest vorsichtig, »dass jemand eine Mordserie begeht, weil er glaubt, dass die Opfer die Nachkommen von Dämonen sind?«

»Das ist doch lächerlich«, murmelte Rowlinson.

Owen schluckte.

»Norman?«

»Im Buch Genesis steht, dass die Riesen nicht von der Flut verschlungen wurden«, sagte Owen und vermied dabei Rowlinsons wütenden Blick. »Aber man wusste lange Zeit nicht, wie sie entkommen konnten. In einer Überlieferung heißt es, dass Noahs dritter Sohn Ham böse und seine Frau eine Heidin war, die den dämonischen Samen in sich trug. In der Genesis steht auch, dass Noah, nachdem er einen Weinberg gepflanzt hatte, im Rausch eingeschlafen und von Ham vergewaltigt wurde. Noah verfluchte daraufhin jedoch nicht Ham, sondern merkwürdigerweise dessen Sohn Kanaan. Und tatsächlich lehnte sich Hams Enkel, der babylonische König Nimrod, gegen Gott auf, indem er den Turm von Babel bauen ließ. Anderen, weniger vertrauenswürdigen Quellen zufolge wurden die Riesen zwar ausgelöscht, ihre Erblinie wurde jedoch durch einen Inkubus weitergeführt, einen bösen Geist in männlicher Gestalt, der – ob mit Einwilligung oder nicht – Menschenfrauen beiwohnte. Diese Geschichten sind seit zweitausend Jahren in den verschiedensten Versionen im Umlauf, dabei war die Wahrheit die ganze Zeit über im Buch Janus zu finden.«

»Wer ist dieser Janus?«, fragte Rowlinson.

»Ein blinder Passagier auf der Arche. Ein einfacher Bauer im Dienste Satans, der dämonisches Blut in sich trug.«

»Und als die Sintflut vorüber war, floh er und sorgte dafür, dass die Riesen-DNA wieder mit der menschlichen vermischt wurde?«

»Ja, wenn man dem Buch Glauben schenken will.«

Nun verlor Rowlinson die Geduld. »Bin ich der Einzige hier, der das für ausgemachten Schwachsinn hält?«

»Tiff, was du glaubst, spielt keine Rolle«, sagte Priest. »Die meisten Hochkulturen kennen eine Sintflutgeschichte: die Babylonier, die Mesopotamier, die Sumerer. Sogar die alten Griechen hatten ihre Version, obwohl da die Welt durch Feuer zerstört wird. Der springende Punkt ist: Der Mörder glaubt daran. Er glaubt an diese Dämonen-DNA.«

»Mr. Priest, mit Verlaub, aber das ist doch reine Spekulation«, warf Owen ein. »Das Buch Janus erklärt nicht, wie man einen Menschen – also einen Nachkommen Hams, Sems und Japhets – von einem mit Riesen-DNA ausgestatteten Nachkommen Janus' unterscheiden kann.«

»Und doch glaubt der Mörder, eine Methode gefunden zu haben«, erwiderte Priest.

»Das verstehe ich nicht.«

Priest wandte sich Rowlinson zu. »Zeig's ihm, Tiff.«

Rowlinson verstand den Wink und zeigte Owen eine weitere Fotografie, auf der Alan Burberrys durchlöcherter Kopf gottlob nicht zu sehen war – dafür die mit Blut geschriebenen Worte *Tötet die Riesen.*

Owen bedeckte den Mund mit einer Hand. »O Gott!«

»Jetzt verstehen Sie vielleicht unsere Befürchtung, dass noch jemand Ihr Buch gelesen hat«, sagte Priest.

26

Das Besprechungszimmer in der obersten Etage des Polizeireviers Holborn war nicht mehr als eine dreißig Quadratmeter große, von grellen Neonröhren beleuchtete Schachtel mit beigefarbenen Wänden. Drei Tische waren zusammengeschoben, drei Personen saßen daran und schwitzten in der erbarmungslosen Hitze. Eine Klimaanlage über ihren Köpfen versprach Linderung, doch diese Hoffnung wurde schnell zunichtegemacht. Priest deutete fragend auf das Gerät, woraufhin Rowlinson nur den Kopf schüttelte.

»Kaputt. Der Hausmeister hat Urlaub.«

Die dritte Person schüttelte den Kopf, zischte einen Fluch und legte ihre Jacke ab, worunter eine weiße ärmellose Bluse und braune Arme zum Vorschein kamen. Dann fasste sie das dunkle Haar auf ihren Schultern zu einem Pferdeschwanz zusammen: eine routinierte und ungezwungene Bewegung.

»Fay, das ist Charlie Priest. Wir haben ja schon von ihm gesprochen. Priest, das ist Detective Sergeant Fay Westbrook.«

Westbrook hielt ihm die Hand hin. Priest nahm sie, rechnete mit einem schlaffen Druck und spürte stattdessen einen beherzten, selbstsicheren Griff. Was keine

Überraschung darstellte: Rowlinson hatte ihm bereits von ihr erzählt. Westbrook nahm an einem Programm zur schnelleren Beförderung teil, hatte einen Abschluss in Psychologie, Kriminalistik und Datenanalyse, war stets Klassenbeste gewesen und so weiter. Dieser Fall war für ihre Karriere Gold wert – als Mitglied der Task Force, die Londons gefährlichsten Serienmörder seit William Priest zur Strecke brachte, würde man sie in weniger als einem Jahr zur DI befördern. Nicht schlecht für jemanden Mitte dreißig und geradezu unglaublich, wenn man bedachte, dass sie erst seit sechs Jahren bei der Polizei war.

»Willkommen im Team, Priest.«

Das routinierte Lächeln erreichte zwar nicht ihre Augen, zauberte aber dennoch ein Strahlen auf ihr herzförmiges Gesicht. Manchen Menschen steht ein Lächeln eben, dachte Priest.

»Danke«, sagte er. »Hat Sie Tiff bereits auf den neuesten Stand gebracht?«

Sie nickte und tippte mit dem Finger auf den Notizblock vor ihr. »Wir suchen einen Dämonenjäger.«

Rowlinson wollte gerade etwas hinzufügen, als die Tür aufging und zwei Männer in Anzügen eintraten. Der ältere von beiden, dessen wie gemeißelte Gesichtszüge auf Durchsetzungsvermögen und Disziplin schließen ließen, zog sofort die Aufmerksamkeit aller Anwesenden auf sich. Aufgrund von Rowlinsons Beschreibung wusste Priest auch ohne Vorstellung sofort, dass er hier DSI John Eaton vor sich hatte. Der zweite Mann war kleiner und jünger, und hätte er nicht sofort nach Betreten des Zimmers laut geniest, er wäre wohl nicht weiter aufgefallen. Er stand mit laufender Nase und einer Akte in den Händen hinter Eaton – wahrscheinlich war er der einzige

Mensch in ganz London, der es bei diesen Temperaturen geschafft hatte, sich eine Erkältung zuzuziehen.

»Entschuldigen Sie die Verspätung«, sagte Eaton und ging auf Priest zu. Der stand auf, um ihn zu begrüßen. »DSI Eaton, aber nennen Sie mich um Himmels willen John. Sie sind Williams Bruder?«

Priest fiel aus allen Wolken. Niemand erwähnte William in seiner Gegenwart, niemand wagte es, seinen Namen laut auszusprechen, geschweige denn ihr Verwandtschaftsverhältnis so offen darzulegen. Weder zur Begrüßung noch sonst irgendwann.

»Genau. Ich bin derjenige von uns beiden, der noch alle Tassen im Schrank hat.«

Eaton lachte und setzte sich. Priest fand Rowlinsons Chef auf Anhieb sympathisch.

Den zweiten Mann stellte niemand vor, und er schien zu schüchtern, um es selbst zu tun. Schließlich deutete Rowlinson in seine Richtung. »Priest, das ist Ethan Grey, ein externer Berater. Er ist Fachmann für Serienmörder, genau wie du.«

Priest spürte Greys Feindseligkeit sofort. Entweder gelang es ihm nicht, diese zu verbergen, oder er versuchte es erst gar nicht. Priest machte ihm diesbezüglich keinen Vorwurf. In der Met herrschte seit jeher ausgeprägtes Konkurrenzdenken, kein Wunder also, dass Grey sich bedroht fühlte, wenn ihm jemand sein Fachgebiet streitig machte.

»Großartig«, sagte Priest, dabei war das Letzte, was sie im Augenblick gebrauchen konnten, ein weiterer sogenannter Experte. »Freut mich, Ethan.«

»Gleichfalls«, murmelte Grey. Er gab Priest nicht die Hand und setzte sich so weit von ihm weg wie möglich.

»Okay«, sagte Rowlinson, der die Anspannung spürte. »Über unser Treffen mit Professor Owen sind alle informiert?«

»Jedenfalls wissen wir jetzt, dass das Symbol des Mörders tatsächlich eine Schlange darstellt. Genau wie von mir vermutet«, sagte Grey. Er klang, als hätte er diesen Satz vor der Besprechung hundert Mal geprobt. Der Wettkampf der Experten war eröffnet.

»Wenn ich recht verstehe«, sagte Eaton, ohne Greys triumphierenden Blick zu beachten, »glaubt dieser Irre, dass ihm Gott aufgetragen hat, ein uraltes Dämonengeschlecht auszurotten, dessen DNA irgendwie zweitausend Jahre lang überdauert hat.«

»So ungefähr«, pflichtete ihm Rowlinson bei.

»Verdammte Scheiße.«

Westbrook beugte sich über ihr Notizbuch hinweg zu Priest vor. »Owen hat felsenfest behauptet, dass er nicht wüsste, wie der Mörder seine Opfer auswählt, nicht wahr? Er hat keine Ahnung, wer diese Dämonen-DNA angeblich in sich trägt, oder?«

Priest schüttelte den Kopf. »Sagt er zumindest.«

»Aber Sie glauben ihm nicht?«, hakte Eaton nach.

Rowlinson beantwortete die Frage für ihn. »Owen hat sich bereiterklärt, uns seine Übersetzung des Buchs Janus zur Verfügung zu stellen. Dann spielt es keine Rolle, ob wir ihm glauben oder nicht – wir können es selbst nachlesen.«

»Können wir ihm denn vertrauen?«, fragte Eaton skeptisch. »Woher sollen wir wissen, dass die Übersetzung den Text korrekt wiedergibt?«

»Wir könnten einen weiteren Fachmann hinzuziehen«, schlug Westbrook vor.

Eaton lachte gequält. »Der war gut, Westbrook. Das würde Wochen dauern und ein Vermögen kosten. Der Täter mordet inzwischen in einem Abstand von höchstens drei, vier Tagen. Er kann jeden Augenblick erneut zuschlagen.«

»Für einen Serienmörder ist das ein höchst ungewöhnliches Muster«, sagte Grey. »Normalerweise verringert sich die Zeit zwischen den Morden, was man auch als Eskalation bezeichnet. Die Zeitspanne zwischen den Taten, die sogenannte Abkühlphase, wird also immer kürzer.«

»Aber ...«, wandte Priest ein.

»Doch, doch, diesen Mechanismus trifft man immer wieder an«, fiel ihm Grey ins Wort. »Von Jack the Ripper bis hin zu, nun ja, Ihrem Bruder.«

»Ich wollte sagen: Das ist kein Serienmörder.«

Grey schüttelte den Kopf. »Eine Serie von drei oder mehr Morden, zu unterschiedlichen Gelegenheiten und für gewöhnlich, aber nicht immer von einem Einzeltäter begangen. Die Definition passt genau.«

»Der Täter hat einen Plan. Er weiß, was er tut.«

»Er ist organisiert«, sagte Grey. »Das waren Ted Bundy und John Wayne Gacy auch.«

Grey spielte auf das Klassifikationssystem des FBI an: *Organisierte* Täter planten jeden Mord sorgfältig und entführten nicht selten ihre Opfer, um sie zu einem späteren Zeitpunkt umzubringen; ein *unorganisierter* Täter tötete willkürlich und impulsiv; der *Mischtäter* schließlich wies Eigenschaften beider Typen auf.

William war ein Mischtäter ohne erkennbares Muster. Zumindest schien es auf den ersten Blick so.

»Was hat das zu bedeuten, Priest?«, fragte Eaton. »Veranstalten Sie hier einen Schwanzvergleich unter Experten, oder bringt uns das irgendwie weiter?«

Grey verzog das Gesicht, was wiederum Priest schmunzeln ließ. »Insofern, als wir unser Vorgehen daran ausrichten«, sagte er. »Meiner Meinung nach ist der Zeitraum zwischen den Morden keine Abkühlphase, in der der Täter neue Pläne schmiedet. Nein, er hat das alles schon lange im Voraus geplant, womöglich schon vor Jahren. Er kennt seine Opfer und weiß bereits alles über sie.«

Grey schnaubte verächtlich. »Unmöglich. Der durchschnittliche Serienmörder hat einen geringen bis normalen IQ und wenig fachliche Erfahrung. Dass ein geistesgestörter Täter in der Lage ist, einen derartigen Plan so sorgfältig umzusetzen, ist ausgeschlossen.«

»Da sollten Sie mal meinen Bruder kennenlernen«, gab Priest zurück. »Wie dem auch sei: Der Täter wusste, wie er in Jane Vardys Hotelzimmer und Emma Mendez' Haus gelangen konnte, ohne Spuren zu hinterlassen oder etwas zu beschädigen. Er wusste, wann Alan Burberry seine Joggingrunde durch den Russell Square drehte und wo die Überwachungskameras sind. Er konnte drei Morde begehen, ohne dass wir auch nur einen Teilfingerabdruck oder die winzigste DNA-Spur gefunden haben. Nichts. Der Kerl ist ein Gespenst.«

»Hat die Spurensicherung denn *überhaupt* etwas herausgefunden?«, fragte Eaton, bevor Grey etwas erwidern konnte.

»Nichts, genau wie Priest sagt. Solche Nägel gibt es überall, das hilft uns auch nicht weiter.«

»Was ist mit dem Salz?«

»In der jüdisch-christlichen Überlieferung gilt Salz als reinigend, weshalb es im Volksglauben oft dazu dient,

böse Geister und Dämonen abzuwehren«, las Westbrook von ihrem Notizblock ab. »*Salz ist eine der wenigen Substanzen, die beinahe überall auf der Erde vorkommen.* Wir haben an allen drei Tatorten Salzspuren gefunden.« Sie wandte sich Rowlinson zu. »Ich habe mich noch einmal bei der Spurensicherung erkundigt. Auch in Jane Vardys Hotelzimmer war Salz: unter dem Bett.«

Rowlinson runzelte die Stirn. »Und bei Alan Burberry? Da habe ich keines gesehen.«

»Es war *in ihm.*« Auf diese Ankündigung folgten einige Augenblicke unbehaglichen Schweigens. Priest lief es trotz der Hitze eiskalt den Rücken hinunter.

»Wie meinen Sie das?«

»Der Täter hat es in die Wunde geschüttet.«

»Er bringt verschiedene Überlieferungen durcheinander«, sagte Grey sofort. »Also plant er wohl doch nicht so sorgfältig.«

»Er will uns zeigen, was er tut«, widersprach Priest. »Er will, dass wir seinen Plan kennen. *Tötet die Riesen.* Das Symbol. Das Salz. Er wusste, dass wir schnell darauf kommen würden.«

»Er will uns etwas sagen«, murmelte Westbrook. Jedes Mal, wenn Priest sie ansah, machte sie eine besorgte Miene. Doch weshalb?

»Er will, dass wir seinen Plan kennen«, teilte er Westbrook mit. »Also sind wir ein Teil davon. Er will berühmt, aber nicht geschnappt werden. Er ist intelligent genug, um zu töten, ohne Spuren zu hinterlassen.«

»Höchstwahrscheinlich hat er schon früher getötet«, fügte Rowlinson hinzu. »Drei mehr oder weniger perfekt ausgeführte Morde schafft man nicht aus dem Stegreif.«

»Wonach müssen wir also Ausschau halten?«, fragte Eaton, und Priest vermutete, dass er wissen wollte, womit sie CrimInt, die Verbrechensdatenbank der Polizei, auf der Suche nach ähnlichen Verbrechen füttern sollten. »Nägel, Salz, religiöses Motiv?«

»Das alles«, sagte Rowlinson. »Und das mindestens in den letzten fünf Jahren.«

Westbrook nickte und machte sich eine entsprechende Notiz.

Eaton wandte sich Grey zu. »Wann können wir mit Ihrem Täterprofil rechnen?«

»Das wird noch einige Zeit in Anspruch nehmen. Ich habe bereits eine vorläufige Analyse erstellt, eine umfassendere Darstellung ist in Arbeit. Der Täter ist sehr raffiniert, was das Ganze weiter verkompliziert.« Grey blätterte verlegen in seinen Akten. »Bis Ende der Woche, schätze ich.«

»Prima, allerdings werden wir bis dahin ein weiteres Opfer haben«, sagte Eaton. »Morgen Abend wäre also noch besser.«

Zu Priests klammheimlichem Vergnügen lief Grey rot an. »DSI Eaton, der Prozess der akkuraten Analyse eines so aktiven und komplexen Individuums wie dem Schlangenmörder kann nicht beschleunigt werden, indem …«

»Täter«, korrigierte Rowlinson.

Eaton hob die Hand. Grey wollte protestieren, besann sich dann aber eines Besseren. »Das reicht. Bis morgen, Mr. Grey. Charlie, was sollten wir als Nächstes tun?«

»Owen braucht noch ein paar Stunden, um die Übersetzung in eine lesbare Form zu bringen – er will sie uns später aushändigen.«

»Sie wird Ihnen nicht weiterhelfen«, maulte Grey.

»Sie wird uns hoffentlich verraten, nach welchen Kriterien der Täter seine Opfer aussucht.«

»Ich kann leider nicht mitkommen«, sagte Rowlinson. »Ich habe einen Termin bei unserer Presseabteilung.« Priest nickte. Noch hatten die Medien die drei Morde nicht miteinander in Verbindung gebracht, doch das war nur eine Frage der Zeit – und dann würde die Hölle losbrechen: Serienmörder macht London unsicher, alle sind in Gefahr, die Polizei ist machtlos, wer ist der Nächste? Umso schlimmer, wenn die Presse auch noch das Motiv des Mörders erfuhr.

Tötet die Riesen.

»Ich werde Charlie begleiten«, sagte Westbrook.

»Na schön«, sagte Eaton. »Lassen Sie Owen beschatten. Ich will über jeden Furz, den er lässt, informiert werden.«

27

Als Priest den Aston vor Owens Haus abstellte, ging die Sonne bereits unter, und es war etwas kühler geworden. Ein warmer Windhauch fuhr durch die schattenspendenden Bäume am Straßenrand. In Owens Viertel war alles ruhig – hier war die Welt noch in Ordnung: Morgens kam der Milchmann, und auch die Nachbarschaftswache wurde hier noch ernst genommen. Eine Frau, die gerade den Mülleimer auf die Straße stellte, blieb stehen und blickte zu ihnen herüber, und tatsächlich boten sie einen ungewöhnlichen Anblick: Ein großer, stämmiger Mann in einem Leinenjackett über einem verwaschenen T-Shirt, der sich seit einer Woche nicht rasiert hatte, stieg aus einem hundertfünfzigtausend Pfund teuren Auto, gefolgt von einer schlanken, offenbar halb so alten Frau mit dunkler Hautfarbe. *Ja, sehr ungewöhnlich.* Das war der Grund, weshalb er geschäftlich normalerweise nicht mit dem Aston Martin, sondern mit dem dunkelblauen Volvo 940 seines Bruders unterwegs war. Leider hatte der Motor des alten Kombis – Baujahr 1992 – vor ein paar Tagen den Geist aufgegeben und befand sich in Reparatur.

»Hier ist es?«, fragte Westbrook und betrachtete das Haus.

»Hier ist es.«

»Wir hätten ihn aufs Revier beordern sollen.«

»Und mit welcher Begründung?«

Westbrook machte eine wegwerfende Handbewegung. »Da wäre uns schon was eingefallen.«

Priest duckte sich unter den tief hängenden Ästen der einsamen Weide in Owens Vorgarten hindurch. Er klingelte und klopfte. »Norman?«, rief er durch den Briefschlitz.

Westbrook stand mit verschränkten Armen hinter ihm.

»Hat er ein Auto?«, fragte sie und deutete auf die leere Einfahrt.

»Keine Ahnung. Steht vielleicht in der Garage.« Priest klopfte noch einmal. »Norman? Priest hier!«

»Heutzutage stellt doch niemand mehr sein Auto in die Garage«, murmelte Westbrook. »Der ist längst über alle Berge.«

Priest richtete sich auf. Wenn sie recht hatte, hatte er Owen völlig falsch eingeschätzt. Das hätte er ihm nicht zugetraut – andererseits hatte der Professor große Angst gehabt, und wer Angst hatte, reagierte schnell unbesonnen.

Sein Handy vibrierte. Er holte es heraus und las die eingetroffene Nachricht.

»Was gibt's?«, fragte Westbrook verärgert.

»Owen will uns woanders treffen. Er hat mir eine Adresse geschickt.«

»Wo denn?«

Priest ging zum Aston zurück. »In einer Garage, ein paar Meilen von hier. Steigen Sie ein.«

Der Sechslitermotor des Aston röhrte auf. Priest brauste davon und sah im Rückspiegel, wie ihm die Frau mit der Mülltonne mit offenem Mund hinterherstarrte.

Sie brauchten zwanzig Minuten, bis sie durch das Labyrinth aus Seitenstraßen von Owens Haus bis zu der Adresse gefahren waren, die er in seiner Nachricht genannt hatte. Inzwischen hatte sich der wolkenlose Himmel violett gefärbt. Ein Starenschwarm flog in wellenförmigen Bewegungen in Richtung Horizont.

Sie befanden sich am Anfang einer Durchfahrt zwischen zwei Garagenreihen. Die eine Seite war erst vor Kurzem unter einer Bahnstrecke gebaut worden; neuer Backstein leuchtete unter den alten Bögen der Überführung. Die Garagen waren nummeriert, ein Schild wies darauf hin, dass der Bereich videoüberwacht war. Graffiti und die Tags verschiedener Gangs zierten die Wände.

»Welche Nummer?«, fragte Westbrook und betrachtete die nächste Garagentür.

»Vierzehn.«

Sie fuhren langsam die Durchfahrt entlang, bis sie die richtige Nummer erreicht hatten, und stiegen aus. Priest ließ den Motor laufen. Garage vierzehn unterschied sich nur durch einen relativ neuen Farbanstrich von den anderen. Priest hämmerte gegen die Tür und wartete. Als er sich gerade zu Westbrook umdrehen und sie in ihrer Vermutung, dass sich Owen längst abgesetzt hatte, bestätigen wollte, hörte er ein Kratzgeräusch hinter sich. Scharniere und Federn quietschten, als jemand von innen das Garagentor öffnete.

»Bitte verzeihen Sie«, sagte Owen und kämpfte weiter mit der Tür. Priest kam ihm zu Hilfe, öffnete das Tor vollständig und sorgte dafür, dass es nicht wieder zufiel. »Ich dachte, wir könnten uns bei mir treffen, aber angesichts der Umstände will ich nicht garantieren, dass ich nicht beschattet werde.«

»Professor Owen, weshalb sollte Sie jemand beschatten?«, fragte Westbrook.

»Norman, das hier ist Detective Sergeant Fay Westbrook«, sagte Priest. Owen blieb in der Garage. Eine Lampe in der Ecke warf ihr schwaches Licht auf eine mit Werkzeugen und Staub bedeckte Werkbank. Den meisten Platz nahm jedoch ein Auto ein, das mit einer grauen Plane bedeckt war. Priest konnte nur erkennen, dass der Wagen flach und relativ kompakt war – ein Oldtimer, womöglich ein klassischer Sportwagen? An der Wand hing weiteres Werkzeug, davor standen mehrere Benzinkanister. Alles sah ganz normal aus.

»Sehr gut«, sagte Owen und sah Westbrook besorgt an. »Wenn Sie so lange Wache halten könnten, DS Westbrook? Das wäre wirklich sehr nett von Ihnen.«

Priest warf einen Blick über die Schulter. Zu seiner Überraschung protestierte Westbrook nicht, sondern grunzte nur und kehrte zum Aston zurück.

Priest drehte sich wieder um. »Die Übersetzung, bitte.«

Owen griff nach einem Papierstapel auf der Werkbank. »Natürlich. Mr. Priest, ich kann Ihnen doch vertrauen?«

»Die Frage ist doch eher, ob *ich Ihnen* vertrauen kann, nicht wahr?«

»Ich habe alles dafür getan, dass dies nicht in die falschen Hände gerät. Es …«

»Dann haben Sie entweder versagt, oder er hat sich die Übersetzung aus einer anderen Quelle besorgt.«

»Da trifft ziemlich sicher Letzteres zu.« Er gab Priest das Dokument. »Unmöglich ist das nicht, und obwohl ich bezweifle, dass es eine noch genauere Übersetzung gibt, haben sich sicher schon andere Kollegen mit dem Buch beschäftigt.«

»Zum Beispiel?«

»Nun ja …« Owen zitterte trotz der Hitze. Er stützte sich mit beiden Händen auf dem Auto ab, beugte sich vor, räusperte sich und schluckte Galle. Der Professor war ganz offensichtlich völlig durch den Wind, doch weshalb? Beschützte er jemanden? Allmählich verlor Priest die Geduld.

»Norman, wenn Sie noch etwas wissen, dann raus damit.«

»Einen Augenblick, bitte«, keuchte Owen und hustete wieder.

Priests Handy klingelte. Er nahm es aus der Tasche. Die Nummer auf dem Display war ihm unbekannt.

Owen hustete wieder – er war kurz davor zu würgen. *Das ist doch lächerlich.* Priest beschloss abzuwarten, bis es Owen wieder besser ging. So kamen sie nicht weiter.

Er nahm den Anruf entgegen, hielt sich das Handy ans Ohr und trat etwa fünf Schritte aus der Garage. Westbrook, die gegen den Wagen lehnte, stellte sich gerade hin. Sie schien überrascht, ihn zu sehen.

»Hallo?«

Es folgte eine kurze Pause – die Verbindung war definitiv hergestellt, doch sein Gegenüber sagte zunächst nichts.

»Raus aus der Garage.«

Obwohl Priest die Stimme nicht erkannte, entfernte er sich weitere fünf Schritte von der Garage.

Der Anruf wurde beendet.

Selbst auf die kurze Entfernung spürte Priest die Explosion der Sprengladung, bevor er sie hörte – einen winzigen Augenblick lang fühlte er sich schwerelos, als sein Körper wie von Zauberhand den Boden verließ. Er flog dahin und sah nichts bis auf gleißendes Licht, das in seinen Augen brannte, hörte nur die an ihm vorbeidonnernde Luft.

Einen Sekundenbruchteil später folgte das Krachen, mit dem die Garage auseinanderriss. Dann wurde alles dunkel.

28

Vor einem Jahr

Ich bin schnell abgelenkt. Das Gift in meinen Adern hat mein Gehirn erreicht. Ich spüre Sues warmen Mund an meinem Schwanz, aber das reicht nicht. Hin und wieder sieht sie zu mir auf, und ich erkenne Trotz und Ekel in ihrem Blick. Das macht mich wütend. Sie sollte gehorsam sein. Sie sollte mir dienen.

Ich drücke ihren Kopf hinunter. Sie stöhnt und würgt wütend.

Sue sieht nicht besonders gut aus, aber das spielt keine Rolle. Ich denke sowieso nicht an sie, sondern an jene Frau, die vor so vielen Jahren in die Kirche kam. Eine Frau, wie ich sie noch nie gesehen hatte. Groß und schlank, mit reiner dunkler Haut und perfekt geformten Lippen. Sie war am Ende genau wie die anderen von der Sucht gezeichnet, doch trotz ihrer vielen Probleme strahlte sie ganz zweifellos eine außergewöhnliche Stärke aus.

Ich fragte sie nach ihrem Namen, den sie mir bereitwillig nannte, und als ich sie – wie es bei den Meetings üblich ist – bat, aus ihrem Leben zu erzählen, reagierte sie anders als die anderen Neulinge nicht schüchtern und abweisend, sondern fing einfach an zu reden. Sie hielt einen langen, aber fesselnden Monolog. Es war die altbekannte Geschichte: Ihr Vater hatte sie einige wenige Male geschlagen, meistens ließ er seine Wut jedoch an ihrer Mutter aus. Sie war mit fünfzehn von zu Hause abgehauen, fest entschlossen, in London etwas aus ihrem Leben zu machen. Was anfangs nicht besonders gut geklappt hatte. Sie hatte nur wenige Freunde, und obwohl sie nie obdachlos gewesen war, hatte sie ein Jahr auf den Sofas verschiedenster Bekannter verbracht. Sie erwähnte es zwar nie, doch ich vermute, dass sie sich gelegentlich auch in ein Bett verirrte, wenn sie sonst keine Aussicht auf ein Dach über dem Kopf hatte.

Dann fing sie an zu trinken und verlor einen großen Teil ihres Lebens – mehrere Jahre – an die Sucht. Sie trieb verloren umher: eine starke, intelligente Frau, gefangen im Körper einer Alkoholsüchtigen. Schließlich landete sie in Hackney und ergatterte bei der Gemeinde eine Stelle als Putzfrau. Dies war ein kleiner Wendepunkt. Sie trank zwar weiter, konnte sich aber nun ein Zimmer ganz in der Nähe leisten. Ihre Vermieter, ein älteres Ehepaar, rieten ihr, hier in der Kirche Hilfe zu suchen.

Hätte ich dieser verwirrten, leicht zu beeinflussenden Seele etwa meine Unterstützung verweigern sollen?

Sie wohnt jetzt mehr oder weniger bei mir. Das alte Ehepaar fragt gelegentlich, wie es ihr geht. Gut, *sage ich dann.* Sehr gut. *Sie wollen sie sehen, aber ich wimmle sie stets mit dem Hinweis ab, dass es gerade ungünstig ist. Was selbstverständlich ihr Misstrauen erregt, aber sie haben nicht den Mut, etwas zu sagen.*

Sie gibt mir alles, was ich brauche. Fast alles. Den Rest gewährt mir Gott durch Menschen wie Sue. Wir sind zwar nicht offiziell verheiratet und werden es auch nie sein, aber sie ist die einzige Frau, die ich nicht nur als wohlverdiente Belohnung betrachte. Ihre innere Stärke ist gelegentlich überwältigend, und obwohl ich doch stets die Kontrolle behalte, muss ich sie immer im Auge behalten. Seit Kurzem nehme ich einen verstärkten Hang zur … Rebellion wahr. Allein der Gedanke daran bringt mich zur Weißglut. Ich bin gleichzeitig erregt, verängstigt und wütend. Sie muss wieder zur Räson gebracht werden. Wie sie mich in letzter Zeit ansieht …

Ich balle die Hände zu Fäusten. Wut steigt in mir auf, während Sue hustend, prustend und nur halbherzig ihre Arbeit erledigt. Meine Unzufriedenheit resultiert in grässlichen Kopfschmerzen.

Das reicht nicht.

Ich packe Sues Kopf und reiße sie von mir herunter. Überrascht will sie protestieren, begreift jedoch schnell, dass ich sie angelogen habe. Ich zerre sie an den Haaren zum Tisch. Sie windet sich und schreit, sodass ich ihr ins Gesicht schlagen muss. Daraufhin wird sie ganz still.

»Was soll das?«, wimmert sie.

Ich reiße wieder an ihrem Haar und drücke sie auf den Tisch zurück.

»Das ist mein gutes Recht«, sage ich und taste nach ihrem Hosenknopf. Sie fügt sich nicht, wehrt sich auch nicht, sagt mir nur, wie sehr sie mich hasst. Mir egal. Es spielt keine Rolle, was sie denkt.

Doch als ich schließlich mit ihr fertig bin, hasse ich sie.

29

Zuerst: nichts außer Stille und weißem Licht.

Dann: eine kalte Brise auf seinem Gesicht und ein immer lauter werdendes Rauschen, das er erst für den Wind hält. Doch schließlich hörte er genauer hin – Wasser. Es war der Bach, der auf dem Weg durch das Tal, wo er in den See münden wird, über den Felsen plätschert. Und er hörte die Vögel, ihr unaufhörliches Gezwitscher über ihm.

An einem solchen Tag konnte alles passieren. An einem solchen Tag wusste man, was Freiheit bedeutet.

Charlie blickte auf. Das weiße Licht war verschwunden, der blaue Himmel mit Wolken gesprenkelt – perfekt bis auf die Kondensstreifen eines Flugzeugs. Und die Vögel natürlich.

Charlie setzte sich auf. Sarah tat so, als würde sie schlafen. Sie gab ein schlecht gespieltes Schnarchen von sich und hob und senkte dazu übertrieben den Brustkorb. *Hau ab und lass mich zufrieden,* sollte das wohl heißen.

William war unten am Bach und betrachtete das Wasser. Er hatte sich im Laufe des vergangenen Jahres stark verändert, war in die Höhe und Breite geschossen und sah jetzt aus wie der Leibwächter eines Fernsehbösewichts.

Außerdem war er die Akne losgeworden, die ihn seit dem Anfang der Teenagerzeit geplagt hatte. Wie eine sich häutende Schlange, dachte Charlie, und herausgekommen war ein selbstsicherer, starker und gut aussehender junger Mann.

Sobald er sich vergewissert hatte, dass Sarahs Augen fest geschlossen waren, warf er einen Blick auf seinen eigenen Arm. Sein Bizeps war wohlgeformt, doch ihm fehlte die Kraft, die sein älterer Bruder besaß.

»Tja, Charlie. Du bist eben ein dürrer Schwächling«, sagte seine Schwester hämisch.

Charlie zuckte zusammen und drehte sich um. Ihre Augen waren geschlossen.

»Woher … du hast doch geschlafen!«

»Zauberei.« Sie grinste geheimnisvoll.

Er wollte gerade mit einem Fluch antworten, den er sich ausgedacht hatte, als ihn William von der anderen Seite des Bachs zu sich rief. »Hey, Charlie! Komm her, Charlie!«

Da ihm die Geheimniskrämerei seiner Schwester auf die Nerven ging, stand er auf, streckte sich und ging zu William hinüber.

»Was denn?«

»Glaubst du, dass ich es schaffe?«

Charlie blickte über den Rand der Klippe auf den See darunter. Es war nicht so tief, etwa zehn, höchstens fünfzehn Meter. Doch davor befand sich ein Vorsprung aus spitzen Steinen und scharfen Kanten, unter dem der Bach hindurchfloss.

»Niemals«, sagte Charlie und blinzelte. Er hatte beinahe eine Stunde lang die Augen nicht geöffnet – sie mussten sich erst wieder an das Licht gewöhnen.

»Doch, bestimmt«, sagte William und trat zurück. »Mit Anlauf.«

Charlie blickte noch einmal hinunter. Er war nicht überzeugt. »Und wenn du den See verfehlst?«

»Sind doch nur ein paar Steine.«

»Bist du wahnsinnig?«

»Das schaffe ich schon.« William trat noch ein paar Schritte zurück, zog sein Hemd aus und warf es beiseite. Charlie wusste nicht, was er tun sollte. Er war alt genug, um zu begreifen, dass William nicht unverwundbar war. Andererseits wäre es schon verdammt cool, wenn er es schaffte. Die anderen Kinder in der Schule redeten immer nur darüber, von der Klippe zu springen, die gleich in der Nähe vom Haus der Priests in den See ragte – wenn es William tatsächlich gelang, würden sie wohl endlich die Fresse halten.

»Ich … ich weiß nicht so recht, Wills …«

William stieg aus den Schuhen. »Sind da irgendwelche spitzen Felsen an der Kante? Ich will mir nicht die Füße aufschneiden.«

Charlie sah sich um und entfernte einige Steine aus Williams Bahn. Das machte ihn zu einem Komplizen. Mit einem Mal kam ein kalter Wind auf. Er hatte ein ungutes Gefühl.

»Warte, Wills. Lass das bleiben.«

»Zurück, Charlie.«

Charlie stellte sich ihm in den Weg und streckte den Arm aus. »Hör auf, Wills. Wir können ja schwimmen gehen, aber wir klettern runter. Hier sind zu viele Felsen.«

»Geh zur Seite, Charlie.« Diesmal war es ihm ernst. William schlug den Befehlston an, den er immer aufsetzte, wenn er etwas haben wollte. Hätte er Charlie mit dieser Stimme aufgetragen, ihm hinterherzuspringen, er hätte es wohl getan.

Charlie trat beiseite.

William rannte barfuß auf die Klippe zu. Die Sonne schien auf seinen Rücken, und einen Augenblick lang glaubte Charlie, ihren Vater vor sich zu haben, diesen strengen Zuchtmeister, der William bestimmt gesagt hätte, er sollte nicht so verdammt dämlich sein, er würde es nie über den Felsen schaffen …

Dann war William in der Luft, und die Zeit schien stillzustehen.

Charlie lief mit rasendem Herzen auf den Abgrund zu. Tränen liefen über sein Gesicht. Er kratzte sich den Arm an einer Distel auf, bemerkte den Schmerz aber überhaupt nicht.

»Wills? William!«, schrie er und sah sich verzweifelt um. Nichts. Dann stieg Hoffnung in ihm auf. *Er hatte es geschafft!*

»William!«

Halb kletterte, halb fiel er den Abhang hinunter. Steine lösten sich unter seinen Füßen und rollten in den Bach. Dann erreichte er eine Böschung aus Erde und Moos. Der feuchte Boden bot kaum Halt, sodass er ins Rutschen geriet und erst am Fuße des Abhangs zum Liegen kam. Jetzt spürte er auch den Kratzer auf dem Arm.

Scheiße!

Er rief noch einmal nach William. Das Wasser in Ufernähe war aufgewühlt. Abermals brüllte er den Namen seines Bruders, lauter diesmal, und Panik stieg in ihm auf. Er blickte die Klippe hinauf. Ob ihn Sarah von hier unten hören konnte?

Sollte er in das eiskalte Wasser springen, das hier alles

andere als flach war? Die Klippe endete direkt an einem verdammt tiefen, mit schwarzem Wasser gefüllten Loch.

Er holte tief Luft und machte sich zum Sprung bereit.

Da durchbrach William plötzlich mit einem gewaltigen Luftschnappen die Oberfläche, rief lachend seinen Namen und glitt mühelos wie ein Delfin durch das Wasser in Richtung Ufer. Charlie nahm den Arm seines Bruders, eine große Hilfe war er allerdings nicht – das Adrenalin hatte ihn aller Kraft beraubt. Damit William seine zitternden Hände nicht sah, verschränkte er die Arme und tat so, als würde er nur teilnahmslos zusehen.

»Na? Hattest du Angst?«, lachte William und stieg aus dem See.

»Nein. Und du bist ein blöder Idiot.«

William legte den Arm um ihn und zerrte ihn spielerisch die Klippe hinauf. »Du hast dir doch vor Angst in die Hose geschissen. Gib's zu, Charlie.«

Charlie war verärgert, ließ sich die Sticheleien seines Bruders jedoch gefallen. Immerhin hatte dieser gerade einen Sprung hingelegt, den sich sonst niemand traute.

Und das hätte das Ende der Geschichte sein können, wie Priest sehr wohl wusste. William hätte ihn geneckt, und dann wäre sein Ärger verpufft, und er wäre erleichtert gewesen und hätte ihn bewundert, und sie wären nach Hause gegangen und hätten Mum und Dad weisgemacht, dass Wills in den See gefallen war. So hätte es enden können. Doch stattdessen war etwas anderes an jenem Tag passiert, etwas, das sie alle für immer veränderte – am stärksten traf es William Priest. Seine Veränderung war nicht mehr rückgängig zu machen, sorgte dafür, dass er sich ein weiteres Mal häutete wie eine Schlange und sich in ein völlig anderes Wesen verwandelte.

30

Ein Rattern wie von einem Presslufthammer dröhnte in Priests Ohren. Die Dunkelheit um ihn herum hatte gelbe Ränder – sein Blickfeld war schwarz, egal, wo er hinsah, und er spürte einen sengenden Schmerz in den Armen.

Dann nahm er einen vertrauten Geruch wahr – süß, aber auch unangenehm. Jodoform oder ein anderes Desinfektionsmittel. Es roch wie im Krankenhaus.

Als er die Augen öffnete, verschwand die Dunkelheit, und er erblickte grelles weißes Licht. Da fiel ihm die Explosion wieder ein, und ihm kam ein äußerst beunruhigender Gedanke: *Bin ich blind?*

Allmählich nahm ein Raum mit weißen Wänden und einer hohen Decke Gestalt an. Er sah eine Matratze, ein steifes Bettlaken und eine Infusionsnadel in seinem Arm.

»Willkommen zurück, Prinzessin.«

Obwohl er die Stimme jeden Tag hörte, dauerte es eine Weile, bis er begriff, dass es sich bei der dunklen Gestalt in dem Stuhl neben seinem Bett um Okoro handelte.

»O Scheiße.«

»Nicht bewegen«, sagte Okoro. »Du hast ein Bein verloren.«

Priest setzte sich kerzengerade auf und spuckte die

brennende Galle, die in seiner Kehle aufstieg, auf das Laken. »Was?«

»Immer mit der Ruhe«, sagte Okoro beschwichtigend und legte einen Arm auf seine Schulter. »War nur ein Scherz. Irgendwie hast du die Explosion in einem Stück überlebt.«

Priest betastete seine beiden Beine. »Du blöder Sack«, sagte er erleichtert.

»Tja, das hast du davon, dass du so verrückte Fälle annimmst, ohne mich vorher zu fragen.«

»Soweit ich weiß, bin immer noch ich der Chef, aber diesmal muss ich dir wohl recht geben. Was ist mit Owen?«

Okoro schüttelte mit ernster Miene den Kopf.

Priest ließ sich auf das Kissen zurückfallen. »Scheiße.« Aufgrund der vielen Medikamente konnte er sich kaum konzentrieren. Wenn die Sprengladung wirklich in der Garage platziert gewesen war, hatte Owen nicht den Hauch einer Chance gehabt. Es war nicht zu fassen. »Scheiße! Scheiße! Scheiße!«

»Er hat ganz bestimmt nichts gespürt.«

»Das ist ein schwacher Trost, aber immerhin. Und Fay?«

»Die Polizistin? Der geht's gut, sie war weit genug weg. Sie hat den Notruf verständigt und sich um dich gekümmert, bis die Sanitäter vor Ort waren.«

»Was war das für eine Bombe?«

»Sie gehen nach einer ersten Einschätzung davon aus, dass es sich um eine kleine Sprengladung handelte, die sich bereits in der Garage befand und aus der Ferne gezündet wurde.«

»Mist.«

»Ja. Wie durch ein Wunder warst du nicht in der Garage, sonst hätte ich dich eimerweise nach Hause tragen können.«

Priest zog die Knie an. Seine Kleidung lag zusammengefaltet in der Ecke. Er war um ein paar Meter dem Tod entkommen und im Krankenhaus gelandet – und als nächsten Angehörigen hatte er Okoro angegeben. Da würde er Sarah einiges erklären müssen.

»Das war kein Wunder«, sagte er leise.

»Wie meinst du das?«

Priest hatte die akzentlose, androgyne Stimme am anderen Ende der Leitung, die sein Leben gerettet hatte, nicht erkannt. Womöglich war Solly in der Lage, den Anruf zurückzuverfolgen. Das wäre immerhin ein Anfang.

»Na los«, sagte er, zog die Nadel aus dem Arm und wuchtete sich aus dem Bett. »Gehen wir.«

»Moment!« Okoro sprang auf und stellte sich ihm in den Weg. »Was zum Teufel soll das werden?«

»Mir fehlt nichts, hast du gesagt.«

»Ja, insofern, als deine lebenswichtigen Organe alle noch am richtigen Platz sind. Trotzdem wirst du eine Weile hierbleiben müssen. Immerhin stehst du noch unter Schock.«

Priest drängte sich an ihm vorbei und zog sich an. »Entweder wollte derjenige, der den Sprengsatz gelegt hat, dass ich weiterlebe – in diesem Fall habe ich mit dem Bombenleger selbst telefoniert. Oder jemand anderes wusste von dem Plan und hat mich gewarnt.«

»Wovon zum Teufel redest du da?«

Priest war fertig angezogen. Sein Arm blutete etwas, doch ansonsten hatte Okoro recht – er war etwas lädiert, aber nicht ernsthaft verletzt.

»Komm.« Priest öffnete die Tür und vergewisserte sich, dass niemand auf dem Flur war.

»Priest!«

Er sah sich um. »Kommst du nun mit, oder was?«

Okoro ließ die Schultern hängen und gab allen Widerstand auf. »Priest, irgendwann wirst du dich noch ins Grab bringen.«

Priest huschte auf den Flur hinaus, ohne sich umzudrehen. Okoro folgte ihm.

»Dann kannst du gern sagen: Ich hab's dir ja gesagt.«

Während Okoro fuhr, saß Priest auf dem Beifahrersitz des Porsche Cayenne und telefonierte mit Rowlinson. Sein Arm tat höllisch weh, und noch war er nicht voll auf der Höhe – vor seinen Augen tanzten nach wie vor schwarze Punkte.

»Die Übersetzung wurde vernichtet«, sagte Rowlinson. »Keine Ahnung, ob es noch weitere Kopien gibt. Wir durchsuchen gerade Owens Haus. Seine Exfrau hilft uns.«

»Hat er denn sonst noch Familie?«

»Einen Bruder in Glasgow – wir versuchen bereits, ihn zu erreichen. Und eine neunzehnjährige Tochter, die bei ihrer Mutter lebt.«

»Verflucht. Wie geht es ihr?«

»Sie standen sich nicht besonders nahe, aber trotzdem ist es natürlich schwer, seinen Vater zu verlieren. Auch wenn man ihn kaum gesehen hat.«

Priest schloss die Augen. Da begriff er, weshalb er nicht richtig denken konnte: Er brauchte dringend Schlaf. Der Drang, einfach wegzudriften, drohte ihn zu übermannen. Doch sobald er die Augen schloss, sah er den grellen

Blitz der Explosion und hörte das Dröhnen in den Ohren, das plötzlich verstummt war, als er das Bewusstsein verloren hatte. Alles tat weh. Jeder Muskel in seinem Körper protestierte und schrie nach Ruhe. Er konnte kaum das Handy halten.

»Priest? Bist du noch dran?«

»Ja.«

»Du bist doch noch im Krankenhaus, oder?«

»Klar.«

»Es klingt aber, als würdest du in einem Auto sitzen.«

»Wie geht es Fay?«

Rowlinson hielt kurz inne. »Sie steht unter Schock, ist ansonsten aber unversehrt. Übrigens – sie hat dein Auto genommen. Ich glaube, es hat ihr ganz gut gefallen.«

Priest zwang sich, die Augen offen zu halten, und starrte aus dem Fenster. Laut der Anzeige auf dem Armaturenbrett war es 21:08 Uhr. Er hatte sechs Stunden verloren – erst durch die Bewusstlosigkeit, dann hatten ihn die Medikamente ruhiggestellt, was auch nicht besonders erholsam gewesen war. Er leerte die Wasserflasche, die Okoro ihm gegeben hatte. Jetzt musste er dringend auf die Toilette.

»Tiff, ich fahre jetzt zur Kanzlei. Ich will Solly mein Handy geben, vielleicht kann er einen Anruf für mich zurückverfolgen.«

»Was denn für einen …«

Priest legte auf. Er ließ den Kopf hängen, schlief ein und wachte eine Minute später wieder auf, als der Cayenne anhielt und Okoro den Motor ausschaltete.

Als er die Augen wieder öffnete, sah er, dass sie vor seinem Wohnblock standen. »Was wollen wir denn hier? Ich will in die Kanzlei.«

»Das ist mir nicht entgangen«, sagte Okoro und stieg aus.

Dann öffnete sich die Beifahrertür, und Priest fiel wie ein Betrunkener halb aus dem Wagen. Bevor er auf dem Boden aufschlug, fing ihn ein kräftiger Arm auf. »Na los, Priest. Da lang.«

Dann hörte er eine andere Stimme. Eine weitere Person half ihm zur Tür. »Wir sollten ihn postwendend ins Krankenhaus zurückfahren.«

»Ich weiß, aber da wird er sowieso gleich wieder abhauen. Da ist er bei Ihnen besser aufgehoben.«

Priest wollte gerade Widerspruch einlegen, als sein Körper erschlaffte. Angst stieg wie Säure in seiner Brust auf. Er hörte Stimmen. Ja, es waren definitiv zwei Personen. Dann wurde es wieder dunkel, und Priest ließ sich von der Finsternis einhüllen.

31

Sonntag

Als er erwachte, fand sich Priest in seinem eigenen Bett wieder. Die Vorhänge waren geschlossen, nicht jedoch die Jalousie. Sonnenlicht fiel durch den Spalt und zauberte strahlend gelbe Striche auf den Boden. Laut Nachttischuhr war es 06:45.

Er lag still da und war sich nicht sicher, ob er sich überhaupt bewegen konnte. Der Deckenventilator fächelte ihm angenehm kühle Luft zu. Die Laken dagegen waren klamm; offenbar hatte er das Schwindelgefühl einfach ausgeschwitzt, obwohl ihm immer noch der Schädel dröhnte.

Neben ihm regte sich etwas.

»Bist du wach?«

Er rollte sich herum und stieß gegen einen warmen Körper, den er, genau wie die Stimme, sofort erkannte.

»So halbwegs. Was machst du denn hier?«

»Sarah hat mir Bescheid gegeben«, sagte Jessica. »Okoro hat auf dem Weg vom Krankenhaus hierher mit ihr telefoniert. Sie hat mein Büro angerufen und es irgendwie geschafft, sich zu mir durchstellen zu lassen. Man hätte dich in die Luft gejagt, hat sie gesagt.«

Ihr Kopf lag neben seinem. Er spürte ihren Atem auf seinem Gesicht. Ihr Duft war überall. Er holte lang und tief Luft; die Frau, die seine Gedanken beherrschte, die ihm keine Ruhe ließ. Die juckende Stelle, die er nicht kratzen konnte.

»Und da bist du hergekommen«, sagte er.

»Sarah zuliebe.«

»Du kennst Sarah doch erst seit Kurzem.«

Sie rutschte näher heran und legte ihre Hand auf ihn. Er spürte, wie sein Körper trotz aller Schrammen und Beulen reagierte. Ein warmes Gefühl stieg in ihm auf.

»Du hast im Schlaf geredet«, flüsterte sie.

»Ja, das kommt vor.«

»Wer ist Joseph?«

Innerlich zuckte er beim Klang dieses Namens zusammen, als hätte sie ihm eine klaffende Wunde in die Brust geschlagen und würde nun direkt in ihn hineinsehen, als würden alle seine Geheimnisse offen zutage treten – nicht zuletzt, was den Tag betraf, der alles verändert hatte.

Er ließ sich nichts anmerken.

Sie rutschte noch näher an ihn heran, was einen weiteren sehnsüchtigen Ruck in seinem Unterleib zur Folge hatte, doch ihre Absichten waren eindeutig – sie hatte den fragenden Blick unverwandt auf ihn gerichtet.

»Wer ist Joseph?«, wiederholte sie.

»Habe ich seinen Namen gesagt?«

Sie nickte und zupfte etwas aus seinem Haar. Er hatte sich seit der Explosion nicht geduscht und war im Krankenhaus wohl nur notdürftig gesäubert worden. Brandgeruch hing in der Luft – oder bildete er sich das nur ein? Auch das Dröhnen der Bombe hallte noch in seinen Ohren wider.

»Viele Male. Ist er wichtig für dich?«

»Nein«, sagte er, ohne nachzudenken. »Doch.«

»Erzähl mir von ihm.«

Er runzelte die Stirn. Das war sehr ungewöhnlich. »Normalerweise reden wir nicht über …«

»Heute schon.«

»Was ist heute anders?«

Sie beugte sich vor und küsste ihn. Nicht ungestüm und voller Begehren wie sonst, sondern sanfter und zarter, was ihn mit Wärme und Hoffnung erfüllte.

Er war immer noch halb benommen, sah Lichter in seinen Augenwinkeln tanzen und hatte Schmerzen in Rücken und Beinen. Ihm war, als stünde jeder Nerv in Flammen. Er war müde, wollte aber nicht schlafen. Trotz der Qualen, die ihm sein Körper bereitete, trotz seiner Wut – Owens Tod lastete schwer auf seiner Seele – wollte er, dass dieser Augenblick nie verging.

Was sollte es schon schaden? Sie konnte es ruhig erfahren.

»Er hieß nicht Joseph, sondern *Jozef.*« Er seufzte. »Ein polnischer Einwanderer, der in einer Zuckerfabrik gleich in der Nähe unseres Wohnorts arbeitete. Dad hatte uns vor ihm gewarnt und uns eingeschärft, uns von ihm fernzuhalten. Wir haben ihn den Zuckermann genannt und nicht so richtig verstanden, warum Dad so großen Wirbel um ihn machte. Jetzt weiß ich, dass er durch seine Kontakte bei der Polizei von Jozefs Vergangenheit wusste. Er strich regelmäßig auf unserem Grundstück herum – hinter unserem Haus war ein kleines Wäldchen, in dem wir immer spielten. Und dahinter war ein See, der uns aber nicht gehörte und zu dem wir auch nicht gehen durften. Wir hatten keine Ahnung, was Jozef wollte. Für uns war es ein Spiel: Sobald wir ihn im Wald sahen, mussten wir uns so schnell wie möglich verstecken. Sehr leichtsinnig, aber Kinder halten sich ja für unverwundbar, oder?«

Priest erzählte Jessica von jenem verhängnisvollen Tag, als die Sommerbrise über ihre nackte Haut strich und die Nachmittage endlos schienen – wie beinahe ein Unfall geschehen wäre, als William leichtsinnigerweise von der Klippe in den See gesprungen war, dass er wütend auf ihn gewesen war, ohne es zu zeigen, und wie sie zurück zu Sarah gelaufen waren, die mit dem Gesicht zur Sonne und geschlossenen Augen auf dem moosigen Gras gelegen hatte …

… und wie sie, nachdem sie die Böschung zur Hälfte hinaufgeklettert waren, den Schrei gehört hatten.

Angst erfasste Charlie. Er vergaß die gespielte Teilnahmslosigkeit und umklammerte den Arm seines Bruders.

»Das war doch …«

»Sarah.«

William stürmte die Anhöhe hinauf. Die Muskeln an Schultern und Rücken traten hervor wie bei einem Athleten. Charlie verlor keine Zeit, und auf dem Weg zum Felsplateau bewies er, dass William zwar größer und stärker, er jedoch schneller war.

Er überholte seinen Bruder und rannte zur Lichtung hinunter, wo Sarah gelegen hatte. Schon aus der Ferne sah er, dass sie nicht mehr da war. William folgte ihm kurz darauf. Er rief Sarahs Namen, und Wut und Angst verzerrten seine Stimme zu einem schrillen Schrei.

Charlie ließ den Blick über den Waldrand schweifen und sah eine Bewegung zu seiner Linken. »Da drüben!«

Er verschwendete keinen Gedanken daran, was geschehen war oder welche Konsequenzen es hatte, einfach so in den Wald zu stürmen – das alles spielte keine Rolle. Sie waren für Sarah verantwortlich und mussten sie beschützen. Nur das zählte.

Als Charlie den Waldrand erreichte, lag William fünf, sechs Sekunden zurück und rief ihm zu, er solle warten. Der seit Jahrhunderten unberührte Wald roch nach Erde. Hier war es kühler und dunkler – eine Zauberwelt, ein geheimes Reich der Geister und Gespenster.

Und da war er – Jozef der Zuckermann. Er hatte Sarah am Arm gepackt, zögerte jedoch, als er die Schreie ihrer Brüder hörte. Dann sah er Charlie durch das Unterholz rennen. Er ließ Sarah los, drehte sich um und stieß sie zu Boden.

»Er will meine Tasche!«, rief Sarah, doch Charlie hörte es kaum. Er warf sich auf den Polen und brachte den untersetzten Mann mit den breiten Schultern und den weit auseinanderstehenden Augen kurzzeitig aus dem Gleichgewicht. Doch dann nahm ihn dieser in den Schwitzkasten, indem er Charlies Schwung ausnutzte, und warf ihn mühelos zu Boden.

»Hör auf!«, zischte Jozef. Durch seinen Akzent war er nur schwer zu verstehen. »Ist nicht so, wie es aussieht. Ich will nichts Böses.«

Für einen winzigen Augenblick begriff Charlie, dass Sarah wohl recht hatte, dass der Zuckermann wirklich nur ihre Tasche hatte stehlen wollen. Aber es war zu spät.

William rammte den Mann wie eine Lokomotive aus Muskeln und Testosteron. Beide gingen zu Boden. Charlie rappelte sich auf und spuckte Erde aus. Der Schmerz in seinem Arm war unerträglich. Entsetzt beobachtete er, wie William und Jozef miteinander rangen. Es war ein

Wettstreit von Kraft und Entschlossenheit, und noch hatte keiner von beiden die Oberhand.

Charlie lief zu Sarah hinüber. Sie saß auf dem feuchten Boden und beobachtete unter Tränen den Kampf. Er legte den Arm um sie und erschrak, weil sie so heftig zitterte. Ihre Tasche lag neben ihr, der Inhalt war auf dem Boden verstreut.

»Warte hier, Sarah. Ich muss Wills helfen.«

»Nein …«

Er hörte sie nicht. Seine Aufmerksamkeit galt allein dem Kampf. William hatte einen Arm um Jozefs Kehle gelegt und den anderen erhoben, die Hand zur Faust geballt. Die rechte Hand. Die kräftigere. Panik ergriff Charlie. Was, wenn Jozef Will verletzte? Was, wenn Will den Kürzeren zog? Oder Jozef? Bekam Will dann Ärger? Es war doch Notwehr, oder?

Innerhalb weniger Sekunden gingen ihm tausend erschreckende Möglichkeiten durch den Kopf …

»Und dann?«, fragte Jessica gespannt.

Priest rieb sich das Gesicht. Die Erinnerung nagte an ihm, lastete auf ihm wie alles, was an jenem Tag geschah: Sarahs Schrei, der Geschmack der toten Erde, die Hitze der Sonne.

»Wills hatte ihn, aber Jozef hat nicht aufgegeben. *Scheiße,* dachte ich, *Wills wird ihn umbringen.* Aber es kam anders – in einem Augenblick hatte Wills die Oberhand, im nächsten lag er auf dem Rücken. Aber dem Zuckermann erging es nicht anders. Es kommt einfach nur darauf an, wer zuerst zuschlägt. So ist es in einem echten Kampf. Und anders als im Film ist ein echter Kampf auch ziemlich schnell vorbei.«

Priest holte Luft. Er hatte Durst. Sein Magen knurrte. Er hörte Tilly im Wohnzimmer lachen, bevor sie von Sarah ermahnt wurde. Jessica sah ihn immer noch erwartungsvoll, aber auch besorgt an, wie er an ihrem Blick und ihren sorgenvoll verzogenen Mundwinkeln erkannte.

»Erzähl weiter«, sagte sie.

»Jozef hat einen schweren Treffer gelandet. Später habe ich erfahren, dass er sich mehr Knochen in seiner Hand gebrochen hatte als in Wills Gesicht, aber im Eifer des Gefechts sah das ganz anders aus. Will fiel um, stieß sich den Kopf und verlor das Bewusstsein. Ich habe geschrien. Sarah weinte. Und dann hat sich Jozef zu uns umgedreht.«

»Du musst doch Todesangst gehabt haben.«

»Ich würde ja gern sagen, dass ich um Sarah oder Wills Angst gehabt hätte, aber tatsächlich habe ich um mein eigenes Leben gefürchtet.«

»Und dann?«

Priest räusperte sich …

… Jozef kam auf Charlie und Sarah zu. Er hatte eine klaffende Wunde über dem Auge, wahrscheinlich von seinem Sturz. Seine Jacke war völlig verdreckt. Am schlimmsten war, dass Charlie seinen Gesichtsausdruck nicht deuten konnte. Er schien weder wütend noch außer sich – er war einfach Jozef der Zuckermann, der hässliche, etwas beschränkte Typ, von dem sie sich fernhalten sollten. Er sagte etwas, doch Charlie verstand kein Wort. Er konnte noch nicht einmal den Tonfall richtig einordnen.

Der Fünfzehnjährige stellte sich vor Sarah. Er hatte sich noch nie geprügelt. Nicht so richtig. Nur einmal hatte ihn in der Schule ein Junge bedroht, doch Wills hatte schnell dafür gesorgt, dass ihm dieser Junge nie wieder das Leben schwer machte. Jetzt jedoch lag sein Bruder bewusstlos da, und er war auf sich allein gestellt – dabei konnte er kaum stehen, so stark zitterten seine Beine.

»Zurück«, wollte er sagen, doch mehr als ein erbärmliches Stottern brachte er nicht heraus.

Jozef sagte wieder etwas und taumelte scheinbar unkoordiniert auf sie zu. Dabei streckte er einen Arm aus, so dick wie der Ast eines Baums.

Dann passierte alles wie in Zeitlupe. Charlie wurde sich des Steins in seiner Hand erst bewusst, als er damit ausholte und ihn Jozef auf die Stirn schlug. Der Mann drehte sich um die eigene Achse, ging zu Boden und lag dann so still da wie William.

Charlie ließ den blutigen Stein fallen. Sarah hatte aufgehört zu weinen. Für einen Augenblick, der eine Ewigkeit zu dauern schien, geschah überhaupt nichts. Selbst der sanfte Wind hatte sich gelegt, als würden die Bäume den Atem anhalten.

Dann hörten sie die Schritte eines rennenden Mannes. Eine Gestalt mit einem langen Holzstock in der Hand preschte durch den Wald.

»Was zum Teufel ist hier los?«, rief Fagin, der Gärtner seines Vaters, der schon seit Jahrzehnten in den Diensten der Familie stand. Er bahnte sich mit dem Stock, den er stets bei sich trug, durch das tote Laub und die Äste auf dem Boden einen Weg auf sie zu.

Charlie war wie erstarrt und konnte den Blick nicht von Williams schlaffem Körper abwenden.

Fagin sah erst Sarah, die unter einem Baum kauerte, dann den zu Charlies Füßen liegenden Jozef, den blutigen Stein und schließlich voller Entsetzen William an. Eine kleine dunkelrote Pfütze hatte sich unter seinem Kopf gebildet.

»O Gott.«

»Fagin?«, fragte Jessica und rutschte noch näher an ihn heran.

»Das war unser Gärtner. Ist er immer noch.«

»Aha. Nun, William hat es ja überlebt.«

»Überlebt schon, aber er war nicht mehr derselbe wie früher. Der Rest dürfte dir ja sicher bekannt sein.«

Sie runzelte erbost die Stirn. »Was? Soll das heißen, dass er wegen dieses Vorfalls zum Serienmörder wurde?«

Priest tippte sich gegen den Kopf. »Die Verletzung hat irgendwie einen Knacks bei ihm verursacht. Ich war immer der Meinung, dass es ohne diesen Schlag auf den Kopf ganz anders gekommen wäre, aber das ist wohl Wunschdenken. Wahrscheinlich war er auch schon vorher so, die Verletzung hat es nur an die Oberfläche gebracht.«

»Und ihn in einen Mörder verwandelt?«

Priest schluckte, und einen schrecklichen Augenblick lang spürte er, wie sich eine Träne unter seinem Auge bildete. »Seine Beute waren Pädophile, Betrüger, Vergewaltiger. Das war sein Versuch, seine überwältigende Mordlust irgendwie zu rechtfertigen. Deshalb haben ihn die Medien auch als den ›Dunklen Rächer‹ bezeichnet. Selbstverständlich war er kein Held – auch seine Opfer hätten einen fairen Prozess verdient.«

»Was ist mit Jozef geschehen?«

»Hm.« Priest setzte sich auf und schlug die Decke zurück. Es war so heiß, dass er befürchtete, erneut ohnmächtig zu werden. Er sah an sich hinab, fasziniert von dem

Netz aus Kratzern und Blutergüssen, das seine Arme und Beine überzog. »Man hat ihn im nächsten Jahr gefunden. Er hat sich nur wenige Meilen von unserem Haus entfernt an einem Baum aufgehängt.«

»Also war es nicht …«, begann Jessica vorsichtig.

»Doch, es war Wills. Er hat diesen Mord nur nie gestanden. Keine Ahnung, weshalb. Vielleicht, weil Jozef sein erstes Opfer war. Oder weil er befürchtete, Sarah und mich damit zu Komplizen zu machen. Keine Ahnung. Aber er war es, da bin ich mir ganz sicher.«

»Aber hast du nicht gesagt, dass er sich *aufgehängt* hat?«, fragte sie verwirrt und sah ihn ratlos an. Priest verstand es ja selbst nicht, doch er versuchte, es so gut wie möglich zu erklären.

»Dr. William Priest hat viele Menschen umgebracht. Es mag unglaublich klingen, aber die hatten noch Glück. Die, die *weniger* Glück hatten, haben sich selbst umgebracht.«

32

Jessica duschte und ging, nicht ohne ihm vorher zu versprechen, später noch einmal nach ihm zu sehen, und ihm einzuschärfen, die Wohnung keinesfalls zu verlassen. Sobald seine Kopfschmerzen so weit nachgelassen hatten, dass er aufstehen konnte, ohne ohnmächtig zu werden, taumelte Priest in die Küche. Tilly saß am Tisch und malte, Sarah machte Frühstück.

Er setzte sich zu Tilly an den Tisch. Sie blickte auf, grinste und wandte sich dann wieder ihrer Zeichnung zu.

»Warst du noch mal krank, Onkel Charlie?«

»Jetzt geht's mir wieder besser, Til.«

Sie blickte erneut auf und betrachtete ihn genau. »So siehst du aber nicht aus.«

Sarah stellte ihm ein Bacon-Sandwich und eine Tasse Tee hin. Er hatte noch nie etwas Besseres zu sich genommen.

»Du trägst Jeans und ein absurdes Jackett«, bemerkte sie.

Er sah verwirrt an sich hinab. »Und?«

»Das ist deine Arbeitskleidung.«

»Es ist ja auch ein Arbeitstag.«

»Heute ist Sonntag, und gestern hast du dich noch als

menschlicher Knallfrosch versucht. Du musst dich ausruhen.«

Sie wollte ihm weiter die Leviten lesen, als es an der Tür klingelte. Priest stand instinktiv auf und krümmte sich unmittelbar darauf vor Schmerzen zusammen. *Scheiße!*

Sarah seufzte, warf das Geschirrtuch auf den Tisch und ging zur Gegensprechanlage hinüber. Ein paar Minuten später lehnte Rowlinson an der Küchenwand, und Sarah scheuchte Tilly, die bei einer Freundin zum Spielen eingeladen war, aus der Tür.

»Er wird schön hierbleiben«, teilte sie Rowlinson mit, bevor sie ebenfalls die Wohnung verließ. »Kapiert?«

Rowlinson seufzte. »Ich werd's versuchen.«

Tilly winkte. »Bis dann, Onkel Charlie!«

Priest winkte ebenfalls, trank seinen Tee aus und wartete, bis sich die Tür hinter ihnen geschlossen hatte.

»Wir müssen mit Elisha Capindale reden«, sagte Priest und stand auf.

»Kommt nicht in Frage. Gerade habe ich deiner Schwester versprochen ...«

»Es zu versuchen, und das hast du ja auch getan. Und jetzt verschwinden wir, bevor sie zurück ist.«

Elisha Capindale bewohnte ein von Immergrün und einem schwarzen, schmiedeeisernen Gatter umgebenes Anwesen im ländlichen Cambridgeshire etwas außerhalb von Ely. Es war ein typisch georgianisches Haus mit weiß gestrichenen Schiebefenstern und Quadersteinmauern – nicht protzig, aber doch ausladend genug, um eindrucksvoll zu wirken. Das Grundstück dagegen war für ein solches Anwesen von bescheidener Größe und wurde von mehreren wildwachsenden Bäumen und einem verrottenden Holzzaun begrenzt, hinter dem Felder und Wäldchen zu erkennen waren. In der Einfahrt standen zwei Autos: ein relativ neuer Jaguar und ein schlammbespritzter Rover Defender.

»Sehr idyllisch«, meinte Rowlinson und schloss die Tür seines BMW.

»Wem's gefällt.« Priest sah sich um. Bei genauerer Betrachtung platzte der Lack von den Fenstern, die von Weitem für die strenge Symmetrie sorgten. Ein Gartenhaus unter den Bäumen in der gegenüberliegenden Ecke des Grundstücks wirkte verlassen. Eine Fensterscheibe fehlte, und im Dach nisteten Spatzen. Alles machte einen vernachlässigten und heruntergekommenen Eindruck.

Rowlinson stellte sich neben ihn. »Wie wollen wir vorgehen?«

»Capindale hat Owen damit beauftragt, das Buch Janus samt Übersetzung für sie zu besorgen. Als er sich weigerte, es ihr auszuhändigen, hat sie ein paar ziemlich teure Anwälte engagiert, um die Herausgabe zu erzwingen. Jetzt gibt es Tote, und die Spur führt zu dem Buch – also machen wir es nicht unnötig kompliziert und fragen sie einfach, was sie dazu zu sagen hat.«

Er ging den kurzen Weg vom Wagen zur Tür und klopfte. Ein paar Minuten später öffnete sich die Tür. Priest erkannte das Gesicht, das dahinter zum Vorschein kam.

»Ja?«

Rowlinson hielt seinen Ausweis in die Höhe. »DCI Rowlinson, Dezernat für Schwerverbrechen. Wir würden gern mit Elisha Capindale sprechen.«

»Tut mir leid, aber Miss Capindale pflegt niemanden ohne vorherige Terminvereinbarung zu empfangen«, sagte der Mann mit sauertöpfischer Miene. »Auch keine Polizeibeamten.«

Rowlinson wollte protestieren, doch Priest kam ihm zuvor, als ihm der zu dem Gesicht gehörige Name einfiel. »Mr. Vose, richtig?«

Henrik Vose drehte sich zu Priest um und musterte ihn mit gerunzelter Stirn von oben bis unten. Seiner genervten Miene nach schien auch er ihn wiederzuerkennen. »Mr. Priest, der Anwalt, der den Durchsuchungsbeschluss beaufsichtigt hat. Was wollen Sie denn hier?«

»Er unterstützt uns bei unseren Ermittlungen«, sagte Rowlinson. »Und ich hoffe, Miss Capindale ist ebenso nett.«

»So einfach ist das nicht«, sagte Vose und wandte sich wieder Rowlinson zu. »Wie gesagt, Miss Capindale empfängt keinen unangemeldeten Besuch. Worum geht es überhaupt?«

»Es wäre einfacher für Sie, wenn Sie kooperieren«, sagte Priest in versöhnlichem Ton.

»Priest, ich weiß nicht, ob Sie überhaupt hier sein dürfen«, gab Vose zurück. »Davon werde ich Miss Capindales Anwältin in Kenntnis setzen müssen.«

»Das können Sie gern tun, während wir mit Miss Capindale reden«, sagte Rowlinson und trat vor.

Vose stellte sich ihm in den Weg. »Kommt nicht in Frage.«

»Wir können entweder hier mit ihr sprechen oder auf dem Revier, Mr.… Vose, richtig? Es ist Ihre Entscheidung.«

Vose blieb noch eine Minute lang unschlüssig in der Tür stehen, dann lenkte er widerwillig ein, trat beiseite und ließ sie ins Haus. »Na schön. Aber ich werde mich bei Ihren Vorgesetzten über Sie beschweren, DCI Rowlinson. Und beim Gericht über Sie, Priest«, murmelte er und schlug die Tür hinter ihnen zu. »Ich werde Sie ins Arbeitszimmer führen, wo Sie bitte warten, während ich Miss Capindale Ihr Anliegen unterbreite.«

Vose öffnete eine weitere Tür und scheuchte sie in ein großes Empfangszimmer mit Blick auf das heruntergekommene Gartenhaus. Der Raum hatte Ähnlichkeit mit einem Antiquitätenladen, so zusammengewürfelt war die Einrichtung: Ein altersschwaches Bücherregal war nur zur Hälfte gefüllt, zwei Esstische mit zugehörigen Stühlen waren davor übereinandergestapelt, daneben standen eine Anrichte und ein scheußliches blau-weißes Sofa. Nichts passte zusammen, alles roch nach feuchtem, altem Holz.

Da es keine Sitzgelegenheiten gab, stellten sie sich in die Mitte und sahen Vose neugierig dabei zu, wie er die deckenhohen Vorhänge zuzog. Dann drückte er auf einen Lichtschalter, doch die beiden Kronleuchter an der Decke gaben nur ein schwaches oranges Leuchten ab, das kaum gegen das Zwielicht ankam.

»Miss Capindale verträgt kein Licht«, erklärte Vose und entfernte sich.

»Sie verträgt kein Licht?«, fragte Rowlinson, sobald er verschwunden war. »Weshalb denn das?«

»Keine Ahnung.«

Priest betrachtete die Gemälde an der rückwärtigen Wand. Genau wie das Mobiliar waren sie ohne erkennbare Systematik aufgehängt, doch immerhin war ein verbindendes Element zu erkennen.

»Sieh dir das mal an.« Rowlinson stellte sich zu ihm. Im Raum war es so dunkel, dass sie bis auf Armeslänge an die Bilder herangehen mussten, um etwas erkennen zu können.

»Auf allen Gemälden …«

»… ist die Sintflut abgebildet«, vollendete Priest den Satz. »Die Geschichte von Noahs Arche.«

»Das hier ist merkwürdig.«

Priest folgte Rowlinsons Blick zu einer kleinen Leinwand, die etwas tiefer hing als der Rest. Der gesprungene Rahmen war entweder sehr alt oder aus sehr brüchigem Holz oder beides. Dargestellt war höchstwahrscheinlich die Arche – sie war vor dem grauen Hintergrund fast nicht zu erkennen, ein Schatten in einer gespenstischen Landschaft. Die Tiere, die sich am Fuß des Bergs versammelt hatten, waren kaum mehr als grob gemalte, ineinander verschmelzende und nur schwer auszumachende Schemen. Drei unmöglich dünne, viel zu große menschliche Gestalten ragten aus einem Wald auf. Ein schwacher blauer Schein umgab ihre schmalen ovalen Köpfe.

»Das Bild heißt *Die letzte Versammlung der gefallenen Engel*«, sagte eine Stimme hinter ihnen.

Erschrocken wirbelten sie herum. Neben dem nervös wirkenden Henrik Vose stand eine Gestalt in der Tür. »Der Künstler ist bedauerlicherweise unbekannt.«

»Elisha, das sind Charles Priest und Detective Chief Inspector Rowlinson«, sagte Vose. »Wie gesagt habe ich sie ausdrücklich darum gebeten …«

»Danke, Henrik.« Capindale hob eine Hand, woraufhin Vose sofort verstummte. »Das weiß ich bereits.«

Elisha Capindale trat vor, reichte ihren Gästen jedoch nicht die Hand. Stattdessen betrachtete sie ihre Gesichter mehrere Sekunden lang mit forschendem Blick, als wollte sie sie sich genau einprägen. Die kleine Frau war vielleicht Ende sechzig, Anfang siebzig. Sie hatte blasse Haut und wirres, von grauen und weißen Strähnen durchzogenes Haar. Mit langsamen, bedächtigen Bewegungen durchquerte sie den Raum, setzte sich auf einen hochrückigen Lehnstuhl, schlug die Beine übereinander und legte die Hände sorgfältig in den Schoß.

»Das wäre alles, Henrik.« Sie nickte Vose zu, der nicht nur als ihr Bevollmächtigter, sondern auch als ihr Butler zu fungieren schien. Als er sich nicht rührte, sah ihn Rowlinson streng an.

»Das wäre alles, *Henrik*«, sagte er leise und mit warnendem Unterton.

»Ich bin gleich vor der Tür, falls ich gebraucht werde«, teilte Vose Rowlinson und seiner Arbeitgeberin gleichermaßen mit und zog sich widerwillig zurück.

»Bitte verzeihen Sie unser unangemeldetes Eindringen«, sagte Priest, sobald Vose die Tür hinter sich geschlossen hatte.

»Es gibt sicher Wichtiges«, sagte sie.

»In der Tat. Es geht um Professor Owen.«

Capindale blickte kurz zu Boden. »Henrik hat mir erzählt, dass Sie der Anwalt waren, der die Ausführung meines Durchsuchungsbeschlusses überwacht hat.«

»Das ist korrekt.«

»Was ist mit Owen?«

»Er ist tot.«

Sie nickte, als wäre diese Nachricht kaum von Belang. »Haben Sie das Buch in Sicherheit bringen können?«

Rowlinson verlagerte das Gewicht von einem Bein auf das andere. »Haben Sie überhaupt gehört, was er gesagt hat?«, fragte er verärgert. »Professor Owen ist tot.«

Sie sah ihn verächtlich an. »Ich höre sehr gut, Inspector.«

»Wussten Sie bereits, dass er tot ist?«

»Nein, aber angesichts der Tatsache, dass er mir eines der wertvollsten und begehrtesten Artefakte in der Geschichte der christlichen Archäologie gestohlen hat, werden Sie sicher verstehen, dass sich meine Trauer in Grenzen hält. Ist das Buch in Sicherheit?«

»Es ist in Sicherheit«, sagte Priest und beobachtete ihre Reaktion. »Die Polizei hat es.«

Capindale hob besorgt die Augenbrauen. »Weshalb?«, fragte sie Rowlinson. »Warum wird es mir nicht ausgehändigt?«

»Weil es mit einem Zettel mit der Aufschrift *Beweisstück A* in der Asservatenkammer liegt.«

»Professor Owen kam unter ungeklärten Umständen ums Leben«, fügte Priest schnell hinzu, bevor Capindale weiteren Protest einlegen konnte. »Die Polizei ermittelt. Sein Tod könnte durchaus mit dem Buch Janus in Verbindung stehen.«

Capindale sank in den Sessel zurück, und eine drückende Stille legte sich über den Raum. Sie drehte den Kopf, tupfte sich die Stirn und blickte sehnsüchtig auf die Vorhänge, die im Luftzug des Ventilators auf dem Schreibtisch flatterten.

Als sie weiter schwieg, trat Priest einige Schritte vor. »Elisha«, sagte er mit leiser Stimme. »Wir wissen, dass dem Buch Janus zufolge ein blinder Passagier auf Noahs Arche nach der Sintflut das Erbgut der Riesen verbreitet hat.«

Sie drehte sich zu ihm um und sah ihn verwundert an. Dann griff sie an das Silberkreuz, das um ihren Hals hing. »Hat *er* Ihnen das erzählt?« Sie wandte sich angewidert ab.

»Ja«, sagte Priest. »Warum ist das ein so großes Geheimnis?«

»Was glauben Sie denn?«

»Wird in dem Buch erklärt, wie man die Nachkommen der Riesen erkennen kann?«

»Selbstverständlich.«

Priest verzog das Gesicht. *Da hat Owen aber etwas anderes behauptet.*

»Und wissen Sie, wie?«

»Nein. Sie haben das Buch, nicht ich.«

»Aber Sie kennen die Geschichte«, sagte Rowlinson ungeduldig und verschränkte die Arme. »Warum interessieren Sie sich überhaupt so für das verdammte Buch?«

Capindale sah ihn an, als hätte er ihr eine Ohrfeige verpasst, dann bekreuzigte sie sich. »Vergib Ihnen, o Herr«, flüsterte sie. »Bitte, Inspector ... wie immer Sie auch heißen. Ich erwarte nicht, dass Sie diese Angelegenheiten verstehen, aber es gibt Mächte, die die Geheimnisse des Buchs lüften wollen und dabei vor nichts Halt machen. Sie müssen es mir sofort zurückgeben. Nur ich kann für seine Sicherheit garantieren.« Sie stand auf, wobei sie sich an der Stuhllehne festhalten musste. Priest wollte ihr helfen, doch sie scheuchte ihn mit einem Schulterzucken davon. »Ich brauche keine Hilfe, vielen Dank.«

»Tut mir leid«, sagte Priest, »aber wir brauchen Ihre Hilfe. Sie sind offenbar die Einzige, die sich mit dem Buch auskennt.«

»Dann geben Sie es mir – so kann ich am besten helfen. Nur auf diese Weise können wir weiteres Blutvergießen vermeiden.«

Priest sah ihr in die vom Alter trüben, aber entschlossenen Augen: Ihr Körper war gebrechlich, ihr Geist jedoch so wach wie sein eigener. »Dafür ist es wohl zu spät.«

Nach einer kurzen Bedenkzeit wandte sie sich von ihm ab. Ihr Gesicht war vor Wut und Bedauern verzerrt.

»Dann möge Gott uns allen gnädig sein, Mr. Priest. Möge Gott uns gnädig sein.«

33

Priest hätte gern noch mehr von Elisha Capindale über das Buch erfahren, doch das Gespräch war zunehmend zur Farce verkommen, da sich die geheimnisvolle Antiquitätenhändlerin geweigert hatte, weitere Fragen zu beantworten, sich an die Brust gefasst und behauptet hatte, keine Luft mehr zu bekommen. Vose war dazwischengegangen, während Priest den protestierenden Rowlinson aus dem Raum geführt hatte. Ohne Durchsuchungsbefehl oder zumindest begründeten Verdacht würden sie nicht weit kommen. Auf dem Weg nach draußen hatte sich Vose Rowlinsons Personalien geben lassen und ihm eine saftige Beschwerde in Aussicht gestellt.

Dann fuhren sie – weitaus schneller als erlaubt – über die Landstraße aus Ely hinaus.

»Und was jetzt?«, fragte Rowlinson tief in Gedanken.

»Der Mörder wird bald wieder zuschlagen«, sagte Priest voller Sorge über ihre verzweifelte Lage – wenn der Täter nach dem bekannten Muster weitermordete, blieb ihnen nicht mehr viel Zeit. Jetzt konnte es jeden Tag einen weiteren Alan Burberry geben. »Wenn wir wüssten, wie man die Opfer mit dem Buch Janus identifiziert, dann würden wir auch seinen Plan kennen.«

»Vielleicht aber auch nicht. Vielleicht ist das alles nur

Schwachsinn. Augenwischerei, und der Kerl ist einfach ein weiterer Gacy oder Bundy, der allein zum Vergnügen tötet.«

»Und warum macht er sich dann die Mühe mit dem Symbol?«

»Aus demselben Grund, aus dem der Zodiac-Killer der Polizei Briefe geschrieben hat. Weil es ein Spiel für ihn ist. Es macht ihm Spaß, uns Rätsel aufzugeben.«

Priest legte den Kopf schief. Rowlinson hatte nicht unrecht. Priest war davon ausgegangen, dass der Mörder einen Plan verfolgte, aber vielleicht suchte er auch einfach nur nach einem Funken Logik – einer wie auch immer pervertierten Ordnung – im Chaos.

Womöglich ist der Killer einfach nur ein weiterer beschissener Psychopath.

Aber das ist William ja auch nicht unbedingt, oder?

Das Vibrieren des Handys riss ihn aus seinen Gedanken.

»Hallo?«

»Charlie?«

»Georgie?«

Sie klang besorgt. »Alles klar? Vincent hat gesagt, dass du einen Unfall gehabt hättest oder so.«

Wenn man es als Unfall bezeichnen wollte, von einer ferngezündeten Bombe in die Luft gesprengt zu werden …

»Ja, alles klar. Keine Sorge.«

»Na gut.« Sie klang nicht überzeugt, war aber bereit, gute Miene zum bösen Spiel zu machen. »Hör mal, ich habe die Firma ausfindig gemacht, die die Mikroklima-Einheit für das Buch Janus hergestellt hat. Der Kasten ist eine in einer Fabrik in der Nähe von Florenz hergestellte Spezialanfertigung. Das Buch ist von einer Matrix aus passiven Klimatisierungsstabilisatoren umgeben und ruht auf einem Silikagel namens PROSorb, das zur Regulierung der Luftfeuchtigkeit dient. Die äußere Aluminiumhülle ist feuerfest, das Spezialglas filtert das UV-Licht heraus.«

»Okay, und was hat das zu bedeuten?«

»Hör einfach zu. In der Einheit befinden sich mehrere Sensoren, die ständig Temperatur, Luftfeuchtigkeit und Lichteinfall messen, damit, falls nötig, Anpassungen vorgenommen werden können. Und jetzt kommt's: Die Sensoren übertragen die Daten per Internetverbindung an einen Zentralrechner, sodass die Bedingungen im Inneren der Einheit ständig überwacht werden können.«

Priest dachte über die Konsequenzen nach. »Also können wir das Ding hacken.«

»Und herausfinden, wo es überall war.«

Priest atmete tief aus. Seine Aufregung wuchs, obwohl es sich sozusagen nur um eine Brotkrumenspur handelte, die sie zu der Person führen konnte, die Owen das Buch verkauft hatte. Dass sie das System hacken konnten, war ebenso wenig garantiert, wie darin die erforderlichen Daten zu finden. Aber wenn das jemand schaffte, dann …

»Georgie, komm in ein paar Stunden bei mir vorbei. Und bring Solly mit.«

»Klar – heute ist Sonntag, da ist er wahrscheinlich zu Hause und malt.«

Priest runzelte die Stirn. »Solly malt?«

»Hast du die Porträts von dir noch nicht gesehen?«

Dem Lachen in ihrer Stimme entnahm er, dass sie einen Scherz machte. Das *hoffte* er zumindest. »Nein, und das will ich vielleicht auch gar nicht.«

»Ich sage ihm, dass er dir ein paar Fotos schicken soll. Bis später.«

Priest legte auf und erklärte Rowlinson die Lage. Der nickte, gab Gas und lenkte den BMW um eine enge Kurve. Jetzt hatten sie wieder eine Spur.

Georgie war außer Atem. Sie mussten die Treppe zu Charlies Penthouse im zweiundzwanzigsten Stock nehmen, da sich Solly weigerte, den Aufzug zu betreten. Dass er ganz offensichtlich noch unsportlicher war als sie, stellte immerhin einen schwachen Trost dar.

»Sind wir denn bald da?«, keuchte er und zog sich am Treppengeländer zum nächsten Absatz hinauf.

»Fünfzehnter Stock. Noch sechs. Warum genau konnten wir den Aufzug nicht nehmen?«

»Weil sich auf den Knöpfen in der Kabine vierzig Mal mehr Keime befinden als auf dem Sitz einer öffentlichen Toilette. Auf einem Liftknopf sind dreihundertdreizehn Bakterienkolonien pro Quadratzentimeter.«

»*Ich* hätte den Knopf doch für dich gedrückt. Du hättest nur einsteigen müssen.«

»Aber darum geht es doch nicht, Georgie.«

Gereizt beschloss Georgie, die Angelegenheit auf sich beruhen zu lassen und sich darauf zu konzentrieren, nicht in Ohnmacht zu fallen. Im neunzehnten Stock ruhten sie sich einen Moment lang aus und nahmen dann die letzten Stufen in Angriff. Georgie drückte den Knopf der Gegensprechanlage, brachte aber kein Wort heraus. Als Charlie die Tür öffnete, wäre sie beinahe in die Wohnung gefallen. Sie stützte sich an einem Beistelltisch ab. Solly war keuchend vornübergebeugt.

»Was habt ihr denn getrieben?«, fragte Charlie verblüfft.

Bei dieser leisen Andeutung röteten sich Georgies Wangen. »Wir durften leider den Aufzug nicht nehmen.«

Charlie warf über ihre Schulter hinweg dem laut keuchenden Solly einen Blick zu. »Wegen der Bakterienkolonien?«

Georgie nickte. Charlie bedeutete ihr, sich in die Küche zu setzen. Solly nahm Desinfektionstücher aus der Tasche und rieb seine Hände über dem Waschbecken damit ab. Während sie wartete, betrachtete sie die Blutergüsse und Kratzer auf Charlies Händen, die Schnitte auf Hals und Stirn.

»Was war das noch mal für ein Unfall?«, fragte sie.

Er machte eine wegwerfende Geste. »Ist beim Zumba passiert.«

Nach einer Diskussion über die Sauberkeit seiner Bodendielen gelang es Charlie irgendwann, Solly mit dem Versprechen, einen Stuhl mit direkt von der Rolle stammender Frischhaltefolie zu überziehen, vom Waschbecken loszueisen. Georgie sah, wie sich der Buchhalter schaudernd umblickte, und fragte sich, wie einschränkend ein solches Leben sein musste, wie schwierig selbst so einfache Dinge wie das Betreten einer fremden Wohnung.

»Na schön«, sagte Solly endlich. »Fangen wir an.«

Georgie folgte Charlie und Solly ins Arbeitszimmer, wo Rowlinson bereits auf sie wartete. Solly betrachtete seine ausgestreckte Hand argwöhnisch, schüttelte sie aber nicht.

»Tut mir leid ...«

Charlie nahm Rowlinson beiseite. »Er wird dir nicht die Hand geben. Nimm's nicht persönlich.«

Kurzzeitig sah es aus, als wollte Rowlinson protestieren, dann überlegte er es sich anders. Solly setzte sich währenddessen in aller Seelenruhe auf die Kante des in Frischhaltefolie eingewickelten Stuhls und öffnete einen Laptop auf seinem Schoß. Die anderen versammelten sich um die Mikroklima-Einheit, die den Großteil von Charlies Schreibtisch einnahm.

»Funktioniert das auch?«, fragte Rowlinson leise.

»Wenn ein paar Finnen mit einem Fernzugriffstool ein Aquarium mit Internetanschluss in einem nordamerikanischen Casino hacken können, wird Solly das ja wohl mit einem Kasten schaffen, der sich im selben Raum befindet«, flüsterte Charlie zurück.

»Ist das wirklich passiert?«

»2017«, sagte Georgie, die sich an den Fall erinnerte. »Das Aquarium hatte ein eigenes VPN, war also nicht von den Sicherheitsprogrammen des Casinos geschützt. Die Sensoren haben die Temperatur und so weiter kontrolliert, genau wie in dieser Einheit hier.«

»VPN?«

»Ein Virtual Private Network«, erklärte Georgie. »Das ist so ähnlich wie Intranet, nur …«

»Wenn man ein Gerät mit dem Internet verbindet, kann man es auch hacken«, fiel ihr Solly ins Wort. »Genau wie diesen Kasten hier. Schon passiert.«

Eine Weile lang war bis auf das Klappern der Tastatur nichts zu hören. Dann drückte Solly mit dem Schwung eines Dirigenten, der sein Orchester zu einem Crescendo aufpeitscht, die letzten Tasten und blickte sichtlich stolz auf.

»Die Daten wurden zu unterschiedlichen Zeiten an drei verschiedene IP-Adressen übermittelt. An eine hier in London, eine in der Nähe von Florenz und eine in Genf.«

»Geht's auch verständlicher?«, fragte Rowlinson.

Georgie, die ahnte, dass jede weitere von Sollys Erklärungen die Verwirrung nur vergrößern würde, kam ihm zuvor: »Jedes internetfähige Gerät kann anhand seiner IP-Adresse eindeutig identifiziert werden. Wenn wir wissen, wer die Daten empfangen hat, wissen wir auch, wer Zugang zum Buch hatte. In London war es wahrscheinlich Professor Owen, und die Firma, die die Einheit gebaut hat, sitzt in der Nähe von Florenz. Dort hat sie sie wahrscheinlich auch auf Funktionsfähigkeit überprüft. Damit bleibt noch Genf.«

»Dort sitzt der zweite Empfänger. Der, wie es aussieht, die Daten über einen ziemlich langen Zeitraum hinweg erhalten hat«, fügte Solly hinzu.

Charlie atmete aus. »Norman hat behauptet, das Buch von einem Schweizer Händler gekauft zu haben.«

»Können wir den anhand dieser IP-Adresse identifizieren?«, fragte Rowlinson.

»Nein. Eine IP-Adresse verrät nur den ungefähren Standort. Mit einer Toleranz von mehreren hundert Meilen.«

»Und mehr haben wir nicht?«

»Nun ja – wie gesagt: *Wir* können nicht herausfinden, wer hinter der IP-Adresse steckt. *Sie* schon. Mit dem entsprechenden Beschluss können Sie den Netzanbieter dazu zwingen, die Daten herauszurücken.«

»Dazu muss ich gleich morgen jemanden vom Crown Prosecution Service und einen Richter zusammentrommeln. Das dauert seine Zeit.«

»Die wir nicht haben, aber es geht wohl nicht anders«, sagte Charlie. »Ich werde morgen Vormittag nach Genf fliegen. Wenn ich ankomme, hast du hoffentlich einen Namen und eine Adresse für mich.«

»Kommt nicht in Frage.« Rowlinson schüttelte den Kopf. »Das wird jemand aus meinem Team übernehmen.« Er sah Priest tadelnd an. »Das hier ist immer noch eine polizeiliche Ermittlung, Priest.«

Einen Augenblick lang dachte Georgie, dass Charlie Widerspruch einlegen wollte, doch der nickte nur. Allerdings bezweifelte sie, dass er einfach so klein beigab. Dafür kannte sie ihn inzwischen zu gut.

»Okay«, sagte Charlie grinsend. »Du bist der Boss, Tiff. Was kann ich tun?«

»Du kannst dir diesen Symbol-Fachmann noch mal vornehmen. Wie hieß er noch gleich?«

»Isaac O'Brien«, sagte Georgie, die nur ungern daran zurückdachte, wie sie Lis »Bekannter« beim letzten Mal angesehen hatte.

»Genau den. Jetzt wissen wir ja, dass das Symbol mit einer Schriftrolle vom Toten Meer in Verbindung steht. Mal sehen, ob ihm das auf die Sprünge hilft.«

Charlie nickte. Georgie merkte, dass er es kaum erwarten konnte. Er warf dem verblüfften Rowlinson den Wohnungsschlüssel zu.

»Schließt hinter euch ab«, sagte er. »Fahren wir, Someday.«

»Der *Symbologe,* Priest. Kapiert?«, rief ihnen Rowlinson hinterher, bevor sie die Wohnung verließen.

Charlies Antwort bestand aus einem halbherzigen Salut. Sie hörten noch, wie Solly Rowlinson erklärte, wie er die Türklinken desinfizieren müsse, dann waren sie aus der Wohnung.

34

Montag

Priest stand in der Schlange vor dem Check-in-Schalter und sah auf dem Handy nach, ob er irgendwelche dringenden Nachrichten erhalten hatte. Rowlinson hatte noch nichts Neues über die IP-Adresse aus Genf in Erfahrung bringen können, dafür hatte Priest mehrere entgangene Anrufe einer unbekannten Nummer und zwei E-Mails von Sasha Merriweather erhalten, die er zur Kenntnis nahm, aber nicht beantwortete. Sie hatte von ihrem Besuch bei Elisha Capindale erfahren und wollte über den »daraus resultierenden Konflikt« mit ihm sprechen. Wahrscheinlich hatte sie auch angerufen.

In der Schlange vor ihm schob Fay Westbrook gerade ihren Pass über den Schalter und suchte nach ihrem Flugticket. Die Polizistin war nicht wiederzuerkennen: Sie trug enge Jeans und Chucks, sodass man ihre Knöchel erkennen konnte – und die Spitze einer Tätowierung, die sich ihr Bein hinaufschlängelte. Details konnte Priest nicht sehen. Womöglich war es ein kunstvoll verziertes Kreuz.

Priest wollte sich erst zeigen, wenn er die Sicherheitskontrolle hinter sich gebracht hatte – dann war die Chance, dass sie Rowlinson anrief und ihn qua Amtsgewalt davon abhielt, das Flugzeug zu besteigen, geringer.

Sie erhielt ihre Dokumente zurück, und die Schlange bewegte sich vorwärts.

Als er ebenfalls eingecheckt und die Sicherheitskontrolle passiert hatte, war sie nirgendwo zu sehen, doch das spielte keine Rolle. Er konnte das, was er in Genf vorhatte, auch ohne sie erledigen.

Er kaufte sich einen Becher Tee und setzte sich in der Nähe des Fensters in die Abflughalle. Er war nur ungern so früh aufgestanden. Seine Augen waren vom Schlaf noch verklebt, dennoch war er hellwach, spielte in Gedanken alle Möglichkeiten durch und gelangte immer wieder zu denselben unbeantworteten Fragen. Eine ermüdende Tätigkeit. Seine Dissoziationsstörung konfrontierte ihn ständig mit unlösbaren Paradoxien. Wenn er nichts fühlte, machte ihn das Fehlen der Emotionen unendlich traurig. Wenn er nicht schlafen konnte, taumelte er übernächtigt und benommen und dennoch vollkommen wach aus dem Bett. Dann klopfte das Herz wie wild in seiner Brust, und er spürte, wie sich jedes Organ in seinem Körper ausdehnte und zusammenzog. Er hörte das Blut in den Schläfen und hinter seinen Augen rauschen, grübelte beinahe zwanghaft über sich nach, unternahm aber nichts, um sich selbst zu helfen.

Das war alles so …

»Ich nehme nicht an, dass Sie Urlaub machen.«

Priest schreckte aus seinem Tagtraum auf und sah sich um. Sie stand mit einer kleinen Tasche über der Schulter hinter ihm. In der Hand hielt sie ebenfalls ein Heißgetränk.

»Hallo, Fay.«

»Ich werde dem DCI Bescheid geben, dass Sie im Sicherheitsbereich des Flughafens sind.«

»Ich wollte mal ein paar Tage ausspannen, und da schien mir die Schweiz …«

»Er hat versucht, Sie anzurufen«, unterbrach sie ihn verärgert und deutete mit dem Kinn auf sein Jackett.

Priest nahm das Handy heraus und tat überrascht. »Ach du liebe Güte. Vier verpasste Anrufe.«

Sie verdrehte die Augen. »Ist das Ihr Ernst?«

Er legte einen Arm über die Sitzlehne und gähnte. »Ich kann Ihnen helfen.«

»Ich brauche keine Hilfe.«

»Dann helfen Sie *mir*.«

Sie seufzte und sah sich um, als wollte sie sich vergewissern, dass sie niemand beobachtete. »Ich brauche keine Eskorte. Ich bin Polizistin.«

Priest hob die Hände. »Nun mal halblang, Fay. Wollen wir nicht …«

Zu seiner Erleichterung ließ sie ihn einfach stehen und ging davon. »Kommen Sie mir nicht in die Quere, Priest«, rief sie ihm über die Schulter zu. »Das hier ist *unsere* Ermittlung. Sie unterstützen uns lediglich. Vergessen Sie nicht, wer hier das Kommando hat.«

Er biss sich auf die Zunge und sah ihr hinterher. Eine halbe Stunde später war sein Flug zum Einsteigen bereit.

Kurz nach neun Uhr Ortszeit landeten sie in Genf und kämpften sich durch die Menschenmassen zum Ausgang des Flughafens. Dort wartete Priest geduldig, während Fay telefonierte. Er hielt sich in angemessener Entfernung und betrachtete interessiert verschiedene an der Fassade des Flughafengebäudes angebrachte Filmposter, bis sie zu ihm hinüberkam und ihm wortlos das Handy reichte. Er wusste bereits, wer am anderen Ende der Leitung war.

Priest räusperte sich. »Guten Morgen, Tiff.«

»Komm mir bloß nicht so. Ich hatte eine richtige Rede vorbereitet – über Verantwortung und den Dienstweg und so weiter, aber weißt du, was? Die wäre an dich sowieso verschwendet.«

Nun bekam Priest heftige Gewissensbisse. Er hätte lieber die Rede über sich ergehen lassen, als auf diese Weise bestraft zu werden. Eine Entschuldigung seinerseits wäre nicht besonders aufrichtig gewesen. Außerdem wollte er nicht, dass Fay seinetwegen Ärger bekam. »Du solltest wissen, dass deine Kollegin äußerst standhaft versucht hat, mich von dieser Reise abzuhalten, aber ...«

»Würdest du bitte mal die Klappe halten und zuhören? Ich werde dir jetzt dasselbe sagen wie Fay – in der Hoffnung, dass du einmal in deinem Leben über deinen Schatten springst und im Team arbeitest. Wir suchen nach einem gewissen Luca Caspari.« Er las eine Adresse vor. »Ein Kunsthändler. Kein großer Fisch, dennoch haben wir ein paar Informationen über ihn, die dir Fay in Kürze weiterleiten wird. Er war in den Neunzigern in ein paar zwielichtige Geschäfte verwickelt und wurde von einem rumänischen Fürsten oder so verklagt, weil er dessen Sammlung unter Wert geschätzt hatte. Anscheinend ist er auf christliche Kunst spezialisiert – eine Schriftrolle vom Toten Meer passt da zwar nicht hundertprozentig dazu, wäre aber auch nicht völlig ungewöhnlich.«

»Okay, vielen Dank. Wir sehen ihn uns mal an und geben dann wieder Bescheid.«

Fay stieg bereits in ein Taxi. Er lief zu ihr hinüber. »Ich melde mich, sobald ich kann.«

»Das will ich auch schwer ...«

Priest legte grußlos auf. »Kommen Sie, oder was?«, rief Fay, die die Augen gegen die Sonne zusammengekniffen hatte.

Fay nannte dem Fahrer die Adresse. Erst nach zehn Minuten brach sie das Schweigen mit einem leisen Satz: »Das war mein Ernst, Priest. Kommen Sie mir nicht in die Quere.«

Eine Antwort war völlig unnötig. Der Blick, den sie ihm zuwarf, sagte alles.

Eine halbe Stunde später hielt der Fahrer gegenüber einer kleinen Seitengasse und verkündete, dass sie ihr Ziel erreicht hätten.

Luca Caspari wohnte in Carouge, einer ehemals eigenständigen Gemeinde, die inzwischen in die Hauptstadt eingemeindet worden war. Mit ihren belebten Märkten und der mediterranen Architektur, den satten Farben, dem Lärm, den kleinen Läden und schicken Bars verströmte der Vorort italienisches Flair und einen reizvollen Kontrast zwischen Alt und Neu.

Caspari wohnte in einem weiß getünchten Reihenhaus mit venezianischen Fenstern, das in einer über der Altstadt gelegenen Fußgängerzone lag. Bunte Wimpel waren von Gebäude zu Gebäude über die Straße gespannt. Die sanfte Brise trug den Lärm des Markts zu ihnen hinauf. Priest bezahlte den Taxifahrer, dann ging er mit Fay zu Casparis Haus hinüber.

»Arbeitet er von zu Hause aus?«, fragte Fay. »Immerhin ist heute ein Wochentag.«

Priest klopfte an der Tür. »Das werden wir gleich herausfinden.«

Sie warteten. Nichts. Priest klopfte lauter. Dass sie Caspari nicht zu Hause antrafen, war ein Rückschlag, aber kein Grund, die Flinte ins Korn zu werfen. Im Notfall würden sie vor seiner Tür warten, bis er nach Hause kam. *Gesetzt den Fall, dass er überhaupt noch in Genf ist.*

Als er gerade zum dritten Mal geklopft und dabei Casparis Namen gerufen hatte, zupfte Fay ihn am Ärmel. »Priest.«

Er drehte sich um.

Sie deutete auf eine rundgesichtige, unscheinbare Frau in den Sechzigern, die aus dem Fenster eines Nachbarhauses blickte. Sie rief ihnen etwas auf Deutsch zu. Da er diese Sprache nicht besonders gut beherrschte, versuchte er es auf Französisch, woraufhin die Frau innehielt und ebenfalls auf Französisch antwortete.

»Sind Sie von der Polizei?«

Er runzelte die Stirn. Eine merkwürdige Frage, immerhin trugen sie keine Uniform. Sie waren noch nicht einmal besonders formell gekleidet. »Wir wollen zu Luca. Haben Sie ihn in letzter Zeit gesehen?«

»Sind Sie von der Polizei?«

»Nein. Wir sind alte Freunde aus England und wollen ihn geschäftlich sprechen. Es geht um eine Londoner Kunstsammlung.«

Eigentlich ein plausibles Anliegen, die Frau schien es ihnen dennoch nicht abzukaufen. Beleidigt wies sie sie an, an Ort und Stelle zu warten, dann knallte sie das Fenster zu.

»Ganz toll«, sagte Fay trocken. »Sie machen sich ja beliebt bei den Einheimischen.«

»Die kommt gleich wieder.«

Und tatsächlich wurde kurz darauf die Tür zum Nachbarhaus aufgerissen. Die Frau marschierte heraus und wischte sich die Hände an ihrer Schürze ab.

»Besonders *enge* Freunde sind Sie anscheinend nicht«, murmelte die Frau, diesmal auf Englisch.

Priest zögerte. »Wir haben eine ganze Weile nichts von ihm gehört, aber da wir gerade in Genf sind, wollten wir vorbeischauen.« *Woher weiß sie, dass wir keine engen Freunde sind?* Während er noch überlegte, beantwortete sich die Frage von selbst. Die Frau verschränkte die Arme und ließ traurig den Kopf hängen.

»Tut mir leid, dass Sie es von mir erfahren müssen, aber Luca Caspari wird seit mehreren Tagen vermisst. Und seit gestern Abend ist klar, dass Sie ganz sicher keine Geschäfte mehr mit ihm machen werden.«

Priest spürte, wie sich Enttäuschung in seiner Brust breitmachte. Eine weitere Spur löste sich in Rauch auf. »Was ist gestern Abend passiert?«

»Seine Leiche wurde kurz vor Sonnenuntergang bei Ebbe aus dem Fluss gezogen. Man hat ihm in den Kopf geschossen.«

35

Georgie zögerte, bevor sie anklopfte. Sie hatte sich gut im UCL-Gebäude zurechtgefunden und wegen der vielen lachenden und plaudernden Studenten auch sehr sicher gefühlt. Der Flur vor Isaac O'Briens Büro dagegen war verlassen, und außer einem leisen Summen war nichts zu hören. Selbst das Licht schien hier nicht ganz so hell zu sein.

Sie hatte kurz überlegt, Li zu bitten, sie zu begleiten; O'Brien war schließlich *ihr* Bekannter. Doch einerseits hatte sie nicht den Mut dazu aufgebracht, andererseits wollte sie sich selbst auf den Prüfstand stellen und herausfinden, ob sie Fortschritte gemacht hatte. Vor zweieinhalb Jahren war sie von einem ehemaligen Mitbewohner namens Martin vergewaltigt worden. Dies zu verarbeiten war ein langer und anstrengender Prozess gewesen, doch sie hatte ihr Leben wieder in den Griff bekommen, Selbstvertrauen zurückgewonnen, sich in die Arbeit gestürzt und wieder nach vorne geblickt. Der Vorfall war nicht vergessen und würde es niemals sein. Aber er bestimmte nicht mehr ihr Leben. Er hatte sie stärker gemacht, genau wie alles andere, das ihr seither zugestoßen war. Ein Neonazi-Kult hatte sie entführt und mit Folter bedroht. Dieses Übel war hundertmal schlimmer als Martin gewesen.

Und letztes Jahr hatte eine Frau, die eine Nebenbuhlerin in ihr gesehen hatte, sie mit einem von Charlies Feuerfischen – gegen deren Gift Georgie allergisch war – umbringen wollen. Umso wütender war sie nun auf sich selbst, als sie auf ihre zitternde Hand auf dem Türgriff blickte. Sie hatte nach wie vor kein großes Vertrauen in das männliche Geschlecht, aber was war nach allem, was sie erlebt hatte, dabei, an eine Tür zu klopfen?

Lächerlich.

Sie sprang zurück. O'Brien hatte sich ausgerechnet diesen Augenblick ausgesucht, um sein Büro zu verlassen. Nun starrte er sie verärgert und verwirrt an.

»Seit wann stehen Sie schon da rum?«, wollte er wissen.

»Verzeihung – ich wollte gerade anklopfen.«

»Tja, leider … Moment mal, Sie waren doch neulich bei mir. Sie und Li und dieser ungehobelte Kerl.«

Eine Beschreibung, die durchaus auf Charlie passte. Jetzt, da er sie wiedererkannt hatte, schien O'Brien etwas freundlicher – obwohl er ihr reserviert und verärgert lieber gewesen wäre.

»Ja, richtig. Ich habe noch ein paar Fragen zu dem Symbol, das wir Ihnen gezeigt haben. Es steht ganz offensichtlich in Verbindung zu einer der Schriftrollen vom Toten Meer. Vielleicht hilft Ihnen das weiter.«

O'Brien sah sich aus unerfindlichen Gründen im Flur um, dann nickte er lächelnd. »Eine Schriftrolle vom Toten Meer, sagten Sie?«

Georgie erklärte knapp, was sie bisher wussten – dass das Symbol in einem jüdisch-christlichen Text gefunden worden war, der einst zu den Schriftrollen vom Toten Meer gehört hatte, aber jahrhundertelang verschollen gewesen war – bis heute. In dem Text ging es um einen blinden Passagier auf Noahs Arche namens Janus, der dafür gesorgt hatte, dass das Erbgut der Wächter die Sintflut überdauert hatte.

»Und jetzt gibt es Bestrebungen, die Träger zu vernichten«, vollendete O'Brien Georgies Geschichte.

Georgie hielt verblüfft inne. »Ja, stimmt genau. Wenn Sie mit den Trägern …«

»So heißen diejenigen, die Dämonen-DNA in sich tragen, im Buch Janus. Träger.«

»Sie haben es gelesen?«

»Nein, aber ich kenne die Geschichte – mir war aber nicht bekannt, dass es das Symbol des Buchs Janus ist. Aber das erklärt natürlich einiges.«

»Wissen Sie, wie man die Träger identifizieren kann?«, fragte Georgie aufgeregt.

O'Brien verzog das Gesicht. »Falls es sie wirklich gäbe, meinen Sie wohl?«

»Ja, falls es sie wirklich gäbe – wie kann man sie identifizieren?«

O'Brien musterte Georgie einen Augenblick lang. Sie stand etwas unbehaglich im schummrigen Licht des Flurs. So beäugt zu werden gefiel ihr gar nicht – seine Augen wirkten kalt und so dunkel, als bestünden sie nur aus Pupillen. Sein Blick war der eines Hunds, der ein Stück Fleisch betrachtet. Aller Menschlichkeit beraubt.

»Kommen Sie mit«, sagte er und marschierte an ihr vorbei. Georgie hatte keine andere Wahl, als ihm zu folgen. Kurz vor dem Durchgang zur Flaxman Gallery schlüpfte er durch eine kleine Tür und in den warmen Lichtschein eines fürstlichen Saals voller Ölgemälde und Skulpturen.

»Hier werden die Kunstwerke aufbewahrt, die derzeit

nicht ausgestellt werden«, erklärte er. »Der Wartesaal, wie wir scherzhaft zu sagen pflegen.«

Entschlossen durchquerte er den Raum. Georgie hatte Mühe, mit ihm Schritt zu halten. »Sie sagten, dass das Symbol einiges erklären würde. Wieso?«

»Die Schlange ist ein oft missverstandenes Symbol der christlichen Ikonografie. Trotz der Schlange im Paradies wäre es ein Fehler, sie allein mit dem Bösen zu assoziieren. Die Menschheit hat bereits siebzigtausend Jahre vor dem Kreuzestod Christi Schlangen angebetet. Die Schlange galt als Symbol der Fruchtbarkeit und der Heilung.«

»Weil sie sich häuten kann?«

»Korrekt. Sie hat die Fähigkeit, sich zu reinigen, die kein anderes Tier besitzt. Die Mesopotamier hielten Schlangen für unsterblich, ihre Blütezeit hatten die Schlangenkulte allerdings in der Bronzezeit. In der hebräischen Überlieferung hat die Schlange eine widersprüchliche Symbolik.«

»Die Schlange im Paradies ist eindeutig böse …«

»Wenn nicht sogar der Teufel selbst, aber es gibt noch eine andere interessante Geschichte.« O'Brien drückte eine Doppeltür auf und lief eine Treppe hinunter. Hinter einer weiteren Tür am Ende eines verwinkelten Flurs öffnete sich ein lichtdurchfluteter, luftiger Raum.

»Die Bibliothek«, sagte Georgie und sah sich um.

»Eine Abkürzung. Folgen Sie mir.«

O'Brien nahm die Treppe zum Obergeschoss und steuerte auf ein Bücherregal zu.

»Sie haben von einer weiteren Schlangengeschichte in der Bibel gesprochen«, sagte sie, während er die Buchrücken überflog.

»Richtig. Im vierten Buch Mose heißt es, dass Gott den

Israeliten nach ihrem Auszug aus Ägypten als Strafe für ihr Jammern und Nörgeln feurige Schlangen schickte, um sie zu peinigen. Dann gebot er Moses, eine Schlange aus Bronze auf einem Stab zu errichten. Wer sie anblickte, wurde gesund – auch hier ist die Schlange Symbol der Heilung.«

Georgie konnte sich sehr dunkel an diese Geschichte erinnern. »Die eherne Schlange.«

»Richtig. Selbstverständlich gibt es noch viele ältere Beispiele für die Schlange als Symbol der Heilkraft. Der Äskulapstab beispielsweise, ein Stab, um den sich eine Schlange windet, ist das Attribut des griechischen Gotts der Heilkunde. Nicht zu verwechseln mit dem Hermesstab, um den sich zwei Schlangen ranken und der seit der Jahrhundertwende das Emblem des Sanitätsdiensts der US Army ist.«

»Gibt es auch das Symbol einer Schlange, die sich um ein lateinisches Kreuz windet, oder sind das immer Stäbe?«

Nun hatte O'Brien offenbar gefunden, wonach er suchte: ein zerfledderter Papierpacken, der kaum noch als Buch zu bezeichnen war – die uralten Seiten waren mit Eselsohren versehen und vergilbt. Den Titel konnte Georgie nicht erkennen.

»Hier haben wir eines«, sagte O'Brien, nahm das Buch zu einem Schreibtisch und blätterte durch die brüchigen Seiten. »Das Logo der Internationalen Föderation katholischer Ärztevereinigungen zeigt eine Schlange und ein Kreuz, aber das ist meiner Meinung nach eine falsche Fährte. Ah, da ist es.«

Triumphierend deutete O'Brien auf einen kurzen Absatz am Ende einer Seite. Georgie vermutete, dass die dazugehörige Abbildung – es schien eine grobe Zeichnung oder womöglich eine Radierung – einen Dämon darstellen sollte: eine rehgestaltige Kreatur mit Bart, Hufen, Flügeln, Hörnern und einem erigierten Penis.

»Das ist Samyaza«, flüsterte O'Brien. »Der Anführer der Wächter.«

Diese Geschichte kannte Georgie. »Die Engel, die sich Gott widersetzt und mit Menschenfrauen Kinder gezeugt haben.«

Er lächelte gekünstelt, und plötzlich bemerkte Georgie, wie nahe er bei ihr stand. »Das kann ihnen ja niemand verdenken, nicht wahr?« Sie trat so unauffällig wie möglich von ihm zurück. O'Briens Begeisterung und der schnelle Marsch durch das Universitätsgebäude hatten ihr Herz schneller schlagen lassen. Ihre Wangen waren gerötet. Sie sah sich um – nichts außer Bücherregalen. Georgie holte tief Luft und fragte sich, weshalb er sie gerade in diese um die frühe Uhrzeit völlig menschenleere Bibliothek geführt hatte.

»Sehen Sie mal.« O'Brien deutete auf den kurzen Absatz unter der Abbildung. Eine Wolke aus schalem Zigarettenrauch und Körpergeruch schlug Georgie entgegen. »Hier ist von den Trägern, den Nachkommen Samyazas und seiner Sippe, die Rede. Und hier ist eine Prophezeiung.«

Sie las die Stelle, auf die er mit dem Finger deutete, laut vor: *»Eines Tages wird ein tüchtiger Mann die Träger vernichten und die Welt vom Bösen reinigen. Dann wird dieser Mann zur Linken Gottes stehen und ein neues Zeitalter verkünden und Christus einmal mehr auf Erden willkommen heißen, und dieses Ereignis soll bekannt sein als* die Bindung.«

Georgie blickte auf. »Die Bindung?«

»Da fällt mir ein Artikel ein, den ich vor langer Zeit gelesen habe. Darin wurde über den Zusammenhang zwischen dem Buch Janus und der Bindung spekuliert. Ein alternatives Ende der Bibel, wenn ich mich recht erinnere. Lächerlich.«

»Die Wiederkunft Christi«, sagte sie und trat noch einen Schritt von ihm zurück. »Wird die nicht in der Offenbarung prophezeit?«

»In gewisser Weise schon, aber in der Offenbarung des Johannes geht es um den Jüngsten Tag, wenn das Tier und der falsche Prophet in den Feuersee geworfen werden und der Drache oder Satan eintausend Jahre lang eingesperrt und wieder freigelassen wird, um gegen die Heiligen zu kämpfen. Nachdem der Drache besiegt ist, folgt das Ende aller Tage und der Anfang eines neuen, herrlichen Himmels, in dem es kein Leid und keinen Tod mehr gibt.«

Während er sprach, schien O'Brien immer wieder in einen tranceähnlichen Zustand zu verfallen. Georgie konnte unmöglich sagen, ob dies der Konzentration oder einem anderen geheimnisvollen Grund geschuldet war, doch es trug nicht zu ihrer Beruhigung bei.

»Und wie lautet dieses alternative Ende?«

Er blätterte um. »Dies hier ist meines Wissens – vom Buch Janus selbst abgesehen – der einzige Text, in dem es erwähnt wird.«

Georgie las die erste Zeile auf der Seite vor: *»Und der Mann wird die Träger vernichten, und die Flüsse und Ströme werden sich silbern färben von ihrem Blut, und die alte Erde wird vergehen, und an ihre Stelle wird nicht der Himmel, sondern das Zeitalter der Menschen treten.«*

Sie überflog den Rest. *Das ist alles?* Im nächsten Absatz folgte ein recht abrupter Themenwechsel: Nun ging es um die Legende von Spring Heeled Jack. Georgie fotografierte die beiden Seiten, gab O'Brien das Buch zurück und wich dabei seinem offensichtlichen Versuch aus, ihre Hand zu berühren. Sie trat einen weiteren Schritt zurück. Wieder sah er sie mit diesem leblosen Blick an.

»Bei der Bindung bedeutet der Sieg über das Böse nicht automatisch das Gericht über die Sünder und die Herrschaft des Menschen in einem Reich, das frei von Tod ist und in dem alle Sünden vergeben werden. Die Vernichtung der Träger wird den Jüngsten Tag an sich verhindern – oder zumindest bis in alle Ewigkeit aufschieben.«

»Das Zeitalter der Menschen?«, fragte sie vorsichtig.

»Wir können das Jüngste Gericht verhindern, indem wir die Träger vernichten.«

Georgie warf einen Blick über ihre Schulter. Ihr wurde ganz anders – außer ihnen war niemand hier. O'Brien grinste sie mit dem Buch in den Händen an. »Das ist natürlich alles Humbug«, sagte er beiläufig. »Nur ein Märchen. Sie glauben das doch nicht etwa?«, fragte er überrascht, als sie nichts darauf antwortete. »Sind Sie religiös?«

Sie war Agnostikerin, wollte aber weder jetzt noch in Zukunft mit O'Brien über ihre Weltanschauung sprechen. »Vielleicht«, sagte sie zweideutig.

»Hoffentlich habe ich Sie nicht gekränkt.«

»Ganz und gar nicht. Sie waren eine große Hilfe, vielen Dank.« Sie dachte über das nach, was sie soeben gelesen hatte – *die Flüsse und Ströme werden sich silbern färben von ihrem Blut –*, und überlegte sich den besten Fluchtweg. »Ich muss los. Noch einmal vielen Dank.« Sie drehte sich mit einer Mischung aus Furcht – ich muss hier raus – und Aufregung um: *Silbern von ihrem Blut. Die Träger haben silbernes Blut.*

»Warten Sie, Georgie.« Sie blieb stehen und drehte sich zu ihm um. »So heißen Sie doch, nicht wahr? Georgie.« Sie nickte. Er machte ein paar Schritte auf sie zu und leckte sich die Lippen. »Wie wär's, wenn wir etwas trinken gehen und das alles in Ruhe besprechen?«

»Das ist sehr nett von Ihnen, aber ich muss schnell Charlie davon erzählen. Das war wirklich sehr hilfreich.«

»Hilfreich wofür? Das würde mich interessieren.«

»Ach«, stammelte sie, »Sie wissen schon …«

Georgie konnte nicht mit Sicherheit sagen, ob er stolperte oder sich auf sie stürzte, doch plötzlich hatte er ihren Arm gepackt. Alarmglocken schrillten in ihrem Kopf, das Herz klopfte in ihrer Brust. »Nur auf einen Kaffee, Georgie. Immerhin habe ich Ihnen geholfen.«

Sie wehrte sich nicht. O'Brien war weder besonders groß noch kräftig, aber sein Griff war hart wie ein Schraubstock. Er hätte sie mühelos überwältigen können. Verzweifelt versuchte sie, sich an ihre Judostunden zu erinnern, doch ihr schwirrte der Kopf, und sie konnte sich nicht konzentrieren. »Bitte lassen Sie mich los.«

»Das wäre doch nur fair, oder? *Quid pro quo?*«

Ihr Herz raste. Plötzlich fiel ihr ein Griff ein, den Andy ihr beigebracht hatte. Sie holte aus und stieß den Arm in hohem Bogen nach vorn. O'Brien ließ sie los und fiel mit einem kurzen Jaulen gegen das nächste Bücherregal.

Georgie entspannte sich. Das war ja kinderleicht. O'Brien versuchte verzweifelt, das Gleichgewicht nicht zu verlieren, und hielt sich dabei am Bücherregal fest. Sein entsetzter Gesichtsausdruck war beinahe komisch.

»Tut mir leid«, sagte sie. »Aber ich kann nicht leiden, wenn man mich anfasst.«

Sie wartete noch einen Augenblick, ob O'Brien zum Gegenschlag ausholte, doch der hob kapitulierend die Hände. »Nein«, stammelte er. »Mir tut es leid.«

Während er davontaumelte, grinste Georgie innerlich.

36

Priest musste zugeben, dass John Eaton auf Zack war: Fay hatte Rowlinson angerufen und ihm alles berichtet, woraufhin der seinen Vorgesetzten benachrichtigt hatte. DSI Eaton hatte daraufhin die Schweizer Polizei informiert, und nun würde sich in weniger als einer Stunde Kriminalkommissarin Kim Rising in Priests Hotel mit ihnen treffen. Rising stellte sich als eine kleine, drahtige Frau irgendwo zwischen vierzig und sechzig heraus. Ihr Alter war nicht einfach zu schätzen: Sie hatte glatte Haut, aber auch eine altmodische Kurzhaarfrisur. Und sie trug einen Hosenanzug mit Schulterpolstern.

»DS Westbrook, nehme ich an«, sagte sie, hielt Fay die Hand hin und lächelte unverbindlich. »Und Sie sind sicher Mr. Priest, der beratende Ermittler.«

Eine ziemlich hochtrabende Beschreibung, aber Priest vermutete, dass Eaton damit möglichen Fragen über seine Zuständigkeit hatte zuvorkommen wollen. Fay dagegen schnitt eine Grimasse – was Rising glücklicherweise nicht bemerkte.

»Vielen Dank, dass Sie Zeit für uns haben«, sagte Fay und nahm ihre Hand.

»Sehr freundlich«, sagte Priest.

Sobald sie sich gesetzt hatten, bestellte Rising drei Kaffee, ohne vorher zu fragen, was die anderen überhaupt wollten. »Sie sind weit gereist, um einen Toten zu verhören«, sagte sie in beinahe akzentfreiem Englisch. Priest war heilfroh, nicht noch eine Unterhaltung in seinem eingerosteten Französisch bestreiten zu müssen.

»Wir wollten mit Mr. Caspari bezüglich einer Mordermittlung in London sprechen«, erklärte Fay. Priest lehnte sich zurück, froh darüber, dass sie das Gespräch übernahm. So hatte er Gelegenheit, Risings Kooperationsbereitschaft einzuschätzen.

Rising betrachtete Fay durch ihre runde Harry-Potter-Brille. »Ist er verdächtig?«

»Nein, aber wir wollen trotzdem mit ihm reden.«

»Aha. Ihr Vorgesetzter hat auf maximale Transparenz bestanden, daher werde ich Sie auf den derzeitigen Stand der Ermittlungen bringen. Luca Caspari war geschieden und wohnte allein in Carouge. Er war Kunsthändler oder hat sich zumindest so bezeichnet – seine Haupteinnahmequelle scheint allerdings eine Rente gewesen zu sein. In den letzten Jahren hat er kaum Geld mit seinem Kunsthandel verdient – bis auf eine Transaktion mit einem Londoner Sammler vor drei Monaten. Aber vielleicht können Sie uns da Genaueres erzählen?«

»Ganz bestimmt«, sagte Priest und vermied es, Fays wütenden Blick zu erwidern.

»Sehr schön. Also: Luca verschwand vor drei Tagen. Das wissen wir, weil er am Morgen einen Arzttermin verpasste, was höchst ungewöhnlich für ihn war. Seine Familie lebt in Zürich. Mit seinen beiden Söhnen hatte er sich wohl überworfen, seine Schwester besuchte er gelegentlich. Seine Exfrau konnte uns auch nicht weiterhelfen. Viel zu vererben hatte er nicht. Das Haus war gemietet.

Wir haben die Einrichtung schätzen lassen, doch auch hier war nichts Interessantes dabei. Die meisten Kunstgegenstände sind Fälschungen. Obwohl er mit seinen Söhnen zerstritten war, hat er sie als Erben eingesetzt. Die beiden waren die ganze Zeit über in Zürich – das können sie mit Fotos und den Aussagen ihrer Bekannten beweisen.«

»Also gibt es kein offensichtliches Motiv«, sagte Priest.

»Nein. Luca war bei seinen Kollegen weder besonders beliebt noch unbeliebt. Einer hat ihn mit einem Staubkorn auf einer großen Leinwand verglichen.«

»Hatte er nicht Ärger mit einem rumänischen Aristokraten?«

Rising winkte ab und wartete, bis der Kellner den Kaffee vor ihnen abgestellt hatte. Milch konnte Priest nirgendwo entdecken. Er würde das Zeug nicht anrühren. »Das ist Schnee von gestern. Der Fürst bekam recht, und der Rechtsstreit wurde beigelegt.«

»Luca wurde erschossen, nicht wahr?«, fragte Fay.

»Zwei Schüsse in den Kopf. Mit einem Revolver der Marke Smith & Wesson.«

»Welches Modell?«

»Unserer Ballistikabteilung zufolge war es ein 642.«

Priest bemerkte, dass ihn Fay aus den Augenwinkeln beobachtete, ließ sich aber nichts anmerken. Das Modell 642 war ein leichter fünfschüssiger Taschenrevolver, der auf größere Entfernungen alles andere als treffsicher war. Dafür war er billig – wahrscheinlich nicht mehr als ein paar Hundert Pfund – und einfach zu bedienen, sofern man sich in unmittelbarer Nähe des Ziels befand. Die Waffe war zwar nicht besonders schwer und leicht zu verbergen, dennoch nicht die erste Wahl für einen professionellen Auftragsmörder.

»Wann wurde er zuletzt gesehen und von wem?«, fragte Fay.

»Am Mittwochnachmittag von einem Nachbarn, der im Garten war, um eine Zigarette zu rauchen. Womöglich auch einen Joint.«

»Woher wussten Sie, dass seine Leiche im Fluss war?«

Rising lächelte traurig. »Der Körper ist nicht versunken. Neben der Hans-Wilsdorf-Brücke ist eine Anlegestelle. Dort hat der Mörder den Leichnam in der Nacht in die Arve geworfen, aber nicht bemerkt, dass sich Lucas Jackett in einer Baumwurzel verfing. Wahrscheinlich hat der Täter die Leiche versinken sehen, wusste aber nicht, dass sie direkt unter der Oberfläche trieb.«

Jetzt begriff Priest, wieso die Nachbarin erzählt hatte, man hätte den Leichnam bei Ebbe gefunden. Die meisten Leichen sanken anfangs ab, da sich die Lunge mit Wasser füllte. Erst später, wenn die Verwesung einsetzte und die Bakterien im Körper Protein und Fett in Gas umwandelten, trieb die Leiche wieder auf. Doch so weit war es hier gar nicht erst gekommen. Luca hatte es ja nicht auf den Grund geschafft.

»Und als die Ebbe einsetzte, hing die Leiche an dem Ast in der Luft«, sagte er.

»Ein paar Kinder haben sie gefunden«, sagte Rising kopfschüttelnd. »Jedes Kind träumt davon, eine Leiche zu finden – bis es wirklich einmal so weit ist.«

37

Kommissarin Rising versprach, sie zu informieren, falls Luca Casparis Obduktion etwas Interessantes ergab. Dann ließ sie sich ihre Handynummern geben und ging. Sie blieben auf der Rechnung für den Kaffee sitzen, den niemand getrunken hatte. Priest hatte sich bereits damit abgefunden, mindestens eine Nacht in Genf zu verbringen. Außer bei einer Flasche billigen Schweizer Biers E-Mails auf dem Handy zu lesen gab es nicht viel zu tun. Er löschte die neueste Nachricht von Sasha Merriweather, ohne sie überhaupt zu öffnen.

Während er es sich in der Hotellobby gemütlich machte, tigerte Fay Westbrook unruhig hin und her, blickte alle paar Minuten auf ihr Handy und ansonsten sehnsüchtig auf den Fluss jenseits des Fensters hinaus. Sie war unentschlossen: Einerseits konnte es gut sein, dass sie den Rest des Tages mit Warten verbringen mussten, und es war gerade mal früher Nachmittag. Wahrscheinlich wäre sie am liebsten in ihr eigenes Hotel gegangen, um dort in aller Ruhe eine Flasche Prosecco zu köpfen, doch sie war an Priest und sein Hotel gefesselt – es konnte ja gut sein, dass Rising *ihn* anrief und nicht sie. Sie hatte sich seine Nummer zuerst aufgeschrieben, und irgendwie hatte Priest das Gefühl, dass sie sich an ihn wenden würde: Womöglich dachte sie, dass er hier das Sagen hatte, vielleicht hatte sie Fay aber auch nicht besonders sympathisch gefunden – was man Rising nicht verdenken konnte. Wie dem auch sei: Er war überzeugt davon, dass Fay auf ihn angewiesen war und nicht umgekehrt.

»Setzen Sie sich doch«, sagte er, da sie ihm zunehmend auf die Nerven ging.

»Sollen wir einfach so rumsitzen? Wir müssen doch irgendetwas tun.«

Priest trank sein Bier aus, stellte die leere Flasche auf den Tisch und nickte dem Kellner zu, der loslief, um ihm das nächste zu bringen.

»Was schlagen Sie denn vor? Sollen wir in die Leichenhalle stürmen und die Obduktion selbst vornehmen?«

Sie schnaubte verächtlich, kehrte ihm den Rücken zu und starrte aus dem Fenster. Der Kellner drückte ihm eine neue Flasche in die Hand. Er betrachtete das Etikett. Die Marke war ihm unbekannt, doch er spürte bereits, wie ihn der Alkohol des süßlichen Biers entspannte. Priests Verhältnis zu Rauschmitteln war kompliziert: Er konnte monatelang nüchtern bleiben, ohne überhaupt an Alkohol zu denken, dann wieder wurde es so schlimm, dass er Wein in einem Flachmann ins Büro schmuggelte, nur um kurz darauf wieder völlig abstinent zu werden. Es war ein ewiger Kreislauf.

»Ich habe mit Tiff gesprochen«, sagte sie und drehte sich wieder um.

»Was hat er gesagt?«

»Dass wir warten sollen, bis Rising anruft. In London sind sie auch nicht viel weitergekommen. Das hier ist unsere heißeste Spur.«

»Dann wollen wir uns die nicht durch Ungeduld verderben.«

Sie hielt kurz inne und trat dann frustriert gegen einen Stuhl. Der Kellner sah mit hochgezogener Augenbraue zu ihnen hinüber. Priest hob entschuldigend die Hände, woraufhin der Kellner sich wieder dem Wischen des Tresens widmete.

»Setzen Sie sich«, sagte er so scharf, dass ihr keine andere Wahl blieb, als sich in den Stuhl neben ihn fallen zu lassen. »Wollen Sie etwas trinken?«

»Ich nehme auch ein Bier.«

Priest sah zu dem Kellner hinüber, der bereits den Kühlschrank öffnete.

»Von diesem Teil des Jobs haben sie einem vorher nichts gesagt, oder?«

»Welchen Teil meinen Sie?«

»Die endlose Warterei.« Sie ließ den Kopf hängen. Offenbar hatte sie sich in ihr Schicksal gefügt. »Anders als in den Filmen gibt es bei einer Ermittlung keine Heureka-Momente, bei denen man den Champagner köpft. Nur eine Menge falscher Hoffnungen, enttäuschter Erwartungen, Sackgassen und bergeweise Papierkram.«

Sie sah ihn überrascht an, und ihre Miene entspannte sich etwas. Nun wirkte sie nicht mehr ganz so feindselig. »Haben Sie deshalb den Dienst quittiert? Zu wenig Champagner?«

»Das vielleicht auch. Obwohl es als Anwalt auch nicht viel anders ist – bis auf die Autoverfolgungsjagden und Schießereien natürlich.« *Wahnsinn, sie bringt tatsächlich ein Lächeln zustande.* »Ich habe hingeschmissen, weil dieser Abschnitt meines Lebens beendet war. Ich pflege mich regelmäßig neu zu erfinden.«

Als das Bier kam, trank sie es in einem Zug leer und knallte die Flasche auf den Tisch. Priest hob eine Augenbraue. Das hätte einer Studentin alle Ehre gemacht.

»Durst?«

Sie wischte sich den Mund ab und schlug die Beine übereinander. »Ich könnte noch eines vertragen.«

Er winkte dem Kellner. Kein schlechter Augenblick, um sie etwas Persönlicheres zu fragen, doch ihm wollte nichts einfallen. Schließlich unterbrach das Vibrieren seines Handys die Stille. Er sah aufs Display. Es war Georgie.

»Hallo.«

»Hi, Charlie, bist du's?«

»Wen hast du denn erwartet?«

»Ich habe mit Professor O'Brien über das Symbol gesprochen.«

»Prima. Und?«

Fay beugte sich vor, um zu lauschen, obwohl er sich sicher war, dass sie nichts mitbekam. Er gab ihr mit einem Wink zu verstehen, dass es sich nicht um Rising handelte. Erfreulicherweise schien sie diese Geste als Friedensangebot aufzufassen. Sie lehnte sich zurück und nahm die zweite Flasche Bier in die Hand. Anscheinend hatten sie einen vorläufigen Waffenstillstand erreicht.

»Wenn ich wollte, könnte ich ihn locker wegen sexueller Belästigung verklagen, aber wenn er sich nicht gerade an mich rangemacht hat, war er ziemlich nützlich.«

»Das tut mir leid. Erinnere mich daran, dass ich ihm einen Besuch abstatte, wenn ich wieder zurück bin.«

»Keine Sorge, das hat sich schon erledigt. Er hat mir in der Bibliothek ein zerfleddertes Buch gezeigt, in dem ein kurzer Verweis auf das Buch Janus steht. Ich schicke dir die Fotos.«

Er nahm das Handy vom Ohr, um sich die eingehenden Bilder anzusehen, und schaltete die Lautsprecherfunktion ein, damit Fay mithören konnte. Ein weiteres Friedensangebot. Sie stellte die Flasche ab, setzte sich neben ihn und beugte sich vor.

»In dem Buch ist von der sogenannten *Bindung* die Rede, einem alternativen Ende der Bibel, in dem der Mensch das Böse besiegt, indem er die Nachkommen von Samyaza und der anderen gefallenen Engel – die Träger – vernichtet. So kann das Jüngste Gericht verhindert werden. Ein Mann wird von Gott auserwählt, die Träger zu jagen und zu töten. Dieser Mann wird am Ende zur Linken Gottes sitzen.«

»Also glaubt der Mörder, dass er die Apokalypse verhindert?«

»Das nehme ich an, ja.«

»Wie nett von ihm.«

»Da ist noch etwas. Dem Buch zufolge haben die Träger *silbernes Blut.*«

»Klingt wie ein beschissener Bibelspruch.«

»Dachte ich zuerst auch, aber wie immer kommt es auf die Auslegung an. Im Lutheran-Blutgruppensystem gibt es eine sehr seltene Gruppe namens b negativ. Zusammen mit der Gruppe 0 negativ des ABO-Systems entsteht eine äußerst ungewöhnliche Kombination. Das habe ich online nachgelesen. Der Witz ist, dass diese Blutgruppe einen leichten Silberschimmer aufweist, weshalb sie unter Medizinern auch ›Silberblut‹ genannt wird.«

»Ach du Scheiße«, sagte Priest, nachdem er diese Informationen verdaut hatte.

»Aber so sucht er sich seine Opfer doch bestimmt nicht aus«, flüsterte Fay.

»Vielen Dank, Georgie«, sagte Priest. »Gute Arbeit. Jetzt müssen wir herausfinden, welche Blutgruppe die Opfer hatten.« Das Ganze schien zwar weit hergeholt, aber nicht völlig unmöglich.

»Das steht doch sicher in den Obduktionsberichten«, sagte Georgie.

»Nein, das wird normalerweise nicht erwähnt. Die Blutgruppe wird nur auf Anfrage bestimmt. Ist das immer noch so?«, fragte er Fay. Sie nickte.

»Ich frage mal nach.« Sie zückte das Handy und kehrte an ihren Platz am Fenster zurück.

»Wir verfolgen eine neue Spur hier in Genf«, erklärte Priest. »Luca Caspari ist tot.«

»Tot?«

»Er wurde erschossen und in den Fluss geworfen. Die Schweizer Polizei kümmert sich darum. Sieht aber nicht nach einem Auftragsmord aus.«

»Anscheinend segnet jeder, der mit dem Buch zu tun hat, früher oder später das Zeitliche.«

»Stimmt. Als wäre das verdammte Ding verflucht.«

»Und was hast du jetzt vor?«

Priest dachte über das nach, was Georgie herausgefunden hatte. Es klang plausibel. *Silbernes Blut.* Da hatte die Menschheit schon aus verrückteren Gründen gemordet. »Jetzt warte ich darauf, dass uns die Schweizer Polizei den neuesten Stand der Ermittlungen mitteilt oder wir das Ergebnis der Blutgruppenbestimmung erhalten, die Fay veranlasst hat. Und bis dahin genehmige ich mir noch ein Bier.«

Er legte auf. Wie aufs Stichwort lief der Kellner vorbei.

38

Sobald Fay ihr Telefonat beendet hatte, setzte sie sich wieder – allerdings nicht gegenüber, sondern neben Priest. Offenbar war das Kriegsbeil fürs Erste begraben.

»Sie kümmern sich drum«, sagte sie. »Aber Sie hatten recht. Die Blutgruppe ist nur auf Anfrage Teil des Obduktionsberichts. Es wird eine Weile dauern, bis wir die Ergebnisse haben.«

»Also warten wir.«

»Sieht so aus.«

Er roch den Alkohol in ihrem Atem – und noch etwas anderes. Ein ihm unbekanntes Parfum, das ganz anders war als Jessicas. Erdig, organisch.

Sie griff über ihn hinweg nach der Bierflasche.

»Glauben Sie, dass es tatsächlich jemanden gibt, der die letzten Dämonen auf Erden töten will, damit die Bibel ein schöneres Ende hat?«, fragte sie.

Priest wägte seine Worte vorsichtig ab. »Meiner Erfahrung nach ist die Fähigkeit des Menschen, seine Handlungen mit den fadenscheinigsten Gründen zu rechtfertigen, grenzenlos. Aber letzten Endes spielt das *Warum* keine große Rolle. Es geht um das *Wie* und das *Wann*.«

»Was ist mit Gott? Sind Sie gläubig?«

Eine Weile lang beobachteten sie schweigend die Menschen, die die Lobby durchquerten, die auf dem Weg in ihre Zimmer oder nach draußen, zu Konferenzen, Veranstaltungen oder ihren Affären waren. Ein Mikrokosmos, ein sich ständig verknüpfendes und wieder lösendes Netzwerk, ein Panoptikum des menschlichen Verhaltens. Dabei fiel Priest ein, dass sein Vater immer das Bild von zwei Ameisenkolonien gebraucht hatte, die auf den beiden Seiten ein und desselben Blatts leben. Keine Kolonie wusste von der anderen, weil Ameisen nur in zwei Dimensionen denken können – mit einer dritten wären ihre winzigen Gehirne überfordert. Wir wissen nur, was wir wissen, und sonst nichts. Unsere Fähigkeit zur Erkenntnis ist wie die der Ameisen begrenzt. Wer ahnte schon, was auf der anderen Seite des Blatts auf uns wartete?

»Nicht an den Gott des Alten Testaments«, sagte er. »Und auch nicht an das allwissende Wesen, das Jahwe genannt wird.«

»Aber Sie glauben an *etwas*?«

»Ich glaube daran, dass diese Welt unendlich viel komplexer ist, als sie uns glauben machen wollen.«

»Und wer sind *sie*?«

Priests Handy klingelte. Eine Genfer Nummer. Er warf Fay einen bedeutungsvollen Blick zu, nahm das Gespräch an und stellte es auf Lautsprecher. »Priest.«

»Mr. Priest, Kim Rising hier«, sagte eine laute, aufgeregte Stimme. »Es gibt Neuigkeiten.«

»Schießen Sie los.«

»Unser Gerichtsmediziner hat einen kleinen Fleck auf Lucas rechter Hand gefunden, den wir zuerst für eine Abschürfung gehalten haben. Unter UV-Licht hat er sich allerdings als roter, durch das Wasser etwas verblasster Stempel herausgestellt. Wir haben das Motiv fotografiert und vergrößert – es ist ein Einlassstempel für einen Schwulenclub gleich in der Nähe von Lucas Haus in Genf. Wir haben uns bereits dort erkundigt. Er war Stammgast.«

»Aha. Wann war er zum letzten Mal dort?«

»In der Nacht, in der er verschwand. Der Club war so freundlich, uns die Aufnahmen seiner Überwachungskameras zur Verfügung zu stellen, auf denen Luca beim Betreten und Verlassen des Clubs zu sehen ist.«

»Jetzt sagen Sie bloß, dass er in Begleitung war.«

»Ja. Ein alter Bekannter von uns namens Tobias Haas. Er hat mehrere Vorstrafen, darunter auch ein Mordversuch.«

Priest setzte sich kerzengerade hin. Das war eine heiße Spur, das verriet ihm das Adrenalin, das sich mit dem Alkohol in seinem Blut mischte. »Wissen wir, wo er ist?«

»Wir werden demnächst sein Haus stürmen. Ich schicke Ihnen einen Wagen vorbei.«

Noch während sie sprach, hielt ein Streifenwagen der Schweizer Polizei vor dem Haus.

»Der ist schon da. Respekt.«

»Nicht nur die Deutschen sind effizient, Mr. Priest. Wir sehen uns in zwei Stunden bei Haas.«

Der Polizeibeamte schaltete das Blaulicht ein und rauschte mit einer Souveränität durch den Genfer Verkehr, den man seinen höchstens einundzwanzig Jahren nicht zugetraut hätte. Er sprach kaum Englisch, aber zumindest so viel Französisch, dass sich Priest mit ihm unterhalten konnte. Leider hatte er nicht viel zu sagen. Priest vermutete, dass seine einzige Aufgabe darin bestand, die beiden englischen Kollegen zu Haas' Haus zu fahren, bevor es gestürmt wurde. John Eaton hatte tatsächlich alle Hebel in Bewegung gesetzt, um ihnen einen Platz in der ersten Reihe zu verschaffen.

Nach einer halben Stunde hatten sie Genf hinter sich gelassen. Schon bald betrug das Verhältnis zwischen Kühen und Häusern zehn zu eins. Vor ihnen ragten die Berge auf. Ihre schneebedeckten Gipfel bildeten einen starken Kontrast zu den üppigen grünen Wiesen darunter und spiegelten sich im glänzenden Wasser des Sees zu ihrer Linken.

»Fahren wir in die Berge?«, fragte Priest.

»Ja, so ungefähr fünfzehn Kilometer«, antwortete der Fahrer, der sich allein am Navigationssystem orientierte und sonst so schlau war wie sie. Gelegentlich empfing er Befehle auf Deutsch über Funk. Anscheinend lag das Haus etwas versteckt hinter einem Hügel, und man hatte etwas unterhalb einen Kommandoposten am Berghang errichtet – mehr konnte Priest nicht verstehen.

Fay verbrachte den Großteil der Fahrt damit, wechselweise auf den See oder ihr Handy zu starren. Sie schien besorgt, und er glaubte, den Grund dafür zu kennen: Dies hier war ihre einzige Spur. Er berührte ihren Arm. Sie zuckte nicht zurück.

»Alles klar?«

Sie drehte sich zu ihm um und lehnte den Kopf gegen das Polster. »Ich bin nur müde. Ich hätte auf das letzte Bier verzichten sollen.«

»Das haben Sie davon, wenn Sie im Dienst trinken.«

»Hm. Das wäre nicht das erste Mal.«

Als er gerade fragen wollte, was sie damit meinte, wurde der Fahrer langsamer und hielt nach dem Treffpunkt Ausschau. »Hier muss es irgendwo sein.«

Nach einer Rechtskurve standen sie am Fuß eines steilen, mit Bäumen bewachsenen Abhangs. Sie folgten einem bemoosten Feldweg, der in Schlangenlinien durch den Wald führte – zu ihrer Linken ging es steil bergauf, zur Rechten gähnte der Abgrund. Schließlich erreichten sie ein Tal mit mehreren Ferienhütten und Zelten. Sonnenstrahlen fielen durch das grüne Blätterdach. Das Licht war so hell, dass Priest trotz der Fliegersonnenbrille den Blick abwenden musste. Am Horizont ragte ein riesiger, zerklüfteter Berg auf. »Das ist der Mont Collon«, sagte der Fahrer. »Bei Kletterern sehr beliebt.«

Er murmelte etwas in sein Funkgerät und erhielt umgehend Antwort. Kurz darauf wurde die Straße breiter und mündete schließlich in eine grasbewachsene Lichtung auf einer Anhöhe über einem Campingplatz, auf der bereits zwei Streifenwagen und mehrere andere Fahrzeuge standen.

Sie stiegen aus, ohne die Türen zu schließen – den Knall hätte man hier in den Bergen meilenweit gehört. Rising, die bereits eine kugelsichere Weste trug, stand neben ihrem Auto. Mehrere andere Männer und Frauen waren um einen Lieferwagen gruppiert, überprüften ihre Sturmgewehre und lauschten der Einsatzbesprechung.

Rising gab Priest und Fay zwei kugelsichere Westen. Sie schlüpften hinein.

»Ist er zu Hause?«, fragte Priest.

»Ja. Wir haben ihn auf dem Festnetz angerufen und uns als Marktforscher ausgegeben. Er hat abgehoben und gesagt, wir sollen uns verpissen. Ist das zu glauben!«

Priest grinste. So etwas hätte sich die britische Polizei erst nach der Erledigung von massenhaft Papierkram erlauben können.

»Und jetzt?«, fragte Fay.

»Wir haben das Haus umstellt und werden schnell und hart zuschlagen. Mal sehen, was herausfällt, wenn wir die Bude ordentlich durchschütteln.«

Priest warf einen Blick auf die Beamten, die Rising zur Verfügung hatte. Er zählte mindestens zehn Polizisten und schätzte, dass noch viele weitere in der Umgebung verteilt waren. Offensichtlich verstanden sie ihr Handwerk: Sie waren mit in der Schweiz hergestellten Sturmgewehren vom Typ SIG SG 550 sowie Handfeuerwaffen ausgerüstet, und wahrscheinlich hatten sie alle mit zwölf Jahren Schießen gelernt, da dies so etwas wie den Schweizer Nationalsport darstellte. Obwohl das Land mehr Schießstände als Golfplätze besaß, war die Kriminalitätsrate eine der niedrigsten weltweit. Die Beamten gehörten offenbar zur berühmten Einsatzgruppe Tigris. Diese Eliteeinheit hatte bereits Hunderte Einsätze in der gesamten Schweiz absolviert, ohne dass ein einziger Schuss gefallen wäre.

Während sich Priest und Fay in ihre Westen zwängten, brachte Rising ihr Team in Stellung. Nun übernahm der Einsatzkommandant den Befehl. Von ihrer Position bei Risings Auto konnten Priest und Fay das Haus auf der anderen Seite der Böschung nicht sehen. Dann legte sich Stille über das dunkle, wilde Bergland, als würde das Tal selbst den Atem anhalten.

Haas' Haustür wurde mit einem lauten Krach, der von den Bergen widerhallte, eingeschlagen. Bäume raschelten, als ein erschreckter Vogelschwarm die Flucht ergriff. Dann brach die Hölle los: Weitere Türen wurden lautstark eingetreten, Schreie hallten durch den Wald. In einer solchen Situation war Lärm die effektivste Waffe einer Spezialeinheit – und davon gab es nun mehr als genug.

»Polizei! Auf den Boden«, wurde vorsichtshalber in verschiedenen Sprachen gerufen, doch diese Mühe hätte man sich wohl sparen können – allein der Tonfall war unmissverständlich.

Nach einigen Sekunden erhielt Rising, die ungeduldig neben Priest und Fay auf und ab tigerte, die ersten Informationen. Jeder Raum des Hauses wurde durchsucht und gesichert. Kurzzeitig keimte eine trügerische Hoffnung auf, als im Keller eine Bewegung bemerkt wurde, doch es handelte sich letztendlich nur um Haas' Katze. Nach ein paar Minuten wurde deutlich, dass sie das Überraschungsmoment verspielt hatten.

Rising stieß einen Fluch auf Deutsch aus und wandte sich Priest zu. »Ob er wusste, dass wir kommen?«

Priest nickte, wandte sich ab und starrte in das Tal unter ihnen, damit Rising seine Enttäuschung nicht sah. Früher oder später würden Rising und ihr Team Haas schnappen, doch so viel Zeit hatten sie nicht. Der Mörder war immer noch auf freiem Fuß und nahm das nächste Opfer ins Visier – womöglich jemanden mit silbernem Blut …

Er stellte sich an die kiefernbewachsene Böschung am Rande des Rastplatzes. Unter ihm war der Campingplatz. Priest sah Zelte und eine Reihe Blockhütten. Im Winter, wenn alles unter einer dicken Schneedecke lag, würde die Gegend von Skifahrern nur so wimmeln, doch heute war niemand zu sehen. Die Bergsteiger, die hier ihr Lager aufgeschlagen hatten, waren vermutlich irgendwo auf dem Mont Collon.

Er wollte gerade Rowlinson anrufen, als ihm etwas ins

Auge fiel. Weiter unten hinter einem kleinen Wäldchen bewegte sich etwas. Zuerst dachte er an ein Tier, einen Hasen vielleicht, doch dafür war es viel zu groß. Er stellte sich so, dass er besser sehen konnte: Es war ein Mann, der gerade über eine Baumwurzel stolperte und darum kämpfte, das Gleichgewicht nicht zu verlieren.

Ach du Scheiße.

»Hierher!«, rief Priest Rising zu, dann rutschte er den Abhang hinunter. Da er nicht wusste, ob Rising ihn gehört hatte, stieß er einen weiteren Schrei aus – diesmal befahl er Haas – denn um wen sollte es sich sonst handeln? –, stehen zu bleiben. *Wie zum Teufel war er nach da unten gelangt?*

Kurz darauf hatte er eine Antwort auf diese Frage. Als Priest die Stelle erreichte, an der Haas ins Straucheln geraten war, sah er ein teilweise von den Bäumen verdecktes Loch. *Ein verdammter Geheimgang durch den Berg!*

Priest war zu weit entfernt, und Haas' Vorsprung wuchs. Wenn er den nächsten Hügelkamm überquerte, würde er ihn endgültig verlieren. Sein Körper schmerzte immer noch von der Explosion, die Hüften brannten, seine Beine waren doppelt so schwer wie sonst. Doch dann tauchte ein weiteres Problem auf: Ein Schuss ertönte, als Haas blindlings über seine Schulter hinweg feuerte.

Die Kugel schlug zwar weit von ihm entfernt ein, doch Priest war sich der Tatsache bewusst, dass sich Haas nur umdrehen und zielen musste – was dieser glücklicherweise nicht tat. Wahrscheinlich rechnete er damit, dass ihm mehrere Polizisten auf den Fersen waren. Priest warf einen Blick über die Schulter. Wenn Haas seinem Beispiel folgte, würde er sehen, dass er es nur mit einem einzigen und noch dazu unbewaffneten Verfolger zu tun hatte.

Als sie sich den Blockhütten näherten, war Haas' Vorsprung geschrumpft. Priest verbiss sich den Schmerz und dachte an jenen Tag im Wald, an dem er William überholt hatte, um Sarah zu retten. Priest hatte breite Schultern und war groß und schlank. Er sah nicht wie ein Läufer aus und war in seinem vierten Lebensjahrzehnt auch etwas langsamer geworden, doch beim Rennen ging es um Kraft und nicht um Gewicht, und Tobias Haas schien von Ersterer zu wenig und von Zweiterem zu viel zu besitzen.

Dafür hatte er eine Pistole. Mehrere Schüsse wirbelten Gras und Erde vor Priest auf. *Näher als zuvor.*

Dann erreichte Haas einen Hügel, kletterte über einen Steinhaufen und verschwand auf der anderen Seite. Priest schätzte, dass er den Campingplatz bald erreicht haben würde. Ihm kam ein beunruhigender Gedanke: War das Areal wirklich so verlassen, wie es von oben den Eindruck gemacht hatte?

Fünfzehn Sekunden später rutschte er das letzte Stück Abhang hinunter und sah sich auf dem zunehmend flacher werdenden Gelände um. Die Blockhütten schienen wahllos vor dem Waldrand verstreut. Alles wirkte verlassen. Zuerst dachte Priest, dass Haas weg von den Hütten in Richtung eines kleinen Wäldchens gelaufen war, doch dort war niemand zu sehen.

Er warf einen Blick zurück. Von Rising und ihrem Team keine Spur. Von hier aus war der Rastplatz nicht einzusehen, er wusste also nicht, ob sie bereits auf dem Weg waren – vielleicht hatten sie ihn auch gar nicht gehört. Fürs Erste war er also auf sich allein gestellt, und jetzt sah es so aus, als hätte er die einzige Spur, die ihnen noch geblieben war, verloren.

Wütend trat er gegen einen kleinen Erdhaufen. *Wie konnte er einfach so verschwinden?*

Er dachte an seinen Abstieg vom Berg zurück – und an den Moment, in dem Haas aus seinem Blickfeld geraten war. Priest schätzte die Entfernung, die er zurückgelegt haben konnte. Dass er sich im Wäldchen versteckt hatte, war unwahrscheinlich. Dann sah Priest einen Bungalow mit spitzem, moosbewachsenem Dach, der etwas abseits von den anderen stand. Mehrere Stufen führten zu einer Veranda hinauf. *Ob er sich da versteckt hat?*

Als er näher kam, bemerkte Priest, dass die Hütte größer war als gedacht und über eine Glasfront verfügte. Leise stieg er die Verandatreppe hinauf. Als er die Tür öffnete, fiel ihm ein, dass sich Haas möglicherweise gar nicht versteckte, sondern darauf wartete, dass Priest auftauchte, um ihn dann zu erschießen. Marschierte er sehenden Auges in eine Falle?

Priest stand eine Weile in der Tür und lauschte.

Auf dem Holzboden standen ein Tisch und mehrere Stühle. Haas konnte sich überall versteckt halten. Die übrigen Räume waren nur spärlich möbliert. Wahrscheinlich handelte es sich hier um eine Skihütte, die man im Winter mieten konnte, die den Sommer über aber geschlossen war.

Er blickte auf den Boden. Die Dielen knarrten garantiert, doch er hatte keine andere Wahl. Priest arbeitete sich an der Wand entlang weiter in den Raum vor. Da hielt er plötzlich inne. Er hatte definitiv ein Geräusch aus dem Raum gegenüber gehört. Irgendetwas war auf den Boden gefallen. Er stand noch einen Augenblick da und wartete, ob Haas aus seinem Versteck gesprungen kam. Vielleicht hatte er auch schon längst die Waffe auf ihn gerichtet.

Priest machte ein paar Schritte zurück zum Eingang.

Das war die falsche Entscheidung.

Hinter ihm flog eine Tür auf, dann folgte eine rasche Bewegung. Haas kam mit der Waffe im Anschlag hereingestürmt – ein Fehler. Er hätte warten müssen, bis Priest auf der anderen Seite des Raums war. So war er seinem Ziel viel zu nahe.

Priest packte Haas' Handgelenk und schob den Arm mit der Waffe von sich weg. Zwei ohrenbetäubende Schüsse ertönten, die Kugeln bohrten sich in sicherer Entfernung in die Holzwand der Hütte.

Dann rammte Priest seinen linken Ellenbogen in Haas' Kehle, was einen gedämpften, erschrockenen Schmerzensschrei zur Folge hatte. Haas trat zu, doch Priest wich aus, sodass der Tritt nur seine Oberschenkelmuskeln traf. Dann packte er Haas' Hand und drehte ihm mit brutaler Kraft den Arm um, doch noch hatte er ihm die Waffe nicht aus den Fingern gerissen. Haas war stärker, als er aussah, und kämpfte mit dem Mut der Verzweiflung, obwohl Priest die Oberhand hatte.

Um Haas zu entwaffnen, stieß Priest dessen Hand wiederholt gegen die Wand. Beim zweiten Versuch löste sich ein weiterer Schuss. Der Rückstoß ließ seinen Arm erzittern.

Haas nutzte die Gelegenheit, wirbelte herum und riss Priest mit sich. Er hatte nun die nötige Hebelwirkung, um erneut mit der Waffe auf Priest zu zielen. Während der Lauf seinem Kopf gefährlich nahe kam, begriff Priest, dass seine einzige Chance darin bestand, die Waffe anders zu greifen. Sie standen direkt vor der Wand, die Pistole war in den hinteren Teil der Hütte gerichtet. Priest betrachtete sie genauer – es war ein auf kurze Distanz angelegtes Modell mit elf, vielleicht aber auch nur neun Schuss im Magazin. Drei hatte er bisher gezählt. Mit aller Kraft zwang er seine Hand um Haas' Finger und drückte immer wieder ab. Die Kugeln schlugen Löcher in die Hüttenwand und zerschmetterten die Fenster. Nach sechs Schüssen gab die Pistole nur noch ein Klicken von sich.

Nun musste er nicht mehr befürchten, erschossen zu werden, und schubste den schwächeren und kleineren Haas von sich. Siegesgewiss packte er Haas' Oberarm und wollte ihn gerade herumdrehen, als ihm dieser mitten in den Magen trat. Priest taumelte atemlos zurück. Haas rannte los und rammte die Schulter gegen die Eingangstür, die daraufhin krachend nachgab. Haas stolperte in den Schnee hinaus.

»Nein!«

Priest rappelte sich auf. Das Adrenalin beflügelte ihn geradezu. Er stürzte zur Tür und wollte die Verfolgung aufnehmen, als er plötzlich innehielt. Durch die Tür sah er, dass Haas im Sonnenlicht stehen geblieben war und sich verwirrt umschaute. Vor ihm war ein ganzes Regiment von bewaffneten Polizisten, das die Sturmgewehre auf ihn gerichtet hatte.

»Das reicht, Mr. Haas«, hörte er Rising rufen. »Stehen bleiben.«

39

Nach einem weiteren auf Deutsch genuschelten »Kein Kommentar« legte Kim Rising ihre Akten beiseite und verließ den Verhörraum, in dem Tobias Haas und sein Anwalt im Beisein eines Wachtmeisters vor sich hin schmorten. Priest wartete, bis sie auf der anderen Seite des Einwegspiegels erschien. Sie wirkte frustriert.

»Früher oder später wird ihn die Spurensicherung mit Luca in Verbindung bringen«, sagte sie zuversichtlich.

»Und was ist mit dem Motiv?«, fragte Fay.

»Mr. Haas ist kein Unbekannter für uns. Er hat Kontakt zu einer kriminellen Vereinigung aus Liechtenstein. Diese Leute bezeichnen sich selbst als Söldner; sie haben bereits hin und wieder Auftragsmorde durchgeführt.«

»Glauben Sie denn, dass er im Auftrag gehandelt hat?«

Rising verzog das Gesicht. »Schon möglich. Er arbeitet für die Liechtensteiner, hauptsächlich wickelt er Drogengeschäfte ab. Wie gesagt, er ist vorbestraft. Er kann schießen und mit einem Messer umgehen.«

»Schöne Berghütte hat er da«, sagte Priest. »Mit Fluchttunnel.«

»Die gehörte seinem verstorbenen Vater, der ebenfalls Kunde bei uns war. Der Tunnel stammt noch aus der Zeit kurz vor Kriegsende.«

Mehr sagte sie nicht, doch Priest konnte sich den Rest zusammenreimen. Nach Hitlers Selbstmord hatte ein Netzwerk aus Unterstützern hochrangigen Nazis und ihren Familien bei der Flucht geholfen und ihnen in mehreren europäischen Ländern Unterschlupf geboten, bis eine Überfahrt nach Südamerika arrangiert war. Hier wurde zwar kaum darüber gesprochen, doch das Dritte Reich war nicht unwesentlich mit dem Geld der berühmten Genfer Banken finanziert worden. Außerdem war das abgeschiedene Hinterland Genfs das ideale Versteck für ehemalige Nazis gewesen. Kein Wunder, dass es hier so viele Fluchttunnel gab.

»Jetzt haben Sie einen Verdächtigen«, sagte Priest. »Glauben Sie immer noch, dass Haas den Mord verpfuscht hat? Oder dass er wollte, dass wir die Leiche finden? Oder dass ihm jemand entsprechende Anweisungen gegeben hat?«

»Keine dieser Theorien ist auszuschließen. Den vielen Gefängnisaufenthalten nach zu urteilen ist Mr. Haas zugegebenermaßen nicht der intelligenteste Verbrecher. Wollte er schnelles Geld machen und hat den Mord unsauber ausgeführt? Möglich. Sollte er die Leiche so drapieren, dass wir sie auch finden? Auch möglich.«

»In diesem Fall muss er doch gewusst haben, dass er früher oder später in Verdacht gerät«, gab Fay zu bedenken.

»Wie gesagt, er ist nicht der Hellste.«

Priest sah auf die Uhr. Es war schon später Nachmittag. Alle waren erschöpft. Wahrscheinlich würde Rising Haas zunächst eine Nacht in der Zelle schmoren lassen, obwohl Priest bezweifelte, dass es ihr gelingen würde, ihn weichzukochen. Der nächste Flug nach London ging sowieso erst morgen Vormittag, daher verabschiedete er sich von Rising und rang ihr das Versprechen ab, sich sofort bei ihm zu melden, sobald sich etwas Neues ergab. Dann schlug er Fay vor, zum Hotel zurückzufahren und Rowlinson anzurufen. Sie hatte nichts dagegen.

Eine halbe Stunde später saßen sie wieder im Foyer, und der Kellner hatte zwei weitere Flaschen des guten Schweizer Biers vor ihnen abgestellt. Fay hatte ihre geleert, bevor Priest seine überhaupt in die Hand genommen hatte.

Sie riefen Rowlinson an und vereinbarten, mit dem nächsten Flug, der um halb sieben Uhr morgens ging, nach London zurückzukehren. Priest stöhnte innerlich auf. Er war alles andere als ein Frühaufsteher. Bedauerlicherweise hatte man die Blutgruppen der Opfer immer noch nicht ermittelt.

»Heute ist kein Rechtsmediziner mehr verfügbar«, erklärte Rowlinson mit müder Stimme. »Zwei Jugendliche wurden vor einer Bar in Soho erstochen, die haben alle Hände voll zu tun. Und der Rest ist krank oder im Urlaub. Diese beschissenen Budgetkürzungen.«

»Kann der DSI da nichts machen?«, beschwerte sich Fay.

»Er kann mit der Silberbluttheorie nicht viel anfangen und glaubt auch nicht an gefallene Engel und den ganzen Scheiß. Priest, ich werde morgen mal in der Bibliothek der UCL nachfragen, ob jemand in letzter Zeit das Buch ausgeliehen hat, das deine Angestellte gefunden hat. Und das Buch selbst kommt ins Labor.«

»Ich bezweifle, dass die viel finden werden.«

»Da hast du wohl recht. Trotzdem. Was ist mit dieser Verbindung nach Liechtenstein?«

»Liechtenstein ist ein Steuerparadies für Kriminelle«, sagte Priest. »Die größten internationalen Bankenskandale der letzten zwanzig Jahre gehen von dort aus. Im Land gibt es zwar kaum Verbrechen, dennoch nutzen es viele kriminelle Vereinigungen als Basis für ihre Operationen im restlichen Europa.«

»Ist es möglich, dass man Tobias Haas mit dem Mord beauftragt hat? Und wenn ja – was zum Teufel soll das bedeuten?«

»Es bedeutet, dass der Mörder in London größeren Einfluss hat, als wir bisher dachten. Irgendjemand will verhindern, dass wir mehr über das Buch Janus herausfinden.« *Es bedeutet auch, dass es eine Spur geben muss, wenn irgendjemand Haas bezahlt hat. Wichtigste Regel des Ermittlers lautet: Folge dem Geld.*

»Na schön. Alles Weitere besprechen wir morgen Vormittag in Holborn.«

Er legte auf, und Priest steckte das Handy weg. Der Kellner dimmte das Licht, als die Standuhr in der Ecke elf schlug. Zu Priests großer Enttäuschung war das Hotel zu vornehm für eine Kuckucksuhr. Ob es in Fays Hotel eine gab?

Sie saßen eine Weile schweigend und gedankenverloren da. »Haben Sie nicht gesagt, dass nur Hollywood-Psychopathen Symbole am Tatort hinterlassen?«, fragte sie unvermittelt. »Was ist mit dem Night Stalker?«

Priest nickte beeindruckt. Zwischen Juni 1984 und August 1985 hatte Richard Ramirez – von der Presse als »Night Stalker« bezeichnet – neunzehn Menschen in ihren eigenen vier Wänden in Los Angeles brutal ermordet. Der geisteskranke Täter war besessen vom Okkulten. Einmal zwang er ein Opfer, ständig die Worte »Ich liebe

Satan« zu wiederholen, während er es vergewaltigte. Und er hinterließ okkulte Symbole an den Tatorten.

»Ramirez hat zum Vergnügen getötet. Unser Mann dagegen hat einen Auftrag. Das ist eine andere Täterkategorie.«

»Da ist Ethan Grey aber anderer Meinung.«

Priest schnalzte mit der Zunge. »Nicht alles, was man über Serienmörder wissen muss, stammt aus Büchern.«

Sie lehnte sich zurück, trank ihr zweites Bier aus und bestellte das nächste. Während sie vor sich ins Leere starrte, betrachtete er verstohlen ihr Profil. Sie hatte ein ungewöhnlich kantiges Kinn, hohe Wangenknochen und makellose Haut – in ihrem Blick jedoch lag eine Reserviertheit, als wäre die wahre Fay Westbrook immer gerade so außer Reichweite.

»Teilt man die Serienmörder so ein?«, fragte sie und sah ihn an. »Nach ihren Zielen?«

»Ein Serienmörder tut, was er tut, aus vier verschiedenen Gründen: weil es ihm seine Geisteskrankheit befiehlt; weil er einen Auftrag zu erfüllen hat, üblicherweise einen göttlichen; weil er etwas will, Geld oder einfach nur den Kick, den ihm das Töten verschafft; und schließlich, weil er nichts außer dem Töten kennt, weil der Tod die einzige Erlösung und Mord ein Ausdruck von Macht und Kontrolle ist.«

»Sind Sie verheiratet?«

Auf diese Frage war er nicht vorbereitet. Er sah sie überrascht an. Sie ließ ihn nicht aus den Augen, während der Kellner zwei weitere Bier brachte. Auch als er wieder verschwunden war, ruhte ihr Blick auf ihm. Sie meinte es ernst.

»War ich mal.«

»Und dann?«

Er nahm einen Schluck von seinem Bier. Sie hatte die Angewohnheit, äußerst knappe Fragen zu stellen, die ohne einen Abschluss in Psychologie und sehr viel Zeit nicht vernünftig zu beantworten waren.

»Ich war mit Ihrem Chef verheiratet.«

»Rowlinson?« Sie verzog keine Miene. Meinte sie das ernst?

»Mit der AC.«

Das überraschte sie nun doch so sehr, dass sie etwas Bier verschüttete. »Mit Assistant Commissioner Dee Auckland?«

»So ist es.«

Jetzt sah sie ihn in einem anderen Licht, und ohne Zweifel schwirrten ihr hundert Fragen durch den Kopf. Schließlich entschied sie sich für eine Feststellung: »Sie ist aber viel älter als Sie.«

»Ein paar Jahre, stimmt. Aber erwähnen Sie das bloß nicht in ihrer Gegenwart.«

»Wie war die Scheidung? Schlimm?«

»Sie machen sich keine Vorstellung.«

Sie lachte, und wieder sah sie völlig anders aus. Manche Menschen veränderten sich, wenn sie lachten. Wie Jessica beispielsweise. Fay Westbrook war genauso, und wie bei Jessica wusste er nicht, welche die echte Fay war: die, die ein so bezauberndes Lachen hatte, oder die kühle, reservierte Frau, die nur widerwillig mit ihm in ein Flugzeug gestiegen war.

»Was ist mit Ihnen?«, fragte er. Sie trug keinen Ring, doch das musste ja nichts bedeuten.

»Ich?« Sie nahm einen Schluck, mit dem sie die Flasche beinahe zur Hälfte leerte. »Nein. Das erlaubt meine Arbeit nicht. Wie wär's mit etwas Stärkerem?«

Er sagte nichts. Sie wertete sein Schweigen als Zustimmung und ging zur Bar. Kurz darauf kam sie mit zwei Gläsern mit einer klaren Flüssigkeit zurück.

»Wodka. Pur«, sagte sie. »Wie in Russland.«

Priest nahm das Glas und betrachtete es. Er war kein großer Freund des Wodkas, aber einer konnte ja nicht schaden. Zumindest würde er so besser schlafen können. Sie hob das Glas.

»Worauf trinken wir?«

Sie dachte einen Augenblick lang nach. »Darauf, dass Sie hinter einem Typen mit Knarre einen Berg hinuntergerollt sind. Scheiße, das war zum Schreien.«

Sie brachen in Gelächter aus, stießen mit ihren Gläsern an und kippten gleichzeitig den Wodka hinunter. Der Schnaps brannte in seiner Kehle. Er dachte an Jessica und was sie wohl sagen würde, wenn sie diese Unterhaltung mithören könnte. Aber schließlich hatten sie keine feste Beziehung, sondern schliefen nur gelegentlich miteinander, wie sie nicht müde wurde zu betonen – diese gehetzten Augenblicke der Leidenschaft waren die reinste Folter. Sie blieb nur selten über Nacht, und mit ihm reden wollte sie schon gar nicht. Es war sozusagen eine reine Geschäftsbeziehung, und er fragte sich, ob ihnen mehr überhaupt möglich war. Verärgert stellte er das Glas ab.

Sie bemerkte seinen Stimmungsumschwung sofort. »Was ist?«

»Ach, nichts. Ich bin nur müde.«

Sie lächelte skeptisch. »Nur der wache Vogel fängt den Wurm, wie meine Großmutter zu sagen pflegte.«

»Weise Worte«, sagte er.

»Sie hat mir auch eingeschärft, jeder Schildkröte, der

ich begegne, alles Gute zum Geburtstag zu wünschen.« Sie kicherte etwas albern.

»Was?«

»Als Kind habe ich jeder Schildkröte im Zoo zum Geburtstag gratuliert. Manchmal habe ich ihnen sogar ein Ständchen gesungen.«

»Ich muss schon sagen, das ist eine sehr merkwürdige Geschichte.«

Wieder lachten sie, dann stand sie auf und zog ihre Jacke an.

»Soll ich Sie begleiten?«

Sie dachte eine Weile über seinen Vorschlag nach. »Sie wissen verdammt genau, dass ich keine Begleitung brauche.« Als er sich noch fragte, ob er sie damit verärgert hatte, erschien zu seiner Erleichterung ein Lächeln auf ihrem Gesicht. »Aber ich kann ja mal eine Ausnahme machen. Na los.«

Als sie auf der Hoteltreppe ins Stolpern geriet, drängte sich Priest der Eindruck auf, dass sie wohl etwas betrunkener war als gedacht – vielleicht tat sie aber auch nur so. Sie war eine selbstständige Frau und brauchte keine Hilfe. Und doch hatte sie sich, als sie ihr – bescheidenes, etwas von der Straße zurückgesetztes und in einem drögen Blau gehaltenes – Hotel erreichten, bei ihm eingehakt.

Auf dem Weg hatten sie kaum gesprochen, nur die am Arneufer liegenden Boote betrachtet und die Szenerie genossen. Sie waren Seite an Seite gegangen und hatten auch diese Nähe mit keinem Wort erwähnt. Priest fragte sich, wohin der Abend noch führen würde. Er kam sich immer noch treulos vor und versuchte, sich ganz auf den

Fall, den Mörder in London, die Träger und die vielen unbeantworteten Fragen zu konzentrieren. Wie suchte er seine Opfer aus? Wer hatte den Mord an Luca in Auftrag gegeben und weshalb? War der Mörder auch für Owens Tod verantwortlich? War mehr als eine Person beteiligt? Was für eine Rolle spielte Elisha Capindale?

Eine endlose Reihe offener Fragen.

Fay löste sich von ihm und drehte sich zu ihm um. Sie schien direkt durch ihn hindurchzublicken. Oder in ihn hinein. Er war verwirrt.

»Wollen Sie noch auf einen Drink mit raufkommen?«

Beide wussten genau, was mit diesem Satz gemeint war, obwohl nichts in ihrer Körperhaltung darauf hindeutete, dass sie ihn verführen wollte. Im Gegenteil – das Angebot hatte etwas Kühles, als wäre das Ganze eine geschäftliche, unvermeidliche Angelegenheit.

Priest war nicht sicher, ob er aktiv handelte oder ob sich alles wie ein Film vor seinen Augen abspielte. Schnell breitete sich ein kleines Flattern in der Brust über seinen Rücken und bis in die Fingerspitzen aus. Die Welt entglitt ihm, und er fiel, er trieb in seinem Kopf wie ein Schiffbrüchiger und blickte hinaus in die Augen einer schönen Frau. Einer Sirene. Es war unwirklich und zugleich hyperrealistisch – wie immer, wenn ihn aus heiterem Himmel eine Dissoziationsepisode überfiel.

Er betrachtete seine Beine, um sich zu vergewissern, dass sie sich bewegten, betrachtete seinen Arm, ob sie ihn auch wirklich an die Hand nahm, um ihn in das Hotel und auf ihr Zimmer zu führen. Wollte er das nicht? Sie ausziehen, ihre Haut berühren, ihren Körper? Sie streicheln. Sie schmecken. Und sie verlassen.

Nicht jetzt.

Seine Untreue – wenn man es denn so bezeichnen wollte – spielte keine Rolle. Das war das Problem eines anderen. Das war das Leben eines anderen.

Sie sagte etwas. Seinen Namen. Aber nicht wie alle anderen seinen Nachnamen, sondern seinen Vornamen. Charlie.

Er regte sich nicht, als sie sich vorbeugte und ihn küsste. Er schmeckte den Alkohol auf ihren Lippen und spürte ihre Hand in seinem Haar. Er schloss die Augen, doch der Funke wollte nicht überspringen. Irgendetwas stimmte nicht. Er verlor zusehends die Orientierung.

Sie löste sich unsicher von ihm. Er musste etwas sagen.

»Entschuldige«, flüsterte sie.

»Nein … ich …«

Sie ging die Treppe zum Hotel hinauf. Er konnte sie nicht aufhalten. Sie drehte sich noch einmal zu ihm um. Er wich zurück. Aus ihren Augen waren zwei Scheinwerfer geworden, deren greller Strahl auf ihn gerichtet war. Erschrocken wandte er sich ab, aber dann blieb er stehen. Auf der Straße vor ihm watschelte eine Schildkröte auf ihn zu. Als er sich wieder umdrehte, war Fay verschwunden.

Die Schildkröte folgte ihm auf dem Rückweg zum Hotel. Sie konnte mühelos mit ihm Schritt halten. Sobald er in seinem Zimmer war, schloss er die Tür ab und klemmte einen Stuhl unter die Klinke. Dann fiel ihm siedend heiß ein, was er vergessen hatte: Er hatte ihr nicht zum Geburtstag gratuliert.

40

Vor einem Jahr

Ich kann dir nicht genau erklären, woher ich wusste, dass diese zerfledderten, vergilbten Seiten, die mir mein Vater vererbt hatte, von so großer Bedeutung waren. Dass die Offenbarung nur eines von vielen möglichen Schicksalen der Menschheit beschrieb, war mir dagegen schon immer bewusst. Selbst als ich als Zehnjähriger im Religionsunterricht saß, war mir klar, dass Gott nicht einfach jeden ins Paradies lassen würde, ohne Bedingungen daran zu knüpfen. Die Vorstellung, dass eine von so zahlreichen Sünden befleckte Spezies wie die unsere bereits den Schlüssel zum Himmel in den Händen halten sollte, dass wir einfach in einer Art spiritueller Osmose ins Paradies eingehen sollten, kam mir lächerlich vor.

Nein. Ich glaube so wenig an die Prädestination wie ein blasphemischer Atheist. Unser Schicksal ist nicht vorherbestimmt. Gott hat einen Plan für mich, für die Menschheit, doch ausführen müssen wir ihn, nicht Er.

Irgendwie schlummerte tief in mir die Vorstellung, dass jemand die Gelegenheit nutzen und das Ende aller Tage verhindern muss, schon lange bevor ich jenes Schriftstück erbte. Ich kann nicht beschreiben, wie ich mich fühlte, als ich an jenem so unwahrscheinlichen Ort die Wahrheit fand.

Sue richtet sich auf, taumelt von mir weg und wischt sich die Innenseite ihrer Schenkel mit der Hand ab. Dabei erinnert sie mich stark an eine jüngere Version der Frau, die ich vor nicht allzu langer Zeit in ihrem verfallenen Anwesen in Ely besucht habe. Genau wie Sue ist Elisha Capindale zierlich und schüchtern. Sie war irgendwann einmal ein guter Mensch, bevor die Fäulnis sie gepackt und von innen heraus verdorben hat. Ich erinnere mich sehr gut an unser Treffen. Sie saß in einem Sessel, hörte mir zu und beobachtete mich dabei. Ihre dürren Skelettfinger lagen in ihrem Schoß, ihre feuchten Augen waren trüb. Es hatte eine Ewigkeit gedauert, sie dazu zu bringen, ohne die Anwesenheit dieses deutschen Butlers mit mir zu sprechen. Sie scheut das Licht wie ein Vampir!

»Du bist kein Prophet«, sagt Sue plötzlich. Das überrascht mich. Ich hatte damit gerechnet, dass sie davonläuft wie die anderen, zu beschämt, um mich überhaupt anzusehen. Entweder habe ich ihr zu viel Alkohol gegeben, oder sie ist doch stärker, als ich dachte – jedenfalls setzt sie sich wieder hin und starrt mich trotzig an.

»Du hast recht«, gebe ich zu. »Ich bin etwas anderes.«

»Das machst du doch nicht zum ersten M…«

»Du erinnerst mich an jemanden«, falle ich ihr ins Wort.

Sie sieht mich überrascht an. Dreht sich mit offenem Mund um. Es hat ihr gefallen, das sehe ich ganz deutlich. Sie will mehr. Es erinnert sie daran, wie armselig sie ist, was wiederum ihrer Sucht förderlich ist – nicht der Sucht nach Alkohol, sondern nach etwas anderem. Nach demselben, nach dem ich auch süchtig bin. Der Dunkelheit.

»An wen?«

»Ihr Name tut nichts zur Sache, aber genau wie mein Vater hat sie ihr Leben damit verbracht, Dinge aus der Vergangenheit zu sammeln, weil sie glaubte, so die Zukunft besser verstehen zu können. Sie litt unter einer Krankheit.« Ich lasse den Kopf hängen. Meine Trauer ist aufrichtig, denn Elisha ist verflucht. »Sie hatte Angst vor dem Licht.«

Sie sieht mich an. Was wir getan haben, widert sie an, doch sie kann sich nicht von mir lösen. Das verstehe ich. Gottes Willen kann man sich nur schwer entziehen.

»Zumindest dachte ich anfangs, sie hätte Angst vor Licht«, fahre ich fort. »Aber tatsächlich hat sie Angst vor der Sonne.« Ich stehe auf. Sie zuckt zusammen, doch jetzt hat sie nichts mehr von mir zu befürchten. Ich hebe die Hände, um ihr zu signalisieren, dass ich lediglich vorhabe, eine Bibel aus dem Regal zu nehmen. Ich schlage sie auf und lese laut aus Johannes, Kapitel drei, vor:

Das ist aber das Gericht, dass das Licht in die Welt gekommen ist, und die Menschen liebten die Finsternis mehr als das Licht; denn ihre Werke waren böse. Wer Arges tut, der hasst das Licht und kommt nicht an das Licht, auf dass seine Werke nicht gestraft werden. Wer aber die Wahrheit tut, der kommt an das Licht, dass seine Werke offenbar werden; denn sie sind in Gott getan.

Sue runzelt die Stirn, während ihr erschöpftes Hirn versucht, sich einen Reim darauf zu machen. »Sie dachte, dass sie böse ist, weil sie die Sonne fürchtet«, sagt sie schließlich. »Oder das Licht.«

»Und vielleicht hatte sie recht«, mutmaße ich, um sie herauszufordern.

Sue wird wütend. Die blasse Haut ihres Gesichts ver-

zerrt sich zu einer Grimasse. »Das ist deine *Schuld. Du hast ihr das eingeredet.«*

»Ich habe ihr lediglich aus der Bibel vorgelesen«, sage ich seufzend. Ihr Tonfall gefällt mir nicht. »Wie sie den Abschnitt interpretiert, entzieht sich meiner Verantwortung.«

Das entspricht zwar nicht der Wahrheit, aber aus einem unbekannten Grund ist es mir lieber, wenn Sue das glaubt. Tatsächlich hat Elisha mich *auf diesen Abschnitt hingewiesen. Ihre unbarmherzige Mutter hat ihn ihr vorgelesen, als sie noch ein Kind war, und er hat sich tief in ihre Seele eingebrannt. Ein außerordentlicher Glücksfall. Ich brauchte ihre Hilfe, um an das Buch Janus zu gelangen (mein Vater war nur Amateurarchäologe; Elisha Capindale dagegen verdiente mit der Suche nach seltenen Artefakten ihren Lebensunterhalt!), und sie benötigte spirituelle Reinigung. Sie musste Gott beweisen, dass sie nicht böse war. Und sie brauchte Geld. Beides konnte ich ihr geben.*

»Sie wäre von allein doch nie auf die Idee gekommen, sich für böse zu halten.« Sue sagt noch etwas anderes, das ich nicht verstehe.

»Wie dem auch sei«, sage ich, um sie zu besänftigen. Ihr Verhalten macht mir Sorgen. Sie hat nicht genug Angst. Ich glaube nicht, dass sie irgendjemandem erzählt, was gerade hier geschehen ist, und falls doch, wird es niemanden interessieren. Trotzdem werde ich wohl noch weiter auf sie einreden müssen, bis sie schließlich versteht, dass sie Teil von etwas Größerem ist. »Die Frau war nicht böse. Im Gegenteil. Sie war sehr nützlich.«

»So wie ich?«

»Nein. Ganz anders. Sue, als meine Eltern gestorben sind, habe ich die unvollständige Übersetzung einer

Schrift geerbt, die mein Leben auf ungeahnte Art und Weise umgekrempelt hat. Diese Frau war Expertin für solche Schriften. Sie hat mir verraten, dass es sich bei meiner Übersetzung aller Wahrscheinlichkeit nach um ein paar Seiten aus einem obskuren Text handelt, der als das Buch Janus bekannt ist.«

»Davon habe ich noch nie gehört.«

»Natürlich nicht. Nur wenige kennen es. Das Buch war jahrhundertelang verschollen. Aber es hat einen Grund, warum ich es gefunden habe.«

Wieder verzieht sie das Gesicht. Ihre Skepsis macht mich wütend. »Ist das auch Gottes Plan?«

»Bist du schon mal einem beschissenen Dämon begegnet?« Ich würde mir am liebsten in den Hintern treten, weil ich die Beherrschung verloren habe. Das ist ein Zeichen der Schwäche. Ich beruhige mich, zähle leise bis zehn. Sue ist jetzt noch ängstlicher als vorher. »Tut mir leid, aber … es fällt mir schwer, darüber zu sprechen.«

Sie steht auf. Als sie mich ansieht, überkommt mich eine merkwürdige Furcht. »Wie gesagt, du bist kein Prophet. Du bist noch nicht mal ein Mann.«

Ich lasse sie ziehen. Sehe zu, wie sie aus der Tür und in die Kirche stolpert, wie die Schritte auf dem Steinboden leiser werden und schließlich die Eichentür hinter ihr ins Schloss fällt.

Und dann kommt mir ein beunruhigender Gedanke:
War sie eine von ihnen?

41

Dienstag

Auf der Heimreise litt Priest unter der für eine Dissoziationsstörung typische Orientierungslosigkeit und Benommenheit, gegen die sich ein ordentlicher Kater wie ein Spaziergang ausnahm.

»Alles klar?«, fragte Fay, sobald sie das Flugzeug verlassen hatten.

»Entschuldige. Kopfschmerzen.«

»Gestern Nacht warst du irgendwie seltsam. Ganz zum Schluss, meine ich.«

Er schluckte. Obwohl er auf dem Flug zwei Flaschen Evian getrunken hatte, war seine Kehle so trocken wie die Wüste Gobi. Auf dem Weg zum Terminal verfluchte er das Wetter. Die Hitzewelle hatte nachgelassen. Es war immer noch warm, aber bedeckt. Die Wolken hatten den typisch englischen Graustich. Es war bei Weitem nicht hell genug, um die Sonnenbrille zu rechtfertigen, mit denen er seine geröteten Augen verbarg und die ihn wie einen abgehalfterten Rocker aus den Achtzigern aussehen ließ.

Das ist jetzt eben so.

»Ja, tut mir leid. Migräne. Die ist völlig unberechenbar.«

Auch im Terminal setzte er die Sonnenbrille nicht ab, selbst als er gegen eine Tür lief.

»Dann habe ich die Signale wohl falsch interpretiert«, sagte sie leise. Ernüchterung, Schuld und Scham brachen über ihn herein. Wie unangenehm – er bezweifelte, dass Fay oft von der Bettkante geschubst wurde.

»Nein, daran liegt es nicht«, sagte er wenig überzeugend. »Es ist kompliziert.«

»Aha. Verstehe.«

Rowlinson, der sich so schnell wie möglich mit ihnen besprechen wollte, holte sie persönlich vom Flughafen ab, warf ihr Gepäck in den Kofferraum und gab auf dem Motorway ordentlich Gas. Grey und Eaton warteten bereits auf sie.

»Hat dir Georgie nicht Bescheid gegeben?«, fragte Rowlinson überrascht.

Müde blickte Priest auf sein Handy. Fünf entgangene Anrufe von Georgie.

»Nein. Was gibt's denn?«

»Sie hat Recherchen über diese im Buch Janus erwähnte Bindung angestellt. Sie wird im Internet lediglich auf ein paar obskuren Blogs erwähnt – dort allerdings gibt es Verweise zum Buch Janus, in dem erklärt wird, wie man die Bindung herbeiführt. Das meiste ist Spekulation oder blühender Blödsinn, aber einen roten Faden gibt es.«

»Die Träger«, vermutete Priest.

»Genau. Es herrscht Einigkeit darüber, dass derjenige, der die Träger vernichtet, auch die Bindung herbeiführt.«

»Und als Belohnung zur Linken Gottes sitzen darf.«

»Ja, aber das ist noch nicht alles. Georgie hat einen Bericht von jemandem aufgestöbert, der behauptet, ein paar

Seiten des Buchs Janus gesehen zu haben. Darin wird auch Bezug auf eine weitere Geschichte aus der Bibel über eine Frau namens Jaël genommen.«

Priest zuckte mit den Schultern. Dieser Name sagte ihm nichts. »Und?«

»Im Buch der Richter tötet Jaël Sisera, den Anführer der Armee des Königs Jabin, der Krieg gegen die Israeliten führte.«

»Nein, mit dieser Geschichte bin ich nicht vertraut. Entschuldige bitte vielmals.«

»Um die Geschichte geht's auch nicht, sondern darum, dass Jaël Sisera im Schlaf tötet – indem sie ihm mit einem Hammer einen Nagel in den Kopf schlägt.«

»Ach du Scheiße. Habt ihr schon herausgefunden, wer hinter diesen Blogs steckt?«

»Wir sind dabei. Höchstwahrscheinlich nur ein paar geschiedene Männer mittleren Alters, die nichts Besseres zu tun haben, als über Engel und Feen zu fantasieren.«

»Hey, die Beschreibung passt ja auf *mich*.«

Fay beugte sich vor. »Hat das endlich das Interesse des DSI geweckt?«

»Ja, dafür besteht Grey weiter darauf, dass wir unsere Zeit verschwenden. Wenn der Pathologe bestätigt, dass alle Opfer diese seltene Blutgruppe haben, wissen wir mehr. Es gibt aber noch andere Neuigkeiten.«

»Schieß los«, sagte Priest. »Ich könnte etwas Aufmunterung gebrauchen.«

»Die Internationale Datenbank für seltene Blutgruppen verzeichnet weniger als sechshundert registrierte Personen, die sowohl die Blutgruppen Lutheran b als auch 0 negativ haben. Da die Blutgruppen jedoch erblich sind, treten sie örtlich gehäuft auf.«

»Und ich vermute mal, dass die meisten in London zu finden sind.«

»Stimmt genau.«

»Sind unsere Opfer auch in der Datenbank?«

»Das prüfen wir gerade, genauso wie die Angehörigen der Opfer, obwohl das mit der Vererbung ziemlich kompliziert ist. Man wird nicht unbedingt mit der Blutgruppe seiner Eltern geboren. Jedenfalls habe ich das alles in die Wege geleitet, bevor ich für euch Taxi gespielt habe.«

Priest lehnte sich zurück und legte den Kopf zur Seite. Der Straßenrand zog viel zu schnell vorbei, und ihm wurde übel. Als sie das Revier erreichten, fiel er beinahe aus dem Wagen.

»Scheiße, was ist denn los mit dir?«, zischte Rowlinson und half ihm auf.

»Nichts. Hab schlecht geschlafen.«

Der DCI sah Fay an, die sich schnell abwandte und ihr Gepäck aus dem Kofferraum holte.

»Priest«, flüsterte ihm Rowlinson ins Ohr, »hast du mit meiner Kollegin geschlafen?«

»Nein. Wie kommst du darauf?«

»Nur so eine Ahnung.« Er marschierte davon, während auch Priest sein Gepäck herausnahm.

Priest hatte im Laufe seines Lebens so ziemlich alle Formen von Rauschmitteln versucht, doch der Automatentee, den DSI Eaton ihm reichte, als er in das Besprechungszimmer taumelte, war die wohl beste Substanz, die er jemals zu sich genommen hatte.

»Willkommen zurück«, rief Eaton. »Wie es aussieht, war die Reise nicht völlig umsonst?«

»Die Schweizer Polizei war sehr kooperativ«, sagte Fay mit tonloser Stimme. »Wenn es neue Entwicklungen im

Mordfall Luca Caspari gibt, werden wir als Erste darüber informiert.«

Priest ließ sich neben Grey auf einen Stuhl fallen. Grey rutschte etwas zur Seite, um auf Abstand zu diesem offensichtlich etwas derangierten Zeitgenossen zu gehen.

»Der Tee ist köstlich«, sagte er und leerte den Becher. »Wo ist übrigens Georgie? Sie sollte auch hier sein.«

»Meiner Meinung nach sind schon genug Personen involviert«, sagte Grey und verschränkte die Arme. »Angeblich haben Sie die Theorie aufgestellt, dass das Motiv des Mörders eine bizarre religiöse Fantasie sein soll. Ich kann von solcher Spekulation nur abraten. Das hilft uns nicht weiter. Serienmörder pflegen ihre Opfer nicht nach deren Blutgruppe auszusuchen.«

»Das werden wir ja bald herausfinden«, sagte Priest.

»Wir werden am späten Vormittag Bescheid bekommen«, fügte Rowlinson hinzu.

»Was ist mit der Internationalen Spenderdatenbank?«

»Die Rechtsabteilung der Regierung prüft unsere Informationsanfrage gerade.«

»Warum gewähren sie uns nicht einfach Zugang?«, fragte Eaton verärgert. Priest vermutete, dass das nicht ganz so einfach war.

»Die allgemeinen Datenschutzbestimmungen der EU erlauben das nicht. Die Datenbank darf nur von Medizinern eingesehen werden, die seltene Blutgruppen zum klinischen Einsatz benötigen. Die Anwälte des Gesundheitsministeriums versuchen, eine Ausnahmegenehmigung zum Zwecke der Verbrechensbekämpfung durchzusetzen, aber die wollen sich auch erst mal rechtlich absichern.«

»In einem Punkt hat Grey recht«, sagte Eaton, auch

wenn ihm das ganz offensichtlich nicht schmeckte. »Noch ist das alles Spekulation. Halten wir uns an die Fakten.«

Priest kam zu dem Schluss, dass es keinen Sinn hatte, mit ihm zu streiten. Außerdem hätte man ihn wohl sowieso nicht gehört, da es an der Tür klopfte. Eine junge Beamtin reichte Eaton einen Umschlag. »Entschuldigen Sie die Störung, Sir. Das ist für Mr. Priest.«

»Was, lässt du dir schon die Post hierher schicken?«, scherzte Fay.

Priest nahm den Umschlag entgegen und öffnete ihn.

»Als Nächstes willst du wohl auch noch eine Schlüsselkarte und einen Parkplatz?«

»Lassen wir Priest seinen Liebesbrief lesen. Was wissen wir sonst noch?«, fragte Eaton.

»Der Mörder eskaliert nicht«, sagte Grey. »Meiner Rechnung zufolge hätte es gestern ein weiteres Opfer geben müssen. Aber nichts ist passiert.«

»Zumindest haben wir keines gefunden«, sagte Fay.

»Er will, dass wir die Opfer finden. Da ist er exhibitionistisch veranlagt.«

»Also ich für meinen Teil kann damit leben, dass kein weiterer unschuldiger Bürger ermordet wurde«, sagte Eaton trocken.

»Das ist ungewöhnlich«, sagte Grey. »Ich hätte erwartet, dass der Mörder …«

»Copperhead«, sagte Priest. Grey verstummte, und alle wandten sich zu ihm um. »Er heißt Copperhead.«

»Woher …?«

Priest legte das Papier vorsichtig auf den Tisch, wobei er darauf achtete, es so wenig wie möglich zu berühren. Er machte sich bereits Vorwürfe, dass er in seiner Benommenheit den Umschlag einfach so aufgerissen und das Papier herausgenommen hatte – die Möglichkeit, dass ihm der Killer einen Brief geschrieben hatte, war ihm nicht in den Sinn gekommen.

Alle Anwesenden beugten sich über das Papier.

Lieber Mr. Priest
Henoch 8,3-6
Dein Freund
Copperhead

»Was soll das bedeuten?«, fragte Eaton.

»Ein Verweis auf das Buch Henoch«, sagte Priest. »Kapitel acht, Verse drei bis sechs.«

Er blickte auf. Fay tippte bereits auf ihrem Handy herum. Einen Augenblick später las sie den entsprechenden Abschnitt vor. *»Als aber die Leute ihnen nichts mehr geben konnten, wandten sich die Riesen gegen diese und fraßen sie auf. Und sie begannen, sich an den Vögeln, wilden Tieren, Kriechtieren und Fischen zu vergreifen, das Fleisch voneinander aufzufressen und das Blut zu trinken. Da klagte die Erde wider die Unholde.«*

»Scheiße, jetzt bin ich so schlau wie vorher.«

Priest hatte dröhnende Kopfschmerzen, doch es gab keine Zeit zu verlieren. Grey irrte sich. Der Täter eskalierte tatsächlich. Er war sogar so mutig, sie zu verhöhnen. Ihn im Besonderen. Woher wusste der Mörder überhaupt, dass Priest an den Ermittlungen beteiligt war?

Der Mörder. Copperhead.

»Das Buch Henoch ist ebenfalls eine Schriftrolle vom Toten Meer, genau wie das Buch Janus. Owen hat es erwähnt«, sagte er. »Darin geht es um die Riesen oder

Wächter, die gefallenen Engel, die Söhne und Töchter mit Menschenfrauen gezeugt haben. Die Träger mit silbernem Blut. Die letzten Dämonen. Alles passt zusammen. *Tötet die Riesen.* Das Silberblut. Die Bindung. Der Mörder glaubt, dass er in Gottes Auftrag das Jüngste Gericht verhindert.«

»Und jetzt hat er uns seinen Künstlernamen verraten. Copperhead.«

42

Darren Green stellte sein Fahrrad vor dem alten Lagerhaus ab und sah sich um. Sein Dad hatte ihn vor diesem Ort gewarnt. Hier trafen sich die Gangs, um Drogen zu nehmen und andere schlimme Dinge zu tun. Doch das wusste Darren bereits. Er hatte schon öfter von der anderen Seite aus beobachtet, wie sie nach Hause gefahren waren. Immer dieselben drei Autos hintereinander, auf Hochglanz poliert und mit großen Spoilern am Heck. Kein Vergleich zu dem Wagen seines Vaters mit den beigen Ledersitzen, der ständig liegen blieb.

Laut waren sie auch. Die Gangs und die Autos. Einmal hatte Dad ihm erlaubt, das Fenster herunterzukurbeln, als sie vorbeigefahren waren. Das rhythmische Stampfen der Musik und ihre Rufe waren auch noch auf der anderen Seite des Kanals zu hören gewesen. Wie es wohl war, so frei zu sein, überallhin fahren zu können, alles zu tun, was man wollte? Zu einer Gang zu gehören? Aber sie würden ihn nicht aufnehmen, obwohl er in ihrem Alter war. Er war schwierig. Schon immer gewesen. Er war eben schlecht in Mathe, hatte sein Dad gesagt, aber das war nicht alles. Er war schlecht in allem.

Er sah sich um. Das Lagerhaus hinter der Schule war riesig. Es erstreckte sich beinahe über die ganze Länge des Kanals. Dad hatte ihm einmal erzählt, dass es das Titanic-Gebäude hieß, weil es genauso lang wie das Schiff war. Darren mochte den Film. Nur das Ende nicht.

Dad war ein paar Stunden weg, also sollte Darren wie immer das Haus nicht verlassen. Dad vertraute ihm, und es fiel Darren nicht leicht, dieses Vertrauen zu enttäuschen. Aber das hier war etwas anderes. Es war unwiderstehlich aufregend. Die Gangs würden ja nicht hier sein, das wusste er genau. Nicht um diese Zeit. Die kamen ja nur abends, und jetzt war früher Morgen. Sie waren alle zu Hause und schliefen ihren Rausch aus. Oder im Krankenhaus. Oder im Gefängnis.

Dad würde ihm sicher verzeihen, wenn er davon wüsste.

Lucy Warren war das hübscheste Mädchen, das er je gesehen hatte. Obwohl sie auf eine richtige Schule ging, lächelte sie ihn immer an. Sie ging ihm nicht aus dem Weg wie die anderen Normalos.

Er wusste nicht mehr, wie man sie nannte. Auf der Schule gab es ein paar Jungs, die sich selbst *Incels* nannten. Das stand für »unfreiwilliges Zölibat«, wenn er auch nicht genau wusste, was das bedeuten sollte. Er jedenfalls gehörte nicht dazu; sie sprachen eine andere Sprache, und einer von ihnen kannte Lucy. Es gefiel ihm nicht, wie sie über Lucy redeten. Sie hassten alle Mädchen. Und sie hatten einen Namen für Mädchen wie Lucy. Für hübsche Mädchen.

Wenn sie wüssten, dass er sie hier treffen wollte, würden sie ausflippen.

Darren ging auf das Lagerhaus zu. Es hatte verschiedene Eingänge, aber die führten wahrscheinlich alle in denselben Raum. Vorne war ein Teil des Dachs eingestürzt, deshalb hatte Lucy gesagt, sie würde hinten auf ihn warten. Sie wollte Sex mit ihm haben. Weil er ihr leidtat. Weil sie dachte, dass er zu diesen Incels gehörte. Gehörte er nicht, aber er wollte auch nichts verderben, daher hatte er einfach ja gesagt.

Sie hatte ihn gefragt, was ein Blowjob ist. Das wusste er. Dad dachte, dass ein Schloss vor dem Internet wäre, aber da war keins. Oder es funktionierte nicht.

Sobald Darren das Lagerhaus betreten hatte, sah er, wie groß es tatsächlich war. Unglaublich groß, das konnte man vom Kanal aus gar nicht so richtig sehen. Überall war Graffiti, und er nahm sich die Zeit und betrachtete sie. Manche Bilder waren toll. Manche waren auch seltsam, aber die meisten waren toll. Dann fiel ihm auf, dass er immer noch im Eingang stand. Er bekam Angst, zu spät zu kommen, und lief an einem Haufen Glasflaschen vorbei tiefer in das Gebäude hinein.

Nachdem er ein paar Minuten herumgeirrt war, blieb er stehen. Er ärgerte sich. Lucy war nirgendwo zu sehen. Er war nicht nur verärgert, er kam sich auch dämlich vor. Wieso sollte sie ihm auch einen Blowjob geben oder sonst etwas machen? Einfach so? Das ergab doch keinen Sinn.

Dann bemerkte er einen Raum zu seiner Rechten, der ihm vorher nicht aufgefallen war. Er hatte gedacht, jeden Winkel des Lagerhauses erkundet zu haben, aber den hatte er wohl übersehen. Zuerst wollte er einen Blick hineinwerfen, doch irgendetwas hielt ihn davon ab. Nur was? Jetzt merkte er auch, wie still es hier war. Wie in der Röhre im Krankenhaus, die er so schlimm fand, weil er so allein war, wenn er darin lag. Als wäre er der einzige Mensch auf der Welt.

Plötzlich wollte er schnell weg. Auf sein Rad steigen

und nach Hause fahren. Aber das war eine dumme Idee. Irgendetwas war in diesem Raum. Warum hatte er ihn vorher nicht bemerkt? War er vorher vielleicht gar nicht da gewesen? Eine dumme Idee. Lucy Warren konnte sich ihren Blowjob sonst wohin stecken.

Darren wirbelte herum und wollte gerade abhauen, als alles anders wurde; plötzlich war er starr vor Schreck, weil sich am anderen Ende des Lagerhauses vor dem Licht, das durch die Tür fiel, die Silhouette eines Mannes abzeichnete. Eines Mannes mit einem Hammer.

»Hallo, Darren«, rief der Mann. »Suchst du die kleine Lucy?«

Darren wich zurück. Wer war dieser Mann? Wo war er hergekommen? Dann traf ihn die Erkenntnis wie ein Blitzschlag: Wenn er nicht abhaute, würde dieser Mann ihn umbringen.

43

Georgie hatte Charlies Nachricht erhalten, doch sein Büro war leer.

Sie las die Mitteilung noch einmal durch: *»Auf ein Wort. Büro.«* Eigentlich unmissverständlich. Sie blickte auf. Okoros Tür stand einen Spalt offen.

»Vince?«

Als sie die Tür aufdrückte, drehte sich der Anwalt um und nahm einen voluminösen Kopfhörer ab, aus dem gedämpft Offbeat-Hip-Hop-Musik dröhnte.

»Was gibt's, junge Frau?«

»Hast du Charlie gesehen?«

»Auf dem Revier ist er nicht mehr. Hast du mal auf dem Dach nachgesehen?«

»Ich wusste nicht, dass wir ein Dach haben.«

»Jedes Gebäude hat ein Dach, Georgie.«

»Dass wir ein begehbares Dach haben, wollte ich damit sagen.«

Okoro nickte. »Das Fenster im Flur neben Sollys Büro.«

»Okay, danke.«

Okoro setzte sich den Kopfhörer wieder auf. Verwirrt ging sie die Treppe hoch. Sollys Tür war wie immer geschlossen, das Fenster davor stand jedoch sperrangelweit offen. Ihr war noch nie aufgefallen, dass sich dahinter ein Metallbalkon befand, der zur Feuertreppe führte. Als sie weiter aus dem Fenster spähte, sah sie auch eine Leiter.

Ohne nach unten zu sehen, kletterte sie aus dem Fenster und die Leiter hinauf. Charlie stand mitten auf dem Dach. Er hatte eine Zigarette im Mund und schwang einen Putter.

»Das ist ja ganz was Neues«, sagte sie.

»Überhaupt nicht. Ich bin oft hier oben.« Priest schlug den Ball über den Kunstrasen. Er prallte gegen eine kleine Windmühle, verließ die Bahn und landete hinter einem Plastikfelsen.

Verdattert betrachtete sie die Anordnung. »Wir haben einen Minigolfplatz? Auf dem Dach?«

»Das ist kein Golfplatz«, Charlie deutete darauf, »sondern nur ein Loch. Die Windmühle.«

»Und weshalb haben wir so etwas?«

»Das hat mir vor langer Zeit mein Arzt empfohlen, als ich die ersten Depersonalisationsepisoden hatte. Um mich zu erden, sollte ich mir eine einfache Tätigkeit suchen, die ich endlos wiederholen kann. Um dem Ballon in meinem Kopf die Luft rauszulassen.«

»Und deshalb spielst du Minigolf auf dem Dach unseres Büros.«

Er stellte den Schläger beiseite und kam zu ihr herüber. »Im Besprechungsraum geht das ja schlecht, oder? Was würden die Klienten denken?«

Sie blinzelte zweimal und beschloss, die Angelegenheit auf sich beruhen zu lassen. »Du wolltest mich sprechen?«

»Der Mörder heißt Copperhead.«

Sie schauderte. Sobald die Sonne hinter den Wolken verschwand, wurde es empfindlich kühl, und als sie den

Namen des Mörders hörte, lief es ihr kalt den Rücken hinunter.

»Copperhead«, wiederholte sie. »Kupferkopf. Das ist eine Schlange, oder?«

»Deutlicher könnte das Bild nicht sein, nicht wahr?«

»Wie das Symbol aus dem Buch Janus – die Schlange auf dem Kreuz.«

»Du hast die Bindung in mehreren Blogs gefunden?«

»Ja. Ich wollte dich anrufen, aber du bist nicht rangegangen.«

»Nicht so schlimm. Kannst du mit diesen … Bloggern oder wie man die nennt, Kontakt aufnehmen? In einem Chatroom oder so?«

Sie dachte nach. Es gab Chatrooms für alles Mögliche: Kekse, geschmacklose Witze, Aquarien, Sudoku. Dann gab es sicherlich auch einen Chatroom für diejenigen, die an die Bindung glaubten.

»Ich werde mich mal umsehen.«

Er nickte. »Ich habe die Akten der drei Opfer ausführlich studiert. Rowlinson hat das zwar bereits getan, aber ich wollte selbst nachprüfen, ob es eine Verbindung zwischen ihnen gibt.«

»Und, was hast du herausgefunden?«

»Dass deine Theorie richtig war.«

Er reichte ihr ein Blatt Papier. Sie überflog es und sah ihn dann mit großen Augen an. »Also hatten alle drei Opfer Blutgruppe Lutheran b negativ. Und der Mörder wusste das.«

Charlie nickte und holte mit dem Putter aus. Der Ball hüpfte auf die Windmühle zu, prallte davon ab, kam wieder zu ihm zurückgerollt und blieb ungefähr an derselben Stelle liegen, an der er ihn abgeschlagen hatte. »Scheiße.«

Georgie sah sich das Papier genauer an. Es war eine E-Mail vom Thames-Blutspendezentrum an Jane Vardy mit der Mitteilung, dass es einen Engpass an Lutheran-b-negativem Blut gab, und der dringenden Aufforderung, spenden zu gehen.

»Und die anderen beiden Opfer haben dieselbe Mail erhalten?«

Charlie nickte. Der Zigarettenrauch stieg an seinem Kopf vorbei nach oben in die windstille Luft.

»Soll ich mal in der Klinik nachfragen?«

»Die Adresse steht in der E-Mail.«

Sie wollte noch etwas sagen, doch Charlie wandte sich ab und nahm einen Anruf auf seinem Handy entgegen. Sie wartete, während er telefonierte. Die Aussicht von hier oben war kaum der Rede wert – das Gebäude zwischen dem Büro und The Strand war höher und warf seinen Schatten auf sie. Wie oft sich Charlie wohl auf das Dach geschlichen hatte, um seine geistige Gesundheit wiederzuerlangen, indem er mit einem Golfball auf eine Windmühle zielte?

Als er sich nach dem Ende des Gesprächs umdrehte, machte er eine finstere Miene. Sie hatte ihn noch nie so am Ende erlebt: Er hatte dunkle Ringe unter den Augen, und selbst sein Haar glänzte nicht wie üblich. Er sah völlig fertig aus.

»Ich muss los«, sagte er und führte sie zur Leiter hinüber. »Sie haben eine weitere Leiche gefunden.«

Die Adresse, die Rowlinson ihm genannt hatte, führte Priest nach Hackney zu der Ruine eines ehemaligen Lagerhauses neben einem Kanal. Er stellte den Aston neben Rowlinsons BMW, zwei Streifenwagen und dem Van der Spurensicherung ab. Eine Polizistin – dieselbe, die ihm am Morgen den Brief von Copperhead überbracht hatte – nahm ihn in Empfang.

»Mr. Priest«, sagte sie, nahm die Mütze ab und wischte sich das Haar aus den Augen. »Die Leiche ist hier drüben. Aber Sie müssen sich zuerst einen Anzug anziehen.«

Sie deutete auf ein hastig aufgestelltes Zelt hinter dem Van. Als er sich bedankte, schien sie noch etwas sagen zu wollen, überlegte es sich dann aber anders. Er sah ein von Flatterband umgebenes Fahrrad, das an einer Wand lehnte. Im Zelt wartete bereits der Leiter der Spurensicherung auf ihn – ein bärtiger Mann Ende fünfzig mit einem freundlichen Lächeln und über die Glatze gekämmten Haarsträhnen, der sich als Frederick (»Aber jeder nennt mich Freddy«) vorstellte.

Nachdem Priest in den weißen Schutzanzug geschlüpft war, hielt Freddy ihn am Arm fest.

»Der Chef hat mir Bescheid gegeben, dass Sie kommen«, sagte er ohne jede Spur von Feindseligkeit. »Ich will Sie warnen: Das ist nichts für schwache Nerven. Sie müssen sich nichts beweisen. Es ist wirklich kein schöner Anblick.«

»Vielen Dank für den Hinweis, aber ich habe schon so einiges gesehen.«

»So etwas bestimmt nicht.«

Freddy betrachtete Priests Reaktion mit gleichmütiger Miene, dann führte er ihn aus dem Zelt. »Hier durch.«

Vor dem Zelt wartete bereits die Polizistin auf sie. Sie wirkte nervös und war viel blasser um die Nasenspitze als gestern.

»Sir?«, fragte sie verlegen.

»Ja?«

»Der Umschlag, den ich Ihnen heute Morgen gegeben habe …«

»Ja«, sagte Priest, als er ahnte, worauf sie hinauswollte. »Das war *er.*«

Sie nickte, dankbar dafür, dass er sie nicht mit einer Lüge abgespeist oder abgewimmelt hatte, und stellte sich wieder zu ihrem Kollegen an die Straße.

Freddy führte Priest in den Teil des Gebäudes, in dem das Dach eingestürzt war. Graffiti bedeckten die Wände. Bei den meisten davon handelte es sich um die Werke Halbstarker: Gang-Tags, einzelne Wörter und Zahlen in Rot und Schwarz, deren Bedeutung sich nur Eingeweihten erschloss. Andere Bilder dagegen verrieten echtes Talent. Dort hatte man seinen idealistischen, revolutionären und gegen das Establishment gerichteten Überzeugungen mit detailfreudigen Darstellungen Ausdruck verliehen. Ein Mann in Armeeuniform hielt einem Baby eine Pistole an den Kopf, während die Mutter hilflos im Hintergrund weinte; ein lachender Clown mit einem Hakenkreuz auf der Nase hielt die Schnüre mehrerer Anzug tragender Marionetten, die huldvoll einer Menge zuwinkten; Kinder mit Gasmasken auf den Rücken von Elefanten mit absurd langen, dünnen Beinen à la Dalí.

Das Lagerhaus selbst war ein Labyrinth kleinerer Räume voller leerer Farbsprühdosen, Zigarettenkippen und Taubenkot. Sie kamen an zu einem Turm aufgestapelten Holzpaletten und einem Raum mit vier merkwürdigen Löchern im Boden vorbei. Wahrscheinlich hatte hier einst eine Maschine gestanden. Jetzt stapelten sich Müll und leere Benzinkanister darin. Priest hörte mehrere gedämpfte Stimmen, darunter Rowlinsons, in der Entfernung. Der Gestank des Todes hing in der Luft.

Der letzte Raum war gewaltig, die Decke noch intakt. Grelles Sonnenlicht fiel in breiten Streifen durch die Bleifenster und teilte den Raum grob in drei verschiedene Bereiche. Ganz hinten standen vier Personen in weißen Schutzanzügen, Handschuhen und Masken und starrten mit finsterer Miene auf den Boden. Dann kam eine davon auf Priest zu. Dieser erkannte Rowlinson sofort.

Der Ermittler kam sofort zum Punkt. »Die Todesursache ist die gleiche: Der Nagel steckt so tief im Kopf, dass nur noch ein paar Millimeter herausragen. Aber du solltest dir noch etwas anderes ansehen.«

Dann zeigte er Priest die gekrümmt über eine Holzpalette liegende, nackte und blutige Leiche. Der Gestank war unbeschreiblich. Er brannte in seiner Kehle und den Augen und sorgte dafür, dass sich ihm der Magen umdrehte. Priests erster Instinkt war, sich angewidert abzuwenden, doch er zwang sich, genau hinzusehen. Lange und gründlich. Manchmal schloss er nachts die Augen und sah die Leichen, die er während seiner Zeit als Polizist gesehen hatte, in seinem Kopf kreisen wie die Geier. Auch diesen Leichnam würde er nie wieder vergessen.

Das Opfer war männlich und noch sehr jung – Himmel, er war noch im Teenageralter, vierzehn, höchstens fünfzehn. Rowlinson hatte recht: Diesmal war der Nagel kaum zu sehen. Doch Copperhead hatte es nicht dabei bewenden lassen. Schultern, Arme und die Brust bis zur Taille waren mit dunkelroten blutigen Wunden bedeckt. Im rechten Oberschenkel klaffte ein tiefer Schnitt, Muskeln und Knochen fehlten teilweise, als wäre ein wildes Tier darüber hergefallen. Der Junge war nicht nur ermordet, er war bis zur Unkenntlichkeit verstümmelt worden. Als Priest begriff, was hier geschehen war, wurde ihm übel.

»Sind das Bissspuren?«

»Ja, leider«, antwortete eine der anderen Personen, die ihm gegenüberstand. Die übel zugerichteten menschlichen Überreste hatten seine volle Aufmerksamkeit beansprucht, sodass er Fay überhaupt nicht bemerkt hatte. Sie warf ihm einen kurzen Blick zu, den er nicht richtig deuten konnte.

»Wurde der Junge schon identifiziert?«

»Nein«, sagte Rowlinson. Er hatte einen Kloß im Hals und sprach gepresst. »Seine Kleidung ist nirgendwo zu finden. Wir haben die Zentralstelle für vermisste Personen kontaktiert, aber noch haben wir keine Ahnung.«

»Gleicht einfach das Blutspenderegister mit der Datenbank für vermisste Personen ab, dann sind wir sicher bald schlauer. Vorausgesetzt, dass er dort registriert ist, natürlich. Wer hat ihn gefunden?«

»Ein anonymer Anruf von einer ein paar Meilen entfernten Telefonzelle hat uns auf ihn aufmerksam gemacht. Ich schätze, dass sich ein paar Kids hier einen Schuss setzen wollten und die Leiche gesehen haben. Um keine unangenehmen Fragen beantworten zu müssen, haben sie sie erst später gemeldet. Inzwischen sitzen sie sicher in irgendeiner anderen Crackhöhle und zeigen ihren Kumpels die Handyfotos, die sie gemacht haben.«

Priest schnalzte mit der Zunge. »Fehlt … etwas?«

Eine ungewöhnliche Frage, doch Freddy schien sich nicht daran zu stören. »Wenn Sie wissen wollen, ob ein Teil des Fleisches gegessen worden ist, müssen Sie den Pathologen fragen. Meines Erachtens schon. In der Oberschenkelwunde fehlt eine Menge Gewebe.«

Scheiße. Copperhead ist ein Kannibale.

Dann kam ihm ein Gedanke. *Die anderen Opfer waren*

längst nicht so grausam verstümmelt. Handelt es sich überhaupt um denselben Täter?

»Wo ist das Symbol?«

»Überall«, sagte Fay nach einer Weile.

Er sah sie skeptisch an. »Was soll denn das heißen?« Dann sah er sich um, und jetzt erst bemerkte er, wie blind er gewesen war. Graffiti bedeckten jede Wand des Gebäudes. Sie waren ihm überhaupt nicht mehr aufgefallen, doch jetzt bemerkte er, dass das Symbol überall in die Street Art eingewoben war. Es sprang ihm entgegen wie ein »Magisches Auge«-Bild, sobald sich sein Blick richtig justiert hatte. Und jeder Zweifel, ob es sich tatsächlich um den Mörder handelte, war spätestens ausgeräumt, als er die Botschaft an der Wand erblickte. Diesmal lautete sie nicht *Tötet die Riesen*, sondern war direkt für ihn persönlich bestimmt.

»Habt ihr das schon nachgeschlagen?«, fragte Priest und starrte auf die Wörter, die mit dem Blut des unbekannten Opfers an die Wand gemalt waren und im Sonnenlicht strahlten:

»Priest: nimm dich in Acht. Jesaja 13,9.«

Fay las statt einer Antwort laut vor: *»Siehe, des Herrn Tag kommt, grausam, voll Grimm und glühendem Zorn, die Erde zu verwüsten und die Sünder von ihr zu vertilgen.«*

»Ist das eine Warnung?«, fragte Rowlinson.

»Eine Prophezeiung«, sagte Priest. »Er wird immer mutiger.«

Rowlinson, der dem Druck nicht mehr standhielt, verschränkte die Hände hinter dem Kopf, ging ein paar Schritte und trat gegen einen Schutthaufen. »Scheiße! Scheiße! Verdammte Scheiße!«

Priest wandte sich ab. Rowlinsons Ausbruch war nur zu verständlich. Auch Priest war frustriert, doch ihm fiel nicht die undankbare Aufgabe zu, den Eltern zu erklären, dass ihr Sohn von einem Wahnsinnigen, der sich für einen Dämonenjäger hielt, abgeschlachtet und teilweise verspeist worden war. Und dass sie – falls sich die Blutgruppe vererbte – womöglich ebenfalls in Gefahr waren.

Er wollte Rowlinson gut zureden, doch die Wut des DCI hatte sich bereits gelegt. Jetzt hing er am Handy, hörte eine Minute lang zu, murmelte einen Dank und legte auf.

»Das war der Crown Prosecution Service. Wir haben Zugang zur Spenderdatenbank. Alle drei Opfer sind dort gelistet.«

Priest sah förmlich, wie Rowlinson allmählich begriff, was das bedeutete. Er selbst hatte bereits darüber nachgedacht und sich eine sehr ernste Frage gestellt: Was tun, wenn man die Namen Hunderter potenzieller Opfer eines Serienmörders kennt, aber nicht weiß, in welcher Reihenfolge er zuschlagen wird?

»Damit haben wir seine Todesliste«, sagte Fay nachdenklich.

»Mit über dreihundert Namen. Viele Personen darauf sind miteinander verwandt.«

»Gehorcht Copperheads bisherige Auswahl irgendeinem System?«

»Keinem offensichtlichen, aber wir prüfen das nach.«

»Er hat sicher damit gerechnet, dass wir ihm auf die Schliche kommen«, sagte Priest. »Deshalb sucht er sie wahrscheinlich nach dem Zufallsprinzip aus.«

»Was jetzt?«, fragte Rowlinson. »Wir können unmöglich alle kontaktieren. Was sollen wir denn sagen? Stellt euch nur vor, was das für eine Panik gibt. Nicht auszudenken.«

»Stell dir lieber vor, was passiert, wenn wir es ihnen *nicht* sagen.« Dann fiel Priest etwas anderes ein: *Kannte er jemanden mit einer solchen Blutgruppe?* In der Familie gab es niemanden – glücklicherweise weder Sarah noch Tilly. Ihre Blutgruppe war ihm zwar unbekannt, doch wenn sie derart selten wäre, wüsste er das, oder nicht? Was war mit Jessica? Was hatte sie für eine Blutgruppe? Er hatte nicht die leiseste Ahnung. Er wusste noch nicht einmal, ob sie einen zweiten Vornamen hatte.

Er sah nacheinander Rowlinson, Fay, Freddy und die beiden Spurensicherer an, die gerade eine Kamera aufstellten. Zweifellos gingen ihnen gerade ganz ähnliche Gedanken durch den Kopf. Kannten sie jemanden, der in der Datenbank gelistet war? *Besonders Fay sieht ziemlich besorgt aus,* dachte er.

Dabei hatten sie doch Fortschritte gemacht: Sie wussten jetzt, wie Copperhead seine Opfer aussuchte. Auf gewisse Weise war das allerdings noch schlimmer, als im Dunkeln zu tappen. Wie sollten sie herausfinden, wer das nächste Opfer war? Wahrscheinlich suchte er sie per Zufall aus. Und alle in der Datenbank gelisteten Personen zu warnen würde nicht nur eine Massenpanik auslösen, damit verspielten sie auch den einzigen Vorteil, den sie Copperhead gegenüber hatten, und wertvolle Ressourcen würden dafür gebraucht, Wut und Angst der Bevölkerung unter Kontrolle zu halten. Außerdem waren nicht alle Personen mit dieser seltenen Blutgruppe in der Datenbank gelistet: Die Registrierung war freiwillig. Wenn sie schwiegen und die Wahrheit ans Licht kam – was früher oder später immer der Fall war –, würde man sie beschuldigen, lebenswichtige Informationen zurückgehalten und den Opfern die Möglichkeit genommen zu haben, sich in Sicherheit zu bringen.

Priest kniff sich in die Nase. *Und die Sünder von ihr zu vertilgen.* Vielleicht bildete er es sich nur ein, aber es schien wieder wärmer geworden zu sein.

44

Als Priest endlich in seine Wohnung zurückkehrte, wollte er nur noch unter die Dusche und den Gestank von Copperheads jüngstem Opfer abwaschen. Doch in der Aufregung hatte er seine beiden Mitbewohnerinnen vergessen.

Das fiel ihm schlagartig wieder ein, als er das Penthouse betrat. Sarah und Tilly saßen nebeneinander an der Kücheninsel, die Mutter vor dem Laptop, die Tochter vor dem iPad. Aus dem niedergeschlagenen *»Hey«*, mit dem sie ihn begrüßten, schloss er, dass zu Sarahs üblichen Schwierigkeiten einige weitere hinzugekommen waren.

Er warf einen sehnsüchtigen Blick in Richtung Badezimmer, dann setzte er sich ihr gegenüber.

»Harter Tag?«, fragte er. Sie seufzte tief und antwortete mit einem müden Lächeln. Doch irgendetwas viel Schlimmeres als bloße Erschöpfung beschäftigte sie. Er kannte dieses Gefühl. »Willst du darüber reden?«

Sie legte Tilly sanft eine Hand auf die Schulter. »Til, möchtest du im Wohnzimmer spielen, während ich mich mit Onkel Charlie unterhalte?«

Das Mädchen nickte und glitt vom Stuhl, ohne die Augen vom iPad zu nehmen.

»Sie macht gern Silbenrätsel«, erklärte Sarah, während

Tilly ins Wohnzimmer tapste. »Und Apps, bei denen sie etwas lernen kann.«

»Wahrscheinlich kennt sie sich besser mit der Technik aus als ich. Braucht sie einen Job?«

Sarah zwang sich zu einem weiteren Lächeln, dann kam sie zur Sache. »Er will die Hälfte von allem. Sogar von den Mietshäusern.«

Priest hätte beinahe gelacht. Das war selbst für einen so geldgierigen Zeitgenossen wie Ryan eine unrealistische Forderung. »Die Mietshäuser haben uns Mum und Dad gemeinsam vermacht. Kein Gericht der Welt würde ihm die bei einem Scheidungsprozess zugestehen.« Sie wirkte nicht überzeugt. »Hat er ein festes Einkommen?«

»Vom Tattoo-Studio, aber das ist nicht viel. Du weißt doch, wie er ist. Immer aufs schnelle Geld aus.«

»Wenn er auch noch ein Hirn hätte, wäre er richtig gefährlich.«

»Das hat er schon, er ist immerhin gelernter Buchhalter. Aber auch ein fauler Sack.«

»Wo hat er denn seinen Abschluss gemacht? Im Wettbüro?«

Sarah lachte hohl und stand auf, um sich Tee zu machen. Sie war so modisch gekleidet und frisiert wie ein Filmstar, und niemand, der sie nicht sehr gut kannte, hätte von ihren Scheidungsproblemen auch nur geahnt. Nur ihr trauriger Blick verriet sie.

»Anscheinend hat er sich einen Anwalt genommen. Er glaubt wohl, dass er Anspruch auf mein Vermögen hat. Übrigens stinkst du fürchterlich. Wo kommst du denn her?«

»Ich und meine Spielkameraden haben eine Leiche gefunden und sie mit Stöcken angestupst.«

»Ich dachte, den Scheiß hättest du hinter dir.«

Er zuckte mit den Schultern. »Das dachte ich auch.«

Sie füllte den Wasserkocher und holte zwei Tassen. Er warf einen weiteren Blick in Richtung Badezimmer. Mit dem Schmutz und Dreck des Lagerhauses am Leib fühlte er sich zunehmend unwohl. Außerdem nutzte er die Gelegenheit, um sein Handy herauszuholen und nachzusehen, ob es etwas Neues gab. Wenn es Tiff nicht verbummelt hatte, mussten sie bald Ergebnisse aus der Datenbank haben.

»Ach ja«, sagte er. »Welche Blutgruppe habt ihr?«

Sie sah ihn verwirrt an. »Warum?«

»Nur so«, sagte er beschwichtigend. »Okoro kennt die Blutgruppen von allen seinen Familienangehörigen. Ich dachte, ich sollte das vielleicht auch wissen.«

Sie dachte darüber nach, überlegte, ob sie sich diese merkwürdige Bitte näher erklären oder ihr einfach nachkommen sollte, damit sie über Wichtigeres sprechen konnten. »Ich bin null negativ. Und Til auch.«

Obwohl er sich da ziemlich sicher gewesen war, erfasste ihn eine Woge der Erleichterung, direkt gefolgt von Erschöpfung.

Er suchte einen Kontakt aus dem Adressbuch seines Handys heraus und schickte ihn ihr. »Das sind die Kontaktdaten meines Scheidungsanwalts. Er praktiziert noch, und er ist immer noch der Beste in ganz London. Ruf ihn an und sag ihm, wer du bist. Er wird sich gut um dich kümmern.«

Sie nickte, konnte sich aber nicht entspannen. Instinktiv suchte Priest ihr Gesicht nach Blutergüssen ab. Eine übertriebene Reaktion – soweit er wusste, hatte sie Ryan nicht gesehen, seit sie hier eingezogen war. Doch er hatte eben den Drang, sie zu beschützen. Jedenfalls schien sie unversehrt.

Als sie dann das Wort ergriff, klang es verdächtig nach Beichte. Jetzt begriff er auch, warum sie es ihm so lange verschwiegen hatte, und spürte Ärger in sich aufsteigen.

»Das Mieteinkommen geht auf ein gemeinsames Konto.«

»Ich habe dir doch gesagt, dass du das Geld vom anderen trennen sollst.«

Sie ging sofort zum Gegenangriff über – sie hatte sich den ganzen Tag über hundert Mal ausgemalt, wie die Unterhaltung wohl ablaufen würde. »Und ich habe dir gesagt, dass eine Ehe so nicht funktioniert, wenn …« Als sie ihren Fehler bemerkte, verstummte sie.

»… wenn sie funktionieren soll«, beendete er den Satz für sie.

Das Wasser kochte, doch anstatt sich darum zu kümmern, ließ sie sich auf den Stuhl neben ihn fallen. Zum ersten Mal befürchtete er – sehr zu seinem Entsetzen –, dass sie in Tränen ausbrechen könnte.

»Scheiße. Tut mir leid. Ich hab's vermasselt. Ich wollte so sehr, dass es funktioniert. Tilly zuliebe.«

Sofort war alle Strenge wie weggeblasen. Wie konnte er seiner Schwester auch böse sein? Sie war einer der wenigen Menschen, die zu ihm gehalten hatte, als er sich scheiden ließ, seinen Dienst quittiert und ein halbes Jahr in einer Bar gearbeitet hatte. Sie hatte zu ihm gehalten, obwohl er unter Depressionen gelitten hatte und sich nicht von William hatte lösen können. Es war ihr nicht leichtgefallen. Manchmal hatten sie sich gestritten, heftig sogar. Doch sie gehörte zur Familie, genau wie Tilly. Sie waren das Einzige, was ihm auf dieser Welt noch geblieben war, und er würde, ohne mit der Wimper zu zucken, alles für sie aufgeben.

»Schon gut«, sagte er und legte eine Hand auf ihren Arm. »Das kriegen wir hin. Ryan wird ja wohl kaum einen Rechtsstreit gegen uns gewinnen, oder?«

»Es ist alles seine Schuld«, schniefte sie. Jetzt weinte sie doch. »Er hat damit angefangen. Er hat ... Scheiße gebaut. Hat das vor Gericht keinen Bestand?«

»Leider nicht, kleine Schwester. Da könnte er hundert Affären gehabt haben. Beim Scheidungsrecht geht's nicht darum, wer was verdient, sondern wer was bekommt.«

»Dein Recht ist beschissen.«

»Im günstigsten Fall.«

»Ach, so eine Scheiße.« Sie vergrub den Kopf in den Armen. Die Tränen waren versiegt, doch womöglich war es besser, sie ließ alles raus, weinte, heulte, schrie, brüllte. Vielleicht hätte er ihr das raten sollen, doch er machte sich Sorgen. Um sie. Und wegen Copperhead.

»Brauchst du Geld?«, fragte er.

»Nein, ich komme zurecht. Der Firma geht's gut, und ich habe Ersparnisse.«

»Der Volvo ist gerade in Reparatur, aber du kannst dir jederzeit den Aston nehmen. Oder soll ich dir einen Wagen mieten?«

Sie lachte. »Lass gut sein, Charlie. Wir kommen auch ohne dein lächerliches Auto zurecht. Ich bin ja nicht auf dem Ego-Trip.«

Er lächelte. »Mal sehen, wie es mit den Immobilien steht – ich könnte die Mieter bitten, die Miete direkt auf mein Konto zu überweisen und dir das Geld dann bar auf die Kralle geben. Das ist zwar komplizierter für mich, aber das mache ich gern.«

»Er hat Angst vor dir.«

»Das sollte er auch.«

Sie hob den Kopf und ließ sich in seine Arme sinken. Sie hatte so viele Jahre zu ihm gehalten, sein Verhalten toleriert und Nachsicht mit ihm gehabt. Jetzt war er an der Reihe, sich um sie zu kümmern. Endlich konnte er diese Schuld zurückzahlen, zumindest teilweise.

»Eines kannst du tun«, sagte sie.

»Was denn?«

»Til braucht ein paar Sachen von zu Hause. Spielzeug, Bücher, Klamotten und so weiter. Könntest du sie holen, wenn ich dir eine Liste mache? Ich will auf keinen Fall Ryan begegnen. Mir fehlt gerade die Kraft für einen weiteren Streit.«

»Natürlich«, sagte er laut. Das konnte er tun. Sofort, wenn es sein musste. Gar kein Problem. Die Arbeit konnte warten. Sie machte überhaupt keine Umstände.

Insgeheim jedoch wünschte er, sie hätte um etwas gebeten, das auch später erledigt werden konnte.

45

Es war schon spät, als Priest den Wagen vor dem schwarzen schmiedeeisernen Gitter vor Sarahs und Ryans Haus parkte und den Motor abstellte. Er sah sich um. Ryans Motorrad war nirgendwo zu sehen, und im Haus brannte kein Licht. Er war beinahe etwas enttäuscht.

Priest schlug die Autotür zu und überflog die Liste, die Sarah ihm gegeben hatte. Sie war ziemlich lang, dafür hatte sie bei jedem Gegenstand detailliert aufgeschrieben, wo dieser zu finden war. Er warf einen Blick auf sein Handy: Rowlinson hatte sich noch nicht gemeldet. *Was zum Teufel dauert denn da so lang?*

Er brauchte einen Augenblick, bis er die Tür aufgeschlossen hatte, dann machte er Licht im Flur. Das Haus wirkte leer und verlassen. Vor der Treppe standen keine Schuhe, das kleine Regal unter den Stufen war nicht wie sonst mit Spielsachen vollgestopft, die Kleiderhaken an der Wand waren leer. Es roch sogar anders. Nach Einsamkeit. Kein Wunder, dass Sarah nicht zurückwollte.

Er arbeitete sich methodisch durchs Haus – Sarah hatte alles Raum für Raum aufgeschrieben. Er war gerade im Badezimmer und überlegte, welches Schaumbad sie wohl meinte, als er hörte, wie die Haustür geöffnet wurde und jemand den Flur betrat.

Der hat mir gerade noch gefehlt.

Er stopfte mehrere Flaschen mit Badezusatz in die Tasche und ging nach unten.

Priest wusste, wie ein Kaninchen im Scheinwerferlicht aussah: die Augen weit aufgerissen, den Mund sperrangelweit offen und die Angst im Gesicht. Doch das war nichts im Vergleich zu der Miene, die Ryan machte, als Priest fröhlich pfeifend mit seiner Tasche in der Hand die Treppe hinunterkam.

»Was … was machst du denn hier?«, stammelte Ryan und ging rückwärts, bis er an die Wand stieß.

»Ich renoviere, wonach sieht es denn aus?«

Man musste ihm zugutehalten, dass er relativ schnell die Fassung wiedererlangte. Dann war er so aggressiv, feindselig und misstrauisch wie immer.

»Charlie, das ist *mein* Haus.«

»Und das meiner Schwester, die mir auch den Schlüssel gegeben hat.«

»Das erklärt immer noch nicht, was du hier willst.«

Priest blieb am Fuß der Treppe stehen. Ryan hatte sich ins Haus zurückgezogen, sodass es Priest ungehindert verlassen konnte. Ryan war nicht dumm – Priest war einen Kopf größer und fünfundzwanzig Kilo schwerer –, weshalb er sich im Hintergrund hielt und Priest argwöhnisch beobachtete.

»Okay, du holst ein paar Sachen«, sagte er beleidigt. »Verstehe.«

»Hm. Mach's gut, Ryan.« Priest ging zur Tür, überrascht von seiner eigenen Coolness, doch die hielt nicht lange an. Ryan hatte schon immer das letzte Wort haben müssen, auch wenn er sich in der unterlegenen Position befand. Er flüsterte Priest etwas kaum Hörbares hinterher. Priest hätte es einfach nicht beachten und das Haus verlassen können. Doch der Stress der letzten vierundzwanzig Stunden, der Frust, die Wut und die Erschöpfung brachten das Fass zum Überlaufen.

Und so schnappte er über, als Ryan leise »Mach dich vom Acker, Arschloch« murmelte.

»Was?«

Ryan wurde sich seines Fehlers sofort bewusst. »Nichts.«

»Doch. Du hast gerade etwas gesagt, *Sportsfreund.*«

»Ich habe gar nichts gesagt. Wolltest du nicht gerade gehen?«

Er wich mit erhobenen Armen zurück, während Priest die Tasche auf den Boden fallen ließ und auf ihn zukam. »Sag's noch mal. *Bitte.*«

»Verpiss dich, Charlie!«

Priest packte Ryan am Kragen, zerrte ihn durch den Raum und schmetterte ihn gegen die Wand. Ryan kreischte vor Schmerz. Einen Augenblick lang dachte Priest, dass er tatsächlich zurückschlagen würde, doch der erbärmliche Scheißkerl hing einfach nur schlaff in seinen Händen. Allein seine nächsten Worte verhinderten, dass Priest ihm die Faust gegen das Kinn rammte.

»Weißt du, Charlie, ich habe keine Ahnung, was ich überhaupt falsch gemacht habe.«

Priest verstärkte seinen Griff, was ein weiteres Jaulen zur Folge hatte. »Was redest du da?«

»Das ist die reine Wahrheit. Ich weiß nicht, warum sie mich verlassen hat.«

»Na klar.«

»Wenn ich's dir doch sage!«

Priest hielt unsicher inne. »Und was hat Gemma dazu zu sagen?«

»Was? Wer zum Teufel ist Gemma?«

Jetzt fiel Priest auf, dass Ryan kaum atmen konnte. Er hielt ihn einigermaßen grob im Würgegriff, achtete aber darauf, es nicht zu übertreiben. Nur gerade so fest, dass er sich nicht befreien konnte.

»Charlie, ich schwöre, dass ich keinen Schimmer habe, wovon du da redest. Sie hat einfach ihre Sachen gepackt und gesagt, dass es aus ist.«

Priest war im Zwiespalt. Er ließ Ryan los, schubste ihn aber grob in Richtung Küche. Er sollte ruhig wissen, dass Priest ihm wenn nötig die Hölle heißmachen konnte – was der natürlich nicht vorhatte. Irgendetwas an Ryans Ton und seinem flehentlichen Blick hielt ihn davon ab. Wenn Ryan log, war das eine wirklich überzeugende Vorstellung.

»Sarah hat mir erzählt, dass eine Frau namens Gemma sie aus heiterem Himmel angerufen und ihr verraten hat, dass du eine Affäre mit ihr hast. Dass du eine ganze Reihe Internetbekanntschaften pflegst.«

Ryan zitterte und bemühte sich, die Fassung nicht zu verlieren. Einen Mann so würdelos zu sehen war ein trauriger Anblick, selbst bei einem solchen Arschloch wie Ryan. »Ich weiß nichts von einer Gemma. Ich mag ja vieles sein, Charlie, aber untreu bin ich nicht.«

Bei anderer Gelegenheit hätte Priest die Wahrheit aus ihm herausgequetscht. Als Anwalt wusste er, wie man einen Zeugen in die Mangel nahm. Leider fehlte ihm dafür die Zeit. Er spürte sein Handy in der Tasche vibrieren und warf einen Blick darauf. Er musste los.

Kurz bevor er die Tür erreichte, drehte er sich noch einmal um. »Wenn du mich anlügst, Ryan, dann gnade dir Gott.«

Diesmal war Ryan so klug, den Mund zu halten, auch wenn er nichts hätte sagen können, um Priest zum Bleiben zu bewegen. Rowlinson hatte ihm eine Kopie der Datenbank geschickt. Und die enthielt eine Hiobsbotschaft.

46

Sobald er im Auto saß, las Priest Rowlinsons Nachricht noch einmal durch und versuchte gleichzeitig, seine Begegnung mit Ryan aus dem Gedächtnis zu verscheuchen. Es ergab doch keinen Sinn – warum sollte Sarah ihn anlügen? Aber darüber konnte er sich jetzt keine Gedanken machen. Es musste warten.

Die an die E-Mail angehängte Datei war passwortgeschützt. Priest musste erst den DCI anrufen, um es zu erfragen. Wahrscheinlich war das weniger eine Sicherheitsmaßnahme – vielmehr wollte Rowlinson, dass er zuerst mit ihm sprach.

Er wählte, wartete und dachte über die Nachricht nach. Auf der Liste stand jemand, den er kannte. *Nur wer?*

Rowlinson ging nach dem fünften Klingeln ran.

»Ich habe deine E-Mail bekommen«, sagte er und hoffte, dass er einigermaßen dringlich klang. »Wer ist es?«

Rowlinson zögerte. »Der DSI will nicht, dass wir die Personen auf der Liste kontaktieren. Noch nicht. Wir brauchen erst eine vernünftige Strategie, wie wir eine Massenpanik verhindern können.«

»Verdammte Scheiße, Tiff. Komm bitte zur Sache.«

»Der DSI hat sich klar und deutlich ausgedrückt, Priest. Keine Ausnahmen. Kapiert?«

»Na schön.«

Dann entstand eine quälend lange Pause. »Es ist Jessica Ellinder«, sagte Rowlinson schließlich.

Priest fiel aus allen Wolken. Er wusste nicht, was ihn mehr entsetzte: dass Jessica eine von nur einigen hundert Personen mit einer äußerst seltenen Blutgruppe war oder dass Rowlinson wusste, wie viel ihm Jessica bedeutete. Sonst hätte er es ihm nicht verraten. Sie hatten seit dem Mayfly-Fall nicht über Jessica gesprochen. *Woher zum Teufel weiß er, dass ich noch Kontakt zu ihr habe?*

»Okay«, sagte Priest. »Okay. Jessica Ellinder.« Seine Brust wurde enger, er spürte ein Prickeln im Nacken. *Jessica.*

»Spiel nicht den Ahnungslosen, Priest. Ich weiß, dass ihr beiden … na, du weißt schon.«

»Und woher weißt du das?«

»Ich bin Ermittler.«

»Das ist keine Antwort.« Er hätte noch weiter nachbohren können, doch auch zur Lösung dieses Rätsels fehlten ihm Zeit und Energie.

»Wir haben höchstens ein paar Tage Zeit«, sagte Rowlinson. »Heute Nacht wird nichts passieren. Selbst dieser Mörder kann nicht so schnell eine Tat nach der anderen begehen. Morgen besprechen wir mit dem DSI das weitere Vorgehen.«

Priests Wagen stand immer noch vor Sarahs Haus. Ryan beobachtete ihn nervös vom Schlafzimmerfenster im ersten Stock aus – wahrscheinlich in der falschen Annahme, dass man ihn selbst nicht sehen konnte.

Priest schaltete die Freisprechanlage ein und ließ den Motor an.

»Priest? Bist du noch dran?«

»Ja, ich bin hier.«

Doch das war nur die halbe Wahrheit. Er war gleichzeitig woanders. Aus den Augenwinkeln sah er eine Bewegung, die auch nach mehrmaligem Blinzeln nicht verschwand. Ein geisterhafter Schemen, der sich in Luft auflöste, wenn er ihn direkt ansah. Priest schüttelte heftig den Kopf. *Nicht jetzt.*

»Sitzt du im Auto?«

»Keine Sorge, ich fahre nicht zu ihr. Ich musste ein paar Sachen aus Sarahs Haus holen.«

»Na schön. Alles Weitere besprechen wir morgen Vormittag. Mehr können wir heute nicht tun.«

Priest bog auf die Hauptstraße, fuhr an einer langen Reihe geparkter Autos vorbei und hielt an einer Baustellenampel. Rowlinsons Tonfall beunruhigte ihn, auch wenn er nicht genau sagen konnte, weshalb.

»Warum habe ich das Gefühl, dass du mir etwas verschweigst?« Er erhielt keine Antwort. »Tiff?«

»Na ja, du solltest wissen, dass die AC auch zu der Besprechung morgen kommt.«

»Verdammte Scheiße.«

»Ja.«

»Weiß sie, dass ich an dem Fall arbeite?«

»Gewissermaßen.«

»Also weiß sie es nicht?«

»Der DSI verklickert es ihr gerade.«

»Um zehn Uhr abends?« Priest schlug frustriert mit der Hand gegen die Wagentür. Ihm schwirrte der Kopf. »Um Gottes willen, Tiff! Sie hasst jede Störung ihres Privatlebens.«

Rowlinson gähnte. »Ich weiß. Das wird keine einfache Besprechung.«

»Weiß Dee von Jessica? Ach, warte, ich kann mir die Antwort schon denken. Nein.« Rowlinson sagte nichts, was ihm verriet, dass er richtig geraten hatte. »Also gut. Dann bis morgen.«

»In alter Frische.«

Priest legte auf. Die Ampel wurde grün. Das Gespenst verschwand.

Er fuhr erst los, als das Auto hinter ihm hupte. Jetzt erst fiel ihm ein, dass er nicht nach dem verdammten Passwort gefragt hatte.

Priest legte seine Einkäufe auf das Band vor der Kasse, hatte aber gleichzeitig das Telefon in der Hand und war dementsprechend unkonzentriert. Er wusste, dass er trotz seiner Müdigkeit kein Auge zutun würde, und da es sonst nichts zu tun gab, hatte er beschlossen, in einen rund um die Uhr geöffneten Supermarkt zu gehen und die Vorräte für sich und seine Mitbewohnerinnen aufzustocken.

Der Kassierer – der dem Namensschild nach Erik hieß – betrachtete skeptisch seine Auswahl. Priest las noch einmal Jessicas SMS, gleichzeitig eine gute und eine schlechte Nachricht.

»Telefonieren geht schlecht, bin auf Geschäftsreise in Belfast. Morgen zurück. Mittagessen?«

Gut, weil sie nicht in London war – *doch war sie damit automatisch in Sicherheit?* Es musste genügen – auf eine »Ich wollte dir nur sagen, dass ein Serienmörder hinter dir her ist«-Unterhaltung hatte er weiß Gott keine Lust. Sie hätte sowieso nichts gebracht, außer ihr Angst einzujagen. Wenn sie ihm überhaupt glaubte. Für jemanden, der nicht mit den Details des Falls vertraut war, musste die ganze Geschichte völlig abstrus klingen.

»Die hier auch?«, fragte Erik und hielt eine PlayStation 4 samt Virtual-Reality-Headset in die Höhe.

»Ja, bitte.«

»Cool. Und ordentlich Spiele.«

»Ja, ich weiß nicht so recht, was sechsjährige Mädchen gern spielen, also hab ich ein paar mehr mitgenommen.« Erik nickte, doch Priest spürte sein Unbehagen. »Für meine Nichte«, fühlte er sich bemüßigt zu erklären. »Sie ist für ein paar Tage bei mir.« Erik nickte wieder und entspannte sich etwas.

Priest wandte sich wieder seinem Telefon zu. Er war gerade dabei, eine weitere Nachricht von Sasha Merriweather zu löschen, als Erik ein höfliches Hüsteln ausstieß. »Die meisten sind für ein kleines Kind ganz gut geeignet«, sagte er ernst. »Aber bei *Hello Neighbor* bin ich mir da nicht so sicher.«

»Ab sieben Jahren steht drauf.«

»Das kann schon sein, aber ich habe das auch. In dem Spiel geht's darum, dass man in das Haus seines Nachbarn einbricht und ihn ausspioniert. Das ist pädagogisch nicht gerade wertvoll, wenn Sie verstehen?«

Priest nickte dankbar. »Ja, verstehe. Könnten Sie das für mich zurückstellen? Vielen Dank.«

»Okay. Das macht dann sechshundertdreiundfünfzig Pfund und dreißig Pence, bitte.«

Priest bezahlte und verbrachte die nächsten zehn Minuten damit, die Sachen so in den Kofferraum des Aston zu stopfen, dass alles hineinpasste.

Auf dem Nachhauseweg dachte er darüber nach, was Erik über das Einbrechen in und Ausspionieren von Nachbarhäusern erzählt hatte. Er hatte sich so sehr darauf konzentriert, wie Copperhead seine Opfer *auswählte*, dass er sich eine naheliegende Frage noch gar nicht gestellt hatte: *Wie gelangte er an sie heran?*

Die Besprechung war für zehn Uhr angesetzt. Er hatte also vorher noch genug Zeit, um den Rat eines Fachmanns einzuholen.

Mittwoch

Dr. William Priest starrte ihn geistesabwesend über den Tisch hinweg an. Seine Arme hingen schlaff herunter, und er hatte den Kopf leicht schief gelegt. Zehn Jahre in der Fen-Marsh-Hochsicherheitspsychiatrie hatten ihre Spuren an Londons berüchtigtstem Serienmörder der Neuzeit hinterlassen. Nur sein jüngerer Bruder vermochte das Feuer in seinen blauen Augen zu erkennen – ein Feuer, das ihm verriet, dass William geistig nicht im Geringsten abgebaut hatte. Im Gegenteil: Er hatte die Zeit genutzt, um seine intellektuellen Fähigkeiten zu verbessern, hatte mit Hingabe Literatur zu jedem nur erdenklichen Thema verschlungen – von den Geheimnissen der Dunklen Materie und Stringtheorie bis hin zu den Wundern des menschlichen Gehirns.

Obwohl Priest außerhalb der Besuchszeiten und ohne vorherige Anmeldung erschienen war, hatte man ihm – wenn auch zögerlich – Zutritt gewährt. In Fen Marsh selbst hatte Dr. William Priest das Sagen. Priest dachte nicht gern darüber nach, dass William seine Zeit hinter Gittern nicht allein zum Studium nutzte. Man konnte ihm zwar physische Grenzen setzen, aber nicht verhindern, dass er andere geradezu meisterlich manipulierte.

»Dahinter steckt ein ganz einfaches Geheimnis«, hatte er Priest einst leise und außer Hörweite der Pfleger anvertraut, die nervös hinter ihm gestanden hatten. »Netzwerke sind stärker als Hierarchien.«

Damit hatte William sagen wollen, dass sein Einfluss innerhalb der Mauern von Fen Marsh nicht auf Furcht, Unterdrückung oder einer Rangordnung, sondern auf gewissenloser Manipulation beruhte. Ähnlich wie das britische Empire, in dem auf der Höhe seiner Macht eine Handvoll Personen über Millionen Menschen geherrscht hatte. William hatte den Menschen um sich herum sozusagen eine Gehirnwäsche verpasst. Von außen betrachtet mochte Fen Marsh als Hochsicherheitsklinik mit weniger als achtzig Patienten erscheinen – die Wahrheit lautete, dass die Irren die eigentlichen Herren der Anstalt waren.

Williams derzeitige geistige Verfassung stellte allerdings ein Problem für Priest dar. Dr. Wheatcroft, Williams behandelnder Arzt, hatte ihn davor gewarnt, dass sein Patient heute nicht besonders kooperativ war, ließ jedoch dahingestellt, ob dies an einer Laune, einem Rückfall in kindliche Verhaltensmuster oder einem völlig unbekannten Grund lag.

»Ich bezweifle, dass Sie heute viel mit ihm anfangen können, aber versuchen Sie es ruhig«, hatte Wheatcroft gesagt, und er schien recht zu behalten.

»Wills?«, sagte Priest. »Hörst du mich?«

William sah ihn an, und einen Moment lang glaubte Priest, Klarheit in seinem Blick zu erkennen – die im nächsten Sekundenbruchteil jedoch wieder wie weggewischt war.

»William?«

Priest wartete, bis der Dunkle Rächer endlich zu einer

gemurmelten Antwort ansetzte: »Tut mir leid, Charles. Mein Hirn ist heute Morgen wie ein Sieb.«

»Das ist aber schade. Ich bin nämlich auf der Jagd.«

Das erregte Williams Aufmerksamkeit. »Auf der Jagd?«

Priest warf einen Blick auf den Pfleger, der hinter ihnen stand. Er erkannte ihn von seinem letzten Besuch.

»Das ist Perry«, sagte William, der Priests Argwohn bemerkt hatte. »Mach dir um den keine Sorgen. Wir sind hier alle Freunde. Stimmt doch, Perry?«

Perry sagte nichts, sondern trat nur unbehaglich von einem Fuß auf den anderen. Priest wollte gar nicht erst wissen, wie ihm William seinen Willen aufgezwungen hatte.

Unter Perrys ängstlichem Blick legte Priest die Fotos der vier Opfer eines nach dem anderen vor William ab. William betrachtete sie schweigend. Die Leere war aus seinen Augen verschwunden, das Feuer loderte wieder.

»Charles, ich dachte, du hättest die Jagd aufgegeben«, sagte er so leise, dass Perry die Ohren spitzen musste.

»Tja, seiner wahren Natur kann man eben nicht entkommen.« Priest sah seinen Bruder bedeutungsvoll an. »Oder?«

»Leider nicht.« William nahm ein Foto in die Hand und deutete auf das Janus-Symbol. »Was ist das?«

»Sein Markenzeichen.«

»Eine um das Kreuz Jesu gewundene Schlange«, murmelte William beinahe unhörbar.

Priest erzählte ihm in knappen Worten von dem blinden Passagier auf Noahs Arche, dem dämonischen Erbgut, dem Silberblut, der Bindung. Und von Copperhead.

»Copperhead?«

»Eine Schlange. Wie im Garten Eden.«

William runzelte die Stirn, als würde er in den dunkelsten Ecken seines Verstandes wühlen. »Ja. Ja, ich weiß. Aber … da ist noch etwas anderes.« Priest wartete. Irgendwann wedelte William ärgerlich mit der Hand. »Dieser verdammte Nebel, der über allem liegt. Ich bin geistig gerade nicht auf der Höhe, Charles.«

»Sein Name tut nichts zur Sache. Aber diese seltene Blutgruppe, die in der internationalen Spenderdatenbank …«

»Ja«, unterbrach ihn William ungeduldig. »Die Internationale Spenderdatenbank. Wahrscheinlich gibt es nur ein paar hundert Personen mit Lutheran b negativ, und die meisten leben im Großraum London. Habe ich recht?«

Priest versuchte, sich nicht anmerken zu lassen, dass er gegen seinen Willen schwer beeindruckt war. »Stimmt genau.«

»Alle kann er unmöglich töten«, fuhr William fort. »Die Polizei wird ihn irgendwann schnappen, und jetzt, da du in dem Fall ermittelst, stehen seine Chancen noch schlechter.«

Priest wusste nicht, worüber er mehr überrascht sein sollte: darüber, dass sich William das Ganze so schnell zusammengereimt hatte, oder über das verklausulierte Kompliment.

»Selbstverständlich folgt er keinem Muster«, sagte William.

»Nein. Er wählt seine Opfer scheinbar zufällig aus. Sie haben nur die Blutgruppe gemeinsam.«

»Hm.« William betrachtete erneut konzentriert die Fotos. »Aber er kennt ihre Bewegungsprofile. Darauf lassen zumindest die Tatorte schließen. Ein Hotelzimmer, eine Privatwohnung, ein Park und ein verlassenes Lagerhaus. Dein Mörder wusste, wo sie zu finden sind, und nutzte dieses Wissen, um ihnen eine Falle zu stellen.«

»Und er weiß, wie man tötet, ohne Spuren zu hinterlassen.«

Priest wollte weiterreden, aber William fiel ihm ins Wort. »Du verschweigst mir doch etwas.«

Priest hielt erschrocken inne. *Ich verschweige dir sogar eine ganze Menge.* »Ich …«

William beugte sich vor und betrachtete Priest mit so klinischer Präzision, als könne er direkt in dessen Kopf blicken. »Du kennst jemanden aus dem Spenderverzeichnis. Genau«, fuhr er voller Überzeugung fort, als Priest nicht reagierte. »Und es ist nicht irgendwer. Er bedeutet dir etwas. Oder sie. Eine Frau. Eine Frau, die dir am Herzen liegt.«

Priest spürte, wie ihn bei Williams Worten ein heißer Schauer durchfuhr. *Woher zum Teufel weiß er das?* Doch das spielte keine Rolle. Er verfluchte sich dafür, so leicht durchschaubar zu sein. Er musste vorsichtiger sein, sonst würde der große Manipulator ihn ebenso wie Perry und die anderen Angestellten um den kleinen Finger wickeln. Um sich zu verraten, brauchte es nicht mehr als eine winzige Änderung im Tonfall, ein Zucken, ein Blinzeln zu viel oder – bei einem Rechtshänder wie Priest – ein winziger Blick nach rechts: ein sicheres Zeichen dafür, dass er mit Hilfe der kreativen »linken« Gehirnhälfte die Wahrheit mit einer Lüge kaschierte. William kannte die psychologischen Mikroreaktionen seines Bruders in- und auswendig. Immerhin interpretierte er sie, seit er lesen und schreiben konnte.

»Also, habe ich damit deine Neugier geweckt?«, fragte

Priest. Er war wütend, beschloss aber, gute Miene zum bösen Spiel zu machen. Es zu leugnen hatte sowieso keinen Sinn.

William lehnte sich besorgt zurück. »Wenn dir die Frau so wichtig ist, wird sie erst in Sicherheit sein, wenn der Mörder tot ist. Das ist dir doch klar, oder?«

»Wills, ich will wissen, ob …«

»Hör mir zu!«, brüllte William, woraufhin Perry erschrocken zusammenzuckte. »Tot. Nicht im Gefängnis und schon gar nicht in einer solchen Anstalt wie dieser. Du hast es hier nicht mit einem Anfänger zu tun, Charles.«

»Ich arbeite mit der Polizei zusammen. Da ist kein Platz für Selbstjustiz.«

»Glaubst du, dass dir der Mörder denselben Gefallen tut?«

»Hier geht es nicht um …«

»Wenn du diese Dame beschützen willst, machst du dich verwundbar. Wer vier beinahe perfekte Morde in einer derart kurzen Zeitspanne planen und ausführen kann, wird auch nicht zögern, einen solchen Vorteil auszunutzen.«

Priest biss die Zähne zusammen. Wut stieg in ihm auf. »Das wird ihm nicht gelingen.«

William schüttelte den Kopf – nicht nur herablassend, sondern regelrecht angewidert. »Wie kannst du dir da so sicher sein?«

Williams Worte erschütterten Priest. Die Erkenntnis, dass sein Bruder womöglich recht hatte, setzte ihn unter enormen Druck. Seine Hände waren klamm vor Schweiß, wenn er Jessica vor seinem geistigen Auge sah. »Ich kann ihn erwischen. Mit deiner Hilfe.«

»Und du glaubst, dass er aus einer solchen Anstalt nicht entkommen kann? Glaubst du auch, dass *ich* hier nicht entkommen könnte?«

Wieder beschlichen Priest Zweifel. Er hatte sich schon oft über die Sicherheit in Fen Marsh Gedanken gemacht. Bisher hatte William kein Interesse an Flucht gezeigt. Es war überhaupt das erste Mal, dass er dieses Thema zur Sprache brachte. Priests Wut schwand, und Panik stieg in ihm auf. Perry sprach bereits hektisch in ein Telefon, das an der Wand befestigt war.

»Er ist nur ein Mensch, Wills.«

William schob ihm das Foto des verstümmelten Leichnams, den sie in der Lagerhalle gefunden hatten, über den Tisch hinweg zu. »Das war kein *Mensch,* Charles. Das war ein Monster. Vergiss nie: Es gibt keine größere Gefahr als jemanden, der glaubt, Gottes Werk zu tun.«

Auf Priests Stirn bildete sich ein Schweißfilm. Er hätte darauf bestehen müssen, letzte Nacht zu Jessica zu fahren. Zur Not auch bis nach Belfast.

Die Tür ging auf, und Dr. Wheatcroft erschien in Begleitung zweier Pfleger.

»Die Besuchszeit ist vorüber, Dr. Priest. Ich muss darauf bestehen«, verkündete Wheatcroft.

»Moment«, sagte Priest und wandte sich William zu, dem die beiden Pfleger bereits die Hände auf die Schultern legten. »Wie kann ich ihn aufhalten?«

William schien die Störung überhaupt nicht zu bemerken. Er wirkte wie in Trance. »Hör auf, nach ihm zu suchen.«

»Was?«

Sie halfen William auf die Beine und führten ihn durch den Raum. Wheatcroft sah Priest böse an und sagte etwas, das der nicht verstand, da er sich ganz auf William konzentrierte.

»Um diese Schlange zu fangen, Bruderherz, musst du selbst zur Schlange werden.« Dann führten sie William trotz Priests Protesten davon. Die Tür fiel knallend ins Schloss, und Priest war wieder allein. Das Blut rauschte in seinen Ohren.

48

Georgie stand im Eingang zum Thames-Blutspendezentrum und sah sich um. Am Empfang saß eine Frau mit orangener Gesichtsfarbe und großen Ohrreifen und starrte Georgie an, als hätte diese sie bei etwas sehr Wichtigem gestört.

»Ja, bitte?«

»Hi.« Georgie stellte sich vor den Tresen und stellte die Tasche ab. »Ich möchte Blut spenden.«

Die Frau warf ihr einen Blick zu, als hätte Georgie sie darum gebeten, ihr zinslos und ohne Garantien zehntausend Pfund zu leihen. Dann schob sie ihr ein Formular zu. »Der Stift liegt vor Ihnen.«

Georgie füllte das Formular aus und gab es der Frau zurück, die ihr daraufhin befahl, sich hinzusetzen und zu warten.

»Wollen Sie denn meine Blutgruppe gar nicht wissen?«, fragte Georgie möglichst beiläufig. Die Frau ließ den Telefonhörer sinken und warf ihr einen »Was für eine Unverschämtheit, mich anzusprechen«-Blick zu. »Auf dem Formular, meine ich. Da war keine Frage nach der Blutgruppe. Ist die denn nicht wichtig?«

»Die meisten Menschen wissen nicht, was sie für eine Blutgruppe haben«, erklärte sie, als wäre Georgie schwer von Begriff. »Oder sie schreiben das Falsche auf. Deshalb fragen wir nicht mehr danach, sondern lassen sie vom Labor bestimmen. Dann passieren wenigstens keine Fehler.«

»Ach so, verstehe.«

Die Frau wartete, ob Georgie sie mit einer weiteren Frage zu belästigen gedachte, dann nahm sie wieder den Hörer ans Ohr.

»Also ich habe zum Beispiel eine sehr seltene Blutgruppe, das weiß ich genau«, sagte Georgie.

»Aha.« Die Frau blickte noch nicht einmal auf.

»Die haben höchstens ein paar hundert Leute, wenn überhaupt. Deshalb spende ich häufig.«

»Sehr löblich.«

»Werden solche Blutgruppen wie Lutheran b negativ denn nicht manchmal knapp?«

Die Frau seufzte. Offensichtlich hatte sie sich damit abgefunden, dass sie Georgie nicht in Ruhe lassen würde.

Georgie nickte und lächelte, obwohl ihr das Herz in die Hose rutschte. Deshalb hatte man sie beim Schultheater immer als Letzte besetzt: Sie war eine hoffnungslos unbegabte Schauspielerin.

»Das war letztes Jahr, oder?«

Mit einem Mal war sie ganz aufgeregt. »Wie bitte?«

»Na, dass diese Mails rumgingen. Wir haben nie rausgefunden, wer die geschickt hat.«

»Was ist denn passiert?«

»Jemand hat allen, die mit dieser Blutgruppe in der Datenbank registriert sind, eine Menge E-Mails mit der Aufforderung, Blut zu spenden, geschickt. Wir waren es nicht, aber da alle gekommen sind und Blut gespendet haben, haben wir natürlich nicht nein gesagt. So seltenes Blut wie Ihres ist sehr begehrt.«

Georgie dachte darüber nach. Wieso wollte der Killer, dass sie alle Blut spendeten? Das Blutspendezentrum war eine öffentliche Einrichtung, er hätte also nicht an das gespendete Blut gelangen können. Warum auch?

»Wie viele Leute sind denn gekommen?«

»Viele. Im Lauf von drei, vier Monaten bestimmt an die hundert.«

»Aha.«

Was hatte der Mörder davon? Oder war das Blutspendezentrum selbst irgendwie von Bedeutung? Vielleicht ging es ihm gar nicht um das Blut, sondern …

»Sagen Sie mal«, fragte Georgie fröhlich in der Hoffnung, die sauertöpfische Frau mit ihrer guten Laune anzustecken, »haben die Termine vereinbart, oder sind die einfach so vorbeigekommen wie ich?«

Sie sah Georgie verwirrt an. *Was ist das denn für eine Frage?* Einen Augenblick lang rechnete Georgie mit einer argwöhnischen Gegenfrage, doch dann kam die Frau wohl zu dem Schluss, dass es besser war, Georgie ihren Willen zu lassen. »Weder noch – in den Mails waren genaue Termine angegeben. Deshalb musste es sich um einen Fehler handeln, so etwas machen wir überhaupt nicht. Außerdem hat das mit diesen Terminen sowieso nicht funktioniert, dazu waren die Gruppen viel zu groß. Das war der reinste Albtraum. Die Leute mussten ewig warten, bis sie an der Reihe waren.«

Ewig warten, bis sie an der Reihe waren.

Sie sah sich um, und dann kam ihr ein wilder Gedanke. War es möglich …

Sie starrte an die Wand, und dort war tatsächlich die Antwort, nach der sie gesucht hatte.

Georgie nahm das Handy heraus und entsperrte es.

49

Henrik Vose stand mit dem Handy am Ohr in der Ecke von Elisha Capindales Salon. Er hatte die Augen geschlossen. Einerseits, weil er entnervt davon war, dass ihm Sasha Merriweather – die am anderen Ende der Leitung war – immer wieder dasselbe erzählte, und andererseits, weil er den ungeduldigen und unnachgiebigen Blick seiner Arbeitgeberin nicht ertrug, die mit übereinandergeschlagenen Beinen am anderen Ende des Raums saß und vor Wut kochte. Er hatte die Augen geschlossen, weil er so müde war, weil er immer noch nicht verstanden hatte, warum dieses verdammte Buch so wichtig war, und schließlich, weil er sich nur so auf Merriweathers grelle Stimme konzentrieren konnte, während Elisha gleichzeitig die Tasse gegen den Unterteller klirren ließ: ein Geräusch, bei dem es ihm jedes Mal die Nackenhaare aufstellte.

»Ja … ja«, sagte er. »Ich verstehe, dass Sie den Richter noch einmal bemühen mussten. Wir wollen lediglich das Buch, das kann doch nicht so schwer sein.«

»Das braucht Zeit, Henrik.« Auch in Merriweathers Stimme hatte sich ein ungeduldiger Ton eingeschlichen. »Der Termin zur Änderung des Beschlusses ist für Freitagnachmittag angesetzt. Schriftlich lässt sich nichts machen. Der Richter besteht auf einer Anhörung.«

»Und mehr konnten Sie nicht tun?«

»Das Buch ist in der Obhut des beaufsichtigenden Anwalts, deshalb sieht das Gericht keinen Grund zur Eile.«

»Blödsinn. Priest hat eine Grenze überschritten, als er hier aufgetaucht ist. Das habe ich Ihnen doch erklärt.«

»Ich würde ihn ja gern zur Rede stellen, aber er weigert sich, mich zurückzurufen. Außerdem muss ich ehrlicherweise sagen, dass Sie auch keine große Hilfe sind, Henrik. Wieso ist dieses Buch so wichtig? Ich kann seine archäologische und theologische Bedeutung durchaus nachvollziehen, nicht jedoch, warum Sie es so eilig haben, es in Ihren Besitz zu bringen.«

»Das geht Sie nichts an.« Vose hob die Stimme. »Besorgen Sie uns einfach das verdammte Buch. Dafür bezahlen wir Sie schließlich.«

Er legte auf, bevor sie etwas erwidern konnte. Henrik Vose tappte nicht gern im Dunkeln. Zuerst war die Arbeit für diese merkwürdige Antiquitätenhändlerin, die Angst vor der Sonne hatte, ja sehr interessant gewesen: Er war um die Welt geflogen, hatte als Bevollmächtigter einer respektierten Fachfrau an Auktionen teilgenommen und sich in der Branche umgehört – doch selbst damals war ihr Ruf bereits im Niedergang begriffen gewesen. Naiverweise hatte er geglaubt, ihn wiederherstellen zu können. Ihre Besessenheit von exotischen und unglaublichen Artefakten – wie beispielsweise dieses verdammte Fläschchen mit der Muttermilch der Jungfrau Maria, bei der es sich höchstwahrscheinlich nur um trübes Wasser handelte – hatte sie blind gemacht. Dies wurde ihm bewusst, als er sich Gelehrten und Händlern als ihr Bevollmächtigter vorstellte und zunehmend Spott, verdrehte Augen, wissendes Lächeln und herablassende Bemerkungen erntete. Nach und nach wandten sich alle von ihr und damit auch von ihm ab.

Relikt. Aus dem Lateinischen *reliquiae,* was *zurückgelassen* bedeutet. Das wahre Relikt war nicht das Buch Janus, sondern Voses Arbeitgeberin.

»Was hat sie gesagt?«, wollte Elisha wissen. Sie hatte die Teetasse an den Lippen und starrte ihn mit einem bohrenden Blick an.

»Für Freitag ist eine weitere Gerichtsanhörung angesetzt.«

Sie nahm einen Schluck Tee. Beim Klirren des Porzellans verzog er das Gesicht. »Ich will dieses Buch, Henrik.«

»Nein. *Er* will das Buch.«

Vose hatte keine Ahnung, wer *er* war. Er wusste nur, dass *er* vor achtzehn Monaten mit ein paar zerfledderten Manuskriptseiten aufgetaucht war. Elisha hatte sich eine Kopie gemacht, sie mehrere Tage lang studiert und ihm schließlich am Telefon mitgeteilt, dass es sich um Auszüge aus dem Buch Janus handelte. Dann hatten sie ein Abkommen geschlossen, mit dessen Details Henrik nicht vertraut war. Er hatte wie ein beschissener Schoßhund vor der Tür warten müssen. Dann war *er* gegangen, und Elisha hatte ihm aufgetragen, einen Fachmann namens Norman Owen aufzustöbern. Oh, und wenn er doch bitte noch diesen Scheck ausstellen könne? Es handelte sich um die erste von mehreren Raten. Vose hätte sich beinahe verschluckt. Zehntausend. Einfach so.

»Und stellen Sie einen Vertrag für Owen aus«, hatte sie gesagt. »Damit er nicht auf dumme Ideen kommt.«

Das hatte ja nun nicht so prächtig geklappt.

»Was will er mit dem Buch?«, fragte Vose. Sie zu hinterfragen lag zwar nicht in seiner Natur, doch allmählich musste er sich wohl oder übel auf eine Zukunft ohne Elisha Capindale einstellen. Sie wurde zunehmend zu einer Belastung. Wahrscheinlich würde er nach Deutschland zurückkehren und einen Neuanfang wagen.

»Das Jüngste Gericht verhindern selbstverständlich.«

Vose war in den vergangenen Jahren ja so einiges zu Ohren gekommen, doch das war selbst für Elisha Capindales Verhältnisse starker Tobak.

»Er hält sich wohl für Jesus?«

»Vielleicht ist er es ja.«

Das war zu viel. Er fluchte auf Deutsch, marschierte aus dem Raum und knallte die Tür hinter sich zu. Selbst hier war noch das Klirren des beschissenen Porzellans zu hören.

50

Der diensthabende Beamte – ein kahlköpfiger Mann mit großen Ohren – blickte kaum auf, als Priest verkündete, zu einer Besprechung mit DCI Rowlinson geladen zu sein. Das Gespräch mit William hatte ihn aufgewühlt und beunruhigt. Ruhig dazusitzen war das Letzte, was er gerade wollte, doch genau das befahl ihm der Sergeant am Empfang. Sobald sich Priest niedergelassen hatte, tippte er mit dem Fuß zu einer unhörbaren Melodie.

Um diese Schlange zu fangen, Bruderherz, musst du selbst zur Schlange werden.

Priest schrieb eine Nachricht in der Hoffnung, dass diese Rowlinson schneller erreichte als der Mann am Empfang. Er war ungeduldig. Sie würden Copperhead nicht schnappen, indem sie um einen verdammten Tisch herumsaßen.

Und dann würde er sich auch noch mit seiner Ex herumschlagen müssen. Sie waren drei anstrengende Jahre verheiratet gewesen. Ob sie jemals glücklich miteinander gewesen waren? Komischerweise konnte er sich nicht daran erinnern. Die Dissoziationsstörung dagegen war so schlimm wie nie gewesen, eine zersetzende, zerstörende Kraft. Das Problem dabei lautete: Wenn die Welt nicht real war, dann war auch nichts darin von Bedeutung – was auch für die Menschen galt, die ihm nahestanden. Das konnte man Dee nicht zum Vorwurf machen. Die lautstarken Auseinandersetzungen, die klaustrophobische Eifersucht und die Manipulationsversuche dagegen schon.

Dann war es besser geworden, und das hatte mit Tillys Geburt zu tun, wenn er auch nicht erklären konnte, wieso. Sie war ja nicht sein Kind, doch dass seine Schwester eine Tochter hatte – wenn auch mit einem Vollidioten –, bedeutete ihm etwas. Schenkte ihm Hoffnung, womöglich. Und ließ ihn eine niederschmetternde Wahrheit erkennen: Charlie Priest würde niemals Kinder haben. Nicht weil er keine wollte. Das Gegenteil war der Fall. Doch seine Welt war zu chaotisch, sein Selbstwertgefühl zu gering. Er war nicht in der Lage, der Vater zu sein, der er gern gewesen wäre – so wie sein eigener Vater: aufmerksam, geduldig. Ein Lehrer und Freund.

Tillys Geburt hatte diese Tür für immer verschlossen. Sie war das, was einem eigenen Kind am nächsten kam. Wenn er an sie dachte, wenn er ihr helles Lachen in seinem Kopf hörte, besserte sich seine Laune schlagartig. Plötzlich bemerkte er, dass der Polizeibeamte am Empfang mit jemandem sprach.

Selbstverständlich hatte er den großen, gut gebauten Mann, der nach ihm das Revier betreten hatte, bemerkt, ihm aber weiter keine Beachtung geschenkt. Dies änderte sich, als er das Wort ergriff. Er war ungefähr in Priests Alter, hatte ein markantes Gesicht, dunkelbraunes, perfekt frisiertes Haar und steckte in einem schicken Designeranzug. *Das freundliche Lächeln eines guten Gastgebers,* dachte Priest.

»Können Sie ihr das hier geben, bitte? Sie hat es zu Hause liegen lassen.«

Der Mann gab dem Beamten ein Päckchen, in dem sich womöglich ein Mittagessen befand.

»Ich glaube, Fay hat heute Morgen eine Besprechung, aber ich werde es ihr danach aushändigen, Mr. …?«

»Westbrook. David. Ich bin ihr Mann.«

Der Beamte bedankte sich. David Westbrook drehte sich um, nickte Priest höflich zu und ging. Priest erwiderte den Gruß mit vor Schreck großen Augen. Sofort wurde er von Schuldgefühlen geplagt. Er lief rot an. *Sie hat keinen Ring getragen. Sie hat behauptet, keine Zeit für eine Beziehung zu haben. Was sagt man dazu?* Vielleicht hatte er den Ehering nur nicht gesehen, weil sie ihn an einem Goldkettchen um den Hals trug. Vielleicht hatte sie ihren Ehemann auch einfach nicht erwähnen wollen.

Er dachte an den Kuss zurück, den Geschmack ihrer Lippen, den Duft ihres Parfums. Ihr großer, gut aussehender Mann hatte seine Zeit dafür geopfert, ihr ihr Mittagessen hinterherzutragen. Er war selbstsicher, einehmend, gewissenhaft und fürsorglich. Und hatte keine Ahnung.

Er war immer noch schockiert, als Rowlinson auftauchte, um ihn abzuholen.

Fay trug einen Pferdeschwanz und erneut ein ärmelloses Top mit tiefem Ausschnitt, sodass ihre makellose Haut im Licht glänzte. Ihre Jacke hing über dem Stuhl. Sie begrüßte ihn mit einem Lächeln, das ihre Augen nicht erreichte. Normalerweise hätte er dieser Situation größere Beachtung geschenkt, doch momentan hatte er ganz andere Probleme: Fay saß neben seiner Exfrau.

»Dass Sie so etwas zugelassen haben, ist unglaublich«, putzte Assistant Commissioner Dee Auckland Eaton herunter, der neben Grey saß. Rowlinson blieb noch einen

Augenblick im Hintergrund stehen, dann setzte er sich ebenfalls neben Grey und bedeutete Priest, Dee gegenüber Platz zu nehmen. Weder Grey noch Dee nahmen von ihm Notiz.

»Hallo, Schatz«, sagte er. »Gut siehst du aus.«

Sie wandte sich angewidert ab. »John, was zum Teufel soll das?«

Man musste Eaton zugutehalten, dass er sich nicht aus der Ruhe bringen ließ. »Bisher war uns Mr. Priest eine verdammt große Hilfe, Ma'am. Ich würde sogar sagen, dass wir ohne ihn längst nicht solche Fortschritte gemacht hätten.«

Dee kochte vor Wut. »Ach ja? Kommt mir eher so vor, als hätte jeder, der bei dieser Ermittlung in seine Nähe gekommen ist, den Löffel abgegeben.«

»Meinst du Professor Owen? Ich bitte dich, Dee. Das ist gerade mal *eine* Person«, protestierte Priest.

Rowlinson machte sich immer kleiner. Seine Körpersprache signalisierte deutlich, dass er sich keinesfalls in diesen Streit einmischen wollte.

Dee drehte sich mit vor Wut gespitzten Lippen zu Priest um. »Charlie, dein Problem ist, dass du einfach nichts ernst nehmen kannst.«

»Vor ein paar Tagen hat man versucht, mich in die Luft zu jagen. Ist das ernst genug?« Die Erwiderung klang schärfer als beabsichtigt, doch allmählich verstand er keinen Spaß mehr. Dann fiel ihm trotz seiner Wut etwas ein: *Jemand hatte ihn kurz vor der Explosion angerufen und ihm den Arsch gerettet. Nur wer?*

Dee entgegnete nichts darauf, und Eaton ergriff das Wort: »Die Presse hat mittlerweile die Verbindung zwischen Emma Mendez, Jane Vardy und Alan Burberry hergestellt«, sagte er. »Von dem vierten Opfer wissen sie noch nichts. Ein Journalist hat mich angerufen. Ein Idiot namens Slinky, ein Reporter vom alten Schlag, der Ihnen wahrscheinlich nicht bekannt ist. Er weiß von dem Symbol, aber nicht, was es bedeutet.«

Priest verzog das Gesicht. Er kannte Slinky. Jeder Polizist Londons, ob jung, ob alt, kannte Slinky. »Wie hat er davon erfahren?«

Eaton stieß ein verächtliches Schnauben aus und nahm einen Schluck von seinem schwarzen Kaffee. »Das wissen wir noch nicht, aber wenn es ihm jemand aus diesem Revier hier geflüstert hat, dann werden Köpfe rollen.«

»Wie viel Zeit bleibt uns noch?«, fragte Dee und verschränkte die Arme.

»Er hat uns vierundzwanzig Stunden zugesichert, aber wahrscheinlich wird er es wohl heute Abend bringen. Er denkt, dass hier ein neuer Zodiac-Killer sein Unwesen treibt. Eine solche Story ist unwiderstehlich. Ich habe ihm einen Pressesprecher auf den Hals gehetzt, vielleicht kann der uns etwas mehr Zeit verschaffen. Slinky ist freier Journalist, er wird die Story an den Höchstbietenden verkaufen. Was das für unsere Ermittlungen bedeutet, ist ihm scheißegal.«

»Weiß er von der Liste potenzieller Opfer?«

»Nein, noch nicht.«

Sie seufzte so laut, dass jeder mitbekam, wie unzufrieden sie mit der Situation war. »Wie schafft er das? Wie bekommt er es hin, so sauber zu morden?«

»Dazu habe ich eine Theorie«, sagte Rowlinson. »Wir wissen inzwischen, wer der Tote im Lagerhaus ist: Darren Green, siebzehn Jahre alt. Er hatte Lernschwierigkeiten und wohnte bei seinem Vater und seiner Stiefmutter.

Seine leibliche Mutter ist vor zehn Jahren gestorben. Sein Vater hat ihn identifiziert. Darren hatte ebenfalls diese seltene Blutgruppe. Wir haben auf seinem Handy Nachrichten gefunden, die ihm eine gewisse Lucy Warren einen Tag vor seiner Ermordung geschickt hat. Darin will sie sich am Tatort mit ihm treffen und Sex mit ihm haben. Wir haben mit Lucy gesprochen – sie behauptet, nichts davon zu wissen.«

»Das kann ja jeder sagen.«

»Stimmt, aber ihr Handy ist sauber. Unsere Analysten haben keine Spur der Nachrichten gefunden.«

»Also wurde Darrens Handy gehackt?«, fragte Priest.

Rowlinson zuckte mit den Schultern. »Das prüfen wir noch. Außerdem werden wir Lucy heute Vormittag ein weiteres Mal vernehmen.«

»Was ist mit den anderen drei Opfern?«

Nun war Fay an der Reihe: »Emma Mendez' Mutter hat einen Schlüssel für Emmas Haus. Sie hat uns bestätigt, dass er nicht mehr da ist und womöglich gestohlen wurde. Bei Jane Vardy wissen wir noch nicht genau Bescheid, aber wenn der Mörder Handys hacken kann, hat er auch leicht herausfinden können, wann sie sich allein in diesem Hotelzimmer befand. Und Alan Burberry lief an jedem Werktag dieselbe Strecke.«

Dee schüttelte den Kopf. »Was hat es mit den Nägeln auf sich?«

»Die sind nichts Besonderes«, sagte Rowlinson. »Stinknormale verzinkte Nägel.«

»Sie sollen die Dornenkrone auf Christi Kopf symbolisieren«, sagte Grey im Brustton der Überzeugung. »Oder Stigmata.«

Alle, Dee eingeschlossen, sahen Priest an, als wäre er

dafür zuständig, Greys Behauptung zu bestätigen oder zu widerlegen. »Georgie hat eine Bibelstelle gefunden, in der eine Frau namens Jaël jemandem einen Nagel in den Kopf schlägt. Wir glauben, dass das mit der Bindung zusammenhängt.«

»Mit diesem Schwachsinn von wegen einem alternativen Bibelende?«, fragte Dee.

Priest sagte nichts. Er sah sie nur an, bis sie sich abwandte. Eine Weile lang dachten alle schweigend nach. »Wir müssen die Leute auf der Spenderliste warnen«, sagte Rowlinson schließlich.

Dee hätte beinahe gelacht. »Sind Sie wahnsinnig? Haben Sie eine Vorstellung davon, was für eine Panik wir damit auslösen?«

»Dee, er hat recht«, sagte Priest leise. »Diese Leute haben ein Recht darauf, informiert zu werden.«

»Und wie sollen wir das machen?« Sie funkelte ihn böse an. »Ihnen eine Mail schicken? Einen Tweet? Wir können unmöglich alle rechtzeitig erreichen. Wir müssen unsere Kräfte darauf konzentrieren, den Mörder zu fassen, anstatt Chaos zu verbreiten.«

»Das ist eine ziemlich weitreichende Entscheidung, die du da in ihrem Namen triffst.«

Dee hob die Augenbrauen, dann schüttelte sie den Kopf. »Du hast doch keine Ahnung von schwierigen Entscheidungen. Ethan, haben Sie endlich das Profil erstellt? Das sollte am Dienstag schon fertig sein.«

»Ja, ich habe es in Kürze vorliegen«, sagte Grey unbeeindruckt. »So etwas kann man nicht übers Knie brechen, aber das Warten lohnt sich bestimmt: Ich bin zuversichtlich, dass wir den Mörder bald geschnappt haben.«

Priest sah ihn überrascht an. Ganz offensichtlich war das sein voller Ernst. »Und wie soll das gehen?«

»Das würde ich gern mit DSI Eaton unter vier Augen besprechen, wenn Sie damit einverstanden sind, Ma'am. Immerhin haben wir möglicherweise eine undichte Stelle im Ermittlungsteam.« Er sah Dee an. Sie hasste sowohl Arschkriecherei als auch Selbstgefälligkeit und brachte Grey deshalb keine große Sympathie entgegen, andererseits war ihre Abneigung ihrem Ehemann gegenüber noch größer, sodass sie Greys Bitte stattgab.

»Na schön. Bringen Sie mich in einer Stunde auf den neuesten Stand.«

51

Priest machte sich sofort wieder auf den Weg. Er wollte noch nicht einmal mit Rowlinson darüber spekulieren, was Grey Eaton unter vier Augen zu sagen hatte.

»Was zum Teufel ist denn so geheim, dass er das nicht vor uns oder der AC sagen kann?«

»Keine Ahnung. Hör mal, ich muss los. Ich melde mich heute Nachmittag.«

»Was? Wo willst du denn hin?«

Doch Priest war schon aus der Tür, bevor Rowlinson die Frage wiederholen konnte. Er war allerdings nicht der Erste, der aus dem Revier in die heiße Luft Holborns getreten war. Fay ging gerade zu ihrem Auto. Er holte zu ihr auf.

»Schöner Tag für eine Spritztour«, sagte er in neutralem Tonfall.

Sie blickte auf die Schlüssel in ihrer Hand. »Ich will Lucy Warren noch einmal befragen. Das Mädchen, das Darren Green angeblich im Lagerhaus treffen wollte.«

»Wie wär's, wenn wir später zusammen zu Mittag essen?«

Ihr Lid zuckte. »Ich … ich weiß nicht so recht. Ich …«

»Ach, jemand hat dir ja dein Mittagessen vorbeigebracht«, sagte er. »Dein Ehemann, richtig?«

Sie presste die Lippen aufeinander und hob beinahe unmerklich die Schultern. Er hatte sie in Genf gefragt, ob sie verheiratet war, und ihre Antwort war unmissverständlich gewesen.

»Nein. Das erlaubt meine Arbeit nicht. Wie wär's mit etwas Stärkerem?«

»Du kennst mich nicht«, sagte sie und ließ den Kopf hängen.

»Sieht ganz so aus.«

Kopfschüttelnd wandte sie sich ab, als hätte er etwas Unvernünftiges gesagt. Priest ließ sich nicht abwimmeln. Die Zeit drängte, doch zunächst wollte er eine Erklärung.

»Es ist nicht so, wie es aussieht. Und wage es bloß nicht, dir ein Urteil zu erlauben. Mein Leben war nicht immer so leicht wie deins.«

Er hob eine Augenbraue. »Glaubst du wirklich, dass ich so ein leichtes Leben habe?«

Sie sah ihn voll Bedauern und Wut an, dann wandte sie sich ab. »Halt dich von mir fern, Charlie Priest. Ich bringe dich nur in Schwierigkeiten.«

Er sah ihr hinterher, dann kehrte er um und ging in Richtung Covent Garden. Eine düsterte Wolke formte sich in seinen Gedanken. Fay hatte ihn enttäuscht, doch er musste über wichtigere Probleme nachdenken. Wenn die Presse von der Verbindung zwischen den ersten drei Opfern wusste, war es nur eine Frage der Zeit, bis alles ans Licht kam und der Mörder noch tiefer untertauchte. *Und was zum Teufel denkt sich Dee eigentlich dabei, die Spender mit dem Silberblut nicht zu informieren?*

Es war eines seiner Lieblingspubs. Getrocknete Hopfendolden hingen von der Decke, im schummrigen Licht standen mehrere Glasaschenbecher neben dem Tresen, als warteten sie nur darauf, dass das Rauchverbot wundersamerweise wieder aufgehoben wurde. Priest sah auf die Uhr. Er war zu früh dran. Sie auch.

Jessica saß in einer Ecke, hatte ein Glas Tonic vor sich und starrte auf das Tablet. Am anderen Ende des Tischs stand ein Pint dunkles Ale, das vermutlich für ihn bestimmt war.

Sie sah kaum auf, als er sich setzte, deutete aber auf das Bier.

»Ich wusste nicht, was du haben willst, also hab ich dir das bestellt.«

Priest betrachtete das Glas, in dem Bodensatz schwamm. Wahrscheinlich irgendeine billige Plörre, die ihr der Barmann empfohlen hatte.

»Danke. So was hat mein Großvater vor dem Krieg getrunken.«

Sie zuckte mit den Schultern. »Earl Grey gab's nicht.«

Er nahm einen Schluck. Der bittere, metallische Geschmack erinnerte ihn an seine Studienzeit, als ein Pfund für ein Pint von einem solchen Gesöff und noch für eine Schachtel Zigaretten aus dem Automaten gereicht hatte.

»Also«, sagte sie, »ich dachte, du hättest heute Mittag keine Zeit. Weshalb der Sinneswandel?«

»Vielleicht wollte ich dich einfach nur sehen.«

Sie kicherte – nicht weil sie geschmeichelt oder peinlich berührt war, sondern weil sie dies aus irgendeinem Grund tatsächlich witzig fand. »Hier? Nicht zu Hause?«

Er wusste genau, was sie meinte. Sie hatte mit wenigen Worten ihre Beziehung umrissen: Sie trafen sich, um Sex zu haben. Guten Sex, ohne sich nahe zu kommen. Sex ohne leises Geflüster oder intime Küsse. Nur das Rascheln der Bettwäsche und ihr leises, wie weit entferntes Stöhnen. Manchmal versetzte ihn dies in Hochstimmung, gelegentlich kam er sich seltsam dabei vor, doch im Prinzip ging es nur um kalte, primitive Bedürfnisbefriedigung. Danach glitt sie aus dem Bett, ging nackt durch das Zimmer, um ihre Kleidung aufzuheben, während ihn allein der Anblick ihres geschmeidigen Körpers mit jenen außergewöhnlichen Kurven und perfekten Brüsten abermals in Erregung versetzte. Sie zog sich an, schenkte ihm gelegentlich ein schüchternes Lächeln und ging. Wenn sie miteinander sprachen, dann war es kein postkoitales Turteln wie unter Liebenden, sondern wie Geschäftsleute, die den nächsten Besprechungstermin vereinbaren.

Er wollte mehr. Sie womöglich auch, doch irgendwie waren sie gegen eine Wand gelaufen. Keiner wusste, wie sie sie durchbrechen sollten und ob sie bereit für das waren, was auf der anderen Seite auf sie wartete.

Er nahm noch einen Schluck Bier.

»Wir müssen uns unterhalten ... über uns, über das, was da zwischen uns läuft.«

»Muss es denn einen Namen haben?«

»Eine Beziehung ist es jedenfalls nicht, oder?«

»Nein. Und es wird auch nie eine sein.«

Das wusste er so sicher, wie er wusste, dass Gras grün und der Himmel blau ist, und doch tat sich plötzlich ein Abgrund in ihm auf. Ein Loch. Genau das bedeutete Verlust: eine Leere. Die Abwesenheit aller Farben.

Er sah sie an. Tausend Fragen schossen ihm durch den Kopf, und er machte ein trauriges Gesicht. »Warum nicht? Das verstehe ich nicht.«

Sie schien ebenso betrübt darüber wie er, aber das war

nur ein schwacher Trost. »Es würde nicht klappen, Charlie. Bitte. Das musst du doch verstehen.«

»Verstehe ich aber nicht. Das ist der Unterschied zwischen uns. Ich verstehe es nicht.«

Sie sah sich um, und einen Augenblick lang hatte er die Befürchtung, dass sie nach einem Fluchtweg Ausschau hielt. »Gewisse Dinge, Charlie … können nicht auf einem Fundament des Bösen stehen.«

Das Loch wurde größer, und Priest hatte das Gefühl, jeden Augenblick darin zu versinken. »Was soll das denn heißen?«, fragte er herausfordernd, obwohl er genau wusste, was sie meinte. Der Mayfly-Fall hatte sie zusammengebracht, aber auch gezeichnet. Sie hatte den größeren Schaden davongetragen – ihre Familie war darüber in die Brüche gegangen. Wie konnten sie vor diesem Hintergrund jemals zusammen sein? Es war naiv von ihm gewesen, dies überhaupt in Betracht zu ziehen.

»Wir dürfen uns nicht mehr treffen«, flüsterte sie, und zum ersten Mal, seit er sie kannte, sah er das winzige Funkeln einer Träne in ihrem Augenwinkel.

Priest saß am Rand des Lochs, das sich soeben aufgetan hatte, und starrte in den Abgrund. Das Niederschmetternde daran waren nicht ihre Worte, sondern seine Gefühle. Er hatte so etwas geahnt: Sex reichte auf Dauer nicht. Für ihn vielleicht, aber nicht für sie. Er hatte auch die Möglichkeit in Betracht gezogen, dass er nicht ihr einziger Liebhaber war. Womöglich war er nur einer von vielen. Ein Spielzeug, das sie hernahm, wenn sie Stress abbauen wollte.

Doch dies alles wurde von einer schleichenden, tückischen Furcht überschattet: Das Blut, das in ihren Adern floss, stellte eine tödliche Gefahr für sie dar.

»Du musst dich verstecken«, sagte er leise, wobei er ihren Blick mied und die Hände um das Bierglas legte.

Mit dieser Antwort hatte sie nicht gerechnet. »Was?«

»Du musst London verlassen. Vielleicht sogar England.«

»Was redest du denn da?«

»Nur für ein paar Tage.«

Sie sah erst nach links, dann nach rechts. Verwirrt streckte sie den Arm aus und hob sein Kinn mit der Hand, sodass sie sich in die feuchten Augen sehen konnten. »Charlie? Ich verstehe kein Wort.«

Er schob ihre Hand etwas grober als beabsichtigt von sich. »Es ist zurück, und es ist hinter dir her.«

»Was denn?«

»Das Böse, das du vorhin erwähnt hast.«

Jetzt machte er sich Vorwürfe, weil er sich keinen Plan zurechtgelegt hatte und mehr schlecht als recht improvisierte. Er verabscheute den Klang seiner eigenen Stimme, doch ein anderes Mittel, um sie zu überzeugen, fiel ihm nicht ein.

»Das …?« Dann begriff sie, und aus der Angst auf ihrem Gesicht wurde Wut. Es war keine Wut, die auf Hass gründete, sondern viel schlimmer – auf Verrat. »Das ist es? Das willst du mir also sagen?«

Panisch griff er nach ihrer Hand, doch sie entzog sich ihm. »Jetzt hör doch mal zu …«

Sie stand auf. *Scheiße. Sie glaubt, dass ich mir das alles nur ausdenke.* »Jessica, du musst mir vertrauen. Nur ein paar Tage. Bitte.«

»Dir vertrauen?«, schrie sie. Im Pub wurde es still. Die Gespräche verstummten, und alle Augen richteten sich auf sie: die des Paars in der Ecke, die der kleinen Kollegengruppe beim Feierabendbier, die des Wirts. »Ich kenne niemanden, der weniger vertrauenswürdig wäre!«

»Das ist jetzt aber nicht fair …«

»Ich dachte, wir könnten es mit Würde hinter uns bringen, Charlie, aber dafür bist du wohl nicht der Richtige. Meine Güte, ja, wir haben ein paar Mal gefickt, und das war ein Fehler. Geht das nicht in deinen Kopf?« Sie griff nach ihrer Handtasche.

Er wagte nicht, ebenfalls aufzustehen, da er seinen Beinen nicht traute. Sie wollte gehen, drehte sich dann aber noch einmal um, hob eine zitternde Hand und rang um Fassung. »Wenn ich dich ansehe, Charlie Priest, dann sehe ich all das … was ich hinter mir lassen will.«

»Das verstehe ich ja, aber …«

»Nein. Nein, verstehst du nicht.« Ihre Stimme brach, als die erste Träne floss. »Es ist nicht deine Schuld. Aber du kannst dir nicht vorstellen, was ich durchmache. Ich muss mein Leben neu sortieren und die Firma wiederaufbauen. Ich habe keine Familie mehr. Mum und Dad sind tot. Miles ist tot. Scarlett ist wieder in den Staaten. Wegen allem, was passiert ist, habe ich keine glückliche Erinnerung mehr. Ich träume jede Nacht vom Haus der Eintagsfliege, und wenn ich morgens aufwache, blute ich und weiß nicht, warum. Deshalb: Nein, du verstehst das nicht.«

Die anderen Gäste unterhielten sich wieder mit gedämpften Stimmen, doch die Stimmung war dahin. Der Wirt warf Priest einen mitleidigen Blick zu und brachte ihm noch ein Pint der Hausmarke, obwohl Priest im Augenblick weiß Gott keinen weiteren Alkohol brauchen konnte, der ihm das Hirn vernebelte.

»Ich muss heute sowieso wieder zurück nach Belfast.

Der Deal mit den neuen Investoren war noch nicht so endgültig, wie ich gedacht habe. Also bitte, du hast freie Bahn. Das wolltest du doch, oder?«

Dann war sie weg, und mit dem Knallen der Tür fiel sein schlaffer Körper in das Loch, das sich in ihm geöffnet hatte. Doch ihre Abschiedsworte waren eine winzige Hoffnung, an der er sich festhalten konnte. Auch wenn sie sie voller Bitterkeit gesprochen und er keine Antwort darauf gefunden hatte, war er doch erleichtert.

Dann setzte er sich, schloss die Augen und schüttete das starke Bier die Kehle hinunter. Den etwas ungepflegten Mann, der den Pub betrat, Priests Sitznische umrundete und auf der anderen Seite der Trennwand neben dem Billardtisch Platz nahm, bemerkte er nicht.

Als Priest das Pint ausgetrunken hatte und die Augen wieder öffnete, spürte er, dass er beobachtet wurde. Er sah sich um und erblickte einen Mann mit rundem, unrasiertem Gesicht und wirren Haaren. Er war etwas jünger, wirkte aber irgendwie abgerissen, als hätte er ein paar Nächte zu viel durchgemacht und ein paar Gläser Wodka über den Durst getrunken. Der Mann war also kein ungewöhnlicher Anblick für einen solchen Laden, dass er Priest so unverhohlen anstarrte, war dagegen sehr wohl ungewöhnlich.

Dann gefror Priest das Blut in den Adern.

Er wollte etwas sagen, der Mann lächelte, und in diesem Augenblick geriet Priests Welt aus den Fugen. Die Hintergrundgeräusche des Pubs wurden von einem langen, durchgezogenen Ton verdrängt: einem statischen Rauschen. Die Adern auf seinem Handrücken kribbelten, seine Nackenhaare stellten sich auf. Jeder Nerv war gereizt, jeder Muskel bis zum Zerreißen gespannt.

Als der Fremde lächelte, wusste Priest Bescheid, obwohl er nicht sagen konnte, wieso: Lag es daran, wie er dasaß, lag es an seinem schiefen Grinsen, an den überdurchschnittlich großen Eckzähnen? Lag es an dem zu einem Mittelscheitel gekämmten, fettigen Haar oder dem wahnsinnigen Funkeln in seinen Augen?

Als der Fremde den Arm ausstreckte und vorsichtig einen Gegenstand vor Priest auf den Tisch legte, gab es keinen Zweifel mehr: Es war ein zwanzig Zentimeter langer verzinkter Nagel.

»Hallo, Charlie«, sagte Copperhead mit einer ungewöhnlich hohen und samtweichen, beinahe lächerlichen Stimme. »Ich glaube, du suchst nach mir.«

52

Vor einem Jahr

Ich verlasse die Sakristei, setze mich auf eine Bank im vorderen Teil der Kirche, schlage die Beine übereinander und denke nach, wie hypnotisiert vom gleißenden Licht, das durch die Buntglasfenster über dem Altar fällt. Zum ersten Mal spüre ich die Wirkung des Gins. Schemen bilden sich vor meinen Augen, verschwommene Schlieren wie die Ränder einer Flamme tanzen durch mein Gesichtsfeld.

Mir schwirrt der Kopf, aber ich entspanne mich trotzdem. Sue ist weg. Wie unvernünftig von mir, sie für eine Trägerin zu halten. Gott könnte niemals so grausam sein.

Dann sehe ich auf mein Handy und erfreue mich an der Nachricht, die unsere Erlöserin Elisha mir geschickt hat. Sie hat mein Geld erhalten und einen Fachmann – einen gewissen Professor Owen – engagiert, um das Buch zu finden. Es ist zum Greifen nah. Owen wusste von seiner Existenz. Und von den Gerüchten, dass es im Besitz eines Schweizer Sammlers ist. Er ist zuversichtlich, diesen zum Verkauf zu überreden. Ganz offensichtlich ahnt keiner von beiden, wie wichtig das Buch ist.

Ich rufe sie an. Sie hebt sofort ab.

»Das sind gute Nachrichten, Elisha«, sage ich.

»Owen ist Fachmann für die Schriftrollen vom Toten Meer. Wenn es jemand auftreiben kann, dann er.«

»Wie lange wird das dauern?«

Es folgt eine Pause. Inzwischen bin ich Elishas Marotten ja gewohnt. »Einen Monat. Vielleicht auch länger.«

»Natürlich.«

Ich lasse mir selbstverständlich nicht anmerken, dass ich es kaum erwarten kann, endlich den vollständigen Text vorliegen zu haben. Dafür gibt es zwei Gründe. Erstens: Wenn ich derjenige sein soll, der die Menschheit in ein neues strahlendes Utopia führt und dafür meine Belohnung im Himmel erhalten werde, kann ich das nur mit dem vollständigen Text tun. Zweitens: In meiner Übersetzung steht lediglich, dass die Träger silbernes Blut haben. Daraus folgere ich, dass die Träger durch ihre Blutgruppe identifiziert werden können. Allerdings steht in der Übersetzung nichts davon, was geschehen wird, wenn der letzte Träger stirbt. Ich kann das Werk Gottes beginnen, doch bestimmte Einzelheiten, was seine Vollendung betrifft, sind wohl nur dem vollständigen Buch Janus zu entnehmen.

»Ich halte Sie auf dem Laufenden. Schön zu wissen, dass es noch jemanden gibt, der meine Leidenschaft für dieses Thema teilt.«

»Ja. Sie sind nicht allein, Elisha. Hoffnung und Glaube sind stets bei Ihnen.«

»Und womöglich auch Erlösung?«

»Ja. Erlösung. Sicherlich.«

Ich lächle und schließe die Augen, doch das bunte Kaleidoskop dreht sich hinter meinen Lidern weiter.

53

Priest ließ das Glas langsam sinken und legte die Hände auf den Tisch. Die Kunststofftrennwand war gerade über Augenhöhe. Wäre er nicht in diese lächerlich enge Sitznische gezwängt gewesen, hätte er hinüberspringen können. Doch selbst wenn ihm dies gelang – Copperhead war näher am Ausgang und würde diesen in Sekunden erreicht haben.

Er spannte alle Muskeln an, sprang aber nicht, obwohl ihm sein Instinkt das Gegenteil befahl.

»Du bist Copperhead«, sagte Priest und beobachtete ihn aufmerksam.

Der Mörder fuhr mit der Zunge über die schiefen Zähne. Er wirkte völlig entspannt und selbstzufrieden. Als wollte er Priest etwas verkaufen. Es war wie immer enttäuschend: Mörder hatten keine Hörner, Schwänze oder Mistgabeln. Sie sahen aus wie ganz normale Menschen. Sie waren Versicherungsvertreter, Lehrer, Politiker, Bauarbeiter, Anwälte. Copperhead war ein Jedermann. Oder ein Niemand.

»Ich wollte mich einfach mal mit dir treffen, Charlie. Ein bisschen plaudern.«

Priest kämpfte gegen den Drang an, über die Trennwand zu springen. Das hätte kein gutes Ende genommen.

Copperhead hatte gewusst, dass er hier sein würde. Er wusste, wie Priest aussah und wo er sich aufhielt. Aber war das so überraschend? Er hatte ihres Wissens nach vier Mal getötet – jedes Mal war es eine unter forensischen Gesichtspunkten fehlerlose Tat gewesen, und jedes Mal hatte er die Bewegungen seiner Opfer gekannt, hatte gewusst, wo und wann er sie allein antreffen konnte.

»Bald ist es vorbei«, zischte Priest durch zusammengebissene Zähne. »Gib auf.«

Copperhead lachte. »Vorbei? Charlie, wir haben doch gerade erst angefangen. Du hast die Liste gesehen, oder nicht?«

»Du meinst das Spenderverzeichnis?«

»Ja, genau. Da gibt es noch viel zu tun.«

»Glaubst du ernsthaft, dass du sie alle umbringen kannst?«

Er schien über diese Frage nachzudenken. »Das spielt keine Rolle, oder? Jetzt weiß jeder Bescheid, und wenn ich die Arbeit nicht vollende, wird sie ein anderer für mich fortsetzen.«

»Und was dann? Willst du die Apokalypse herbeiführen?« Er spürte, wie die Wut in ihm aufstieg, sah Darren Greens verstümmelten Körper vor sich, den Ausdruck blanken Entsetzens auf seinem Gesicht. Ein Junge mit Lernschwierigkeiten, der wahrscheinlich überhaupt nicht geahnt hatte, dass etwas so Böses in der Welt existierte.

»Es ist völlig egal, was ich denke«, sagte Copperhead mit ehrlicher Bescheidenheit. »Oder du. Das ist das Wunder des Glaubens, nicht wahr?«

»Glaubst du auch, dass die Ermordung Unschuldiger Gottes Wille ist?«

»Unschuldig?« Copperheads Lächeln erlosch, als hätte

man ihn beleidigt. »Die Riesen waren nicht unschuldig, Charlie, und die Träger sind es genauso wenig. Sie treiben Unzucht mit Tieren, verstümmeln Babys, brennen Kirchen nieder. Das sind Bestien, Charlie. Deshalb wollte Gott sie in der Sintflut auch vernichten. Du bist aber schlecht vorbereitet.«

»Warum schickt er uns dann nicht eine zweite Sintflut?«

Copperhead wedelte mit der Hand, als wäre er genervt von Priests Begriffsstutzigkeit. »Aus demselben Grund, aus dem du nicht aufgestanden und dem Mädchen hinterhergelaufen bist, Charlie. Irgendwann kann man den Menschen nicht mehr helfen. Dann müssen sie sich selbst helfen.«

Priest zuckte innerlich zusammen, als Copperhead Jessica erwähnte, und umklammerte den Tisch, der mit dem Boden verschraubt war, noch fester – wenn er sich davon abstieß, konnte er schnell über die Trennwand springen. Copperhead bemerkte seine Reaktion mit Genugtuung.

»Oh, Verzeihung. Das Mädchen. *Die Frau,* wollte ich sagen. Jessica, nicht wahr? Jessica Ellinder. Wieso kommt mir dieser Name nur so bekannt vor?«

Priest war so wütend, dass er kaum noch Luft bekam. »Ich schwöre bei Gott, wenn du ihr auch nur ein Haar krümmst …«

»Du schwörst bei Gott? Du glaubst doch gar nicht an Gott, Charlie. Deshalb bist du auch so ekelhaft oberflächlich. Du bist nicht besser als sie. Dabei haben wir so viel gemeinsam.«

»Wir haben überhaupt nichts gemeinsam.«

»Aber sicher. Zum Beispiel sind unsere Eltern bereits

verstorben. Deine bei einem Flugzeugabsturz. Meine wurden ermordet. Du wärst überrascht, wie ähnlich wir uns sind, Charlie. Deshalb habe ich dich auch vor Owens Garage angerufen und dir das Leben gerettet.«

Priest machte große Augen und dachte an den Anruf zurück. Die androgyne Stimme. *Das war Copperhead.*

»Warum?«

»Damit das Spiel noch nicht vorbei ist, Charlie. Wenn du tot bist, kannst du nicht mehr mitspielen, oder?«

Das sieht ihm ähnlich. Kurzzeitig dachte Priest, dass Copperhead die Flucht ergreifen würde, doch der blieb, wo er war. Priest versuchte es mit einer anderen Strategie. »Ich bezweifle stark, dass du Gottes Werk verrichtest.«

Copperhead hob eine Augenbraue. »Wirklich? Ich glaube nicht, dass du das beurteilen ...«

»Nein. Du tust es, weil es dir gefällt. Du bist kein Engel, sondern pervers.«

»Pervers?« Copperhead klang zunehmend gereizt. *Gut so.* Priest wartete auf seine Reaktion, hoffte darauf, die Oberhand zu gewinnen. »Wirklich? Dann würde ich ja wohl wahllos töten, nicht wahr? Wie ... ach ja, wie dein *Bruder,* Charlie.«

Priest schüttelte den Kopf und zwang sich zu einem Lächeln. »Nein. Ich habe das letzte Opfer gesehen. Darren. Das war nicht nur ein sauberer Mord wie bei den anderen. Du hast ihn gegessen. Du hast dir Zeit gelassen. Es genossen.«

Copperheads Augen verengten sich. »Gott hat mich auserwählt, weil ich über ganz bestimmte Fähigkeiten verfüge. Das muss dir doch aufgefallen sein.«

»Glaubst du auch, dass *Er* dir eine Riesenerektion beschert hat, als du das Fleisch des Jungen zerrissen hast?«

Der Mörder wandte sich angewidert ab. »Mach nur weiter so, Charlie. Dann gehe ich einfach. Ich hätte angenommen, dass besonders du die künstlerische Qualität meiner Arbeit zu schätzen wüsstest.«

»Soll ich dich etwa bewundern?«

»Nein!«, rief Copperhead wütend. »Nicht *bewundern. Fürchten.* Scheiße, ich will, dass du mich *fürchtest!* Du hast nämlich allen Grund dazu. Ich gewinne. Ich kann dich schlagen. Ich *habe* dich schon geschlagen.«

»Ich bin dir dicht auf den Fersen. Es ist nur eine Frage der Zeit.«

»Dass ich nicht lache! Du hast noch nicht mal ein brauchbares Motiv. Du bist viel zu langsam, Priest. Das enttäuscht mich. William hätte mich schon längst hinter Gitter gebracht. Du kannst ihm nicht das Wasser reichen.«

Priests Interesse war geweckt. Copperhead war außer sich vor Wut, und genau darauf hatte Priest abgezielt. Genau wie jeder andere Psychopath wollte er unbedingt respektiert werden. »Was weißt du schon von William?«

»Ich weiß, dass ihm seine Arbeit *Spaß* gemacht hat. Dass er um des Mordens willen gemordet hat. Er hat völlig Fremde getötet, manchmal in ihren eigenen Betten, manchmal zwei gleichzeitig. Weil er es so wollte. Das ist die wahre Freiheit.«

»Bist *du* denn nicht frei?«

»Frei? Hast du eine Ahnung, wie lange es gedauert hat, bis ich in der Klinik alles vorbereitet hatte? Frei. Du hast keinen blassen Schimmer. Die Freiheit kommt erst zum Schluss, Charlie. Die Freiheit muss man sich *erkämpfen.* Mit Zähnen und Klauen. Wenn das bedeutet, die übrige Herde niederzutrampeln, dann soll es so sein. Sie sind nur Vieh, Charlie. Dummes Vieh. Dein Bruder wusste das. Du dagegen scheinst lieber zur Herde zu gehören, als ein Schäfer zu sein.«

Priest machte ein zufriedenes Geräusch. Er hatte das Ungeheuer aus Copperhead herausgelockt, ihn provoziert. Wer sich provozieren ließ, konnte auch geschnappt werden. Das hatte ihm William beigebracht.

»In einem Punkt hast du recht«, sagte Priest und wandte sich ab. »Ich glaube nicht an Gott.« Als er Copperhead wieder ansah, bemerkte er aufgestauten Frust in dessen Augen. Priest entspannte sich – er war auf dem richtigen Weg. »Aber ich glaube, dass es im Jenseits einen Ort ausschließlich für Leute wie dich gibt. Einen Ort, gegen den deine Hölle ein verdammter Vergnügungspark ist.«

Priest wartete. Seine Arme schmerzten von der ständigen Anspannung, die Milchsäure brannte in seinen Muskeln. Dennoch wartete er ab. Zum ersten Mal wirkte Copperhead verunsichert. Unwillkürlich warf er einen kurzen Blick zur Tür. Womöglich schätzte er die Entfernung ab. Dann sah er wieder Priest an. Seine Miene war ausdruckslos. »Ich habe die Hölle gesehen, Charlie. Du liegst völlig falsch.«

Priest sprang aus der Nische und über die Trennwand. Glas klirrte, als das halb ausgetrunkene Pintglas auf dem Boden zerschellte.

54

DSI John Eaton wischte sich mit der Hand übers Gesicht, doch die Müdigkeit blieb. Er fühlte sich hundeelend.

Ein Gespräch mit einem Journalisten in aller Herrgottsfrühe war schon schwierig genug – eines mit einem Journalisten, der seine Handynummer hatte und in der Branche als Slinky bekannt war, war noch schwieriger. Eaton kannte Slinky seit seiner Zeit als Streifenpolizist. Der übergewichtige Reporter war zeitweise beim *Spectator* und beim *Evening Standard* angestellt gewesen, hatte den Großteil seiner Karriere allerdings freiberuflich gearbeitet.

Eaton hatte keine Ahnung, wie Slinky an ein Bild dieses verfluchten Symbols gekommen war oder woher er wusste, dass es mit Blut an alle drei Tatorte geschrieben worden war. Das musste er herausfinden. Er hatte Auckland angelogen: Eaton hatte nicht die Absicht, einen Pressesprecher loszuschicken, um einen Aufschub zu erbitten. Das wäre zwecklos gewesen. Slinky hätte sich niemals erweichen lassen. Stattdessen hatte er Fay Westbrook, seine beste Verhörspezialistin, mit der Suche nach dem Maulwurf in seiner Einheit beauftragt.

Und nun – als hätte der Ärger mit Slinky nicht gereicht – stand Ethan Grey vor ihm und hüpfte auf und ab wie ein ungeduldiges Kind, das unbedingt zur gottverdammten Kirmes wollte. Er hielt aus welchen Gründen auch immer einen Papierstapel in der Hand. Grey war mit den höchsten Empfehlungen von Scotland Yard gekommen. Inzwischen vermutete Eaton, dass sie ihn hatten loswerden wollen. Um ehrlich zu sein, hatte Priest weitaus mehr zum Fall beigetragen als dieser Nerd, der glaubte, die Weisheit mit Löffeln gefressen zu haben. Der Mann hatte einen laschen Händedruck und manikürte Fingernägel, beides nicht unbedingt Eigenschaften, die nach John Eatons Dafürhalten einen guten Polizisten auszeichneten.

»Vielen Dank, dass ich mit Ihnen unter vier Augen sprechen kann, Sir«, schleimte Grey.

»Lassen wir den Blödsinn. Ich bin John, und Sie sind Ethan, das macht es doch gleich viel einfacher.«

»Ja, selbstverständlich. John.« Grey wirkte etwas enttäuscht. *Tja, mein Kleiner. Mit der Kirmes wird es wohl nichts.*

»Also, was gibt es denn, das die anderen nicht erfahren dürfen? Übrigens haben sie sich bei der AC nicht gerade lieb Kind gemacht. Es klang so, als ginge sie das auch nichts an.«

»Vielleicht ist dem auch so.«

Eaton hätte dem Profiler am liebsten ins Gesicht gesagt, wohin er sich seine anmaßende Art stecken konnte, doch irgendetwas in seinem Tonfall hielt ihn davon ab.

»Was soll das heißen?«

Grey zögerte, dann reichte er Eaton die Papiere, die er in der Hand hielt. »Ich habe Copperheads Profil fertiggestellt, muss Sie jedoch bitten, die Ergebnisse höchst vertraulich zu behandeln. Das muss unbedingt unter uns bleiben.«

»Hören Sie mal, junger Mann, das entscheide immer noch …«

»John.« Grey schloss die Augen und verzog das Gesicht, als hätte er ein lautes Geräusch gehört. Seine Mimik war so ungewöhnlich, dass es Eaton die Sprache verschlug. *Was hat dieser Idiot denn?* »Hören Sie bitte einfach nur zu.«

Eaton gab nach. Er hob die Hände und bedeutete Grey, Platz zu nehmen.

»Vielen Dank.« Grey zog einen Stuhl vor Eatons Schreibtisch und setzte sich. »Wie gesagt, ich habe das Profil fertiggestellt. Es gibt Anlass zur Besorgnis. Der Täter weist einige Persönlichkeitsmerkmale auf, die der Standarddefinition eines Serienmörders entsprechen. Töten ist wie eine Sucht, wenn Sie verstehen, und wie jeder Abhängige wird der Täter alles daransetzen, um seine Sucht zu befriedigen, also andere Menschen umzubringen. Was normalerweise nur mit großem Aufwand möglich ist, wenn man nicht gefasst und verhaftet werden will.«

»Na schön«, sagte Eaton mäßig interessiert. »Wie ich aus vierzigjähriger Erfahrung im Polizeidienst weiß, trifft das auf die meisten Kriminellen zu.«

»Ja, richtig. Nur dass die meisten Kriminellen nicht so weit gehen wie Serienmörder. Zum Beispiel sind viele Serienmörder Experten für kriminologische Methoden. Man findet sie oft im Umkreis der ermittelnden Beamten. So können sie die Kompetenz ihres Gegners einschätzen und wissen, wie nahe sie daran sind, gefasst zu werden.«

»Okay. Und?«

»Und sie setzen andere Strategien ein, um Verwirrung zu stiften und die Ermittler auf falsche Fährten zu locken. Die Inszenierung des Tatorts ist eine solche Strategie.

Gary Ridgway beispielsweise, der auch als der Green-River-Killer bekannt wurde, legte einmal eine Wurst, eine Forelle und eine Weinflasche neben einem seiner Opfer ab. Es sollte nach einem letzten Abendmahl aussehen und den Eindruck erwecken, als hätte der Mörder aus einem religiösen Motiv gehandelt.«

»Was wollen Sie damit andeuten?«, fragte Eaton vorsichtig. Auf irgendeine Pointe lief das Ganze hinaus – er wusste nur noch nicht, auf welche. »Dass das Buch Janus nur ein Ablenkungsmanöver darstellt?«

»Ganz recht.«

Eaton strich sich das Haar zurück und räusperte sich geräuschvoll. Dieser Fall wartete mit mehreren dringend zu beantwortenden Fragen auf, und er war sich nicht sicher, ob Grey die richtigen Antworten darauf hatte. Zuallererst brauchte er jedoch etwas Schlaf. Letzte Nacht konnten es nicht mehr als zwei Stunden gewesen sein.

»Wissen Sie, was?«, sagte er müde. »Erzählen Sie das alles Priest, und fragen Sie ihn, was er davon hält.«

»Das ist keine gute Idee, John.«

Eaton starrte ihn einen Augenblick an. Dann verstand er, fragte aber trotzdem, weil er immer noch die Hoffnung hegte, dass er mit seiner Vermutung falschlag. Dass sich Grey nur einen Scherz mit ihm erlaubte. »Und warum nicht?«

»Priest sollte deshalb nichts davon erfahren, John, weil ich glaube, dass *Priest* der Mörder ist.«

55

Priest begriff seinen Fehler sofort. Der Tisch hatte einigermaßen solide ausgesehen und war fest mit dem Boden verschraubt, doch nach Jahrzehnten, in denen Drinks darauf verschüttet worden, Raufereien darauf ausgetragen und Jugendliche darauf herumgeklettert waren, hatten sich die Befestigungen so weit gelöst, dass das verdammte Ding einfach zusammenkrachte, als sich Priest mit seinem muskulösen, hundert Kilo schweren Körper darauf abstützte. Er geriet aus dem Gleichgewicht und fand keinen Hebel mehr, um sich über die Trennwand zu wuchten. Ihm blieb nichts anderes übrig, als ein ganzes Stück von der Tür entfernt in eine andere Nische zu springen.

Dabei war ihm nicht entgangen, dass sich Copperhead ebenfalls in Bewegung gesetzt hatte. Als sich die Eingangstür öffnete und hinter dem fliehenden Mörder wieder zufiel, spürte er einen Luftzug. Als er schließlich selbst die Tür erreicht und aufgerissen hatte – sein von der Explosion immer noch mitgenommener Körper protestierte gegen diese plötzliche Beanspruchung –, prallte er mit einer Touristengruppe zusammen, die ihn ungehalten in einer ihm unbekannten Sprache beschimpfte. Ein paar versuchten sogar, ihn mit ihren Handykameras zu filmen.

Er überlegte fieberhaft. Der Pub befand sich an einer Kreuzung. Eine enge, ruhige Seitengasse voller kleiner Geschäfte und Cafés, die verlassen dalag, schloss er beinahe unmittelbar aus. Wahrscheinlich war Copperhead in einer der Hauptstraßen verschwunden, wo er in der Menge untertauchen konnte.

Priest konnte nirgendwo Unruhe entdecken: Keine verwirrten Passanten, keine empörten oder erschreckten Schreie, nichts. Die Londoner gingen ganz normal ihren Geschäften nach wie an jedem anderen Tag auch. *Wo zum Teufel ist er hin?*

Priest war wütend. Wütend über Copperheads Dreistigkeit, wütend darüber, dass er ihn so mühelos gefunden hatte – wütend, dass er dem Mörder so nahe gewesen war. Priest hätte es ein für alle Mal beenden und Jessica und die anderen beschützen können. Wie viele Menschen schwebten nun in Lebensgefahr? Wie viele Opfer würde es noch geben, bevor Copperhead gefasst wurde? Dee hatte recht. Sie konnten sie unmöglich alle bewachen.

Er legte die Hand hinter den Kopf und stieß zum Ärger und Entsetzen der verdatterten Touristen einen so gewaltigen Wutschrei aus, dass die Gruppe vor Schreck die Straßenseite wechselte.

Auch hier, auf der Straße, hätte er Copperhead noch das Handwerk legen können. Der Verkehr rauschte an ihm vorbei, aus den Läden drangen leise Musikfetzen, die Sonne brannte unbarmherzig auf ihn nieder. Copperheads Verschwinden war überraschend einfach zu erklären – als Priest sich umdrehte, begriff er, was für einen simplen Fehler er gemacht hatte.

Eaton stand vom Schreibtisch auf, ging zu der in der Ecke vor sich hin blubbernden Kaffeemaschine hinüber und nahm sich eine Tasse, obwohl sein Kopf höllisch wehtat und weiteres Koffein sicher nicht förderlich war. Aber er musste sich irgendwie beschäftigen, während er über Greys Worte nachdachte.

»Wussten Sie, dass Priests Bruder vor zehn Jahren auf Unzurechnungsfähigkeit plädiert hat, um nicht für seine Morde zur Rechenschaft gezogen zu werden?«, fragte Grey. Er war völlig ruhig. Was er von sich gab, war weder die zusammenhanglose Tirade eines Wahnsinnigen noch eine giftsprühende Intrige. Grey gab sich ganz vernünftig, und Eaton musste zugeben, dass er sich auch einigermaßen vernünftig anhörte.

»Ja, der Fall Dr. William Priest ist zur Genüge bekannt.«

»Wussten Sie auch, dass die beiden Priest-Brüder an derselben Krankheit leiden – einer Dissoziationsstörung?«

»Nein, das wusste ich nicht.« Eaton trug seinen Kaffee zum Schreibtisch zurück und ließ sich schwer in den Sessel fallen. *Wie zum Teufel soll ich der Assistant Commissioner beibringen, dass unser Profiler ihren Exmann für den Hauptverdächtigen hält? Kein Wunder, dass mich Grey unter vier Augen sprechen wollte.*

»Die Prädisposition zu dieser Krankheit ist erblich. Zu den Symptomen gehören Panikattacken, Irrationalität und Kontrollverlust. Der Kranke stellt seine Existenz in Frage. Die Welt entgleitet ihm zunehmend, nichts scheint mehr real. Er kann sich nicht konzentrieren und verliert allmählich den Boden unter den Füßen. Worunter hauptsächlich der Kranke und weniger die Gesellschaft leidet. Es stellt sich allerdings die Frage, ob die Form der Dissoziation, an der die Priest-Brüder leiden, so extrem ist, dass sie sie dazu zwingt, ihre Mitmenschen zu töten.«

Eaton schüttelte den Kopf. Diese Analyse ging ihm dann doch zu weit. »Mit allem Respekt, Ethan, aber das ist Schwachsinn. Wie damals, als es nach Sandy Hook hieß, dass Leute mit Asperger gefährlich wären.«

»Schon möglich«, sagte Grey. »Aber auch wenn die Krankheit bei beiden unterschiedlich ausgeprägt ist: Die Gene selbst sind es nicht. Überlegen Sie doch mal – was treibt einen Menschen dazu, einen anderen zu töten, wenn nicht eine tief sitzende psychologische Störung? Eine Störung, die eindeutig genetischen Ursprungs sein muss.«

»Ein böses Gen? Glauben Sie wirklich, dass es ein böses Gen in dieser Familie gibt und dass die Tatsache, dass William und Charlie beide an dieser Dissoziationsgeschichte leiden, darauf hindeutet, dass sie dieses Gen des Bösen in sich tragen?«

»So ähnlich, ja. Wenn die Dissoziationsstörung von diesem Gen verursacht wurde, ist die Störung auch der Beweis dafür, dass dieses Gen existiert.«

Eaton atmete hörbar aus, vergrub frustriert den Kopf in den Händen und massierte sich die Schläfen. Nur so konnte er den Spannungskopfschmerz lindern, der allmählich unerträglich wurde. »Das klingt für mich alles nach Spekulation.« Es klang zwar nach Spekulation, doch er musste zugeben, dass eine gewisse Logik dahintersteckte.

»Genau das ist die Arbeit eines Profilers, John. Aber der Wahnsinn hat Methode, wenn ich so sagen darf.«

Eaton dachte nach. Wenn Grey recht hatte, war Priest der beste Lügner aller Zeiten. Hatte er für die Tatzeiten Alibis? Er hatte Priest nicht danach gefragt. Eaton wusste nicht mehr weiter. Die Kopfschmerzen wurden schlimmer, als er daran dachte, was Slinky schreiben würde, wenn er herausfand, dass sie nicht nur einen gefährlichen Serienmörder an den Ermittlungen hatten teilnehmen lassen, sondern diesen sogar darum gebeten hatten!

»Was sollen wir tun?«, fragte er.

Grey sah ihn an, als hätte er selbst noch kaum darüber nachgedacht. »Wir sollten ihn ganz offiziell vernehmen, ohne dass jemand außer uns beiden davon erfährt. Was meinen Sie?«

Der überrumpelte Priest bemerkte den Angriff einen Sekundenbruchteil zu spät. Copperhead, der sich hinter der Pubtür versteckt hatte, ging auf ihn los, und obwohl er einen Kopf kleiner war, verfügte er über einen kompakten, muskulösen Körper. Noch während Priest zu Boden ging, verpasste er Copperhead einen Tritt in den Magen und konnte so verhindern, völlig von ihm überwältigt zu werden.

Dann lagen beide auf dem Asphalt. Priest wünschte sich eine – irgendeine – Waffe. Sein Angreifer knurrte wie ein tollwütiger Hund. Wenn er jetzt einen Fehler machte, würde ihm Copperhead das Fleisch in Streifen vom Leib reißen.

Aus diesem Grund versuchte er erst gar nicht, einen Vorteil daraus zu ziehen, dass Copperhead ebenfalls zu Boden gegangen war. Er rollte zur Seite, bis er weit genug entfernt war, um sich wieder aufzurappeln, doch der kleinere Mann war schneller. Noch während Priest dabei war, sich aufzurichten, krachte Copperheads drahtiger Körper in ihn hinein. Priest fiel wieder um und beinahe auf die Fahrbahn. Eine Hupe ertönte.

Der Mörder stürzte sich auf ihn und ließ mit einem bösartigen Grinsen im Gesicht seinen Kopf vorschnellen. Panisch packte Priest ihn im letzten Augenblick, bevor er die Zähne in seinen Hals schlagen konnte.

Dann trat er mit den Knien zu, doch der zappelnde, sich windende Mann auf ihm machte seinem Namen alle Ehre: Schlangengleich wich er allen Angriffen aus, sodass Priest nichts anderes übrig blieb, als das Bein zwischen sich und seinen Angreifer zu zwängen und ihn mit einer gewaltigen Kraftanstrengung ein weiteres Mal von sich zu schleudern.

Diesmal hatte Priest aus seinen Fehlern gelernt. Er sprang auf, erinnerte sich an sein Nahkampftraining und verlagerte das Gewicht nach vorn. Dann rammte er den Handballen in Copperheads Gesicht. Die Nase des Mörders brach mit einem befriedigenden Knacken und einer kleinen Blutwolke.

Das überraschte Copperhead, der es höchstwahrscheinlich nur gewohnt war auszuteilen, aber nicht selbst einzustecken. Er fiel mit einem wütenden Schmerzensschrei hintenüber. Priest nutzte diesen Vorteil, indem er zum Angriff überging und einen weiteren heftigen Magentritt landete. Copperhead wurde die Luft aus der Lunge gedrückt. Dann stand Priest über ihm und sah ihm dabei zu, wie der Mörder benommen und unter Schmerzen versuchte, wieder auf die Beine zu kommen.

Als ihm das halbwegs gelungen war, schlug ihm Priest erneut die Faust ins Gesicht. Copperheads Nase war bereits gebrochen, und ein weiterer Hieb auf dieselbe Stelle würde ihn wahrscheinlich vor Schmerz ohnmächtig werden lassen. Und genau so geschah es auch, wenngleich Copperhead nur für wenige Sekunden das Bewusstsein verlor. Seine Augen trübten sich, dann fiel er mit blutüberströmtem Gesicht auf den Boden zurück.

Priest nahm das Handy heraus und wählte Rowlinsons Nummer. *Nun mach schon, Tiff. Geh ran.*

Copperhead würgte und hustete Blut. Es klingelte. Das Revier war keine Meile von hier entfernt. *Wir haben ihn. Es ist vorbei.*

Der Mörder gab weitere würgende Geräusche von sich. Es klang, als würde er ersticken, und Priest befürchtete schon, dass er hyperventilierte oder sogar einen Herzanfall hatte.

Doch dann begriff er, dass Copperhead nicht keuchte. Er lachte.

Priest nahm das Telefon vom Ohr. »Was ist so komisch? Stehst du auf Schmerzen?«

Der Mörder spie blutigen Schleim aus und lachte weiter. Er zappelte immer noch mit den Händen unter dem Körper herum wie ein gefangenes Tier.

»Ich mach dich fertig, Priest.«

Priest atmete unbeeindruckt aus. »Du hast doch nichts drauf, du kranker Irrer.«

»Der, dem ich diene, ist da anderer Meinung.«

»Meinst du Gott? Dem dienst du nicht. Du bist ein Freak. Ein Mutant. Und jetzt wirst du …«

Copperhead rollte vom Gehweg und auf die Straße. Priest wollte ihn aufhalten, doch dann brachte ihn ein plötzlicher Blitz zum Stehen, und ein Lärm wie von einem ausbrechenden Vulkan dröhnte in seinen Ohren. Nicht zum ersten Mal in letzter Zeit flog Priest in hohem Bogen durch die Luft.

56

»Okay, die Lage ist nicht völlig hoffnungslos. Wir haben seine DNA.«

Rowlinson reichte Priest einen Plastikbecher mit metallisch schmeckendem Wasser. Sie saßen im Krankenzimmer des Polizeireviers Holborn – der Raum war halb Arztpraxis und halb Sauna, da lediglich durch einen winzigen Fensterspalt Luft in das Zimmer drang. Die diensthabende Krankenschwester – eine mürrische Frau Mitte fünfzig namens Tina – maß seinen Blutdruck und brachte ihre Unzufriedenheit mit der Gesamtsituation durch Grunzen und Knurren zum Ausdruck.

»Der Mann gehört ins Krankenhaus«, maulte sie.

»Das Essen dort ist grauenhaft«, sagte Priest. »Warum habe ich ein Klingeln in den Ohren?«

»Es ist ein Wunder, dass du überhaupt noch was hörst«, seufzte Rowlinson. »Der Täter hatte eine Blendgranate in der Tasche. Wahrscheinlich hat er den Stift gezogen, sich herumgerollt und gewartet, bis du nahe genug warst.«

»Scheiße, wer lässt sich denn in einer Woche *zwei Mal* in die Luft jagen?«

»Du, so wie es aussieht.«

»Er ist spurlos verschwunden, nehme ich an?«

»Er war längst über alle Berge. Wir machen später noch

ein Phantombild, aber du hast so viel Blut von ihm an dir, dass man einen Kanister damit füllen könnte.«

Priest wollte etwas erwidern, als sich die Tür öffnete und Fay Westbrook den Raum betrat. Er zuckte vor Schmerz zusammen, als Tina mit der Behutsamkeit eines Grizzlybären den Kratzer auf seinem Arm mit einem Desinfektionstuch abwischte.

»Aua!«

»Ein Indianer kennt keinen Schmerz«, zischte Tina leise.

»Wie ich höre, hat man dich mal wieder in die Luft gejagt«, sagte Fay. »Ich dachte, ich sehe mal nach, ob du noch ganz bist.«

»Anscheinend bin ich unzerstörbar.«

»Du brauchst eine eigene Blackbox«, scherzte Rowlinson.

»Eaton will dich sprechen«, sagte Fay in einem so unbehaglichen Ton, dass Priest aufhorchte.

»Worum geht's denn?«

Sie zuckte mit den Schultern und streifte seinen Arm. Eine kleine, flüchtige Berührung, doch ob sie aus Mitleid oder einer komplexeren Motivation heraus geschah, konnte er nicht sagen. »Freut mich, dass du nicht tot bist.«

»Danke. Du kannst John ausrichten, dass ich in fünf Minuten bei ihm bin.«

»Wohl eher zehn«, fuhr Tina dazwischen. »Die Schulter muss genäht werden.«

Priest hatte sich eine ebenso elegante wie eloquente Erklärung dafür zurechtgelegt, weshalb er Eatons Bitte um eine Unterredung nicht beachtete und stattdessen das Polizeirevier Holborn, so schnell es ging, verließ, doch die Wahrheit lautete: Erstens hatte Fay nicht so geklungen, als hätte ihm Eaton etwas Erfreuliches mitzuteilen, und zweitens hatte Priest keine Zeit für Geplauder.

Er war dem Mörder so nahe gewesen, dass er seinen Atem hatte riechen können, und hatte ihn trotzdem entwischen lassen. Er hatte versagt. Jetzt war er für alles, was geschah, verantwortlich. So einfach war das.

Vor Frust und Wut hatte er auf dem Weg zu Eatons Büro kehrtgemacht und über das Treppenhaus das Revier verlassen, ohne dass Fay oder Rowlinson es mitbekommen hatten. Sie würden natürlich bald merken, dass er unentschuldigt verschwunden war, aber das war ihm egal. Mit den Besprechungen war es jetzt vorbei. William hatte recht: Um diese Schlange zu fangen, musste er selbst zur Schlange werden. Und manche Schlangen gingen nicht auf die Jagd, sondern stellten Fallen. Die südamerikanische Große Anakonda beispielsweise streifte nicht ziellos durch den Dschungel, sondern lauerte im trüben Amazonaswasser auf Beute. Manchmal tagelang.

Das brachte ihn auf eine Idee, und als diese in seinem Kopf allmählich Gestalt annahm, klingelte das Telefon. Es war Georgie.

»Charlie, ich bin's.«

»Ich muss dich warnen: Ich bin nicht in der Stimmung für schlechte Nachrichten.«

»Ist was passiert?«

»Man hat mich mal wieder in die Luft gejagt.«

Pause. »Man hat …?«

»Egal, das erzähle ich dir später. Was gibt's?«

Sie berichtete ihm von ihrem Besuch im Blutspendezentrum, den er völlig vergessen hatte, und dass sie im Wartezimmer gesessen und darüber nachgedacht hatte, warum Copperhead so viele Leute wie möglich dazu bringen wollte, Blut zu spenden, warum er sie alle zur selben Zeit am selben Ort hatte haben wollen. Die Antwort lag auf der Hand.

»Ach ja?« Wenn dem so war, stand er auf dem Schlauch.

»Was tut man denn heutzutage, wenn man irgendwo warten muss und nichts zu tun hat?«

Priest dachte nach. Er persönlich schrieb in Gedanken Briefe oder hatte merkwürdige Halluzinationen, doch wahrscheinlich meinte Georgie eher normale Menschen. Was taten die, wenn sie an einem öffentlichen Ort warten mussten?

»Sie verbinden sich mit dem WLAN«, sagte er staunend.

»Genau. Das habe ich auch gemacht und dann Solly das Handy gezeigt.«

»Und?«

»In Hackerkreisen ist so etwas als Man-in-the-Middle-Angriff bekannt. Dazu übernimmt man mit Hilfe einer Auditing-Plattform wie beispielsweise Pineapple die Kontrolle über die WLAN-Struktur und kann so jegliche Kommunikation abfangen, was als ›Eavesdropping‹ bezeichnet wird. Sobald man ein öffentliches WLAN gekapert hat, kann man mit einem Netzwerkprotokoll-Analyseprogramm wie Wire Shark Benutzernamen und Passwörter auslesen. Der Angreifer kann nicht nur den http-Traffic des Opfers einsehen, sondern ihm auch unter falschem Namen Nachrichten schicken.«

Priest dachte an das, was Rowlinson in der Besprechung gesagt hatte. »So macht er das also. Er manipuliert die Handys. Er wusste, dass Jane Vardy allein in einem Hotelzimmer sein würde, weil er entweder ihr Telefon lokalisiert oder eine dementsprechende Nachricht abgefangen hat. Sie wollte ihre Eltern besuchen, also hat sie sicher irgendjemandem Bescheid gegeben.«

»Und Emma Mendez?«

»Er wusste, dass ihre Mutter einen Ersatzschlüssel für ihr Haus aufbewahrte. Und der fehlt jetzt. Und Alan Burberrys Joggingstrecke war auch ziemlich leicht nachzuverfolgen.«

»Ziemlich clever, das muss man schon sagen.«

»Du bist ihm auf die Schliche gekommen, Someday. Das war noch viel cleverer. Gute Arbeit.«

Er legte auf, bevor sie noch etwas sagen konnte, und wollte gerade Rowlinson anrufen, als das Telefon ein weiteres Mal klingelte. Diesmal war es Dr. Wheatcroft. William randalierte und wünschte ihn sofort zu sehen. Priest wusste sofort, dass dies nicht nur eine unnötige Ablenkung war, die er momentan überhaupt nicht gebrauchen konnte. Nein, der Dunkle Rächer hatte ihm etwas Wichtiges mitzuteilen.

57

Derselbe unglücklich dreinblickende Pfleger wie beim letzten Mal – Perry – führte Priest in den Besuchsraum, in dem zwei Stühle standen und ein weißer Tisch, an dem einer der bekanntesten Serienmörder Englands saß.

William war ungewöhnlich still und schien es kaum erwarten zu können, dass Priest Platz nahm. Er wirkte nervös, konnte die Hände nicht ruhig halten und rieb sie ständig gegeneinander: ein untrügliches Anzeichen dafür, dass er etwas auf dem Herzen hatte.

»Was hast du …«, fing Priest an, doch sein Bruder brachte ihn sofort zum Schweigen. Er hatte keine Zeit für belangloses Geplauder oder Allgemeinplätze.

»Charles, ich habe schlechte Neuigkeiten. Die Person, die du jagst … Moment.« Er sah sich Priest genauer an. Der hatte sich seit seinem Kampf mit Copperhead nicht umgezogen. Sein Hemd war blutig, das Gesicht dreckverschmiert. »Du bist verletzt.«

Priest beugte sich vor. »Konzentrier dich, William. Der Mörder ist noch auf freiem Fuß. Ich muss ihn fassen, und zwar schnell.«

»Dann bist du ihm also begegnet.«

»Ja, wir haben sehr nett miteinander geplaudert. Leider konnte ich ihn nicht zum Bleiben bewegen.«

»Das ist beunruhigend. Sehr beunruhigend.«

Priest wartete vergeblich auf eine erhellende Erkenntnis. »Und?«

Nichts bereitete William größeres Vergnügen, als sich seinem jüngeren Bruder intellektuell überlegen zu fühlen, und so breitete sich trotz seiner schlechten Laune ein Grinsen auf seinem Gesicht aus.

»Ich glaube, ich weiß, wer er ist.«

»Wer denn?«

»Er heißt Michael. Einer meiner Brieffreunde.«

William beobachtete genau, welche Wirkung diese Worte auf Priest hatten. Es war eine surreale Situation: William sprach über diesen Teufel in Menschengestalt mit Worten, die banaler nicht sein konnten. Ein Brieffreund. Obwohl Priest nach einiger Überlegung selbst darauf hätte kommen können. Es war das Zeitalter des Serienmörders, befeuert durch den Medienhype und die Popularität von True-Crime-Büchern, reißerischen Filmen und unzähligen Dokumentationen über wahnsinnige Kriminelle. Memorabilien wie etwa von Ted Bundy geschriebene Weihnachtskarten oder Ed Geins Ford wurden getauscht wie Fußballsammelkarten, und eingefleischte Serienkiller-Fans standen in regem Briefverkehr mit ihren inhaftierten Helden.

»Woher willst du das wissen?«

»Michael hat große Probleme. Ein sehr unangenehmer Mensch. Er hat mir viele Briefe geschrieben. Die meisten habe ich nicht gelesen und keinen einzigen beantwortet. Es geht um das Übliche, da sind sie alle gleich, Charles. Sie halten mich für einen Gott und sich für mächtig, wenn sie mir ihre erbärmlichen Vergewaltigungs- und Tötungsfantasien darlegen. Die Tatsache, dass ich kein

Lustmörder bin, sondern solche Verbrechen verabscheue, entgeht ihnen völlig. Deshalb befasse ich mich so wenig wie möglich mit ihnen.«

»Aber ein paar Briefe hast du doch gelesen. Sonst wüsstest du nicht, dass Copperhead Michael heißt, oder?«

»Er behauptet, dass seine Morde zu Gottes Plan gehören. Das ist an und für sich nichts Ungewöhnliches, so etwas gibt es seit der Steinzeit. Allerdings hat er in jedem Brief von ihm, den ich mir angetan habe, davon fantasiert, Leuten Nägel in den Schädel zu schlagen.«

»Wo hast du diese Briefe?«

»Die darf ich nicht behalten, wie du dir wohl denken kannst. Wahrscheinlich können wir irgendwie an sie rankommen, aber das braucht Zeit.«

»Wir haben keine Zeit.«

»Ich weiß, ich weiß. Deine geheimnisvolle Frau.«

Das war nicht sarkastisch gemeint. William war ebenso besorgt wie Priest. Dieses Paradox – der mitfühlende Serienmörder – war einfach zu erklären: William war kein Psychopath, nie gewesen. Sondern etwas viel Gefährlicheres.

Priest spürte die Last der Verantwortung auf seinen Schultern. Eine niederschmetternde Verzweiflung drohte ihn einzuholen. Es war alles zu viel für ihn. Er ließ die Schultern sinken und den Kopf hängen.

»Ich hatte ihn, Wills. Ich hätte ihn aufhalten können.«

»Du hättest ihn töten sollen. Ich hab's dir gesagt.«

»Ich weiß.« Das war ihm jetzt auch klar. Obwohl es allem widersprach, woran er glaubte – Gerechtigkeit, Menschlichkeit –, hatte William nicht ganz unrecht. Priest schloss die Augen. »Was für ein Schlamassel.«

»Warte, da fällt mir etwas ein«, sagte William, und

Priest öffnete interessiert ein Auge. »In einem seiner Briefe stand, dass Michael zumindest einmal ein AA-Meeting in Hackney aufgesucht hat.«

»Was, die Anonymen Alkoholiker?«

Priest stand auf und drückte gegen jede Vorschrift dankbar Williams Schultern. Perry sah besorgt drein, sagte aber nichts.

»Gib mir Bescheid, sobald du die Briefe hast.«

»Mach ich. Ach, Charles …« William nahm Priests Handgelenk und hielt es einen Augenblick lang fest. »Viel Glück!«

John Eaton kniff sich in den Nasenrücken, bis er einen wachsenden Schmerz in der Stirn spürte. Er traute seinen Ohren nicht. Priest hatte sich abgesetzt. Er hatte seine Anweisung, sich sofort bei ihm zu melden, missachtet und war spurlos verschwunden. Der verdammte Ethan Grey grinste, als hätte er im Lotto gewonnen, während Tiff Rowlinson dreinblickte, als hätte man ihm eine Ohrfeige verpasst.

»Sie können doch nicht ernsthaft behaupten, dass Priest …«, begann Rowlinson.

»Doch, das tun wir«, fiel ihm Grey ins Wort. »Und die Tatsache, dass er die Flucht ergriffen hat, spricht für diese These, finden Sie nicht auch?«

Eaton sah Rowlinson in der Hoffnung an, dass dieser irgendetwas zur Entlastung des Mannes vorbrachte, den er gegen den ausdrücklichen Wunsch der AC ins Ermittlungsteam geholt hatte. Seine Karriere stand auf dem Spiel. Wenn sich herausstellte, dass Grey recht hatte, konnte er seinen Hut nehmen und sich den Ruhestand samt goldener Uhr und fetten Rentenbezügen abschminken. Stattdessen würde man ihn eine Vertraulichkeitsvereinbarung unterzeichnen lassen und still und heimlich aus dem aktiven Dienst entfernen.

»Ich arbeite seit einer Ewigkeit mit Priest zusammen«, sagte Rowlinson langsam. »Er hat ein paar Macken – aber das macht ihn noch lange nicht verdächtig.«

»Hat er denn Alibis?«, wollte Grey wissen.

»Keine Ahnung. Er …«

»Sie haben das nicht nachgeprüft, nicht wahr, Detective?«

Grey ließ die Anschuldigung im Raum stehen. Rowlinson spitzte schweigend die Lippen. Eaton bemerkte, dass er die Hände zu Fäusten geballt und eine aggressive Haltung eingenommen hatte. Priest und Rowlinson waren Freunde, er war höchstwahrscheinlich voreingenommen und konnte die Situation nicht objektiv beurteilen. Scheiße, keiner von ihnen konnte noch objektiv urteilen.

»Tiff, er zählt jetzt zu den Verdächtigen«, sagte Eaton leise.

Rowlinson wandte sich ihm zu. »Sie werden das doch wohl nicht ernst nehmen? Glauben Sie tatsächlich, dass Priest diese Leute umgebracht und sich dann bereiterklärt hat, gegen sich selbst zu ermitteln?«

»Wir werden ihn zu einer Befragung vorladen, mehr nicht.«

Rowlinson warf verzweifelt die Hände in die Höhe. »Sie wollen mich wohl verarschen!«

»Sie weigern sich standhaft, in diese Richtung zu ermitteln, DCI Rowlinson«, sagte Grey. »Gibt es dafür einen bestimmten Grund?«

Rowlinson wirbelte zu Grey herum, und einen schrecklichen Augenblick lang dachte Eaton, dass er im Begriff war, eine Dummheit zu begehen. Doch dann hatte sich der Detective wieder in der Gewalt. »Na schön. Fahren wir und holen ihn ab. Aber das ist völlige Zeitverschwendung.«

58

Obwohl das Ostlondoner Stadtviertel Hackney zu den ärmsten zehn Prozent des Landes gehörte, hatte sich Priest stets gern dort aufgehalten. Er mochte die von Graffiti bedeckten Mietskasernen, grauen Industriebauten und Straßen, die mit den typischen schwarzen, sogar nach diesem Viertel benannten Taxis verstopft waren. Das war das echte London. Ein raues Pflaster, das man vorschnell als heruntergekommen und vernachlässigt abtun konnte, das sich bei genauerem Hinsehen jedoch als bunt und vielfältig erwies.

Die St.-Swithin's-Kirche, die auf einem Hügel inmitten eines Wohngebiets stand, war mit ihrer überraschend schönen und grazilen Architektur ein zwischen den tristen Sechzigerjahrebauten aus Backstein und Beton – ihrerseits Paradebeispiele für die hässliche Geschichte des britischen Klassenkampfs – verstecktes Kleinod.

Er hielt vor der Kirche und schaltete den Motor ab. Dann warf er einen Blick auf sein Handy und runzelte die Stirn. Acht entgangene Anrufe, hauptsächlich von Rowlinson. Er schaltete es aus – es gab Wichtigeres zu tun. »Sind wir hier richtig?«, fragte er Georgie.

Sie sah auf ihr Smartphone. »Hier wurden zehn Jahre lang AA-Meetings abgehalten und vor neun Monaten plötzlich nicht mehr. Jetzt findet dort anscheinend überhaupt nichts mehr statt.«

Sie stiegen aus, warfen die Wagentüren zu und blickten zu dem halb verfallenen Kirchturm auf. »Wen treffen wir hier noch mal?«

»Die Kirche hat eine Küsterin. Vor langer Zeit waren die Küster dafür zuständig, die Gräber auszuheben und die Glocken zu läuten. Heute sehen sie wohl nur noch nach dem Rechten. Sie heißt Sue Lightfoot.«

Priest nickte. Er hatte Georgie sofort nach seinem Besuch in Fen Marsh angerufen und sie gebeten herauszufinden, wo man in Hackney Hilfe suchte, wenn man ein Alkoholproblem hatte. Und so waren sie hier gelandet.

Sie gingen unter einem alten Torbogen hindurch und einen überwachsenen Pfad entlang. Sie kamen an einer traurigen Ansammlung von Grabsteinen, einigen Bäumen mit niedrigen Ästen und ein paar altersschwachen Bänken vorbei, dann hatten sie die Kirchentür erreicht. Davor saß eine junge, erschreckend dürre Frau in einem blauen Sommerkleid und weißen Sandalen. Sie stand auf – was ihr Schmerzen zu bereiten schien – und begrüßte sie. Sie schüttelten ihre kleine, geäderte Hand.

»Sie sind sicher Sue«, sagte Georgie.

»Genau. Und Sie sind Georgie und ...«

»Priest.«

Sue nickte, sagte aber nichts weiter.

»Ich habe ja schon am Telefon erwähnt, dass wir jemanden suchen, der vor Kurzem oder auch schon vor längerer Zeit die AA-Meetings hier besucht hat«, sagte Georgie.

Sue sah etwas unbehaglich drein, als wäre sie lieber woanders, und nickte nur. Priest fragte sich, ob die Nervosität in ihrer Natur lag oder einen bestimmten Grund hatte.

»Es geht um meinen Bruder«, sagte Priest. »Michael. Wir wurden vor vielen Jahrzehnten getrennt, und jetzt bin ich auf der Suche nach ihm.«

Sue runzelte die Stirn. »Michael? Nun ja, ich hatte eigentlich nicht viel mit den Meetings zu tun.«

Aus einem unerklärlichen Grund hatte Priest das Gefühl, dass sie sie soeben angelogen hatte. *Aber weshalb?* »Bitte. Es ist sehr wichtig für mich.«

Sue sah Georgie unsicher an. »Sind Sie beide …«

Plötzlich legte Priest die Hand um Georgies Hüfte und zog sie zu sich. Sie stolperte gegen ihn. »Wir haben letztes Jahr geheiratet. Georgie hat mir geraten, diese Lücke in meiner Biografie zu schließen und nach Michael zu suchen.«

Georgie lächelte. Leider war es ein wenig überzeugender Anblick. *Na los, Someday. Das kannst du doch besser.*

»Wissen Sie«, sagte Sue, »selbst wenn ich Ihnen helfen wollte, dürfte ich Ihnen die Akten ja nicht einfach so aushändigen.«

Sie machten Fortschritte. Sue hatte ihnen gerade, wenn womöglich auch unabsichtlich, verraten, dass es Aufzeichnungen gab.

»Das verstehe ich natürlich«, sagte Priest. »Das würde ich an Ihrer Stelle auch nicht tun.«

»Wie heißt er denn mit Nachnamen? Auch Priest?«

»Nein. Das ist zwar unser Familienname, aber Michael … hat einen anderen Weg eingeschlagen. Ich weiß noch nicht einmal, welchen Namen er sich zugelegt hat. Nur, dass er wegen seines Alkoholproblems hier bei den Meetings war.«

Sie wandte sich ab und überlegte. Er wartete. Georgie legte ihren Arm um seine Taille, doch ob das den Ausschlag dafür gab, dass Sue zu einer Entscheidung gelangte, vermochte er nicht zu sagen.

»Wir hatten mehrere Michaels, wenn ich mich richtig erinnere.«

»Er ist ziemlich klein.« Priest deutete seine Größe mit der Hand an. »Stämmig. Er hat eine sehr hohe, fast weibliche Stimme.« Sie nickte. Offenbar dachte sie an jemand Bestimmten. Er beschloss, alles auf eine Karte zu setzen. »Er hat viel mitgemacht. Traumatische Kindheit, wahrscheinlich viel schlimmer als viele andere, die bei den Meetings waren. Seine Eltern wurden ermordet, als er noch klein war.«

Letzteres war geraten, doch ein winziges Zittern von Sues Lippen verriet Priest, dass er ins Schwarze getroffen hatte.

»Michael war ... ganz anders als wir anderen«, sagte sie nach einer quälend langen Pause mit trauriger Stimme. Dann bemerkte sie ihren Versprecher und korrigierte sich. »Als die Leute bei den Meetings, wollte ich sagen.«

»Schon gut, Sue«, sagte Georgie. »Keine Sorge.«

»Sie meinen sicher Michael Ransom«, sagte sie. *Michael Ransom. Copperhead.* Jetzt hatten sie einen Namen. Priest spürte einen Adrenalinstoß, als er sich daran erinnerte, wie sich Michael auf die Seite gerollt und die Blendgranate genau in dem Augenblick gezündet hatte, als Priest auf ihn losgegangen war. *Michael Ransom.*

»Ransom«, sagte er leise. »Das könnte sein. Was meinst du, Georgie?«

»Ja, das klingt plausibel.«

Sue sah sich um, als wollte sie sich vergewissern, dass

sie niemand beobachtete. Priest bemerkte, dass ihre Hand leicht zitterte. Ihre Arme waren mit Narben bedeckt. Narben von selbst zugefügten Wunden. Sie hatte etwas Schreckliches erlebt. Nur was?

Sie beugte sich verschwörerisch vor. »Ich sehe mal nach. Aber verraten Sie das bitte niemandem, okay?«

59

Dann saßen sie wieder im Auto und winkten Sue Lightfoot dankbar zu. Priest platzte beinahe vor Aufregung. Sie hatten einen Namen und eine Adresse.

Jetzt konnten sie Jessica beschützen.

Er fuhr los. Georgie gab die Adresse in das Navigationssystem des Aston ein, während Priest Rowlinson anrief. Er ging nach dem zweiten Klingeln ran.

»Michael Ransom. Er heißt Michael Ransom. Seine Adresse lautet…«

»Hey, jetzt mal halblang«, sagte Rowlinson. »Wo bist du gerade?«

»Hackney. Hast du mich gehört?« Das Navi hatte endlich eine Route berechnet. Priest gab Gas, obwohl die Straße beinahe zu Ende war.

»Ja, ich hab dich gehört. Du sollst sofort zum Revier zurückkommen.« Irgendetwas in Rowlinsons Tonfall ließ Priest aufhorchen.

»Kommt nicht in Frage. Ich habe Ransoms Adresse. Wir sind auf dem Weg dorthin.«

»Priest, Eaton will, dass du dich im Revier meldest. Sofort.«

Priest schüttelte frustriert den Kopf. *Was ist denn los mit dir, Tiff?* »Hast du mich nicht verstanden? Ich weiß, wer Copperhead ist. Ich habe seinen Namen und seine Adresse.«

Am anderen Ende der Leitung herrschte Stille. Dann ertönte leises Murmeln. *Mit wem redete er da?* Irgendetwas war hier faul.

»Du sollst sofort hierherkommen oder uns zumindest sagen, wo du bist. Dann holen wir dich ab.«

Er zögerte, doch er musste Rowlinson vertrauen. Was auch immer da vor sich gehen mochte – Priest brauchte dringend Verstärkung. »Dann holt mich.« Er wiederholte Michael Ransoms Adresse. »Das ist ein Hochhaus gleich hier in der Nähe. Wir sind in fünf Minuten da.«

»Okay. Da brauche ich selbst mit Blaulicht eine halbe Stunde. Ihr werdet auf jeden Fall auf mich warten, verstanden? Keine Alleingänge, kapiert?«

»Tiff?« Priest hielt das Handy von sich weg, um seine Stimme zu dämpfen. »Tiff, die Verbindung wird immer schlechter. Ich kann dich kaum noch hören.«

Er beendete den Anruf. Inzwischen waren sie nur noch eine Meile von Michael Ransoms Adresse entfernt. Der Verkehr hielt sich um diese Zeit glücklicherweise in Grenzen, trotzdem vollführte er ein waghalsiges Manöver nach dem anderen. Er überholte Lieferwagen, Busse und wäre beinahe mit einem Mitsubishi Outlander zusammengestoßen.

»Ich weiß ja, dass wir es eilig haben«, sagte Georgie atemlos, »aber könnten wir uns innerorts einigermaßen an die Geschwindigkeitsbegrenzung halten?«

Michael Ransom wohnte in einem bis auf die Handtücher und Wäsche, die auf den meisten Balkonen hingen, und den Graffiti verschiedener Gangs an den Wänden völlig anonymen grauen Betonquader. Diese fantasielose, funktionelle, ja geradezu dystopische Architektur war typisch für die fehlgeleitete Vorstellung von Fortschritt der Sechzigerjahre.

Michael wohnte in Nummer 206, sie mussten also gerade mal eine Treppe hinaufsteigen. Rowlinson hatte sie zwar angewiesen zu warten, aber es würde noch mindestens zwanzig Minuten dauern, bis er endlich eintraf.

»Wir werden doch da nicht reingehen, oder?«, fragte Georgie und blickte zu dem Gebäude hoch, das unheilvoll über ihnen aufragte. Dann sah sie besorgt zu der Gruppe Jugendlicher im Eingangsbereich hinüber, die die Ankunft des Aston Martin interessiert verfolgt hatten.

»Nein. *Wir* nicht. Du bleibst hier.«

Er bemerkte, dass Georgies Blick immer wieder zu der Gang an der Ecke huschte. Der jüngste der fünf sah nicht älter aus als zwölf Jahre, doch es waren auch ein paar Erwachsene darunter.

»Schönes Auto«, rief ihnen einer zu. Die anderen lachten.

»Ich komme mit«, sagte Georgie nervös.

Sie überquerten unter den Blicken der Gang eine kleine Grünfläche. Dann verschwand die Sonne hinter dem Hochhaus, und sie standen im Schatten. Einer der Jugendlichen sprang von der Mauer, auf der sie saßen, und rief ihnen etwas zu, das Priest nicht verstand. Georgie drängte sich so nah an ihn, dass er beinahe über sie gestolpert wäre.

Dann hatten sie den Eingang erreicht. Der Name des Wohnturms kam Priest wie blanker Hohn vor: Paradise Rise. Die Tür war verschlossen, doch daneben war ein Klingelbrett angebracht. Priest drückte aufs Geratewohl mehrere Knöpfe, bis jemand antwortete.

»Amazon-Lieferung für Ihren Nachbarn«, schnauzte er. Kurze Zeit später brummte der Türöffner.

Als Erstes spürte er den Temperaturunterschied. Der Betonsockel, der um den Fuß des Gebäudes verlief, verfügte über keine Fenster, durch die die Sonne hätte scheinen können. Und so wirkte das Foyer wie eine mittelalterliche, von schummrigem orangefarbenen Licht beleuchtete Zelle. Der Boden war mit Taubendreck bedeckt, Nester reihten sich auf einem Absatz über ihnen. Auf der Treppe lag ein Mann unter einer schmutzigen Decke. Überall stank es nach Urin.

»Treppe oder Aufzug?«, fragte Priest.

»Treppe.«

Sie stiegen über den schlafenden Mann hinweg, gingen durch eine Doppeltür ins Treppenhaus und in den ersten Stock hinauf. Dort konnten sie durch ein Fenster auf den geparkten Aston blicken. Die Gang hatte sich näher herangewagt und machte nun Fotos des Wagens. Priest seufzte innerlich – immerhin war das verdammte Ding versichert. Doch in solchen Situationen vermisste er Williams Volvo.

Die rote Tür zu Wohnung 206 befand sich neben einem Fenster, das so dreckig war, dass man nicht mehr hindurchsehen konnte. Der Lack blätterte von der Tür. Auf einem Schild stand: ZEUGEN JEHOVAS WERDEN AUF DER STELLE ERSCHOSSEN.

»Wohnt er wirklich hier?«, fragte Georgie. »Copperhead?«

»Nein. Das will er uns nur glauben machen. Ich bezweifle, dass er zu Hause ist.«

»Als wollte er gefasst werden, andererseits aber noch nicht völlig aufgeben.«

Dieser beunruhigende Gedanke war Priest nach seiner Begegnung mit Michael ebenfalls schon gekommen. Im Pub hatte Copperhead gesagt, dass es keine Rolle spielte, ob man ihn aufhielt oder nicht. Andere würden sein Werk vollenden. Hatte er damit andere wie ihn gemeint, oder waren hier mehrere Täter am Werk? War er des Tötens bereits überdrüssig?

Priest klopfte die Tür um den Griff herum ab. Es klang hohl – bis auf das Schloss bestand die Tür aus billigem Holz. Ohne Vorwarnung trat er gegen den Griff. Das Holz splitterte und gab so leicht nach wie Karton. Die Tür flog auf und krachte gegen die Wand.

Er spähte in den dunklen Flur. Georgie hielt sich hinter ihm.

Dann trat er über die Schwelle und auf einen braunen, vom jahrzehntelangen Gebrauch steifen Teppich. Der Gestank war überwältigend. Durch die hohen Temperaturen der letzten Woche hatte sich die Wohnung aufgeheizt. Die abgestandene warme Luft schlug Priest wie eine Wand entgegen und legte sich auf ihn wie Leim. Doch das war nicht die Ursache des Gestanks. Fäule und Schimmel lagen in der Luft. Dicke schwarze Fleischfliegen summten an ihm vorbei aus der Wohnung, als hielten selbst sie es nicht mehr dort aus.

Er drehte sich zu Georgie um, die eine Hand vor den Mund gelegt hatte. »Du bleibst hier und passt auf, und wenn du Hilfe brauchst, schreist du.«

Diesmal legte sie keinen Widerspruch ein.

Priest wagte sich weiter in das Apartment vor. Er zuckte zusammen, als er mit dem Gesicht gegen einen unsichtbaren Spinnenfaden stieß. Michael wohnte hier ganz offensichtlich schon seit Längerem nicht mehr. Wahrscheinlich hatte die Wohnung seit Monaten kein Mensch mehr betreten. Oder seit Jahren.

Renoviert hatte man seit der Erbauung von Paradise Rise augenscheinlich auch nicht mehr. Die Tapete mit dem langweiligen grünen Blumenmuster löste sich von einer in Rostorange gestrichenen Wand. Auf dem fleckigen, abgewetzten Teppich lagen weder Briefe noch Wurfsendungen. Die Tür hatte keinen Briefschlitz. Wahrscheinlich war der Briefkasten unten.

Spätestens nach einem Blick in die Küche zur Linken wurde deutlich, dass die Wohnung völlig leer war. Die Schranktüren standen offen, eine hing schief in den Angeln, in den Schränken war nichts außer Staub und Schmutz. Die vergilbte Arbeitsfläche war unerklärlicherweise mit Holzspänen bedeckt und erinnerte an die Werkbank eines Tischlers. Die Nischen für Kühlschrank und Waschmaschine waren leer, eine nackte Glühbirne hing mitten im Raum.

Gegenüber der Küche befand sich das Wohnzimmer, leer bis auf einen alten, nicht unbedingt fachmännisch von der Leitung getrennten Gasofen, einige graue Plastikplanen in der Ecke und daneben die Erklärung für die Anwesenheit der Fliegen: eine tote Ratte.

Das Einzige, was in der Wohnung von Interesse war, entdeckte Priest im Schlafzimmer, einem winzigen, unmöblierten Raum mit schmutzigem Fenster, kaum groß genug für ein Doppelbett. Dort war etwas mit roter Farbe – und nicht mit Blut, da war er sich sicher – an die Wand gemalt. Es handelte sich weder um das Janussymbol noch um eine an ihn gerichtete Botschaft. Priest war verwirrt. Hatte er Copperhead womöglich völlig falsch eingeschätzt?

Dann rief Georgie nach ihm. »Charlie? Was ist denn da drin?«

Er warf einen letzten ratlosen Blick auf die Worte vor ihm. Es ergab keinen Sinn. Der Satz sprang ihm förmlich entgegen:

Gott ist tot.

60

Priest und Georgie standen vor Wohnung 206 und blickten über die Straße hinweg zu der Reihe schäbiger kleiner Läden, die an einem verrammelten Eckpub endete. Dahinter ragten weitere Hochhäuser in den hellen, grenzenlosen Himmel. Ein trostloser und gleichzeitig hoffnungsvoller Anblick: das triste Grau der Häuser und das Pastellblau des Firmaments darüber.

Gott ist tot.

»Und jetzt?«, fragte Georgie.

Priest schüttelte den Kopf. »Warum sollte jemand, der in Gottes Auftrag handelt, so etwas an seine Wand schreiben?«

»Vielleicht ist es gar nicht seine Wohnung. Vielleicht sind wir hier falsch.«

Er wollte gerade das Erste antworten, was ihm durch den Kopf ging, als sein Handy klingelte. Priest hatte keine Lust auf ein weiteres merkwürdiges Gespräch mit Rowlinson, doch wie sich herausstellte, war es Sarah.

Er ging ran. »Hi.«

»Charlie? Bist du bei der Arbeit?«

Priest sah an sich hinab – die blutigen Arme, der Schmutz auf seiner Hose. Seine Schulter und die von Tina schlampig genähte Wunde an seinem Arm schmerzten.

»Ja, ein ganz normaler Tag im Büro.«

»Prima.« Sie plapperte einfach drauflos. »Normalerweise würde ich dich nicht um so etwas bitten, aber es geht nicht anders …«

»Was kann ich tun?«

»Ich bin gerade bei Megan. Du erinnerst dich doch an Megan?«

»Selbstverständlich.«

»Lügner. Ich wollte Tilly abholen, aber Megan musste plötzlich weg, weil ihre Mutter krank geworden ist. Und jetzt weiß ich nicht, wie ich nach Hause kommen soll.«

»Okay, nimm doch einfach …« Da begriff er, weshalb sie anrief. Sarah und Ryan hatten sich ein Auto geteilt, um Tilly durch die Gegend zu kutschieren. Ansonsten waren sie einfach mit der U-Bahn gefahren. Tilly fuhr nicht gern U-Bahn, und Ryan hatte das Auto. Und Priests Angebot, den Aston oder den Volvo zu nehmen, hatte Sarah dankend abgelehnt. »Ach so, verstehe.«

»Ja. Ich glaube nicht, dass Megan so schnell zurückkommt. Sie hat mir ihren Hausschlüssel gegeben und gesagt, dass ich hinter mir abschließen soll. Anscheinend ist es ein Notfall.«

Es war ihr peinlich, eine solche Bitte an ihn zu richten, das hörte er in ihrer Stimme. Ihr Timing hätte nicht schlechter sein können. Priest schloss die Augen. *Doch nicht jetzt.*

»Wie lautet die Adresse?«, fragte er zögerlich. Vielleicht konnte er Okoro oder notfalls sogar Maureen dorthin schicken.

»Die hab ich dir bereits geschrieben. Wenn du … Moment. Da ist jemand an der Tür.«

Priest sah erst Georgie an, dann verdrehte er die Augen

und klemmte das Handy zwischen Ohr und Schulter. Er hörte, wie Sarah die Tür öffnete. Ein dunkler Audi A8 hielt neben dem Aston. Rowlinson, Eaton und Grey stiegen aus. Dass Grey ebenfalls mitgekommen war, erregte seine Aufmerksamkeit. Gedankenverloren hörte er Sarah etwas im Hintergrund sagen.

Dann ertönte ein merkwürdiges Kratzgeräusch aus dem Handy. Er runzelte die Stirn. Georgie war über das Geländer gebeugt und beobachtete den Audi. Rowlinson, Eaton und Grey sahen sich um. Wahrscheinlich hielten sie Ausschau nach dem richtigen Wohnblock. Er nahm das Telefon wieder ans Ohr, doch seine Schwester war nicht mehr zu hören.

»Sarah?«

Er erstarrte, als er erst einen Knall, einen gedämpften Schrei und schließlich einen dumpfen Aufprall hörte, als wäre das Telefon auf den Boden gefallen. Er lauschte konzentriert, während Panik in ihm aufstieg.

»Sarah!«

Georgie drehte sich besorgt zu ihm um.

Dann hörte er eine Stimme am anderen Ende der Leitung. Eine vertraute Stimme. Eine Stimme, bei der sich ihm die Haare auf Armen und Nacken aufstellten.

»Hallo, Charlie.«

Einen Augenblick lang war Priests Kehle wie zugeschnürt. Er bekam keine Luft mehr. Die Welt um ihn herum brach zusammen. »Michael.«

Copperhead kicherte. »Aha, du hast also meinen richtigen Namen herausgefunden. Wie clever von dir.«

»Was hast du mit meiner Schwester gemacht?«

»Nichts. Sie hält nur ein kleines Nickerchen.«

Priest spürte, wie die Wut in ihm aufstieg. Er umklammerte das Handy so fest, dass sich die Knöchel weiß färbten. Georgie trat einen Schritt zurück, was er nur am Rande mitbekam.

»Wenn du ihr auch nur ein Haar krümmst, dann …«

»Aber Charlie, weshalb denn die Drohungen? Ich kann mir schon vorstellen, was du dann tun wirst. Vielleicht solltest du lieber zuhören, wenn du ihr Leben retten willst. Und das des kleinen Mädchens übrigens auch.«

Sein Herz setzte ein paar Schläge aus, bevor es wie wild zu klopfen begann.

»Du *gottverdammter …«*

»Es wäre besser«, fiel ihm Michael streng ins Wort, »wenn du *zuhören* würdest.« Trotz seiner Wut begriff Priest, dass er keine andere Wahl hatte. Fürs Erste hatte Copperhead die Oberhand. »Das ist dein Problem, Charlie: Du kannst nicht aus deiner Haut. Es geht immer nur um *dich,* nicht wahr? Tja, jetzt nicht mehr. Jetzt geht es um *mich.* Und da wirst du mich auch finden. Dort, wo alles für *mich* seinen Anfang genommen hat.«

»Und das wäre wo?«

»Du hast dich doch bis jetzt so gut geschlagen, Charlie. Da wirst du das sicher auch noch rausfinden.«

Priest stand kurz vor einem Wutanfall, als Copperhead plötzlich auflegte.

Entsetzt sah Georgie ihn an. »Was? Was ist passiert?«

Er beugte sich vor, packte das Handy so fest, als wollte er es zerquetschen, und schrie den Boden an. *Tilly.* Tilly war auch dort. Er würde doch nicht …

»Charlie?«

Schnell richtete er sich wieder auf. Fay Westbrook stand in ein paar Metern Entfernung im Flur. Sie war von der anderen Gebäudeseite gekommen.

Er stützte sich schwer atmend auf die Brüstung.

»Da lang«, sagte sie.

Er verzog das Gesicht. »Was?«

»Da lang, so wie ich hier raufgekommen bin.« Sie deutete hinter sich.

Konnte er Westbrook nach der Episode mit ihrem Ehemann trauen? »Was meinst du?«

»Eaton, Grey und Rowlinson kommen von der anderen Seite. Sie sind kurz nach mir hier eingetroffen. Ich werde ihnen sagen, dass ich dich knapp verpasst habe.«

»Was ist denn los?«, fragte Georgie leise.

Er sah Fay prüfend an. Dann traf er eine Entscheidung. Sie wollte ihm helfen. Aber weshalb?

»Sie glauben, dass du es warst«, sagte sie, und plötzlich fügte sich alles zusammen. Das merkwürdige Gespräch mit Rowlinson, der darauf bestanden hatte, dass er sofort zum Revier zurückkehrte. Er warf einen Blick hinunter. Der Audi stand verlassen da. »Beeil dich. Sie sind schon auf der Treppe. Na los.«

Sie machte ihm Platz.

»Warum?« Warum half sie ihm?

»Weil ich will, dass er geschnappt wird«, entgegnete sie. »Und jetzt geh, um Himmels willen!«

Er verlor keine Zeit und rannte mit Georgie im Schlepptau den Flur hinunter.

Glücklicherweise hatte ihn Sarahs Nachricht mit Megans Adresse noch erreicht. Sie waren wieder einmal über die Grünfläche hinter Michael Ransoms Wohnblock gelaufen und dann mit dem Aston davongefahren. Eaton, Grey und Rowlinson waren bereits im Gebäude gewesen und hatten sie nicht mehr aufhalten können.

Zwanzig Minuten später kamen sie mit quietschenden Reifen vor einem Einfamilienhaus in einem Neubaugebiet gleich um die Ecke von Sarahs Haus zum Stehen. Eine mit dunkelrotem Kunstharz ausgelegte Einfahrt führte zu einer Veranda mit Kunstmarmorsäulen unter einer dunklen, skandinavisch anmutenden Giebelverkleidung.

Sie stürzten förmlich aus dem Wagen. Georgie hatte Priest während der Fahrt von seinem Telefonat mit Copperhead erzählt. Er bezweifelte, dass es Eaton und die anderen schnell genug zurück zum Audi geschafft hatten, um ihm zu folgen. Womöglich hatte sie Fay auch eine Weile vor der Wohnungstür hingehalten.

Priest stürmte durch die Vordertür.

Sarah saß mit geschlossenen Augen an die Wand gelehnt da. Sie sah aus, als würde sie schlafen, wäre da nicht das Blut auf ihren Lippen gewesen. Ihre Haut wies eine ungesunde alabasterne Blässe auf.

»O Gott, nein.« Er nahm den Kopf seiner Schwester in die Hände. Er war warm. *Sehr gut.* Er spürte ihren Herzschlag. Sie lebte, war aber ohne Bewusstsein. »Kümmere dich um sie!«, rief er Georgie zu. »Ruf einen Krankenwagen!«

»Geht klar«, rief Georgie, während er die nächste Tür aufriss und in eine Küche mit schwarzen Granitarbeitsflächen und pastellgrünen Schränken stürmte.

»Tilly!«

Die Angst überkam ihn wie ein Stromschlag, der sich von seinem Magen aus im ganzen Körper verbreitete, jede Nervenzelle unter Hochspannung setzte und schließlich seinen Kopf erreichte. Für einen Sekundenbruchteil glaubte er, ohnmächtig zu werden, doch im letzten

Augenblick gelang es ihm, wieder Herr seiner Sinne zu werden und die Dunkelheit vor seinen Augen zurückzudrängen.

»TILLY!«

Panisch lief er von Zimmer zu Zimmer, riss Schränke auf, warf Möbelstücke um, zerrte an Vorhängen; wie ein Tornado fuhr er ihren Namen schreiend durch das Haus. Die Erkenntnis, was geschehen war – was er zugelassen hatte –, bohrte sich in seine Brust, bis er vor Schmerz kaum noch Luft bekam.

»Tilly, wo bist du?«

Er durchquerte Küche, Esszimmer, Wohnzimmer, Toilette und rannte dann nach oben, durchsuchte vier Schlafzimmer, zwei Bäder und eine Abstellkammer. Nichts. Gar nichts. Verzweiflung erfasste ihn. Kalte, grausame, unbarmherzige Verzweiflung.

»Der Krankenwagen ist auf dem Weg!«, rief Georgie von unten panisch die Treppe hinauf.

Er schüttelte den Kopf, woraufhin ihr die Gesichtszüge entgleisten. »Nein …«

»Das hätte ich voraussehen müssen.«

»Wie denn?«, entgegnete Georgie mit kaum hörbarer Stimme. »Sie steht nicht auf der Liste. Beide stehen nicht auf der Liste.«

»Bleib bei Sarah.«

Er rannte an ihr vorbei nach unten, um das Haus zu verlassen und sich auf der Straße umzusehen.

Da blieb er plötzlich stehen. Nun verdrängte ein weitaus dunkleres Gefühl die Angst.

Auf der Innenseite der Haustür stand in derselben roten Farbe, die er schon in Michael Ransoms Wohnung gesehen hatte, eine eindeutige Botschaft:

Komm allein.

Blind vor Wut schlug er gegen das Fenster in der Tür, sodass die höhnische Nachricht des Mörders in tausend Scherben zersprang.

61

Fünf Minuten vergingen, die zu den längsten, aber auch zu den wichtigsten Minuten in Charlie Priests Leben zählten, da ihn in dieser Zeitspanne mehrere Erkenntnisse ereilten, die möglicherweise seiner Nichte das Leben retteten.

Zuerst bekam er sich wieder in die Gewalt. Er konnte sich später Vorwürfe machen und in Selbsthass zerfließen, doch nicht jetzt. Nicht *in diesem Augenblick.*

Zweitens begriff er, dass es eine persönliche Angelegenheit war. Weder Tilly noch sonst jemand aus der Familie Priest hatte silbernes Blut. Es gab also neben der Bindung noch weitere Faktoren, die er noch nicht völlig verstanden hatte.

Er saß im Aston. Aus den Lüftungsschlitzen wehte es ihm kühl entgegen. Georgie war bei Sarah geblieben und hatte vergeblich versucht, sie aufzuwecken. Priest vermutete, dass man sie unter Drogen gesetzt hatte. Er hatte Georgie eingeschärft, dafür zu sorgen, dass sie frei atmen konnte, bis der Krankenwagen eintraf.

Rowlinson und Eaton waren wahrscheinlich ebenfalls auf dem Weg. Es dürfte ihnen nicht allzu schwergefallen sein, seinen Aufenthaltsort zu ermitteln.

Er musste los. »Sie glauben, dass du es warst«, hatte

Fay gesagt. Eaton würde wohl ziemlich schnell herausfinden, dass dem nicht so war, doch er konnte sich selbst diese winzige Verzögerung nicht erlauben.

Außerdem war Copperheads Botschaft eindeutig gewesen: »Komm allein.« Er hatte Tilly in seiner Gewalt, und Priest war für ihr Wohlergehen verantwortlich. Sie hatte das Symbol überallhin gemalt. Vielleicht hätte er dieses verdammte Buch nicht bei sich zu Hause aufbewahren dürfen.

Aber wo bist du jetzt?

Mit gespitzten Lippen scrollte er durch die Kontaktliste des Handys, bis er auf eine Nummer stieß und auf »Anrufen« drückte. Der erste Freiton drang aus den Lautsprechern des Aston Martin.

»Hallo, hier Dr. Wheatcroft«, sagte eine höfliche Stimme.

Priest wartete eine Sekunde. Der Arzt hatte seine Nummer: Sie hatten bereits miteinander telefoniert. Er wusste also, wer ihn anrief, und spielte trotzdem den Ahnungslosen. Priest hatte keine Zeit für solchen Schwachsinn. »Ich muss mit ihm sprechen.«

Wheatcroft stieß ein wenig überzeugendes Lachen aus. »Charlie, sind Sie das? Das geht nicht, das wissen Sie genau. Wir sind schließlich kein Hotel, und ich bin auch kein Rezeptionist.«

»Bitte, Dr. Wheatcroft. Es ist dringend.«

»Charlie, wir sind Ihnen bereits entgegengekommen, obwohl Ihr Besuch Williams Fortschritten offen gestanden nicht besonders förderlich war. Er …«

»Dr. Wheatcroft! Seien Sie bitte still.« Er wartete, bis er die ungeteilte Aufmerksamkeit des Arztes hatte. »Ich weiß, dass er ein Handy hat. Ich weiß, welchen Einfluss er ausübt. Ich weiß, dass es ein geheimes Netzwerk in Ihrer Klinik gibt, und ich weiß verdammt gut, wer wie eine Spinne in der Mitte dieses Netzes sitzt. Ich habe keine Zeit für Ihre Hinhaltetaktiken. Ich muss sofort mit ihm sprechen.«

Am anderen Ende der Leitung herrschte Schweigen. Eine, zwei, drei Sekunden. »Ich rufe in fünf Minuten zurück«, sagte Wheatcroft resigniert.

»Sie haben drei. Mehr nicht.«

Als das Telefon klingelte und Priest den Anruf entgegennahm, erfüllte die tiefe, bedrohliche Stimme des Dunklen Rächers den Wagen.

»Charles? Ich bin wirklich froh, dass du anrufst. Ich ...«

»Er hat Tilly.«

William verschlug es die Sprache. »Tilly«, sagte er schließlich.

»Es geht ihm nicht um die Bindung oder die Dämonen-DNA oder Gott, sondern um etwas anderes. Aber ich weiß nicht, um was.«

»Ich habe Michaels Briefe gefunden. Alle. Ich habe sie gerade gelesen, als du angerufen hast.«

»Wo bringt er sie hin? Wo für ihn alles seinen Anfang genommen hat, hat er gesagt.«

»Verstehe.«

»Wo ist das?«

William schwieg erneut, als müsste er sich erst sammeln. Priest hörte die Emotion in seiner Stimme. Seine Kehle war trocken. Sarah hatte den Kontakt zu William abgebrochen, nachdem sie ihn geschnappt hatten, und ihn Schritt für Schritt aus ihrem Leben entfernt. Ihre gemeinsame Vergangenheit gelöscht. Tilly wusste nicht, dass sie einen Onkel namens William hatte. Es gab überhaupt keine Verbindung. Und doch war Priest überzeugt davon, dass sein Bruder seine Familie über alles liebte. Sein Drang, sie zu beschützen, war so stark wie an jenem Tag, an dem Jozef Sarah angegriffen hatte, und für Tilly galt dies ganz genauso. William mochte ein Mörder sein, doch er war auch so loyal, wie man nur sein konnte.

»Mitten in den Linconshire Wolds steht ein 1987 geschlossenes Klinikum. Ein Kinderkrankenhaus, wenn ich mich nicht irre. Es wurde von einer gemeinnützigen Stiftung zu einer Zeit gegründet, als man die Elektrokonvulsionstherapie noch für eine gute Idee hielt. Michael hat mehrmals in seinen Briefen erwähnt, dass dieser Ort eine große Faszination auf ihn ausübt. Er hat ihn regelrecht verklärt. Eine seiner Fantasien drehte sich darum, dort tot auf eine rostige Trage geschnallt gefunden zu werden. Von mir gefunden zu werden, muss ich wohl hinzufügen. Dort wird er sie hinbringen. Meiner Meinung nach ist das in seinen Augen der ideale Ort für das Finale.«

Priest gab die Daten ins Handy ein und erhielt umgehend ein Ergebnis: *Die Elipmus-Kinderklinik in Lincolnshire.*

»Ich glaube, ich hab's gefunden.« Er gab die entsprechenden Daten ins Navigationssystem ein, das daraufhin eine Route errechnete. »Vielen Dank. Sarah wird es zwar nie erfahren, aber …«

»Charles, das ist mir egal. Konzentrier dich und hör diesmal auf mich. Ich habe die Briefe inzwischen fast alle gelesen, und jetzt bedauere ich, dass ich ihnen vorher keine Beachtung geschenkt habe. Ich hielt Michael für einen weiteren Serienkillerfan, ein erbärmliches Schaf. Das war ein Irrtum. Er ist gefährlicher als alle anderen, die mir bisher untergekommen sind. Er ist das Böse in Menschengestalt. Der Teufel. Er wird nicht zögern, und das darfst du auch nicht tun.«

Priest legte den Gang ein und fuhr los. »Das war noch nicht alles, oder?«

William holte tief Luft. »Nein. Es gibt noch etwas, das du wissen solltest.«

Priest spürte die Beklommenheit Williams in seiner Stimme. Er hatte seinen Bruder seit jenem Tag im Wald, als er Charlie zugerufen hatte, auf ihn zu warten, nicht mehr so ängstlich erlebt. Damals war der jüngere Bruder schneller gewesen …

»Was? Was sollte ich wissen?«

»Ich sage es dir, aber du wirst es nicht gern hören.«

62

Priest durfte nicht daran denken, dass Tilly möglicherweise allein und voller Angst war. Er musste sich jetzt konzentrieren, also versuchte er, sich einzureden, dass sie genau wie ihre Mutter bewusstlos war. Sie schlief. Und warum auch nicht? Michael wollte sicher nicht, dass sie schrie und tobte und dadurch Aufmerksamkeit erregte. Nein, das gehörte nicht zu seinem Plan. Er hatte genaue Vorstellungen, wie das Finale auszusehen hatte, davon hatte ihn das Gespräch mit William überzeugt. Tilly schlief.

Doch das war nur ein schwacher Trost.

Bevor er auf den Motorway fuhr, rechnete er kurz nach: Laut Navi würde er die Elipmus-Klinik in zweieinhalb Stunden erreichen. Die Höchstgeschwindigkeit des Aston betrug über 320 Kilometer pro Stunde. So konnte er die Fahrt um etwa eine Stunde verkürzen. Allerdings bezweifelte er, dass er vor Copperhead dort eintreffen würde. Der hatte mindestens eine Stunde Vorsprung.

Er fuhr mit wilder Entschlossenheit, verfluchte jedes langsamere Auto, jede rote Ampel, jede Gelegenheit, bei der er auf die Bremse treten musste. Jede Meile wurde zur Qual. Selbst die über ihm dahinziehenden Wolken schienen die Form von sich langsam drehenden Sanduhren anzunehmen. Das Dröhnen der Reifen auf dem Motorway verschmolz mit dem wilden Klopfen seines Herzens.

William hatte recht. Hätte er nicht gezögert, wäre Michael jetzt tot. Doch diesen Fehler würde er nicht noch einmal begehen. Copperhead hatte seine Nichte entführt, das einzig Reine und Unschuldige in seinem Leben. Er war nicht nur Tillys Onkel, sondern auch ihr Taufpate, und als er vor sechs Jahren geschworen hatte, sie zu lieben und zu beschützen, hatte er dies durchaus aufrichtig gemeint. Er umklammerte das Lenkrad so fest, dass sich seine Hände weiß färbten. Michael war ein toter Mann. Diesmal würde er sich keine Fehler erlauben – Michael sollte sehen, was er davon hatte, dass er sich mit der Familie Priest angelegt hatte.

Die Elipmus-Klinik befand sich am Rande einer Kleinstadt mitten im Nirgendwo. Ein schmaler Fluss schlängelte sich durch einen Flickenteppich aus grünen und gelben Äckern, Bauernhäusern aus rotem Backstein und riesigen Windrädern, die Priest an die Dalí-artigen Elefanten an den Wänden des verlassenen Lagerhauses erinnerten, in dem Darren Green ermordet worden war.

Er fuhr an einem Kraftwerk vorbei, dessen sechs Kühltürme ihre Schatten auf einen gewaltigen Kohleberg warfen, dann bog die Straße nach links ab. Eine Eisenbrücke führte über einen Fluss. Auf der anderen Seite war die Straße nur noch ein Feldweg mit einem Rasenstreifen zwischen den Fahrrillen. Der Aston holperte etwa eine Meile lang durch Maisfelder, dann verlor sich der Weg völlig.

Priest hielt auf einer grasüberwachsenen Lichtung, schaltete den Motor ab und stieg aus. Hinter ihm ging die

Sonne über den düsteren Feldern und Wäldern unter. In der Entfernung glitzerten die ersten Lichter des Städtchens wie Glühwürmchen in der Nacht. Aus den wenige Meilen entfernten Kühltürmen quoll Wasserdampf in den Himmel, an dem tief hängende Wolken im Licht der sterbenden Sonne orange und violett glänzten.

Priest stand vor einem Dickicht aus eng zusammenstehenden Bäumen. Dahinter schloss sich eine graue Grasfläche und das heruntergekommenste, einsamste und trostloseste Gebäude an, das er je gesehen hatte. Eine Reihe schwarz gerahmter Bleifenster erstreckte sich über die Länge des grauen, einstöckigen und mit fauligem Holz verkleideten Backsteingemäuers. Kletterpflanzen überzogen die Fassade vom Boden bis zur Decke und waren in die scheibenlosen Fensteröffnungen gekrochen, als wollte sich die Natur das Haus zurückholen und in die Erde hinabziehen.

Ein weiteres Fahrzeug war nirgendwo zu sehen, doch das musste nichts bedeuten. Das ganze Areal wirkte allerdings so gottverlassen, dass es Priest mit der Angst zu tun bekam. *Was, wenn sich William geirrt hat? Was, wenn ich hier am falschen Ort bin?*

Er verscheuchte diesen Gedanken und marschierte über das verdorrte Gras zu einem Durchgang an der Giebelwand. Die Tür hing nur noch schief in einer Angel, das Schloss war schon vor langer Zeit herausgebrochen worden. Priest hatte sich zwar keinen Plan zurechtgelegt, doch er glaubte kaum, dass es etwas bewirkte, wenn er sich hineinschlich oder darauf achtete, keinen Lärm zu machen. An diesem vergessenen, gespenstischen Ort herrschte im wahrsten Sinne des Wortes Totenstille, nur durchbrochen von den Schreien der Krähen, die auf dem

Dach über ihm saßen, und einem gelegentlichen schwachen Windstoß, der die Blätter an den Bäumen rascheln ließ.

Priest drückte die Tür auf. Sie knarrte bei der plötzlichen Bewegung, fiel jedoch nicht aus dem Rahmen.

Er hatte erwartet, lange Flure und kleine Zellen vorzufinden, doch stattdessen stand er in einem großen Raum, der die ganze Breite des Gebäudes einnahm. Auf der gegenüberliegenden Seite führte eine Doppeltür in einen weiteren, scheinbar ebenso großen Raum.

Alles war seit dreißig Jahren unberührt. Schutt, Glasscherben und Schmutz bedeckten den Betonboden. Die Farbe blätterte von den Wänden und verstärkte den Eindruck der Baufälligkeit, als könne ein starker Windstoß das ganze Gemäuer zum Einsturz bringen. Vier eiserne Bettgestelle standen vor der rechten Wand; auf einem lag eine bedrückend dünne grüne Matratze. Sie war an einer Seite aufgeplatzt, sodass das schimmelige Schaumgummi daraus hervorquoll. Gegenüber waren drei Metallbadewannen mit rostigen Eisenplatten an der Wand befestigt. Darüber verlief ein Durcheinander aus mit Grünspan überzogenen Kupferrohren. In der Mitte des Fußbodens war ein dunkler, feuchter Fleck, der seinen Teil zum überwältigenden Gestank nach Fäulnis und Moder beitrug.

Priest schloss die Augen und lauschte.

Nichts.

»Michael!«, brüllte er mit tiefer, lauter Stimme.

Der Schrei hallte als Echo durch den Raum zu ihm zurück, bevor er verhallte. Die Krähen auf dem Dach zerstreuten sich in alle Winde.

Doch eine Antwort erhielt er nicht.

»Michael! Ich bin hier. Allein. So, wie du es wolltest.«

Als er wieder keine Antwort bekam, durchquerte Priest den Raum. Zu seiner Rechten war ein weiterer Durchgang, der in einen dunklen, fensterlosen Raum führte. Priest konnte in der Finsternis dahinter nicht das Geringste erkennen. Diesen würde er später erkunden – zuerst ging er durch die Doppeltür. Der Raum dahinter war etwas kleiner und hatte ein Steildach mit Oberlichtern, durch die nur noch wenige Strahlen der untergehenden Sonne fielen. Die rückwärtige Wand glühte in bernsteinfarbenem Licht, alles andere lag jedoch im Dunkeln.

»Michael.«

»Hier drüben«, sagte eine Stimme hinter ihm. Priest drehte sich um. Er konnte nicht das Geringste erkennen. Sein Herz raste, und schon spürte er ein leichtes Prickeln in den Händen. Er hatte Michael ganz deutlich gehört, doch sehen konnte er ihn nicht.

Wütend darüber, wie leicht er aus der Fassung geraten war, wischte er sich mit dem Handrücken übers Gesicht und stellte überrascht fest, wie klamm die Hand war. Obwohl es in der Klinik nicht besonders warm war, schwitzte er stark.

»Wo bist du?«, rief er in den Raum hinein.

Keine Antwort.

Selbst im Zwielicht war es noch hell genug, um zu erkennen, dass es in den beiden großen Räumen keine Versteckmöglichkeiten gab. Die Stimme musste also aus dem Raum zu seiner Rechten gekommen sein. Von hinter der Tür, die in die Dunkelheit führte. In eine Welt der Schatten.

Scheiße.

Er näherte sich der Türöffnung und schaltete die

Taschenlampenfunktion seines Handys ein. Das Licht war hell, reichte jedoch nicht besonders weit. Er befand sich in einem höchstens fünf Quadratmeter großen Raum mit Türen zu beiden Seiten. Vor den fleckigen weißen Wänden stand ein Operationstisch. Mehrere medizinische Apparate hingen an verbogenen Metallarmen von der Decke. Eine Lampe mit im Kreis angeordneten Birnen, die an ein UFO aus einem Science-Fiction-Film erinnerte, war auf den Tisch gerichtet.

Priest brachte so leicht nichts aus der Fassung. Er war oft als Erster am Schauplatz der grässlichsten Verbrechen gewesen und hatte Dinge gesehen, die sich selbst Dante nicht hätte ausmalen können. Doch den Anblick dieses teilweise beleuchteten OP-Tischs würde er sein Leben lang nicht vergessen.

Dann fiel die Tür hinter ihm ins Schloss. Er erstarrte.

Sein erster Gedanke galt der Flucht. Die Tür war so morsch, dass er sie wohl leicht hätte einrennen können. Aber irgendetwas hielt ihn davon ab. Jemand beobachtete ihn. Er suchte den Raum mit der Handylampe ab, spähte in jede Ecke.

»Ich weiß, dass du hier bist, Michael.«

»Tut mir leid, dass es so weit kommen musste, Charlie. Aber du hast mir großen Ärger bereitet.«

»Wo ist sie?«

»An einem sicheren Ort und unversehrt. Sie schläft. Du musst dir um sie keine Sorgen machen.«

Priest versuchte, die Stimme zu lokalisieren, doch sie war überall um ihn herum, als käme sie aus einem Lautsprechersystem.

»Das liegt an der Akustik hier, falls du dich das gerade fragst«, sagte Michael, als hätte er seine Gedanken gelesen. »Das ist einer der Gründe, warum ich das Gebäude hier so sehr mag. Dieser Ort verrät mich nicht. Er kümmert sich um mich. Versteckt mich.«

Priest richtete den Strahl der Lampe auf die Stelle, an der Michaels Stimme am lautesten war. »Zeig dich, Michael.«

»Alles zu seiner Zeit.«

Priest spürte ein Ziehen in der Schädelbasis, Vorbote schlimmer Kopfschmerzen. Auf der gegenüberliegenden Wand war ein Luftschacht. *Sprach Michael etwa durch die Luftschächte mit ihm?*

»Du hast keine Ahnung, wie lange ich auf diesen Augenblick gewartet habe«, fuhr Michael fort. »Dass wir endlich zusammen sind.«

»Willst du mich heiraten, oder was? Komm raus, ich mach dich zu einem glücklichen Psychopathen.«

Michael lachte. »Sehr witzig. Leider hasse ich dieses Wort, Charlie. Psychopath. Das klingt so nach Generation X, wenn du verstehst?«

Priest glaube, etwas aus den Augenwinkeln zu sehen, doch als er genauer hinschaute, bewegte sich der Fleck auf die andere Seite. Dann begriff er, was hier geschah. *Nicht jetzt.* Seine Hände waren taub, die Arme schwer. Sie fühlten sich nicht mehr wie ein Teil von ihm an. Es waren eigenständige Wesen mit einem eigenen Willen.

O Gott, nein.

Er presste die Hände gegen die Schläfen und versuchte verzweifelt, das Gefühl der Dissoziation, das ihn überkam, aufzuhalten.

»Die Klinik wurde 1910 erbaut, als man sich in dem katholischen Waisenhaus gleich in der Nähe nicht mehr um alle kranken Kinder kümmern konnte. Wie so vieles

Gute auf dieser Welt wurde es von einem Priester gegründet, dessen Namen ich leider nicht in Erfahrung bringen konnte. Im Ersten Weltkrieg war hier ein Militärkrankenhaus des Roten Kreuzes, 1919 wurde es dann wieder eine Klinik für Kinder mit Tuberkulose. Sag Bescheid, wenn ich dich langweile, ja?«

Priest spürte immer weniger, die Blitze vor seinen Augen wurden immer heller. Er musste dem übermächtigen Drang widerstehen, sich einfach auf den Boden zu werfen. Er durfte nicht aufgeben. Er musste kämpfen. Für Tilly.

»Alles in Ordnung, Charlie? Du siehst nicht besonders gut aus. Willst du dich hinlegen oder so?«

Priest ging in die Knie – er konnte nicht anders. Andernfalls wäre er wohl einfach umgefallen. Die Kopfschmerzen und das Gefühl, gleich das Bewusstsein zu verlieren, waren zu stark. Michaels Stimme wurde lauter und leiser. Dann drehte sich ihm der Magen um. Er war kurz davor, sich zu übergeben.

»Kennst du dich mit Tuberkulose aus, Charlie? Eine fürchterliche Krankheit, die zu einem grässlichen Tod führen kann. Wenn sie nicht behandelt wird, übernimmt das Bakterium, das sie verursacht, das Immunsystem und frisst einen von innen heraus auf. Deshalb hieß sie auch Schwindsucht oder Phthise vom griechischen *phthisis*, was *schwinden* oder *schrumpfen* bedeutet. Das wirklich Faszinierende daran – jedenfalls für mich – ist, dass die TB so alt ist wie wir. Bereits vor zwanzigtausend Jahren sind in Afrika die ersten Menschen daran gestorben. Stell dir das mal vor. Sie hat uns die ganze Zeit über begleitet.«

Priest konnte dem lähmenden Gefühl, das ihn übermannte, nicht mehr standhalten. Er stöhnte vor Schmerz und war kurz davor, auf dem kalten Boden zusammenzubrechen.

»Charlie? Bist du noch wach?«

Bevor er das Bewusstsein verlor, erkannte Priest viel zu spät, dass sein Zustand nichts mit seiner Dissoziationsstörung zu tun hatte. Es war keine Halluzination, keine psychotische Episode, sondern eine Falle. Eine Falle, in die er blind hineingestolpert war und die nun unbarmherzig zuschnappte.

63

Vor einem Jahr

Ich bin kein Mörder.

Damit musste ich mich erst einmal abfinden. Das war nicht leicht. Meine Mitmenschen müssen damit zurechtkommen, dass ihre Voraussicht, ihr Intellekt, ihre Sexualität Grenzen hat. Doch ich habe ein viel schwereres Kreuz zu tragen.

Durch die Kombination von Alkohol und Glauben in Hochstimmung versetzt, verlasse ich die Kirche. Ich spüre die Stöße, mit denen ich in Sue eingedrungen bin, noch in meiner Hüfte. Aber dieser Persönlichkeitsmakel lässt mir keine Ruhe: Ich bin kein Mörder. Ich kann mir einfach nicht vorstellen, einem Menschen in die Augen zu sehen, während er sein Leben aushaucht, oder zu spüren, wie seine Gliedmaßen in meinen Händen erschlaffen. Womöglich ist das eine Schwäche. Ich weiß es nicht.

Zuerst hielt ich das für einen schweren Nachteil. Ich zog sogar Grundsätzliches in Zweifel: Warum wurde ich für diese Aufgabe auserwählt, wenn ich nicht das Zeug dazu habe, einem Dämon ein Messer ins Herz zu stoßen?

Doch alle meine Bedenken lösten sich in Wohlgefallen auf, als ich Michael kennenlernte.

Wie so viele Teilnehmer bei den Meetings war er nur ein weiterer Neuzugang, der mich ausdruckslos anstarrte, als müsste er nur dasitzen und warten, bis ich ihm den Zweck seines Daseins erklärte.

Er war nicht besonders groß, doch er hatte breite Schultern und beeindruckend muskulöse Arme. Seine Augen waren klein, und der jahrelange Alkoholkonsum hatte seine Gesichtszüge verhärtet und ihm Falten auf Kinn und Schläfen verpasst, die eigentlich noch Jahrzehnte auf sich warten lassen sollten. Am interessantesten waren jedoch seine Hände. Er hatte Wurstfinger, gelb von zu vielen Zigaretten. Ich wusste sofort: Dies sind die Hände eines Mörders.

Ich spaziere durch den Kirchhof, bewundere, wie sich die Bäume elegant vor dem Kirchturm verbeugen, lange Schatten auf das fleckige Gras werfen und sich sanft im Wind wiegen. Genau wie Sue, vor und zurück. Vor und zurück. Sie halten nie inne, sondern sind immer in Bewegung.

Sobald ich im Auto sitze, werfe ich einen Blick auf mein Handy. Michael hat mir eine Nachricht geschickt. Die von mir erdachte Methode, mit der wir untereinander kommunizieren, ist genial, wenn ich das in aller Bescheidenheit sagen darf. Ich habe mein Leben nämlich nicht verschwendet. Gott hatte nicht vor, mich nach dem Tod meiner Eltern mit Trübsal zu schlagen oder mich in Vergessenheit geraten zu lassen. Stattdessen sorgte Er dafür, dass ich einen Abschluss in Informatik machte und ein reges Interesse für die Theorie der Programmiersprachen entwickelte. So erhielt ich Ende zwanzig eine Anstellung als Programmierer bei einer Softwarefirma und brachte schon bald ein anständiges Gehalt nach Hause. Mit dreißig hatte ich genug Wissen und Kontakte, um meine eigene Firma zu gründen, die unter anderem maßgeschneiderte Software für Onlinehändler anbot.

Ein Jahr später nahm meine Glückssträhne ihren Anfang, als meine Firma beauftragt wurde, die Algorithmen für eine neue, von einem schwedischen Entwickler konzipierte Social-Media-Plattform namens Rylet zu entwerfen. Damals setzte ich keine großen Hoffnungen darauf. Was soziale Netzwerke angeht, genießt das Silicon Valley ein unangreifbares Monopol – Europa hängt hinterher, passt die amerikanischen Plattformen höchstens dem hiesigen Geschmack an, entwickelt im Gegensatz zu China jedoch nichts Eigenes. Da es sich bei Rylet selbst um ein Start-up handelte, konnten sie mich nicht angemessen bezahlen, boten mir für meine Arbeit aber eine fünfprozentige Beteiligung an der Firma.

Fünf Jahre später kaufte Facebook Rylet für eine Milliarde Dollar, und ich erhielt für meine fünf Prozent ordentlich Dividende.

Ich antworte Michael. Er will mehr Geld. Für mich spielt Geld zwar keine Rolle, doch ich will nicht ständig auf seine Forderungen eingehen. Selbstverständlich stellte es ein gewisses Risiko dar, Geschäfte mit einem Mörder zu machen, der seine Arbeit so sehr genießt, doch außer Geld habe ich kein anderes Druckmittel. Mir blieb nichts anderes übrig, als ihm vorzumachen, dass ich weniger besitze, als tatsächlich der Fall ist. Nur so kann ich verhindern, dass er noch unverschämtere Forderungen stellt.

Bald ist es vorbei. Ich schätze, dass er ungefähr fünfzehn Träger schafft, vielleicht sogar mehr, bevor er geschnappt wird und ich mir einen anderen suchen muss. Das wird zwar lange dauern, aber Rom wurde auch nicht an einem Tag erbaut, und wenn es so weit ist, werden mir genug persönliche Daten zur Verfügung stehen, um mir einen neuen Handlanger zu suchen. Es gibt mehr als genug Willige, die seine Stelle einnehmen wollen. Die Wächter haben die Erde mit so vielen gottlosen Sündern bevölkert, dass ich eine ganze Armee von Mördern rekrutieren könnte.

Es war überraschend einfach. Ich habe Michael ähnlich bearbeitet wie Sue oder Elisha: Indem ich mir langsam, geduldig und verständnisvoll ihr Vertrauen erschlich und gleichzeitig ihr Vertrauen in andere unterhöhlte. Und eines Tages fragte ich ihn: »Michael, würdest du für Geld einen Menschen töten?«

Er dachte nach, dann erschien ein breites Grinsen auf seinem Gesicht. »Ich habe schon für weniger getötet.«

Während ich auf Michaels Antwort warte, trommle ich ungeduldig mit den Fingern auf dem Lenkrad herum. Ich hätte ihm mehr anbieten können, doch auch meine Ressourcen sind begrenzt, und Michael ist nur der Erste von vielen, die ich für meine Sache rekrutieren werde. Ich kann nicht alles riskieren, nur weil er glaubt, sein Geld für Kokain ausgeben zu müssen.

Schließlich antwortet er, und ich entspanne mich.

Die erste Trägerin wird eliminiert, sobald die letzten Vorbereitungen abgeschlossen sind. In weniger als einem Jahr also. Ihr Name lautet Jane Vardy.

64

Priest hörte, wie jemand in der Finsternis seinen Namen rief.

Zuerst dachte er, es wäre Jessica. Dann glaubte er, Sarahs Schrei zu hören, der vor so vielen Jahren wie ein Donnerschlag durch die kühle Sommerluft gehallt war.

Nein, das war nicht Sarah.

Tilly.

Ein helles Licht pulsierte vor seinen geschlossenen Augen. Entweder waren es die letzten Strahlen der Sonne, die über der verlassenen Klinik unterging, oder der helle Blitz eines hinter ihm explodierenden Gebäudes.

Er wusste nicht mehr, wo er war, doch er erinnerte sich an den veränderten Tonfall in Williams Stimme, mit der er den Inhalt von Williams Briefen wiedergegeben hatte: *»Ich sage es dir, aber du wirst es nicht gern hören.«*

Dann fiel ihm der kleine, dunkle Raum wieder ein, der OP mit der dunklen, bösartigen Silhouette des Tischs und dem Licht, das von oben darauf fiel. Jetzt war der Tisch nicht mehr leer; eine kleine, vor Angst zappelnde und kreischende Gestalt lag darauf. Er brachte es kaum über sich, in ihre anklagenden Augen zu sehen. Selbst ihr kindlicher Verstand hatte eine Sache begriffen:

Du hast mich im Stich gelassen, Onkel Charlie.

Er schnappte nach Luft, kam schlagartig wieder zu Bewusstsein, hustete und würgte. Die Schmerzen in seinem Kopf und seiner Brust zerrten ihn in die grausame Realität zurück. Er wollte die Augen öffnen, doch sie waren verklebt, und er musste eine Weile lang heftig blinzeln, bis sich die leimartige Kruste vor seinen Lidern löste.

Er war sich relativ sicher, dass Michael ein geruchloses, schnell wirkendes Gas durch den Luftschacht geleitet hatte. Womöglich ein militärischer Kampfstoff wie das in der Schweiz hergestellte BZ, in der Sowjetunion seinerzeit auch als »Substanz 78« bekannt.

Michael hatte alles seit Monaten, vielleicht sogar seit Jahren von Anfang bis Ende geplant. Und Priest war sehenden Auges in die Falle getappt.

Er versuchte, sich zu bewegen, was lediglich einen sengenden Schmerz in beiden Armen zur Folge hatte. Er blickte an sich hinab: Er war mit fest an Armen, Hand- und Fußgelenken sitzenden Riemen an ein Bett gefesselt, sein Oberkörper war nackt und leicht erhöht. Priest spürte seine Hände kaum. Über ihm war ein helles Licht, sechs Kugeln umkreisten eine Sonne. Dann traf ihn die Erkenntnis wie ein Schlag.

Er war in dem verdammten OP.

Nur dass sich der OP jetzt in dem Raum mit dem spitzen Dach befand. Durch die Oberlichter fiel keine Sonne mehr. Bis auf die Lampe war es stockdunkel. *Wie lange war ich bewusstlos?* Jetzt fiel ihm auch auf, dass er nicht an einen OP-Tisch, sondern eine fahrbare Krankentrage gefesselt war. Michael hatte ihn einfach in den nächsten Raum geschoben und dort die Lampe aufgestellt.

Priest rüttelte an seinen Fesseln, bis die Trage klapperte. Obwohl es höllisch wehtat, verstärkte er seine

Anstrengungen. Nichts. Verzweifelt spannte er jeden Muskel an, wand sich wie ein Besessener, und es gelang ihm, die Trage ins Rollen zu bringen. Sie bewegte sich aus dem Licht, ratterte über den Boden und blieb dann stehen.

Er war gegen etwas gestoßen, doch als er den Kopf drehte, blickte er in Copperheads tote Augen, die ihn über eine OP-Maske hinweg anstarrten.

»Wo willst du denn hin?« Michael nahm die Maske ab und grinste, was ihm ein reptilienähnliches Aussehen verlieh. Seine Nase war übel zugerichtet und krumm, eine hässliche Wunde verlief vom Nasenrücken bis zur Lippe. »Versuch's ruhig weiter. Du bist zwar sehr kräftig, aber ich bezweifle, dass es dir gelingen wird, dich zu befreien.«

Priest brüllte frustriert, doch selbst eine letzte Kraftanstrengung, befeuert durch die Aussicht, Copperhead an den Kragen zu gehen, blieb erfolglos. Kraftlos und schwer atmend fiel er zurück. Die Kopfschmerzen waren unerträglich.

Michael trug grüne OP-Bekleidung und eine weiße Schürze. Im Pub hatte er relativ klein gewirkt, zwar durchtrainiert – Priest wusste noch genau, wie geschickt er ihm in der Rauferei vor der Tür entglitten war –, aber seinem Todfeind gegenüber chancenlos. Ohne die Blendgranate hätte er niemals entkommen können. Jetzt wirkte er überlebensgroß und mit seinem lädierten Gesicht, den schiefen Zähnen und vor Wahnsinn aufgerissenen Augen bedrohlicher als alles, was Priest je gesehen hatte. Die Bühne, auf der er sich inszenierte, der OP-Tisch, die Krankenhauskleidung, dies alles ließ auf eine eindeutige Absicht schließen.

Da ereilte Priest die ernüchternde Erkenntnis, dass er hier womöglich sein Ende finden würde. Mitten im Nirgendwo, allein bis auf diesen beschissenen Irren.

Und was wurde dann aus …

»Wo ist sie?«, zischte er atemlos.

»Das Mädchen? Wie gesagt, der geht's gut. Mach dir um sie keine Sorgen. Ich bin nur an dir interessiert.«

»Was zum Teufel willst du von mir?«

Michael streckte den Arm aus, berührte Priests Schulter und vollführte eine Kreisbewegung mit seinem Finger. So merkwürdig es auch war: Priest spürte die weiche Haut, ihre Wärme. Womöglich würde es die letzte warme Haut sein, die er je berührte.

»Du kannst dir nicht vorstellen, wie sehr ich diesen Augenblick herbeigesehnt habe«, sagte Copperhead wie zu sich selbst, den Blick auf Priests Oberkörper gerichtet. Er betastete Priests Brust und die Bauchmuskeln. Kurz vor seiner Taille hielt er inne und zog die Hand zurück.

»Du hättest mich einfach auf einen Drink einladen können wie jeder normale Mensch«, keuchte Priest.

Michael lachte leise und drehte sich um. Priest sah nicht, was er tat, hörte jedoch das Kratzen von Metall auf dem Betonboden, als würde etwas sehr Schweres in seine Richtung geschoben. Dann weiteres metallisches Klirren, als wühlte Michael in einer Besteckschublade.

»Nicht schlecht«, sagte Michael. »Selbst im Angesicht eines langsamen und schmerzvollen Tods behältst du deinen Sinn für Humor.«

»Ich habe kein Silberblut, mein Tod wird dir bei deiner Mission nicht helfen.«

»Was, glaubst du im Ernst, dass mich das interessiert? Wirklich?«

Da war sich Priest nicht so sicher, besonders in Anbetracht dessen, was William gesagt hatte: *Du wirst es nicht gern hören.* Aber er musste das Gespräch irgendwie am Laufen halten.

»Aber du willst doch die Bindung herbeiführen, oder nicht?«

Michael kramte eine Weile weiter herum, dann drehte er sich um. Er holte einen Hocker und stellte ihn beinahe in Griffweite neben der Trage ab. Als er ein Tablett auf den Hocker stellte, erlosch auch der letzte kleine Funken Hoffnung in Priest: Michael nahm einen kleinen Metallgegenstand vom Tablett. Es war ganz unverkennbar ein Skalpell.

»Die Bindung?«, fragte Michael und hob eine Augenbraue. Dann nahm er eine kleine Sprühdose – die an ein handelsübliches Reinigungsmittel erinnerte – und sprühte das Skalpell damit ein. »Hier soll doch alles keimfrei sein, oder?«, erklärte er, als er Priests neugierigen Blick bemerkte.

Michael legte das Skalpell auf dem Tablett neben Priest ab und griff zu einem anderen Werkzeug, das an eine große Zange erinnerte. Priest hatte zu Beginn seiner Polizistenlaufbahn viel Zeit im Leichenschauhaus verbracht. Er wusste, was das war: ein als Rongeur – was »Nagetier« auf Französisch hieß – bezeichnetes Instrument, das zum Entfernen von Knochen aus dem Körper diente.

Priest wandte sich ab. Mehr wollte er nicht sehen. Sein Herz schien den Brustkorb sprengen zu wollen. Sein einziger Trost war, dass er so stark hyperventilierte. Wahrscheinlich würde er ohnmächtig werden, bevor die Schmerzen zu heftig wurden. Sein Körper schien sich bereits auf das Herunterfahren vorzubereiten.

»Du hast meine Frage nicht beantwortet«, krächzte er. »Dein Gott wird dich hierfür nicht belohnen.«

»Mein Gott?« Michael schüttelte den Kopf und machte einen *Ts-ts*-Laut. Dann spreizte er den Rongeur, legte ihn neben das Skalpell und nahm ein anderes Instrument vom Tablett, das Priest nicht richtig erkennen konnte. »Das ist nicht *mein* Gott, Charlie. Und deiner ganz sicher auch nicht. Nein. Ich glaube, wir können mit ziemlicher Sicherheit behaupten, dass es in diesem Raum hier keinen Scheißgott gibt. Richtig?«

Priest fiel der Satz ein, der an der Wand von Michaels Wohnung gestanden hatte: *Gott ist tot.* Dieselbe Hand hatte auch den Schriftzug *Tötet die Riesen* und das Janussymbol an den Tatorten hinterlassen.

Er wandte sich wieder zu Michael um, wütend und angsterfüllt zugleich. »Was dann? Was willst du?«

Über diese Frage schien Michael nachdenken zu müssen. Er legte das Instrument, das er in der Hand hielt, auf das Tablett zurück. Womöglich hatte er auch aus Priests Tonfall herausgehört, dass der mit den Nerven am Ende war.

»Du weißt es wirklich nicht, oder?« Er spitzte die Lippen. *Du wirst es nicht gern hören.*

Priests Hals war vom vielen Strecken verkrampft, seine Oberarme fühlten sich an, als würden sie gleich aus den Gelenken springen, jeder verdammte Nerv brannte, jedes Neuron stand in Flammen. Sein Gehirn war zu groß für seinen Kopf; jeden Augenblick würde es den Schädel sprengen.

»Na schön.« Michael holte tief Luft, als wollte er gleich eine seiner Lieblingsanekdoten erzählen. Priest beobachtete ihn und achtete gleichzeitig darauf, sich so wenig wie möglich anmerken zu lassen. Er musste dafür sorgen, dass Michael weiterredete, musste ihn beschäftigen, damit er nicht wieder zu seinen Instrumenten griff. Je länger er lebte, desto größer war die Wahrscheinlichkeit, dass er Tilly retten konnte. Sein eigenes Ende war unausweichlich. Damit hatte er sich abgefunden. Aber wenn er wusste, was dieser Irre im Schilde führte, konnte er vielleicht seine Nichte vor dem Tod bewahren. Selbst wenn dies bedeutete, dass er mehr Schmerzen erleiden musste, als je ein Mensch zuvor erlitten hatte.

»Weißt du, Charlie, in gewisser Weise ist die ganze Sache eher unpersönlich.«

»Jetzt machst du aber Witze.«

»Nein, wirklich. Das Problem ist: An deinen Bruder komme ich nicht heran. In einer perfekten Welt würde jetzt Dr. William Priest vor mir liegen und mich mit einer Mischung aus Angst und Ehrfurcht ansehen. So wie du es gerade tust.«

»Ehrfurcht ist das wohl kaum, du Spinner. Eher Mitleid.«

»Wie du meinst.« Michael lächelte, als käme er zum magischen Teil seiner Geschichte – jenem Teil, an den die größeren Kinder schon längst nicht mehr glaubten. »William würde mich verstehen. Er wüsste mein Talent zu schätzen, die harte Arbeit, durch die ich das alles hier erreicht habe. Dass ich Angst als Waffe einsetze. Einen erwachsenen Mann dazu zu bringen, sich in die Hose zu scheißen, ist eine hohe Kunst, weißt du? Das hier zum Beispiel.« Er nahm die Sprühdose, drückte auf den Knopf und sah fasziniert zu, wie sich die klare Flüssigkeit auf Priests Brust legte. »Das ist bloß Wasser. Alles nur Show.«

»Du bist ein völlig durchgeknallter …«

»Vielen Dank«, fiel ihm Michael ins Wort.

Plötzlich hatte Michael einen Hammer und einen zwanzig Zentimeter langen Nagel von der Sorte, wie man sie auch in den Köpfen der ersten vier Opfer gefunden hatte, in der Hand. Ob beides ebenfalls auf dem Tablett gelegen hatte, vermochte Priest nicht zu sagen.

Er hatte geglaubt, dass es keinen größeren Schrecken geben könnte als den Anblick der chirurgischen Instrumente. Er hatte sich getäuscht.

»Anfangs wollte ich nicht auf diese Weise töten«, sagte Michael und betrachtete den Nagel. »Ich kann mit diesem ganzen Quatsch von wegen Israeliten und Jaël eigentlich überhaupt nichts anfangen. Aber erstaunlicherweise ist es eine sehr befriedigende Methode. Der Augenblick des Eindringens, das köstliche Geräusch, wenn der Schädel bricht. Ich habe mit Wassermelonen geübt. Komischerweise klingen die ganz ähnlich.«

Ein weiteres Mal erreichte Priests Herzfrequenz einen Höhepunkt, und seine Muskeln waren so angespannt, dass sein Rücken knackte. Michael lächelte nicht mehr. Die Freude war aus seinen Augen gewichen, die spielerischen, fast sinnlichen Handbewegungen wurden durch eine grobe, urwüchsige Kraft ersetzt, als er ohne jegliche Vorwarnung einen Nagel nahm und ihn mit einem Hammerschlag in Priests Hand trieb.

65

In Priests Hand fuhr ein Schmerz, wie er ihn noch nie erlebt hatte. Eine Sekunde lang verlor er das Bewusstsein.

Als er wieder zu sich kam, schienen seine Hand und sein Arm bis zu den Schultern in Flammen zu stehen. Der Nagel hatte seine Handfläche so leicht wie einen Getränkekarton durchschlagen und sie an die Bettkante geheftet.

Er stieß ein gequältes Heulen aus; einen primitiven, resignierten Schrei.

Sterne tanzten vor seinen Augen, und ihm wurde übel. Der viele Sauerstoff ließ ihn schwindeln: Sein Körper machte ihm unmissverständlich klar, dass seine Kapitulation kurz bevorstand.

Michael lachte, und nur die Arroganz seines Peinigers holte Priest aus dem Abgrund und zurück in die Realität.

»Sagt dir der Name Michael Ireland etwas?«, fragte Copperhead bitter.

Priest versuchte verzweifelt, sich zu konzentrieren. Der Name sagte ihm tatsächlich etwas. Aus den Tiefen seines Gedächtnisses hallten ihm Williams Worte entgegen: *Aber du wirst es nicht gern hören.*

»Michael. Ireland«, stieß er hervor. »Ich dachte …«

Michael hob ungeduldig einen weiteren Nagel auf. »Du dachtest, ich heiße Ransom. Stimmt auch, aber nur, weil ich meinen Namen geändert habe, um etwas mehr Anonymität zu genießen. Vielleicht hilft das deinem Gedächtnis auf die Sprünge: Mein Vater war der Chefarzt dieser Klinik. Von 1956 bis zu ihrer Schließung 1987. Er war ein guter Mensch, der dreißig Jahre seines Lebens geopfert hat, um Kinder zu retten. Kinder ohne Anhang, ohne Familie, ohne Freunde. Bettelarme Kinder. Weißt du, wie das ist? Auch nur ein Leben zu retten?«

Priest rührte sich nicht. Er hatte kaum noch Reserven und brauchte alle verbliebene Energie, um nicht das Bewusstsein zu verlieren. Doch ja, das wusste er. William hatte es ihm erzählt.

Michael redete sich geifernd in Rage: »Nein, das weißt du nicht, aber ich werde es dir verraten. Du glaubst vielleicht, dass du dich dann besser fühlst, aber so ist es nicht. Niemals. Die Welt ist viel grausamer. Jedes Leben, das du rettest, nimmt dir ein kleines Stück deiner Seele und zerquetscht es. Und irgendwann siehst du dir die vielen fröhlichen kleinen Kinder an, deren Leben du gerettet hast, und begreifst, dass Er dir alles genommen hat. Gott hat dir alles genommen, weil du dich Ihm widersetzt hast, weil du ihnen den Weg ins Paradies versperrt und Ihm ihre Seelen verweigert hast. Deshalb schickt Er eines Tages einen *Seiner* Engel aus, um deine Seele zu holen.«

In einem erschütternden Augenblick der Erkenntnis erinnerte sich Priest an Williams Worte. Jetzt wusste er auch wieder, wer Michael Ireland war.

»Ich habe dir erzählt, dass meine Eltern ermordet wurden, aber nicht, von wem. Ich war acht Jahre alt, versteckte mich in einem Schrank und musste mit ansehen, wie dein Bruder – der gefährlichste Serienmörder Londons – nachts in ihr Zimmer schlich und sie mit einem Hammer erschlug. Einem Zimmermannshammer, genau wie dieser hier.«

Er schlug mit dem Hammer mitten auf Priests Brust. Der zuckte zusammen, als seine Rippen brachen und ihn der Schmerz wie ein Blitz durchfuhr. Doch das war noch nicht das Schlimmste. Viel schlimmer war, dass er nicht mehr atmen konnte. Seine Lunge weigerte sich, Luft einzusaugen, obwohl sie schon nach wenigen Sekunden nach Sauerstoff gierte.

Er wollte etwas sagen, aber der Schlag hatte ihm auch die Stimme geraubt.

»Kannst du dir vorstellen, was es mit einem Achtjährigen macht, wenn er mit ansehen muss, wie seine Eltern ermordet werden? Ich sag's dir: Es macht ihn selbst zum Mörder. Du glaubst vielleicht, dass du gerade Schmerzen hast, aber das ist noch gar nichts. Waisenhäuser. Prügelnde Pflegeeltern, jeden Tag der Spott der Mitschüler, der Lehrer, der einen auf der Schultoilette vergewaltigt. *Das* ist Schmerz, Charlie. Aber im Lauf der Zeit bildet sich eine Schale um dich. Eine harte, grausame Schale. Und dann tut man gewisse Dinge, wie anderen Leuten Nägel in den Kopf zu schlagen. Dann geht es mir besser. Mein Vater verlor für jedes Kind, das er rettete, ein Stück seiner Seele. Und ich gewinne für jeden, den ich Satan ausliefere, ein Stück von meiner zurück.«

Im allerletzten Augenblick nahm Priests Lunge die Arbeit wieder auf. Er hustete Blut und Galle, dann sog er so viel Luft in den Körper, wie er konnte. Himmel, das fühlte sich gut an.

»Du kannst dir also denken, wie froh ich war, rekrutiert zu werden«, sagte Michael. Die Qualen seines Gefangenen schienen ihn nicht weiter zu kümmern. »Mehr bin ich nicht, Priest. Ein Rekrut. Ein Handlanger. Eine Figur in einem Schachspiel. Inzwischen wirst du sicher herausgefunden haben, dass ich nicht Copperhead bin. Das habe ich auch nie behauptet. Diesen Brief habe ich dir auch nicht geschickt. Ich habe diese Leute getötet, das Salz verstreut und die Botschaften an die Wand geschrieben. Und das Symbol natürlich auch, denn so lauteten meine Anweisungen.«

Priest schaffte es, den Kopf zu drehen und Michael anzusehen. Der bemerkte seine Verwirrung, denn er setzte zu einer weiteren Erklärung an. »Man soll sein Hobby nicht zum Beruf machen, heißt es doch immer. Aber das Gegenteil ist der Fall. Copperhead glaubt an die Bindung. Er glaubt, dass Menschen mit einer bestimmten Blutgruppe die DNA des blinden Passagiers auf der Arche in sich tragen, der seinerseits wieder von den Wächtern abstammt, den aus der Vereinigung zwischen Menschenfrauen und den von Samyaza angeführten gefallenen Engeln entstandenen Mischwesen. Ich will dir mal was verraten, Priest…« Michael kniete sich hin, sodass sich sein Mund kurz vor Priests Ohr befand. »Copperhead ist ein verdammter Irrer. Es gibt keinen Gott und schon gar keinen Ehrenplatz im Himmel für denjenigen, der alle Träger vernichtet und ein neues Paradies auf Erden herbeiführt.«

»Woher wusstest du…«, stieß Priest mit letzter Kraft hervor, »dass ich an dem Fall beteiligt bin?«

»Wusste ich nicht. Das ist ja das Magische daran. Eine Laune des Schicksals. Scheiße, ich hatte keine Ahnung, bis mir Copperhead den Auftrag gegeben hat, dich in die Luft zu jagen. Und da … habe ich dich gesehen. Du hast überlebt. Zum Glück für mich. Du bist wie eine Kugel durch die Luft geflogen, aber dank meines Anrufs hast du überlebt. Ich habe natürlich sofort mit Copperhead gesprochen. Er kennt den Stand der Ermittlungen ganz genau, aber er hat keine Ahnung, weshalb ich frage. *Ja, das ist Charlie Priest,* sagt er nur. *Wen interessiert's?*«

Michael lachte und klatschte einmal in die Hände.

Ja, das Schicksal. So treffen wir uns wieder.

»Du wusstest von Owen und Capindale?«

Michael schüttelte traurig den Kopf. »Weitere Schachfiguren, einfache Soldaten in einem Krieg, der mir herzlich egal ist. Owen wusste, weshalb Copperhead das Buch haben wollte. Niemand von ihnen hatte ein Interesse daran, dass die Welt von dem Buch erfährt. Owen nicht, weil er befürchtete, dass jemand den Helden spielen und die Bindung herbeiführen würde. Und genau diese Rolle hat Copperhead ja übernommen. Und Copperhead wollte nicht, dass das Buch in fremde Hände fällt, damit sich niemand sonst berufen fühlt, die Träger zu töten, oder herausfindet, wie man sie erkennt. Er hätte sowieso keinen Erfolg gehabt. Das habe ich ihm auch gesagt. Wir schaffen höchstens sechzehn, habe ich gesagt. Genauso viele, wie deinem Bruder zur Last gelegt werden, obwohl ich weiß, dass es noch mehr waren. Ihr beiden schweigt nur darüber. Aber keinesfalls dreihundert. Tja, so ist Copperhead eben. Er und sein blinder Glaube.«

»Wer hat Luca Caspari getötet?«, fragte Priest.

»Den Kunsthändler? Das hat Copperhead in die Wege geleitet. Er hat irgendeinen Trottel aus dem Darknet dafür bezahlt, aber er war wohl zu knausrig, weshalb er auch eine Niete gezogen hat. Ein örtlicher Kleinkrimineller, der sich für einen Auftragskiller hielt. Na ja, seinen Auftrag hat er ja erfüllt. Nur hat er sich dabei erwischen lassen, wie man hört.«

»Aber weshalb? Was hat Caspari getan?«

Michael schnaubte ungeduldig. »Er hat überhaupt nichts *getan*. Aber er hatte eine Übersetzung, genau wie Owen. Er wusste vom Silberblut. Copperhead wusste, dass ihr früher oder später herausfindet, wer das Buch Janus vor Owen in Besitz hatte und außer ihm weiß, was in dem beschissenen Ding steht.«

Michael lehnte inzwischen halb von Priest abgewandt, als hätte er sein Opfer völlig vergessen, an der Bahre und gestikulierte wild.

»Woher wusste … Copperhead, was im … Buch Janus steht? Woher wusste er, dass er die … Silberblütigen vernichten muss?« Jedes Wort war eine Qual, doch Priest musste es wissen. Es war womöglich seine letzte Chance.

Michael drehte sich überrascht um, als hätte er noch nie über diese Frage nachgedacht. »Ich glaube, er hat ein paar übersetzte Seiten von seinem Vater geerbt oder so ähnlich. Was spielt das denn für eine Rolle?«

»Und Capindale?«

»Ach ja, die Sammlerin. Sie hat in Copperheads Auftrag Owen engagiert, um das Buch und seine Übersetzung aufzutreiben. Leider wollte es der arrogante Schnösel nicht hergeben und hat behauptet, er hätte es selbst übersetzt. Von wegen. Wer hätte ahnen können, dass er auch ein religiöser Fanatiker ist? Capindale hatte die richtigen Verbindungen, und sie brauchte Geld. Sie hat irgendeine merkwürdige Krankheit, wegen der sie das

Haus nicht verlassen darf oder so, und mit ihrem Geschäft ging es bergab. Copperhead konnte sie mit Leichtigkeit dazu bringen, das Buch für ihn zu suchen.«

»Aber wozu brauchte er es … wenn er doch die Übersetzung hatte?«

»Hin und wieder kamen sogar Copperhead Bedenken, ob er sich nicht ein bisschen zu viel vorgenommen hatte. Dreihundert Menschen zu töten ist eine gewaltige Aufgabe. Wenn die Polizei das Buch Janus in die Finger bekam, dachte er, würde ein Beamter bestimmt schlau genug sein, um herauszufinden, wie er seine Opfer auswählte, obwohl die Blutgruppe nicht im Obduktionsbericht steht. Außerdem war seine Übersetzung unvollständig. Er kannte zwar seine Aufgabe, wusste aber nicht, ob er wichtige Details verpasst hatte.«

Priest schwirrte der Kopf, doch gelegentlich bahnte sich ein klarer Gedanke einen Weg durch den Nebel: *Copperhead war über die Ermittlung informiert. Er wusste, wie wir vorgehen.*

Michael richtete sich auf und streckte sich, als wäre ihm gerade wieder eingefallen, was er hier eigentlich vorhatte. Priest sah sich verzweifelt um. Seine Zeit lief ab. Er hatte noch ein paar Fragen, doch sie wollten ihm einfach nicht mehr einfallen. Er brauchte noch einen Augenblick, bis er wieder klar denken und vernünftig argumentieren konnte.

Michael hob den Hammer und einen weiteren Nagel auf. »Genug geplaudert, Charlie. Findest du nicht auch?«

Es hatte keinen Sinn, dagegen anzukämpfen. Die Schmerzen in seiner Hand und seiner Brust waren zu heftig. Es war vorbei. Michael hielt den Nagel probeweise an eine Stelle zwischen seinen Augen. Priest versuchte noch nicht einmal, sich wegzudrehen. Er blickte geradeaus, dann schloss er die Augen. Was er als Nächstes tat, überraschte ihn selbst.

Er betete.

66

In einer geheimnisvollen Welt der farblosen Träume und des statischen Rauschens sprach Charlie Priest mit Gott.

Er hatte ein gewisses Verständnis für diese Dinge. Die Bibel war schließlich nichts anderes als ein Vertrag mit zu interpretierenden Klauseln und Paragrafen. Jede Abmachung, die darin geschlossen wurde, war verbindlich oder auch nicht. Priest lebte in einer ewigen Grauzone, wo der Schaden des einen der Nutzen des anderen war. Mit der Bibel verhielt es sich ganz genauso.

Er dachte an die Schlange im Garten Eden. Manche hielten sie für den Teufel, andere für den Dämon Samyaza. Wieder andere glaubten, dass die Schlange ein ganz anderer Dämon war: Lilith, die babylonische Hure, die Sirene, die nachts Babys stahl, weshalb wir unseren Kindern Schlaflieder singen: Um sie vor ihren bösen Klauen zu beschützen.

Oder war es tatsächlich eine Schlange, eine Kreatur, die später die Rolle des Retters einnahm, die die Träger vernichtete, um bei Gott Wiedergutmachung für den einstigen Bruch der Vereinbarung – auch als Erbsünde bekannt – zu leisten?

Die Geschichte der Schlange hat nicht nur symbolische Bedeutung. Nicht zufällig ist die Schlange das einzige

Tier in der Bibel, das sprechen kann – von einer Eselin im vierten Buch Mose einmal abgesehen, aber Ausnahmen bestätigen ja die Regel.

Als Priest betete, betete er um eine zweite Chance, darum, als Schlange zurückzukehren – der heiligsten unter Gottes Kreaturen.

Er fühlte das kalte harte Eisen des Nagels auf der Stirn und einen Windhauch auf der Wange. Endlich war er von Frieden erfüllt. Er spürte seine Hand und das Brennen im Arm nicht mehr. Er war an einem anderen Ort, einer himmlischen Zufluchtsstätte. Nur die flackernden Lichter hinter den Augenlidern erinnerten ihn noch an die materielle Welt.

Obwohl er nichts sah, wusste er, dass Michael den Hammer erhoben hatte. Doch vor dem Ende wartete noch ein kleiner Sieg auf ihn. Ein letzter Kriegsschrei.

»Er war pädophil, Michael.«

Eine Weile lang geschah nichts. Offenbar hatte er einen Nerv getroffen und Michael zumindest zum Innehalten gebracht. »Was? Wer?«

»Dein Vater. Er war kein so guter Mensch, wie du behauptest. Deine Mutter war ebenfalls darin verwickelt. Sie haben Dutzende Kinder in dieser Klinik hier missbraucht und Hunderte an russische Menschenhändler verkauft. Sie haben ihre gerechte Strafe bekommen.«

Seine Worte hatten den gewünschten Effekt. Michael schäumte vor Wut. »Das ist gelogen«, zischte er. »Man konnte ihnen nichts nachweisen.«

»Ich weiß. Deshalb hat William sie auch ausgesucht. Er hat sich diejenigen geschnappt, die das System austricksen konnten.«

»*Lüge.* Ich sehe dich in der Hölle, Priest.«

Michael hob den Hammer, doch anders als erwartet kam der Tod nicht sofort. Priest erlebte weder Dunkelheit noch ein kleines Licht am Ende des Tunnels, und auch sein Leben zog nicht an seinen Augen vorbei.

Oder doch? Vielleicht war sein ganzes bisheriges Leben ja *eine einzige* Rückblende, durchlebt in Echtzeit.

Irgendetwas stieß gegen die Krankentrage. Sie fiel um und schlitterte durch den Raum, wobei neuer Schmerz in seinen Arm fuhr. Plötzlich war er hellwach, hörte verwirrte und wütende Schreie.

Er drehte sich um. Was für ein Anblick!

Michael war auf den Knien. Erfahrene Hände hielten sein Haar gepackt, sodass ihm nichts anderes übrig blieb, als seinerseits die Hände über die seines Angreifers zu legen, um den Druck zu mindern. Er zappelte hilflos, hatte jedoch keine Chance gegen den Mann, der ihn festhielt und genau wusste, wo es wehtat. Michael hätte sich noch stundenlang vergeblich wehren können.

Dann zog der Mann Michael auf die Beine und hob ihn hoch, bis er auf Augenhöhe mit ihm war. Auf Michaels Gesicht zeichneten sich erst Wut, dann Angst und schließlich völliges Unverständnis ab.

»Lass dir eins gesagt sein, Michael«, sagte der Mann mit einer Stimme, die keinen Widerspruch duldete. »Wenn einer meinen Bruder foltert, dann … ich.«

67

Priest brauchte eine Weile, bis er begriffen hatte, dass es sich nicht um eine Halluzination handelte. Dr. William Priest stand leibhaftig vor ihm, so groß und mächtig wie an dem Tag, an dem er Jozef in die Flucht geschlagen hatte. Der Dunkle Rächer war immer noch in einer Klinik – aber der falschen.

»Was … wie?«, stammelte Michael, als er den Mann erkannte, von dem er seit langer Zeit wie besessen war.

»Sie gehörten zu einem Pädophilenring«, erklärte William. »Tief in deinem Innersten weißt du, dass es die Wahrheit ist. Es war kein Lehrer, der dich vergewaltigt hat, und es geschah auch nicht nach dem Tod deiner Eltern. Deine Erinnerung täuscht dich.«

»Nein … ich …«

William hatte offensichtlich keine Lust, Michael zuzuhören. Er lockerte seinen Griff einen Sekundenbruchteil, lange genug, um Michael mit der Handfläche einen Hieb ins Genick zu verpassen. Michael ging zu Boden. William hatte Michael nicht töten, sondern lediglich bewusstlos schlagen wollen – dahinter steckte Kalkül: Noch hatten sie Tilly nicht gefunden.

Priest hustete. »Wie zum Teufel kommst du denn hierher?«

»Dafür ist jetzt keine Zeit. Aha, offenbar hat man dich festgenagelt.«

William packte ohne Vorwarnung den Nagel und zog ihn heraus. Priest schrie vor Schmerz. Eine Blutfontäne schoss aus der Wunde.

»Stell dich nicht so an«, tadelte William, während er Priests Fesseln löste. »Wie lautete eigentlich *dein* Plan? Rumliegen und langsam verbluten?«

»Tilly!«

»Ja, ich weiß. Erst die Fesseln, dann retten wir sie. Wir können unseren Freund sicher dazu überreden, uns zu helfen.«

Sobald der letzte Riemen gelöst war, setzte sich Priest auf. William riss einen Stoffstreifen von seinem Hemd und wickelte ihn um das klaffende Loch in der Hand seines Bruders, dem jeder Atemzug höllische Schmerzen bereitete.

»Danke«, krächzte Priest.

»Keine Ursache. Und jetzt suchen wir deine Nichte. Also, *Michael* ...«

William drehte sich um, dann blieb er wie erstarrt stehen und ballte die Hände zu Fäusten. Michael war verschwunden.

»Ich dachte, du hättest ihn außer Gefecht gesetzt.«

William drehte sich mit ernster Miene zu ihm um. »Ich bin wohl aus der Übung.«

Priest konnte ihm schlecht einen Vorwurf machen. Er wusste zwar nicht, wie zum Teufel William hierhergekommen war, doch er hatte ihm das Leben gerettet.

»Wir teilen uns auf.«

Priest nahm die Tür zur Rechten, die zurück zum Eingangsbereich führte. Diesmal würde er nicht den Fehler begehen und den Operationssaal betreten. William ging in die andere Richtung. Jetzt erst bemerkte Priest, dass sein Bruder humpelte.

Dass sich Tilly im Klinikgebäude aufhielt, kam ihm unwahrscheinlich vor. Einen Lieferwagen oder ein Auto hatte er auf dem Weg hierher allerdings auch nicht gesehen. Sie hatten Michael ein zweites Mal entwischen lassen, und Tilly gab unter Umständen eine wertvolle Geisel ab – dieser besorgniserregende Gedanke ließ ihn trotz der Schmerzen, die seinen Körper zu übermannen drohten, nicht aufgeben.

»Tilly!«

Er wollte gerade die Eingangstür aus den Angeln treten und hinausstürmen, als er aus dem anderen Raum einen gedämpften Schrei hörte.

»Charles! Hierher!«

»Charlie, komm her!«

Er rannte, so schnell er konnte, an der Krankenbahre vorbei in einen dahinter liegenden, fensterlosen und stickigen Raum, der ebenfalls von einer Reihe OP-Lampen erleuchtet wurde. Zwei Türen gingen zu beiden Seiten davon ab.

William stand wie gelähmt in der Tür. Michael war hinter einem Tisch, auf dem eine kleine Gestalt lag.

»Tilly!«

Priest wollte wutentbrannt in den Raum stürzen, doch sein Bruder packte ihn am Arm und drückte so fest, bis er seine Aufmerksamkeit erregt hatte.

»Warte, Charles.«

Tilly lag auf der Seite. Sie sah aus wie eine schlafende Puppe. Ihre Locken fielen auf ihren Rücken. Sie wirkte friedlich und – was noch wichtiger war – sie atmete.

Michael hatte ein Skalpell in der Hand. Es war nicht besonders groß, doch völlig ausreichend, um einem Erwachsenen und erst recht einem Kind schweren oder gar tödlichen Schaden zuzufügen. In der anderen Hand, die locker an seiner Seite baumelte, hielt er den Hammer.

»Stehen bleiben!«, befahl Michael. »Noch ein Schritt, und ich mache Filet aus ihr.«

Priest war von tiefem Abscheu erfüllt, und er hatte in seinem ganzen Leben noch nie einen derartigen Hass empfunden. Er bebte förmlich vor Wut.

»Michael, lass sie gehen«, sagte William. »Es ist vorbei.« Er war von den dreien der Ruhigste, und selbst seine Stimme zitterte.

»Du hast keine Ahnung, wie lange ich darauf gewartet habe«, sagte Michael. »Dir leibhaftig zu begegnen. Dem großen Doktor William Priest. Dem Dunklen Rächer. Danach habe ich mich gesehnt.«

»Willst du mich töten?«

Michael gab zunächst keine Antwort. Allein die Vorstellung schien ihm so viele Möglichkeiten zu eröffnen, dass er damit überfordert schien. Er zitterte, und einen Augenblick lang sah es so aus, als würde ihm das Skalpell aus der Hand fallen. Dann bemerkte er, dass Priest einen winzigen Schritt auf ihn zumachte, und hatte sich sofort wieder in der Gewalt.

»Zurück, Priest. Ich werde sie töten. Das ist mein Ernst.«

»Michael, ich habe dir eine Frage gestellt«, sagte William, der sich nun ebenfalls wieder gefangen hatte.

»Ich … dich töten …?«

»Wenn du möchtest.« Priest warf seinem Bruder einen Blick zu. Es schien ihm ernst zu sein. Er erläuterte sein Angebot sogar noch weiter. »Warum nicht? Ich mache es dir einfach. Lass das Mädchen gehen. Charlie wird mit ihr verschwinden, und du kannst alles mit mir machen, was du willst. Schlag mir einen Nagel in den Kopf oder quäle mich ganz langsam zu Tode. Solange du nur unsere Nichte freilässt.«

»Hältst du mich für bescheuert?«, zischte Michael.

»Nicht im Geringsten. Ich traue dir nur nicht besonders viel zu. Zum Beispiel glaube ich nicht, dass du ein kleines Mädchen töten wirst. Das ist nicht dein Stil, oder?«

»Du behauptest, dass meine Eltern pädophil waren. Aber du bist weder Ankläger noch Richter. Wer gibt dir das Recht, Gott zu spielen? Warum hast du sie mir weggenommen?«

»Hier geht es nicht um mich, Michael, sondern um dich. Um die Entscheidungen, die du triffst, und die Konsequenzen, die sich daraus für uns alle ergeben. Meine Vergangenheit tut dabei nichts zur Sache.«

Michael stand zunehmend unter Druck. Er hatte Tränen in den Augen, taumelte umher und wedelte dabei mit dem Skalpell. Wieder sah Priest seinen Bruder an. Sie mussten etwas unternehmen, bevor Michael endgültig überschnappte. William erwiderte den Blick und nickte beinahe unmerklich. Er verstand. Die zehn Jahre im Hochsicherheitstrakt schienen wie weggewischt: William Priest war so arrogant und gefährlich wie eh und je.

Sie hatten sich stumm und in brüderlicher Einvernehmlichkeit darauf verständigt, wer sich auf Michael stürzen und wer Tilly retten sollte.

Dann setzten sie sich gleichzeitig in Bewegung, legten die wenigen Meter in einem Wimpernschlag zurück. Ihre jeweiligen Verletzungen schienen vergessen.

Priest hatte die größere Entfernung zurückzulegen.

Sein Ziel war Michael, und um an ihn zu gelangen, musste er erst den Tisch umrunden. Williams Weg war kürzer, doch auch gefährlicher, da er Tilly vor dem unausweichlichen Angriff des außer Kontrolle geratenen Michael schützen musste.

Es hätte besser laufen können, vor allem für William. Der Dunkle Rächer warf sich auf den Tisch und schirmte Tilly mit seinem Körper vor dem Skalpell ab. Dabei hob er die Hand, um Michaels Angriff abzublocken, aber dies gelang ihm nur teilweise. Das Skalpell bohrte sich in die Oberseite seines Arms.

William schrie vor Schmerz auf, während Priest Michael in die Seite rammte, ihn vom Tisch wegstieß und ihn mit sich zu Boden riss.

Er hatte eigentlich vorgehabt, sich auf Michael zu werfen und ihn so außer Gefecht zu setzen, doch mit den gebrochenen Rippen und der so gut wie nutzlosen Hand war er kein ernst zu nehmender Gegner. Während William noch dabei war, das Skalpell aus seinem Arm zu ziehen, gewann Michael die Oberhand und trat Priest in den Bauch. Weiterer Schmerz fuhr durch seinen ramponierten Körper.

Mit Entsetzen sah er, dass Michael sich über ihm aufbaute, einen Wutschrei ausstieß und mit dem Hammer ausholte, den er noch in der Hand hielt.

Weder schloss Priest die Augen, noch betete er. Er wusste, was kommen würde.

William hatte das Skalpell aus seinem Arm gezogen, und obwohl er sich selbst kaum bewegen konnte, umklammerte er, ohne zu zögern, Michaels Arm und presste auf den Druckpunkt in der Mitte zwischen Unterarm und Bizeps. Michael ließ den Hammer fallen.

Dann packte er Michael mit der anderen Hand am Kragen, trat die Beine unter ihm weg und zerrte ihn zu dem Tisch hinüber, auf dem die bewusstlose Tilly lag. Michael wehrte sich nach Kräften, doch er war so verwirrt, dass er sein Gleichgewicht nicht wiederfand. Er schaffte es lediglich, einen schwachen Hieb gegen Williams Oberkörper zu landen. Befreien konnte er sich so nicht, im Gegenteil machte er William nur noch wütender. Bevor Priest etwas unternehmen konnte, hatte William Michaels Kopf gegen den Tisch gedrückt, das Skalpell an der Schläfe angesetzt und mit dem Hammer darauf geschlagen. Michaels Schädel brach mit einem Knacken wie von einer Wassermelone.

68

Priest trug Tilly über die trostlose Rasenfläche vor der Elipmus-Klinik und legte sie sanft auf die Rückbank des Wagens. William war kreidebleich. Sie hatten weitere Streifen von seinem Hemd abgerissen und um seinen Arm gewickelt. Vorerst war die Blutung gestoppt. Priest wollte sich gar nicht erst vorstellen, woher Michael das Skalpell hatte.

Sobald Tilly im Wagen in Sicherheit war, setzte sich William auf den Boden, lehnte sich gegen die Beifahrertür und schloss die Augen.

Priest ging neben ihm in die Hocke, und mehrere Minuten lang atmeten sie die kühle Nachtluft und lauschten dem Wind, der durch das Wäldchen hinter ihnen fuhr.

Schließlich hielt es Priest nicht mehr aus. »Wie bist du geflohen?«, fragte er.

Williams Antwort schien wie aus weiter Ferne zu kommen, sodass Priest schon befürchtete, dass auch er eine Dissoziationsepisode hatte. »Was glaubst du denn?«

Priest dachte darüber nach. Ihm fiel nur eine Möglichkeit ein: »Du hast dir mit einem spitzen Gegenstand – einem Bleistift, wenn du Glück hattest, ansonsten mit einer Zahnbürste – eine stark blutende Wunde zugefügt. Da du dich noch nie selbst verletzt hast, wussten sie nicht, was sie tun sollen, und haben Wheatcroft verständigt. Fen Marsh ist kein Gefängnis, aber auch kein richtiges Krankenhaus. Sie hatten nicht die Möglichkeiten, dich dort zu behandeln, und mussten dich mit einem klinikeigenen Fahrzeug ins nächste Krankenhaus bringen, wahrscheinlich das Guy's Hospital in Newham. Vielleicht hat dir Wheatcroft sogar geholfen, wer weiß. Jedenfalls sind außer dir vier Personen im Wagen: der Fahrer, Wheatcroft und zwei Pfleger. Wie schlage ich mich bisher?«

William lächelte beeindruckt. »Nicht schlecht. Du hast das mit der Zahnbürste herausgefunden. Sehr gut.«

»Die Straßen nach Fen Marsh sind nicht sehr stark befahren. Du tust so, als wärst du weggetreten, weshalb die beiden Pfleger links und rechts von dir ebenfalls entspannt sind. Wheatcroft wiederholt ständig, dass du auch als Insasse einer Psychiatrie Rechte hast. Du bist Patient und kein Gefangener. Und dann schlägst du vermutlich mit deinem kräftigeren Arm dem Pfleger gegen den Hals und setzt ihn so unmittelbar außer Gefecht. Den anderen nimmst du in den Schwitzkasten. Der Fahrer hält an, doch bevor er weiß, wie ihm geschieht, hast du ihn ebenfalls überwältigt. Und Wheatcroft ... tja, entweder schickst du ihn ebenfalls ins Reich der Träume oder ihr gebt euch die Hände und geht eurer Wege. Eines von beiden.«

»Bravo.«

Obwohl es ihm beträchtliche Schmerzen bereiten musste, applaudierte William. Über Wheatcrofts Komplizenschaft schwieg er sich aus, und Priest verbuchte dies als ein weiteres Geheimnis des Lebens, das er eigentlich nicht herausfinden wollte. Netzwerke sind stärker als Hierarchien, hätte Wills wohl gesagt: Al-Kaida war hierarchisch strukturiert und wurde besiegt. Der IS dagegen ist ein Netzwerk – ihn anzugreifen ist, wie einen Pudding an eine Wand zu nageln. Wheatcroft war Teil einer Hierarchie. Wie wollte er da gegen Williams zwangloses Netzwerk bestehen?

»Und wie bist du hierhergekommen?«, fragte Priest.

»Mit dem Taxi.«

Er drehte sich um. William deutete auf ein schwarzes Taxi, das in der Entfernung hinter den Bäumen versteckt war und das Priest noch gar nicht bemerkt hatte.

»Hast du das gestohlen?«

»Nein. Ausgeliehen. Wo« – er sah den Aston stirnrunzelnd an – »ist eigentlich mein Auto?«

»Das Motorsteuergerät ist im Eimer, der Luftmassenmesser ist defekt, er verliert praktisch überall Öl, und im Tank ist ein Riesenloch.«

»Er ist also in Reparatur.«

»Mal wieder.« Er wartete noch einen Augenblick ab und stellte dann die Frage, die zu stellen er sich fürchtete. »Was hast du jetzt vor?«

Er erhielt keine Antwort. In diesem Augenblick drang ein Geräusch aus dem Fond. Tilly war aufgewacht und weinte.

Priest sprang auf, riss die Tür auf und griff hinein. Ein Ausdruck des Wiedererkennens zeichnete sich auf ihrem tränenüberströmten, geröteten Gesicht ab. Sie wollte etwas sagen, brachte aber nur ein Wimmern heraus. Dann schlang sie die Arme um ihn.

Er spürte ihren warmen Körper, die kleinen Hände in seinem Genick. Vor Erleichterung wäre er beinahe ohnmächtig geworden.

»Alles wird gut«, flüsterte er. »Du bist in Sicherheit.«

»Wo ist Mummy?«, krächzte sie.

Priest hatte mehrere Nachrichten von Georgie erhalten: Sarah war aufgewacht und lag zur Beobachtung im Krankenhaus. Sie war angespannt und in Sorge. Georgie hatte sich bemüht, ihr alles zu erklären. Rowlinson war ebenfalls bei ihr.

»Sie wartet auf dich, mein Schatz. Wir rufen sie an und sagen ihr, dass dir nichts zugestoßen ist.«

Aber sie wollte ihn nicht loslassen. Es dauerte mehrere Minuten, bis das Zittern schwächer wurde und sie sich etwas entspannte.

»Wer ist der Mann da?«

Er löste sich von ihr und folgte ihrem Blick. William saß in der Hocke da und beobachtete sie. Er lächelte.

»Ich bin dein Onkel William.«

»Ich wusste gar nicht, dass ich einen Onkel William habe.«

»Doch, doch.« William ließ den Kopf hängen. »Aber da mache ich dir keine Vorwürfe.«

»Bist du ein Freund von Onkel Charlie?«

William keuchte leise auf. Entweder weil er von ihrer sorgfältigen Aussprache so beeindruckt war oder weil sie keine Angst vor ihm hatte. Priest erkannte, dass er gerührt war und sich gleichzeitig etwas unbehaglich fühlte – immerhin hatte er nur selten mit Kindern zu tun.

Schließlich nickte William. »Ja. Ja, bin ich. Ein Freund von Onkel Charlie.«

Mehr wollte sie nicht wissen. Sie wandte sich zu Priest um. »Ich hab Bauchweh.«

»Du warst ein bisschen krank, Tilly«, sagte er leise. »Kannst du dich noch an etwas erinnern, bevor du eingeschlafen bist?«

Sie schüttelte den Kopf. *Sehr gut.* Wahrscheinlich hatte

Michael sie ebenfalls mit dem Gas betäubt und dann mit einem leichten Beruhigungsmittel dafür gesorgt, dass sie nicht aufwachte. Schon bald würde sie wieder wohlauf sein.

Er richtete sich auf, nahm das Handy heraus und rief Sarah an. Sie ging sofort ran. »Charlie«, sagte sie mit panischer Stimme.

»Sarah, hier ist jemand, der dir Hallo sagen will.«

Er gab Tilly das Telefon. Sie nahm es freudig entgegen und hielt es sich so geübt ans Ohr wie ein Teenager. »Hi, Mummy! Ich bin in Onkel Charlies schickem Auto.«

Er konnte Sarah nicht verstehen, doch ihr liebender, freudiger Tonfall sagte mehr als alle Worte und rührte Priest zu Tränen.

Staunend lauschte er, wie sie ihrer Mutter erzählte, dass sie eingeschlafen und in Onkel Charlies Auto aufgewacht war. Sie hatte Bauchschmerzen, aber das war nicht schlimm, weil Onkel Charlie ihr versprochen hatte, mit ihr zu McDonald's zu fahren (was gelogen war, was er aber natürlich gern tat). Und gehörte die PlayStation, die in seiner Wohnung stand, wirklich ihr?

Er ließ sie in Ruhe telefonieren. Rowlinson konnte er auch später noch anrufen. Priest drehte sich um und wollte etwas sagen.

Doch William war bereits verschwunden.

69

Freitag

Obwohl Georgie keinen Wecker gestellt hatte, saß sie um Punkt sechs Uhr dreißig kerzengerade in ihrem Bett und verfluchte ihre so akkurate innere Uhr. Dies war schon die zweite größtenteils schlaflose Nacht gewesen, in der sie auf die neuesten Nachrichten von Tiff und Charlie aus der hundertfünfzig Meilen entfernten, verlassenen Tuberkuloseklinik gewartet hatte.

Vor zwei Nächten hatte sie nach Kräften versucht, Sarah zu trösten, doch gegen die überwältigende, verzweifelte Trauer einer Mutter war sie nicht angekommen. Es war eine geradezu erschütternde Erfahrung gewesen.

Doch jetzt war Tilly in Sicherheit, und Sarahs Erleichterung und Freude waren ebenso groß wie ihr Kummer zuvor. Außerdem konnte sich die Kleine an nichts erinnern. Man hatte sie mit einem Gas und dann mit einem Narkosemittel betäubt. Vorsichtshalber hatte man sie über Nacht ins Great Ormond Street Hospital gebracht, aber nichts deutete darauf hin, dass sie bleibende Schäden davontragen würde.

Charlie verbrachte die Nacht bei Sarah im Krankenhaus und vertrieb sich die Zeit mit seinem Smartphone.

Zu Tiffs Leidwesen waren viele Dinge noch ungeklärt. Charlie hatte eine schlimme Handverletzung und mehrere gebrochene Rippen, und die Ärzte und Pfleger des Krankenhauses in der Great Ormond Street hatten ihr Bestes getan, um ihn wieder zusammenzuflicken. Wie zu erwarten weigerte er sich jedoch, sich in einer Notaufnahme untersuchen zu lassen.

Der Mörder war tot – doch es war nicht Copperhead, sondern ein gewisser Michael Ransom, ehemals Michael Ireland. Man hatte seinen Vater, der vor dreißig Jahren Arzt an der Elipmus-Klinik gewesen war, sowie seine Mutter des Kindesmissbrauchs und Menschenhandels angeklagt. Diese ernsten Anschuldigungen hatten jedoch nie bewiesen werden können. Rowlinson hatte sofort ein Spurensicherungsteam in die verlassene Klinik beordert.

In demselben Jahr, in dem die Elipmus-Klinik ihre Pforten geschlossen hatte, waren Michaels Eltern von William Priest ermordet worden. Ob dies ein Zufall war, wurde zum Gegenstand hitziger Spekulationen. Doch nur Charlie wusste, was wirklich vor drei Tagen geschehen war, und er schwieg wie ein Grab.

Georgie trat einen Klamottenhaufen beiseite, stieg aus dem Bett und taumelte in die Dusche. Vierzig Minuten später saß sie unten in der Küche und schaufelte Rice Krispies an dem nassen Haar vorbei, das ihr ins Gesicht hing, als es an der Tür klingelte.

Sie warf einen Blick nach oben. War Li überhaupt zu Hause? *Wer kann das um diese Zeit denn sein?*

Seufzend stand sie auf, schloss die Tür auf, öffnete sie und blickte in ein müdes Gesicht.

»Zu früh für eine Besprechung?«

Sie schüttelte den Kopf. »Viel zu früh.«

Charlie nickte. Sie hielt ihm die Tür auf, er tappte an ihr vorbei in die Küche und bat um ein Glas Wasser. Nein, Rice Krispies wollte er keine, und Mais hatte sie nicht im Haus.

Er setzte sich an den Küchentisch und legte eine Hand um das Wasserglas. Man hätte meinen können, dass er direkt aus der Hölle kam. Um seine Hand war ein frischer Verband gewickelt, seine Arme waren grün und blau, und er schien nur kurze Zeit aus eigener Kraft stehen zu können. Sein Haar sah aus wie ein Vogelnest, und er stank.

»Wie geht's Tilly?«, fragte sie und setzte sich ihm gegenüber. Sie war sich der Tatsache, dass ihr Haar noch feucht war und sie ein altes Nirvana-T-Shirt trug, sehr wohl bewusst.

»Prima.« Er rieb sich übers Gesicht und betrachtete seine Hand, als hätte er sie noch nie zuvor gesehen. Er wirkte noch geistesabwesender als sonst, doch das war angesichts der Umstände kein Wunder. Bevor sie eine weitere Frage stellen konnte, nahm er ein Samsung-Smartphone aus der Tasche und legte es vor ihr auf den Tisch.

»Was ist das?«

»Michael Ransoms Handy.«

»Du hast es mitgenommen?«

»Er braucht es ja nicht mehr.«

Sie lächelte unwillkürlich, wagte aber nicht, es zu berühren. »Hättest du es nicht Tiff geben müssen?«

Er hob das Telefon wieder auf und betrachtete es, ohne auf ihre Bemerkung einzugehen. »Ich habe mich den ganzen gestrigen Tag damit beschäftigt.«

»Ist Copperheads Nummer darauf gespeichert?«

»Leider nicht, aber das wäre auch zu einfach gewesen.

Es sind überhaupt nicht viele Nummern darauf gespeichert, hauptsächlich Telefonsexanbieter und Pizzalieferdienste. Ich habe eine Ewigkeit gebraucht, bis ich herausgefunden habe, wie sie miteinander kommunizieren.«

Georgie rutschte ungeduldig auf dem Stuhl herum. Nun wollte sie das Telefon doch mit eigenen Augen sehen und dieses Rätsel ebenfalls lösen.

»Wie denn?«

Er lächelte triumphierend – was er sonst nie tat – und legte das Telefon mit dem Display nach oben auf den Tisch zurück. Dann tippte er auf den Touchscreen und gab das Passwort ein.

»Woher wusstest du das?«

»Das war einfach – das Datum, an dem William seine Eltern ermordet hat. Pass auf.«

Er scrollte durch zwei Seiten, auf denen verschiedenste Apps aufgelistet waren: Herzfrequenz-Messung, Wetter, Nachrichten, Fotogalerie, Spiele, e-Books und so weiter. »Was fehlt?«, fragte er.

»Die sozialen Medien«, sagte sie nach einem Augenblick. »Facebook, Twitter, WhatsApp und dergleichen.«

»Okay. Die wenigen SMS sind auch nicht besonders interessant.«

»Und wie hat er dann mit Copperhead kommuniziert?«

»So.« Er startete eine App, offenbar ein Spiel. Nach den Logos mehrerer unabhängiger und ihr völlig unbekannter Softwarefirmen erschien ein grellbunter, pixeliger Bildschirm. *»Sword of Zenil«*, las sie. »Sieht ja grauenhaft aus.«

»Ist es auch. Anscheinend ist das so was Ähnliches wie *World of Warcraft* – so ein Rollenspiel mit Schwertkämpfern und Drachen. Wahrscheinlich spielt Solly das auch.«

»Trotzdem verstehe ich es noch nicht.«

»Im Prinzip läuft es folgendermaßen: Man erstellt eine Spielfigur, gibt ihr einen Namen, legt ihr Aussehen fest und durchstreift dann eine Fantasiewelt, in der man auf andere Spielfiguren trifft. Manche werden von einer künstlichen Intelligenz gesteuert, andere sind echte Menschen. Wenn man sich deren Stamm anschließt, kann man mit ihnen über einen Online-Chat kommunizieren.«

Als er auf »Spielen« tippte und ein Kobold mit einer Armbrust unter der Nachricht *»Willkommen zurück, Samyaza«* auf einem Sandstrand erschien, begriff sie, was er meinte.

»Ich nehme mal an, dass es noch eine weitere Figur namens Copperhead gibt«, sagte sie, während Charlie durch die Gegend lief und mit Armbrustbolzen auf Bäume schoss.

»Wenn wir ihn finden, können wir ihm über das Spiel eine Nachricht schicken.«

»Hat er die Gestalt einer Schlange?«

»Nein. Er ist ein Eichhörnchen, warum auch immer. Aber das hat wahrscheinlich nichts zu sagen.«

»Und was, wenn Copperhead nicht online ist?«

»Dann kann man zu seiner Basis gehen und ihm eine Nachricht hinterlassen. Die liest er dann, sobald er das Spiel startet.«

Georgie lehnte sich zurück. Es war zugegebenermaßen genial. In der Unendlichkeit der virtuellen Welt war ihre Kommunikation unmöglich aufzuspüren. Und auch, dass Charlie es herausgefunden hatte, beeindruckte sie schwer. »Und jetzt? Wir können Tiff ja schlecht bitten, eine Spielfigur aus dem Internet zu verhaften.«

Wieder lächelte er das triumphierende Lächeln. »Wir

befolgen einen Rat, den mir jemand vor einer Weile gegeben hat. Wir werden zur Schlange. Zur Anakonda, um genau zu sein.«

Sie sah ihn skeptisch an. Es war selbst für seine Verhältnisse eine aufregende Woche gewesen. Man hatte ihn zwei Mal in die Luft gejagt und seine Nichte entführt. Er wäre um ein Haar einem wahnsinnigen Serienmörder mit einer uralten offenen Rechnung zum Opfer gefallen. Womöglich war das alles zu viel für ihn gewesen. »Was soll das heißen?«

»Dass wir nicht mehr den Fischen durch den Amazonas hinterherjagen. Wir warten, bis die Fische zu uns kommen.«

Georgie atmete aus. *Natürlich.* »Er weiß nicht, dass Michael tot ist.«

»Inzwischen vielleicht schon, aber anfangs nicht, nein.«

Wieder sah sie ihn verwirrt an. »Sollten wir das nicht der Polizei zeigen?«

Zu ihrer Überraschung schüttelte er den Kopf. »Nein. Michael wollte mir nicht verraten, wer Copperhead ist. Wir wissen nur, dass er ihn rekrutiert und Kontakte zur Polizei hatte. Deshalb war er ständig über den Stand der Ermittlung informiert. Wir haben einen Verräter in den eigenen Reihen. Und deshalb müssen *wir* das gemeinsam tun. Nur du und ich.«

Georgie zitterte – ob vor Aufregung oder Angst, vermochte sie nicht zu sagen. Wahrscheinlich beides.

»Dann warten wir, bis das Eichhörnchen Kontakt mit dem Kobold aufnimmt.«

»Nein.«

Sie wartete auf eine Erklärung, doch es schien ihm

offensichtlich Spaß zu machen, sie im Dunkeln tappen zu lassen.

»Warum nicht?«

»Weil er bereits Kontakt aufgenommen hat. Gestern. Er hat Ort und Zeit eines Treffpunkts genannt.«

Er sah sie an und wartete anscheinend darauf, dass bei ihr der Groschen fiel. Was irgendwann auch der Fall war: »Das ist jetzt gleich, oder?«

Er nickte. Sie sprang vom Stuhl. Dabei waren ihre Haare noch gar nicht trocken.

Mit rasendem Herzen schlüpfte sie in ihre schwarz-weißen Chucks und nahm ihr Handy vom Küchentisch. Charlie wartete vor dem Haus auf sie. Schnell liefen sie die Straße hinunter an einer Apotheke und einem Schnellimbiss vorbei zu Priests Aston. Ob er wohl wieder den Volvo fahren würde, sobald er aus der Reparatur kam? Wahrscheinlich schon. Er war Williams Wagen und bedeutete ihm aus irgendeinem unerfindlichen Grund sehr viel.

Sie stiegen ein, und Charlie ließ den Motor an. Sofort spürte sie, dass etwas nicht stimmte. Er witterte die Gefahr ebenfalls und erstarrte. Langsam drehten sie sich gleichzeitig um.

Ein Mann saß auf der Rückbank und hatte eine Pistole auf sie gerichtet. Er war Anfang fünfzig, trug ein schwarzes Hemd und eine schwarze Hose. Georgie musste mehrmals blinzeln, um sich davon zu überzeugen, dass er wirklich da war. Doch er war völlig real und starrte sie weder hasserfüllt noch bösartig, sondern kühl und teilnahmslos an.

»Hallo, Charlie«, sagte er. »So sehen wir uns wieder.«

70

Priest nahm die Hände vom Steuer und vermied dabei alle hastigen Bewegungen. Er hatte das Auto abgeschlossen, da war er sich ganz sicher – was Copperheads kleinen Trick noch eindrucksvoller machte. Sehr theatralisch. Trotzdem: Er hatte recht gehabt, was Copperheads Identität betraf.

Es war nur eine kleine Pistole. Eine Neun-Millimeter – wahrscheinlich eine Glock 26 oder so ähnlich, vielleicht sogar eine Springfield. Kompakt genug jedenfalls, um sie verdeckt zu tragen. Und äußerst tödlich.

Er warf Georgie einen Blick zu, versuchte, ihr zu verstehen zu geben, dass sie sich keine Sorgen machen musste. Ihrer Miene nach zu urteilen war sie da eher skeptisch.

»Sie haben Michaels Handy«, sagte Copperhead mit ruhiger Stimme.

»Richtig.«

»Ist er tot?«

»Leider ja.«

Das schien ihn nicht weiter zu stören. »Hm. Dass Sie das mit der App herausgefunden haben, war sehr schlau von Ihnen. Allerdings haben Sie vergessen, die Ortungsfunktion auszustellen. Außerdem wusste ich sofort, dass Sie nicht Michael sind.«

»Was hat mich verraten?«

»Der Chat nicht – Ihre Wortwahl war perfekt, Sie haben Michael sehr genau studiert. Sie haben nur nicht bemerkt, dass ich Sie längere Zeit dabei beobachtet habe, wie Sie durch die virtuelle Welt gestolpert sind und mit Ihrer albernen Armbrust auf Bäume geschossen haben. Michael war zwar kein guter Mensch, aber ein sehr guter *Sword of Zenil*-Spieler.«

Priest nickte langsam. *Das ist mir entgangen. Es ist immerhin ihre Welt.* »Weiß Fay davon?«

David Westbrook lachte, doch es war kein Lachen, das ihn besonders sympathisch machte. Er hatte ein markantes Kinn und glattes braun-graues Haar – ein gut aussehender Mann, der mit dem Alter immer attraktiver wurde. Dieses hohle, leblose Lachen dagegen war hässlich.

»Steig aus, Georgie«, sagte Priest in der Hoffnung, dass David sie gehen ließ. Die Lage war ernst, doch so konnte er womöglich verhindern, dass Georgie zu Schaden kam.

Sie legte die Hand auf den Türgriff, aber David ließ sich nicht so leicht manipulieren. Sofort richtete er die Waffe auf sie. »Bleiben Sie doch bei uns, Miss Someday. Sie geben eine exzellente Geisel ab, sollte ich gezwungen sein, Ihren Arbeitgeber vorzeitig zu erschießen.«

Georgie schluckte und nahm die Hand wieder von der Tür. David lächelte, erfreut darüber, dass sie so bereitwillig gehorchte. »Sehr gut. Und jetzt fahren Sie los. Da lang.«

Er deutete geradeaus. Priest schnalzte mit der Zunge. Ihm blieb nichts anderes übrig. David saß hinter ihm. Bevor er ihn erreichte, hätte er schon längst den Abzug gedrückt.

Er drückte den Saphirglas-Funkschlüssel des Aston

Martin mit einem satten Klicken in die Zündung, woraufhin der Motor röhrend zum Leben erwachte.

»David, Sie haben sich noch gar nicht vorgestellt«, sagte Priest so beiläufig wie möglich. Georgie sah ihn ungläubig an. Woher wusste er, wer dieser Mann war?

»Da haben Sie recht, wie unhöflich von mir. Mein Name ist David Westbrook. Ich bin mit DS Fay Westbrook verheiratet, mit der Sie ja bereits Bekanntschaft gemacht haben, Miss Someday. Sie gehört zu den Ermittlern, die den Auftrag hatte, mich zu fassen. Hier bitte links.«

Priest setzte den Blinker und bog an der Kreuzung ab. Zum Glück wurde der Verkehr immer stärker. Er wusste, wo David hinwollte. Die Fahrt würde eine Ewigkeit dauern.

»Wo fahren wir hin?«, fragte Georgie.

»Zu einem Flugplatz«, sagte David und bestätigte damit Priests Vermutung.

»Sie steckt da auch mit drin?«, fragte Priest.

»Sie tut, was ich ihr sage.«

Priest verstärkte den Griff um das Lenkrad, obwohl seine rechte Hand, die Michael mit einem Nagel durchbohrt hatte, unaufhörlich schmerzte. Er fragte sich, was Fay Westbrook noch alles getan hatte, weil es ihr Ehemann so gewollt hatte. Es erklärte jedenfalls, warum sie an jenem Abend in Genf so ungehemmt gewesen war und die Existenz ihres Gatten verleugnet hatte.

»Ich nehme mal an, dass Sie Michael in der Kirche rekrutiert haben«, sagte er, um David in ein Gespräch zu verwickeln. Er musste ruhig und in Plauderlaune bleiben, wenn sie lebend hier rauskommen wollten.

»Das ist das Tolle an den Anonymen Alkoholikern. Wo sonst findet man einen Querschnitt der Gesellschaft in einem Raum versammelt? Wo sonst sitzen Anwälte neben Obdachlosen und haben dieselbe Geschichte zu erzählen und mit demselben Problem zu kämpfen?«

»Sie haben diese Meetings geleitet, richtig?«

David rutschte auf seinem Sitz herum. »Mein Vater war Pfarrer. Die Kirche war also immer der Lebensmittelpunkt unserer Familie. Wir sind eben gutherzige Menschen. Wer sich des Armen erbarmt, der leiht dem Herrn.«

»Und der wird ihm vergelten, was er Gutes getan hat«, vollendete Priest.

David wandte sich ab. Priest konnte sein Gesicht nicht sehen, spürte aber, dass ihm sein Ton nicht gefallen hatte.

»Die Straße runter bis zum Ende, dann im Kreisverkehr Richtung Dartford«, sagte er kühl.

Priest schwieg, bis sie den Kreisverkehr erreichten. »Was ist mit Fay?«, fragte er. »Haben Sie die auch rekrutiert?«

»Fay hatte viele Probleme, bevor wir uns kennenlernten«, sagte David. Sein warnender Ton ließ keinen Zweifel daran, dass dies ein heikles Thema war. »Aber ja, sie war auch bei den Anonymen Alkoholikern.«

»Wie haben Sie Michael dazu überredet, für Sie zu töten?«

David verzog das Gesicht, als Michaels Name fiel. »Seinen Nächsten zu töten lag in Michaels Natur. Viel Überredung brauchte es nicht. Ich hatte Geld, und er konnte seinen Taten so einen gewissen Sinn verleihen.«

»Er war also nur eine weitere Spielfigur. Sie halten die Fäden in der Hand, und das macht Sie zum Auserwählten, nicht wahr? Demjenigen, der zur Linken Gottes sitzt, wenn die Bindung vollzogen wurde?«

David schwieg. Priest versuchte es mit einem anderen

Ansatz. Georgie rutschte auf dem Sitz neben ihm nervös herum.

»Sie müssen Michaels Talente bei einem Vieraugengespräch herausgefunden haben.«

»Michael war ein komplexer Mensch, das wurde mir bewusst, als er mir Briefe schrieb, in denen er seine Fantasien darlegte. Zuerst hielt ich ihn für krank, doch dann begriff ich, dass er Teil *Seines* Plans war. Ich konnte ihn benutzen, um die Welt von den Trägern zu säubern. Ich habe ihn ermutigt. Er hat nicht an meine Sache geglaubt, aber das hat keine Rolle gespielt. Gott hatte ihn zu einem Zweck zu mir gesandt: um die Dämonen zu töten.«

Priest dachte an den Brief, den Michael William geschrieben hatte. Dass es Gottes Plan war, wenn er mordete. Dann fiel ihm die Botschaft an der Wand in Michaels Wohnung ein: *Gott ist tot.* Michael hatte selbst nicht gewusst, woran er glaubte, und es war ihm auch egal gewesen. Er wollte Rache für die Ermordung seine Eltern. Die Bindung interessierte ihn einen Scheiß. Wahrscheinlich hatte David noch nicht einmal geahnt, welches Motiv Michael in Wirklichkeit hatte.

»Wann haben Sie vom Buch Janus erfahren?«

»Ach.« David seufzte. »Meine Familie stammt aus Cumbria. Aus dem kleinen Ort Maryport an der Westküste. Mein Vater war wie gesagt Geistlicher, meine Mutter hatte einen Bürojob. Alles war sehr bescheiden, sehr ruhig. Man hatte mir beigebracht, Gott zu lieben, so wie es sich gehört. Zu meiner Schande muss ich gestehen, dass ich die Bibel bis zu dem Feuer nicht ernst nahm – die anderen Jungs haben mich gehänselt. Sie behaupteten, ich sei der Sohn eines Pädophilen – nur weil mein Vater Pfarrer war.«

»Ein Feuer?«

»Meine Eltern sind gestorben, als unser Haus abbrannte. Da war ich zehn Jahre alt. Obwohl ich sie sehr vermisst habe, weiß ich doch, dass ich erst so zu meiner Berufung fand. Ich war ebenfalls im Haus, müssen Sie wissen. Irgendetwas hat mich geweckt, und ich hatte den merkwürdigen, aber überwältigenden Drang, meinen Morgenmantel anzuziehen und das Haus zu verlassen. Heute weiß ich selbstverständlich, dass es Gottes lenkende Hand war. Er brachte mich in Sicherheit, bevor das Gas austrat und das Haus in Flammen aufging. Ich wurde verschont. Das alles hat zu Gottes Plan gehört, wie mir heute bewusst ist.«

Sie hielten hinter drei anderen Autos vor einer roten Ampel und warteten. Priest spielte verschiedene Möglichkeiten in seinem Kopf durch. Keine davon war vielversprechend. Die beste Strategie war noch, David in ein Gespräch zu verwickeln und ihn abzulenken. Priest bezweifelte, dass er Hemmungen hatte, den Abzug zu drücken.

»Woher wissen Sie, dass es Gott war? Es könnte doch auch ein Zufall gewesen sein.«

»Da spricht der wahre Atheist. Warum an etwas glauben, das man nicht sehen oder berühren kann? In der Nacht, in der meine Eltern gestorben sind, hatte ich eine Vision. Gott ist in einem Traum zu mir gekommen. In Gestalt einer Dohle.«

Priest warf einen Blick in den Rückspiegel, um sich zu vergewissern, dass David ihn beobachtete. Er riskierte eine kleine Provokation. »Ein sprechender Vogel hat Ihnen also befohlen, jemanden auf einen religiösen Amoklauf zu schicken?«

David ließ sich nicht aus der Ruhe bringen. Wahrscheinlich war er es gewohnt, verspottet zu werden. »Ich erwarte nicht, dass jemand wie Sie das versteht, Priest. Die Macht des Herrn übersteigt den Horizont vieler. So ist das eben.«

»Und was ist mit Janus?«

»Nach dem Tod meiner Eltern kam ein Mann zu mir. Ein Anwalt, genau wie Sie. Er trug einen feinen Anzug und gab lange, komplizierte Wörter von sich. Meine Eltern hatten mir zwei Dinge vererbt: einen Haufen Rechnungen und ein paar vergilbte Seiten mit einer Übersetzung, auf denen dasselbe Symbol abgebildet war wie in meinem Traum. Eine Schlange, die sich um ein Kreuz windet. Hier geradeaus.«

Priest folgte der Anweisung. Obwohl die Straße einigermaßen frei war, blieb er auf der linken Spur und fuhr so langsam, wie es ihm möglich war, ohne Davids Aufmerksamkeit zu erregen.

»Woher hatte Ihr Vater die Übersetzung?«

»Spielt das eine Rolle?« Die Frage schien ihn zu langweilen, doch er beantwortete sie trotzdem. »Er sammelte solche Dinge. Bis auf diese entscheidenden Passagen aus dem Buch Janus bestand seine Sammlung allerdings aus wertlosem Trödel und Kopien. Alte Bibelausgaben ohne jeden Seltenheitswert, ein Stück der Arche, das sich als Fälschung entpuppte. Die Seiten aus dem Buch Janus hätte ich auch beinahe weggeworfen. Ihre Bedeutung wurde mir erst später klar.«

David machte keine Anstalten, dies näher zu erläutern, und Priest beschloss, ihm vorerst keine Fragen mehr zu stellen. Wahrscheinlich war David redseliger, wenn er sich nicht wie in einem Verhör vorkam. Allmählich ließen sie die Stadt hinter sich. Statt von Hochhäusern waren sie nun von Vorstädten umgeben. Laut den Verkehrsschildern war Dartford Crossing nur noch etwa eine Meile entfernt. Er warf Georgie einen aufmunternden Blick zu, der allerdings nicht erwidert wurde.

»Glauben Sie wirklich daran?«, fragte Priest nach einer Weile. »An die Bindung?«

David richtete seine Antwort nicht an Priest, sondern an einen unsichtbaren Fleck direkt vor ihm. »O ja. Durchaus. Ich glaube daran, dass das Jüngste Gericht abgewendet werden kann.«

»Schon komisch«, sagte Priest. »Gott hat eine Ausstiegsklausel formuliert, die voraussetzt, dass man seine Gebote bricht.«

»Du sollst nicht töten?«, fragte David überrascht. »Das gilt nur für Menschen, Priest. Nicht für Halbdämonen.«

»Das verstehe ich nicht«, sagte Georgie unvermittelt. »Sie können doch unmöglich glauben, dass Sie es schaffen, alle zu töten. Außerdem gibt es Leute mit Lutheran b negativ, die nicht auf der Spenderliste stehen. Was ist mit dem Rest der Welt? Das ist eine unmögliche Aufgabe.«

Priest beobachtete Davids Reaktion im Spiegel. Michael, dem er dieselbe Frage gestellt hatte, war überzeugt davon gewesen, dass andere sein Werk fortsetzen würden – allerdings war er zu diesem Zeitpunkt der Meinung gewesen, mit Copperhead zu sprechen.

»Das ist die Natur des Glaubens, Miss Someday. Er erfordert, dass wir Vertrauen in das Unmögliche setzen. Es ist eine Lebensaufgabe. Allein so weit zu kommen wie ich, ist ein Lebenswerk. Aber ich erwarte nicht, dass Sie das verstehen.«

»Und was passiert, wenn Sie es schaffen, David?«, fragte

Priest. »Woher wissen wir, dass das Paradies auf Erden gekommen ist? Wenn der letzte Träger stirbt?«

David lächelte in sich hinein. »Wenn die neue Sonne aufgeht, Priest. Wie dem auch sei, wir sind da. Biegen Sie hier ab.«

71

Der Flugplatz bestand lediglich aus einem heruntergekommenen Hangar, einem weißen kantigen Kontrollturm und einer einzelnen nach Osten ausgerichteten Startbahn, auf der bereits Davids Flugzeug stand. Die Propeller drehten sich zwar noch nicht, doch Priest schätzte, dass sie in wenigen Minuten in der Luft sein konnten – mit unbekanntem Ziel.

David befahl ihm, in den offen stehenden Hangar zu fahren, der bis auf ein paar Werkbänke im hinteren Teil und eine Ansammlung von Gerätschaften, Trittleitern, Treibstoffpumpen und Werkzeugen an der Seite völlig leer war.

Er stieg zuerst aus und richtete die Waffe auf Priest, bevor er auch Georgie aufforderte, den Wagen zu verlassen.

»Es ist vorbei«, sagte Priest. »Wo wollen Sie denn hin?«

»Ich habe Partisanen auf dem europäischen Kontinent, die an meine Sache glauben«, sagte er und scheuchte Priest und Georgie in den rückwärtigen Teil des Hangars. »Sie haben sich doch gefragt, wie das alles zu schaffen ist. Mir gebührt die Ehre, den Anfang gemacht zu haben, und ich werde Jesus gegenüber zur Linken Gottes sitzen.«

»Das ist also Ihr Plan? Sie fliegen davon und lassen die anderen die Drecksarbeit erledigen?«

David nahm ein Paar Gelenkhandschellen aus der Tasche und warf sie Priest zu. »Ketten Sie sie da an.« Er deutete auf einen der Metallstützpfeiler, die mit dem Boden verschweißt waren und bis zur Decke reichten.

»Ich kann mir schon denken, wem die gehören«, sagte Priest.

»Tun Sie einfach nur, was ich sage.«

Vorsichtig schob er Georgie zum Pfeiler, schlang ihre Arme darum und legte ihr so sanft wie möglich die Handschellen an. Ihre Blicke trafen sich. Sie bemühte sich, tapfer zu sein, doch sie atmete hektisch. Er sah, wie sich ihr Brustkorb schnell hob und senkte.

»Kämpf nicht dagegen an«, sagte er. »Je stärker du dich wehrst, desto fester ziehen sie sich zusammen. Keine Sorge, ich werde dich befreien.«

Sie nickte und gab ihm mit einem Blick zu verstehen, dass sie durchhalten würde.

»Rührend«, sagte David und ließ Priest ein paar Schritte zur Seite treten, damit er den Sitz der Handschellen überprüfen konnte. Sobald er sich vergewissert hatte, dass Georgie nicht fliehen konnte, drehte er sich wieder zur Priest um. »Sind Sie beide mehr als nur Kollegen?«

»Nein, aber ich habe Ihre Frau vor Kurzem in Genf geküsst. Komisch, Fay hat Sie gar nicht erwähnt, als sie mich auf ihr Zimmer eingeladen hat.«

»Sehr witzig«, sagte David gleichmütig. »Aber die Mühe können Sie sich sparen. Sie können mich nicht provozieren.«

»Da bin ich anderer Meinung.«

Sie standen drei Meter voneinander entfernt mitten im Hangar. David hatte die Pistole direkt auf Priests Brust gerichtet. Er war kein Anfänger – sowohl Entfernung als auch Ziel waren so gewählt, dass er nicht verfehlen konnte. Und wenn die erste Kugel nicht tödlich war, dann spätestens die zweite. Priest sah zu Georgie hinüber. Sie flehte ihn mit Blicken an, irgendetwas zu unternehmen, doch er war machtlos. David Westbrook hielt alle Trümpfe in der Hand. Nun blieb ihnen nur noch die Hoffnung, dass er davonflog, bevor er sie tötete.

»Bevor Sie uns umbringen, hätte ich gern noch eins gewusst«, sagte Priest.

David neigte leicht den Kopf, was Priest als Aufforderung auffasste, eine letzte Frage zu stellen.

»Warum haben Sie diese Leute nicht selbst umgebracht? Wieso haben Sie Michael das erledigen lassen?«

David runzelte die Stirn, als wäre allein die Frage eine Beleidigung. »Wahrscheinlich aus demselben Grund, aus dem Sie eine Putzfrau haben, Priest. Weil ich mir nicht gern die Hände schmutzig mache.«

»Aber Sie stehen doch auf Gewalt.«

»Ich weiß nicht, was Sie meinen. Dann auf Wiedersehen.«

Er war kurz davor abzudrücken. Priest überlegte fieberhaft. »Sue Lightfoot hat mir das erzählt.« Sobald David diesen Namen hörte, hielt er inne und sah Priest neugierig an. »Sie hat ein paar sehr interessante Geschichten über Sie auf Lager.«

David schüttelte den Kopf, als wäre das nun auch schon egal. Als wäre es nicht mehr als eine Bagatelle. »Auf Sue hatte ich ein Anrecht. Was sie sagt, fällt wohl kaum ins Gewicht. Niemand wird ihr glauben.«

Priest nickte. Das reichte. Von irgendwoher hörte er Georgie seinen Namen rufen. Das Letzte, was er sah, war Davids lächelndes Gesicht, als er mit der Pistole auf Priests Herz zielte und abdrückte.

72

Georgie rüttelte an den Handschellen und zerrte an der Metallstange, an die sie gefesselt war. Vergeblich. Ihre Handgelenke schmerzten. Charlie hatte recht gehabt: Je stärker sie sich wehrte, desto fester zogen sie sich zusammen.

David hatte die Waffe auf Charlie gerichtet. Was hatte er über Sue gesagt? Sie versuchte, es zu verstehen, doch es ergab nur einen Sinn, wenn ... David hatte behauptet, ein *Anrecht* auf Sue gehabt zu haben. Dieser Satz hatte eine versteckte Bedeutung, einen bitteren Beigeschmack, der einen Nerv bei ihr traf: Jetzt wusste sie genau, was er damit gemeint hatte. Aber es war zu spät.

»Charlie! Nein!«, rief sie. *Warum tat er denn nichts?* Das war das Ende. Sie würde ihm beim Sterben zusehen, und dann? War sie die Nächste?

Georgie schloss die Augen und wartete auf den Knall.

Aber der Schuss fiel nicht.

Sie öffnete ein Auge. Charlie und David standen nach wie vor ein paar Meter voneinander entfernt da. Nichts war geschehen, obwohl David geschossen hatte. Er tat es immer noch – zumindest drückte er den Abzug. Doch es klickte nur, als der Hahn auf den Schlagbolzen traf: Die Kammer der Waffe war leer.

Sie öffnete auch das andere Auge, und ihre Muskeln entspannten sich etwas. Dann ließ sie die Metallsäule los und richtete sich auf. Charlie sah David an, der seinerseits den Blick auf die Waffe gerichtet hielt, als wüsste er nicht mehr, wie man sie bedient.

»Was … ich …«

»Macht das Ding Probleme, David?«, fragte Charlie fröhlich. »Mit Kugeln würde es wahrscheinlich besser funktionieren.«

»Nein.« Jetzt fiel auch bei David der Groschen. »Nein. Unmöglich …«

»Die Pistole hat Ihnen nicht zufällig Fay gegeben, oder?«

Staunend erinnerte sich Georgie, was Charlie vor wenigen Augenblicken gesagt hatte. Er hatte Fay in Genf geküsst. Georgie war viel zu überfordert gewesen, um über Fays Rolle nachzudenken. Was sie eine Komplizin? Oder war das Ganze womöglich ihre Idee?

Doch das spielte in diesem Augenblick keine Rolle. Charlie Priest hatte noch nie so überlegen gewirkt. Trotz seiner gebrochenen Rippen und dem Verband um seine Hand, durch den das Blut sickerte, stand er mit breiter Brust wie ein Sieger da. Ihr Herz machte einen Satz, als sie begriff, dass das Ganze inszeniert gewesen war. Von dem Moment an, an dem er heute Morgen an ihre Tür geklopft hatte, waren jede Frage, jede Geste, jede Änderung des Tonfalls sorgfältig einstudiert gewesen. Er hatte die ganze Zeit über gewusst, was er tat – und wenn sie noch Zweifel hatte, dann verflüchtigten sie sich spätestens, als sie den süßen Klang der Sirenen in der Entfernung hörte, der mit jeder Sekunde lauter wurde.

»Wie haben Sie das gemacht?«, keuchte David. Er erbleichte, als sich Charlie vor ihm aufbaute.

»Das war ganz einfach«, sagte Charlie und betrachtete seine blutende Hand. »Ich habe viel Zeit damit verbracht, in der Gestalt eines kleinen Kobolds ziellos durch Zenil zu laufen und, wie Sie so richtig bemerkt haben, gelegentlich mit Armbrustbolzen auf Bäume zu schießen. Aber dann bin ich einer Schildkröte begegnet. Einer Schildkröte, die mir gefolgt ist. Und da fiel mir ein, dass mir jemand einmal geraten hat, jeder Schildkröte, die mir über den Weg läuft, alles Gute zum Geburtstag zu wünschen.«

Georgie hatte keine Ahnung, wovon er sprach. Er redete wirr. David dagegen schien ihn zu verstehen. Jedes Wort traf ihn wie ein Schlag, jede Silbe stellte ihn weiter bloß.

»Sie haben *was*?«

»Anscheinend waren Sie und Michael nicht die Einzigen, die mit dieser App kommuniziert haben.« Die Sirenen wurden immer lauter. Offenbar hatte der erste Streifenwagen den Motorway verlassen. »Fay hat sie auch benutzt. Ihre Frau, oder zumindest behaupten Sie das. Sie haben sie vor vielen Jahren in der kleinen Kirche in Hackney kennengelernt. Genau wie Michael.«

»Das ist eine Lüge …«

»Nein. Ich glaube, sie wollte mir in Genf alles sagen, aber ich habe die Signale falsch gedeutet. Sie wusste die ganze Zeit über, dass Sie der Mörder sind, aber Sie hatten sie völlig unter Kontrolle. Als Sie erfahren haben, dass Michael tot ist, haben Sie den Entschluss gefasst, mich umzubringen und dann auf das europäische Festland zu flüchten. Fay hat mir erzählt, dass sie später, wenn Gras über die Sache gewachsen war, zu Ihnen stoßen sollte. Aber ich glaube, Sie haben sie geopfert.«

»Sie bluffen. Fay würde mich niemals hintergehen.«

»Sie hat einen Deal mit uns gemacht. Sie ist viel schlauer, als Sie vielleicht denken. Sie war völlig am Boden, als sie Sie bei einem von Ihnen organisierten Treffen der Anonymen Alkoholiker kennengelernt hat, und Sie haben seitdem Kontrolle über jede Facette ihres Lebens ausgeübt. Wenn es Ihnen passt, dann tun Sie so, als wären Sie verheiratet. Wer weiß, vielleicht kommt sie sogar um das Gefängnis herum, wenn sie glaubhaft darlegt, wie Sie sie ausgenutzt haben.«

»Niemals! Sie glaubt an unsere Sache. An Gott!«

»Sie hat geglaubt, weil Sie es ihr befohlen haben. Als Sie sie kennengelernt haben, war sie noch ein Kind, aber jetzt ist sie eine Frau, über die Sie keine Gewalt mehr haben. Sie sind nur zu engstirnig, um das zu begreifen.«

»Sie gehört *mir*!«

»Das war einmal. Mit der Zeit hat sie erkannt, wozu Sie fähig sind – und wozu *sie* fähig ist. Sie hat sich zusammengerissen, einen Abschluss in Psychologie, Kriminalistik und Datenanalyse gemacht. Sie hat sich Ihrem Einfluss nach und nach entzogen. Während Sie Ihren wahnsinnigen Plan in die Tat umgesetzt haben, hat sie bereits an ihre Flucht gedacht.«

Zwei Streifenwagen brausten mit plärrenden Sirenen über die Landebahn und hielten mit quietschenden Reifen vor dem Hangar. Die Türen öffneten sich, mit Sturmgewehren bewaffnete Polizisten sprangen heraus und näherten sich David. Von allen Seiten ertönte der Befehl, die Waffe fallen zu lassen und die Hände über den Kopf zu nehmen.

David sah die Polizisten einfach nur verdattert an.

»Geben Sie auf«, sagte Charlie. »Es ist vorbei. Wir wissen alles.«

Er drehte sich zu Charlie um. Er war nicht mehr verwirrt, sondern außer sich vor Wut, als hätte man einen Schalter in seinem Gehirn umgelegt. Endlich hatte er das ganze Ausmaß von Fays Verrat begriffen.

»Ich habe noch nie jemanden getötet«, brüllte er. Die Polizisten waren keine drei Meter mehr entfernt und befahlen ihm immer noch, die Waffe wegzuwerfen. »Gottes Wille lässt sich nicht aufhalten. Eure ach so hohen Gerichte haben keine Macht über mich.«

Charlies Augen verengten sich. »Verschwörung zum Mord ist nach wie vor ein Verbrechen, genau wie die Vergewaltigung von Sue Lightfoot. Und das ist noch nicht alles.«

»Meinen Sie wirklich, dass man einer Alkoholikerin Glauben schenken wird?«

Georgie spürte, wie die blanke Wut in ihr aufstieg – die sich jedoch schnell in unbändige Freude verwandelte, als Charlie sich hinter das Ohr fasste und das Kabel einer Abhörvorrichtung hervorholte.

»Das vielleicht nicht, aber einer Aufnahme ganz bestimmt.«

Der Polizist, der am nächsten war, packte seinen Arm und drehte ihn herum, bis David die Waffe fallen ließ. Dann warfen ihn zwei weitere Beamte zu Boden.

73

Priest setzte sich neben Georgie und lehnte sich gegen die Stahlsäule. Sie kauerte sich hin und lehnte den Kopf an seine Schulter. Er atmete schwer. Die Schmerzen in Brust und Hand waren stärker als je zuvor. Seit man David Westbrook festgenommen hatte, hatte sein Körper keinen Grund mehr, sie zu verdrängen.

David spannte jeden Muskel an. Er wehrte sich nicht, sondern schloss nur die Augen, als die Polizisten seinen steifen Körper in einen Gefangenentransporter trugen. Später erzählte ihnen Rowlinson, dass er die ganze Zeit über ein Gebet oder etwas Ähnliches gemurmelt hatte, bis ihm ein Beamter – ein frommer Christ – befohlen hatte, den Mund zu halten. Gott würde ihm nicht zuhören.

Priest schloss ebenfalls die Augen und ließ den Kopf in den Nacken fallen. Er war am Ende seiner Kräfte. Es war vorbei. Jessica war in Sicherheit. Sie würde wahrscheinlich nie wieder ein Wort mit ihm sprechen, doch sie war in Sicherheit.

»Kannst du mich bitte losmachen?«, fragte Georgie. »Das ist verdammt unbequem.«

Priest atmete tief aus. »Sie suchen noch nach dem Schlüssel.«

»Na toll. Was hatte das mit der Schildkröte zu bedeuten?«

Priest wollte schlucken, aber sein Mund war viel zu trocken. »Fay war Gefangene in Davids Welt. Sie war ihm hörig. Aber sie ist nicht mehr die alkoholabhängige junge Frau, die er bei seinen AA-Meetings kennengelernt hat. Sie hat sich weiterentwickelt, ihr Leben selbst in die Hand genommen und Karriere bei der Polizei gemacht. Er hatte sie immer weniger in seiner Gewalt. Sie haben alle über dieses komische Spiel miteinander kommuniziert. Fay war nicht schwierig zu finden. Sie war die einzige Schildkröte.«

»Wusste sie davon?«

»Ja. Sie wusste, dass David hinter allem steckte. Sie kannte seinen Plan, aber er war überzeugt davon, dass sie ihn beschützen würde. Weil sie Angst vor ihm hatte, aber auch, weil sie an das glaubte, was er tat.«

»Und wieso hat sie ihre Meinung geändert?«

Priest kratzte sich den Kopf. *Wegen des Kusses? Nein, es war viel komplizierter.* »Als sie uns vor Michaels Wohnung abfing, hatte sie sich klipp und klar dafür entschieden, dass Grey und seine blöde Theorie uns nicht aufhalten durften. Wieso sie ihre Meinung geändert hat? Keine Ahnung. Vielleicht war es eine spontane Eingebung.«

Er dachte an die am Boden zerstörte Frau, die er gestern auf dem Monitor der Überwachungskamera gesehen hatte. Sie hatte Eaton und Rowlinson gegenüber auf einem Stuhl im Vernehmungsraum gesessen und mit geröteten Augen auf die Papiere vor sich gestarrt.

»Fay, warum haben Sie uns das nicht früher erzählt?«, hatte Eaton so behutsam gefragt, wie es seine Yorkshire-

Manieren zuließen. »Sie hätten vier Leben retten können.«

Sie hatte sie mit einem trotzigen Ausdruck im Gesicht angestarrt. Ein letzter Rest der alten Fay Westbrook, hatte Priest gedacht. »David hat sich um mich gekümmert, als ich noch ein Teenager war. Ich … ich hatte ihm viel zu verdanken. Und ja, er war charmant, überzeugend und manipulativ.«

»Priest zufolge haben Sie über diese App Kontakt mit ihm aufgenommen. Sie haben sich gestellt. Weshalb?«

»Seinetwegen«, hatte sie gesagt. »Wegen Priest.«

»Weshalb Priest?«

»Ich erkannte, dass es jemanden gibt, der David tatsächlich aufhalten kann. Der ihn besiegen kann. Sobald er geschnappt wird, bin ich frei.«

»Sie sind gar nicht verheiratet?«, fragte Georgie jetzt.

»Anscheinend nicht. Er gibt sich als ihr Ehemann aus, wenn es ihm passt, und sie muss seinen Nachnamen annehmen. Er hatte wohl die fixe Idee, mit allen Frauen, die er auserwählt hat, verheiratet zu sein. Schwache, verwundbare Frauen wie Fay oder Sue. Es gibt zweifellos noch andere. Keine hat von der Existenz der anderen gewusst. Fay war seine Lieblingsfrau. Wahrscheinlich hielt er sich für mächtig, weil er dachte, dass sie ihn für einen Propheten oder so hielten.«

Die beiden Beamten waren zu David in den Gefangenentransport gestiegen. Sobald die Tür geschlossen war, setzte sich das Fahrzeug in Bewegung. Zwei Streifenwagen folgten ihm, einer blieb zurück. Ein Polizist gab Priest mit einem Winken zu verstehen, dass sie jederzeit losfahren konnten. Sie hatten die Order, ihn zu Rowlinson zu bringen, der immer noch Fay verhörte. Doch dafür war Priest noch nicht bereit. Er zeigte dem Beamten an, dass er noch fünf Minuten brauchte. Der Polizist nickte und machte über sein Funkgerät Meldung.

»Woher wusstest du, dass David Sue Lightfoot vergewaltigt hat?«

»Ich war gestern Vormittag noch einmal bei ihr. Als wir mit ihr gesprochen haben, hat sie uns nicht alles erzählt. Ich wusste, dass sich Michael nicht manipulieren ließ – er hatte seine eigenen Pläne. Aber ich wusste auch, dass es einen Hintermann gab, der dachte, er *würde* ihn manipulieren. Allerdings wäre das nur glaubwürdig gewesen, wenn dieser Hintermann ein Druckmittel gehabt hätte. Daher kam ich auf die Idee, dass er ihn bei den AA-Meetings in Hackney kennengelernt hatte. Ich fragte, wer die Treffen normalerweise geleitet hatte, und siehe da, Sue hat mir bereitwillig verraten, dass es David Westbrook war. Sie hat mir zwar nicht direkt erzählt, dass er sie vergewaltigt hat, aber sie hatte eindeutig Angst vor ihm und brach während unseres Gesprächs in Tränen aus. Den Rest konnte ich mir zusammenreimen. Wenn sie aussagt, reicht es wahrscheinlich für eine Anklage.«

»Und woher wusstest du, dass die Waffe nicht geladen war?«

»Wusste ich nicht. Ich hatte mit Fay vereinbart, dass sie das Magazin herausnehmen würde. Da musste ich ihr vertrauen.«

Georgie rieb sich mit dem Ärmel übers Gesicht. »Wie hat sie reagiert, als du sie zur Rede gestellt hast?«

»Von Michael wusste ich ja bereits, dass der echte Copperhead immer auf dem Laufenden war, was die Ermittlungen betraf. Und Fay hat sich in Genf wirklich sehr merkwürdig verhalten. Sie hat viel getrunken und war seltsam passiv-aggressiv. Als ich gestern Vormittag herausgefunden habe, dass ich durch die *Sword of Zenil*-App mit Copperhead kommunizieren konnte, wollte er ein Treffen mit mir vereinbaren. Dabei hat er auch einen Flugplatz erwähnt. Den hier, nehme ich an. Ich habe Tiff die App gezeigt. Zuerst war er stinksauer, weil ich Michaels Handy eingesteckt hatte – von wegen Vorschriften zur Beweismittelsicherung und so weiter. Ich habe ihn darauf hingewiesen, dass er es wohl nur eingetütet hätte und wir wohl nie darauf gekommen wären, wie sich Copperhead und sein Mörder miteinander verständigten. Als er erfuhr, dass ich David Westbrook in Verdacht hatte und dass Fay womöglich auch beteiligt war – weil sie ebenfalls die App nutzte –, hörte er endlich zu.«

»Er hat sie verhaftet? Seine Partnerin?«

»Er dachte, dass sie gerade unterwegs war, um Darren Greens Vater zu befragen, aber sie war zu Hause. Sie hat auf uns gewartet. Sie …« Er dachte daran zurück, wie sie am Küchentisch gesessen und sie mit einer Mischung aus Reue, Verzweiflung und Erleichterung angesehen hatte. »Sie wusste, dass es vorbei war. Es dauerte ein paar Stunden, bis wir ihr die ganze Geschichte aus der Nase gezogen hatten. Dann wussten wir von diesem privaten Flugplatz hier und dass David einen Pilotenschein hat. Das Flugzeug ist geliehen und der Flugplatz privat.«

Er hielt inne und holte tief Luft. Der Polizist neben dem Streifenwagen sah demonstrativ auf die Uhr. Priest nickte ihm zu. Er wollte aufstehen, doch seine Knie waren wie Pudding. Was, wenn Fay die Zusammenarbeit verweigert hätte? Er hatte darauf vertraut, dass die Waffe nicht geladen war. Tiff war zwar dabei gewesen, als sie das Magazin herausgenommen hatte, aber sie hätte es jederzeit wieder einlegen können, bevor sie David die Pistole gab.

In gewisser Weise war David etwas Außergewöhnliches gelungen. Fay hatte seit den späten Teenagerjahren, als sie vor ihrem prügelnden Vater nach London geflohen war, ein Alkoholproblem. Als sie David kennenlernte, war sie am Ende und äußerst verwundbar gewesen. Leichte Beute. Doch sobald sie trocken war, konnte sie schnell Erfolge verzeichnen und entwickelte sich zu einer selbstbewussten, zuverlässigen und kompetenten Ermittlerin. Wie war es David gelungen, die Kontrolle über sie zu behalten, nachdem sie sich vom Alkohol losgesagt hatte?

Vielleicht nach demselben Prinzip, nach dem William vorging: Netzwerke sind stärker als Hierarchien.

Seine Macht über sie war begrenzt gewesen. Im Laufe der Ermittlung hatte sie sich immer weiter von ihm entfernt, und als eine Leiche nach der nächsten aufgetaucht war und sie die wahren Ausmaße des Bindungs-Plans begriff, kamen ihr zunehmend Zweifel. Schließlich brauchte es nicht viel, um die Mauern, die er um sie herum errichtet hatte, einzureißen. Ein einfaches »Alles Gute zum Geburtstag« hatte gereicht.

Sobald er geschnappt wird, bin ich frei.

»Moment«, sagte Georgie, als Priest sich endlich aufgerappelt hatte. Sie zupfte an seinem Ärmel und deutete auf ihre gefesselten Hände. »Hast du nicht was vergessen?«

Priest nickte und stand auf. Er ging zu dem Polizisten hinüber, wechselte ein paar Worte mit ihm und kehrte dann mit grimmiger Miene zurück. »Anscheinend hatte David keinen Schlüssel dabei.«

»Wie bitte?«

»Er hatte keinen Schlüssel. Warum auch? Er hatte vor, mich vor seiner Flucht zu erschießen und dich zurückzulassen oder ebenfalls zu töten.«

Sie warf einen besorgten Blick auf die Handschellen. »Und jetzt?«

»Tja.« Priest sah zum Streifenwagen hinüber. »Der Polizist dort wird mal nachsehen, ob er irgendwo einen Bolzenschneider auftreiben kann.«

»Und wenn nicht?«

»Dann lasse ich dich hier. Moderne Kunst, sozusagen.«

»Und wie lautet der Titel deines Werks?«

Lächelnd legte er ihr eine Hand auf die Schulter. »Wie wär's mit: ›Die Bindung‹?«

74

Samstag

»Das verstehe ich nicht«, sagte Priest. »*Knief* ist doch kein richtiges Wort.«

Obwohl es schon acht Uhr abends war, schien die Sonne durch das geöffnete Schlafzimmerfenster. Tilly mochte sowohl den Lärm, der von Covent Garden zu ihnen heraufdrang, als auch das Sonnenlicht, das auf die kleine Burg fiel, die sie sich in einer Ecke aus Decken und den Schachteln der PlayStation-Spiele gebaut hatte. Ohne konnte sie nicht einschlafen.

»Natürlich ist das kein echtes Wort, du Dummi«, sagte sie. »Es soll mir nur beim Lesenlernen helfen.«

»So ein Quatsch. Wieso sollst du denn Wörter lernen, die es gar nicht gibt?«

»Weil es der Lehrer gesagt hat.«

Es war ihr todernst. Priest blätterte ein weiteres Mal durch die Karten und bat sie, noch ein paar Wörter vorzulesen. *Glibbig* kam zwei Mal an die Reihe, weil es ihr so gut gefiel.

Sie hatte sich erstaunlich schnell erholt. Tilly war in Megans Haus eingeschlafen und in seinem Auto aufgewacht, ansonsten konnte sie sich an nichts mehr erinnern. Und Angst hatte sie auch keine gehabt. Behauptete sie jedenfalls. Er war erleichtert, aber auch etwas neidisch: Seine eigenen Wunden würden noch lange nicht verheilt sein.

Zehn Minuten später brachte er sie ins Bett, gab ihr einen Kuss auf die Stirn und sagte Gute Nacht. Sie kniff die Augen zusammen und tat so, als würde sie schnarchen. Als er den Raum verließ, hörte er, wie sie fröhlich vor sich hin sang.

Sarah saß in einem Sessel. Sie hielt ein Rotweinglas locker in der Hand und betrachtete geistesabwesend die Feuerfische im Aquarium. Sie trug ein Sport-Top und eine kurze Hose, als käme sie gerade aus dem Fitnessstudio, doch das war inzwischen ihr normales Outfit, wenn sie das Haus nicht verlassen musste. Priest erhob keinen Widerspruch. Unter den gegebenen Umständen war es ihr gutes Recht, etwas exzentrisch zu sein.

Priest setzte sich neben sie und starrte ebenfalls ins Aquarium. Er hatte immer noch nicht richtig geschlafen. Es hatte eine weitere Stunde gedauert, bis sie Georgie endlich befreit hatten, und sobald sie im Revier gewesen waren, hatte er Eaton und Rowlinson alles, was auf dem Flugplatz vorgefallen war, haarklein berichten müssen. Danach war er wieder aufgedreht und hellwach gewesen. Sogar Dee hatte sich interessiert gezeigt. Sie hatte ihm zwar nicht gratuliert, ihn aber auch nicht beleidigt, was ja beinahe so etwas wie ein Kompliment darstellte.

Er stellte sich darauf ein, eine Stunde lang schweigend neben Sarah zu sitzen und sich zu fragen, woran sie gerade dachte, ohne den Mut aufzubringen, sie zu fragen. Aber zu seiner Überraschung kam sie beinahe sofort auf den Punkt.

»Ich mache dir keinen Vorwurf«, sagte sie mit so sanfter Stimme, dass er nicht an ihrer Aufrichtigkeit zweifelte. »Die Eltern dieses Mannes, der sie entführt hat – Michael –, gehörten zu Williams Opfern. Er hat dir eine Falle gestellt, um sich an dir zu rächen, als könntest du Williams Stelle einnehmen.«

»Eigentlich war seine Fantasie, dass *ich ihn* töte und nicht umgekehrt. Als Vertretung für William.«

Sie atmete lang und tief aus. Wer wusste schon, was Michael gewollt hatte? Priest fragte sich, ob sich Michael selbst darüber im Klaren gewesen war. Er hatte inzwischen Kopien der Briefe erhalten, die er William geschrieben hatte. Seine Fantasien waren alles andere als eindeutig: Manchmal tötete William ihn, manchmal tötete er William. Einmal brachte Charlie beide um. Michael war völlig neben der Spur gewesen, so viel stand fest.

»Du hast sie gerettet«, sagte sie. »Ohne zu zögern, ohne nachzudenken. Einfach so. Du hast … getan, was du tun musstest.«

Er wandte sich ihr zu. »Ich werde niemals zulassen, dass ihr jemand etwas antut. Oder dir. Kapiert?«

Sarah nickte. Eine einsame Träne lief über ihre Wange. Sie formte ein tonloses *Danke* mit den Lippen und lächelte. Dann schwiegen sie, weil es nichts mehr zu sagen gab, und ließen die Stille ihre heilende Wirkung entfalten.

»Eins wundert mich allerdings«, sagte Sarah nach einer Weile. Er gab ihr mit einem Nicken zu verstehen, dass sie fortfahren sollte. »Tilly sagte, dass ihr Onkel William auch bei dir im Auto war.«

Eine ganze Weile erwiderte er nichts darauf. Noch wusste kaum jemand, dass William entkommen war. Wie jede Hochsicherheitseinrichtung war auch Fen Marsh nicht ausbruchssicher, und es war gang und gäbe, die Öffentlichkeit nicht darüber zu informieren, wenn jemand abgängig war. Priest hatte mit Wheatcroft gesprochen. Wie er vermutet hatte, hatte sich William mit einer Zahnbürste verletzt und war beim Transport in ein Krankenhaus geflohen. Dabei hatte er zwei Wärter ohnmächtig geschlagen, die jedoch in den nächsten Tagen wieder auf den Beinen sein würden. Ob Priest wusste, wo zum Teufel sein Bruder steckte? Nein, und das war die reine Wahrheit. Sie wollten ihn gleich morgen Vormittag erneut befragen. Inzwischen lief die Suche nach ihm auf Hochtouren, doch selbst Sarah hatte nichts davon erfahren.

»Komisch«, sagte er. »Wie hätte er da hinkommen sollen? Vielleicht hat sie seinen Namen im Schlaf gehört und sich unterbewusst irgendetwas zusammengereimt. Sie war noch groggy, als sie aufgewacht ist, und ziemlich überdreht.«

Sarah spitzte die Lippen. Er sah ihr deutlich an, dass sie ihm nicht glaubte, aber sie verzichtete darauf, nachzubohren. Jetzt hatte er ihr eine Frage zu stellen.

»Übrigens«, sagte er, »als ich kürzlich Tillys Sachen geholt habe, ist mir Ryan über den Weg gelaufen.« Er spürte, wie sie sich versteifte, was ihm verriet, dass er auf der richtigen Spur war. »Angeblich hat er keine Ahnung, wer Gemma ist.«

»Tja, eigentlich wollte ich es dir nicht sagen. Keine Ahnung, ob es mir peinlich war oder ich Angst hatte, dass du eine Dummheit machst. Aber nach allem, was geschehen ist, ist mir das relativ egal.«

Das mulmige Gefühl in seiner Magengegend sagte ihm,

dass er mit einer sehr unangenehmen Nachricht zu rechnen hatte, und hoffte, dass er sich irrte.

»Ich habe Bilder auf seinem Computer gefunden.«

Er irrte sich nicht.

»Was für Bilder?«

»Von Mädchen. Jungen Mädchen.«

»Wie jung?«

Sie verzog das Gesicht und schloss die Augen. Tränen quollen zwischen ihren Lidern hervor. »*Zu* jung«, sagte sie mit gedämpfter Stimme.

Großer Gott. Priest nahm ihre Hand und drückte sie. Darüber würde nicht so schnell Gras wachsen. Diesmal nicht. Niemals.

Er wollte gerade etwas sagen, als es an der Tür klingelte. Er zögerte und sah noch einmal auf die Uhr. Sarah drängte ihn dazu nachzusehen. Es konnte ja Tiff sein.

Besorgt ging er durch die Küche und öffnete die Tür.

Jessica stand mit drei dampfenden Pizzakartons vor ihm. Ihre Frisur saß perfekt, nur ihr Gesicht war etwas gerötet, als hätte sie die Treppe und nicht den Lift genommen. Er blinzelte, als traute er seinen Augen nicht. Noch hatte er nicht verarbeitet, was ihm Sarah gerade erzählt hat.

»Du bist's«, sagte er.

»Gut beobachtet, du Genie.«

Sie zwängte sich an ihm vorbei und stellte die Pizzaschachteln ab. *Komm doch rein.* Er schloss die Tür, während sie die Schachteln nebeneinanderstellte, öffnete und drei Teller aus dem Schrank nahm.

»Ich wusste nicht, was ihr am liebsten habt. Sarah ist doch noch hier?«

»Als wir uns das letzte Mal gesprochen haben«, stammelte sie, »hast du gesagt …«

»Ich weiß Bescheid«, fiel sie ihm ins Wort. »Über das Silberblut. Ich weiß, was du vorhattest.«

Plötzlich bemerkte er, dass sein Mund weit offen stand. »Wer …?«

»Dein Kumpel DCI Rowlinson hat es mir erzählt. Er ist doch dein Kumpel, oder?«

»Ja. Er ist so ziemlich *der einzige* Kumpel, den ich habe.«

»Der Glückliche.«

Sie kramte drei Gläser aus einem anderen Schrank und stellte sie neben die Teller. Dann ging sie zum Kühlschrank und holte eine Flasche Weißwein. Als sie sie entkorkte, stieß Sarah dazu. Ihre Wangen waren etwas gerötet, sonst sah sie aus, als wäre nichts geschehen.

Jessica nahm sie bei der Hand, setzte sie hin und schenkte ihr ein Glas ein. Priest dachte an Ryans Computer und wie es jetzt weiterging. Es musste die Hölle für Sarah gewesen sein: Erst diese Bilder, dann war Tilly verschwunden, und schließlich wurde noch die schreckliche Geschichte ihrer Familie ans Licht gezerrt.

Und doch saß sie hier bei ihnen, lachte und scherzte mit Jessica und trank Wein. Wer sie so beobachtete, hätte sie für unbeschwert und sorglos gehalten.

Priest setzte sich und starrte in sein Weinglas. Zwei Flaschen später saßen sie immer noch beisammen.

75

Sonntag

Der St. James's Park war voll von Joggern und Studenten, die in Grüppchen mit Büchern und Kaffee in Plastikbechern im Schatten der Eichen und Maulbeerbäume saßen, Zigaretten herumreichten und sich so natürlich in die Landschaft einfügten wie die vielen Stockenten, die auf dem See schwammen.

Rowlinson setzte sich zu ihm und gab ihm eine Wasserflasche. Priest nahm sie ohne zu murren, öffnete sie und trank demonstrativ. Der DCI war immer noch wütend darüber, dass Priest allein in die Elipmus-Klinik gefahren und Michaels Handy behalten hatte, doch sein Zorn hatte sich seit David Westbrooks Verhaftung merklich gelegt. Ausnahmsweise machte die Londoner Polizei eine gute Figur.

»Wie geht es ihr?«, fragte Priest.

»Fay? Sie ist in Untersuchungshaft. Ich werde sie nicht in Davids Nähe lassen. Sie hat ein paar Mal darum gebeten, dich sprechen zu dürfen, aber der Crown Prosecution Service hat abgelehnt. Sie wollen die Anklageerhebung nicht gefährden.«

»Er bekennt sich also als nicht schuldig?«

»Nein. Jetzt behauptet er, dass alles ihre Idee war. Mal sehen, wie lange er durchhält.«

»Da wird die Aufzeichnung unseres Gesprächs sicher helfen. Es ist zwar kein Geständnis, aber wenn Sue aussagt, reicht es für eine Anklage.«

Eine Minute lang sagte keiner von ihnen etwas. Priest starrte über den See hinweg zu den dicht beieinanderstehenden Baumgruppen dahinter und dem London Eye, das darüber aufragte. Der Himmel war dunkelblau und so groß und endlos, wie er ihn nur selten zuvor gesehen hatte.

Hier, dachte er, als ihm einfiel, was seine Mutter immer zu ihren Kindern gesagt hatte: *Wo ist dein blauer Himmel?*

»Wohin wollte er denn eigentlich mit seinem kleinen Flugzeug, nachdem er mich getötet hätte?«, fragte Priest.

Rowlinson sog an seiner Lippe. »Wir haben an Bord einen Flugplan zu einem Privatflugplatz in Jersey gefunden. Keine Ahnung, was er dort wollte.«

»Er hat Verbündete erwähnt – er hat sie als Partisanen bezeichnet.«

»Schon möglich. Was weiß ich? Darüber sollen sich andere Leute den Kopf zerbrechen.«

Priest schnalzte mit der Zunge. »Amen«, pflichtete er bei.

»Ach, übrigens: Vielen Dank für das Buch Janus.«

Priest streckte sich und drehte den Hals, bis es knackte. Jedes Mal, wenn er aufwachte, hörte er die Explosion der Bombe in Owens Garage oder die Blendgranate oder beides – wenn er denn das Glück hatte, überhaupt Schlaf zu finden.

»Ich dachte mir, dass du es vielleicht als Beweisstück brauchst. Was ist mit Capindale?«

»Sie unterstützt uns bei unseren Ermittlungen. Die Staatsanwaltschaft hat noch nicht entschieden, ob sie Anklage erheben will. Die Frage ist, ob sie wusste, wofür David das Buch brauchte. Es besteht die Möglichkeit, dass sie völlig ahnungslos war.«

»Mir ist zu Ohren gekommen, dass sie vernünftigerweise die Klage gegen Professor Owen zurückgezogen hat. Was macht Vose denn so?«

»Der ist spurlos verschwunden. Wahrscheinlich ist er zurück nach Deutschland. Wir haben ihn ziehen lassen – ich glaube nicht, dass er wusste, was hier wirklich vor sich ging.«

Priest nickte und warf einen Blick auf den Ring, auf den schlichten, mit einem einfachen Muster verzierten Goldring an Rowlinsons Finger. Er stand ihm ausgezeichnet.

»Hast du wirklich geglaubt, dass ich es war?«

Rowlinson rutschte unbehaglich herum. »Ich? Nein. Niemals. Für vier perfekte Morde bist du nicht schlau genug.«

Er grinste. Priest musste lachen, obwohl sein ganzer Körper schmerzte. Dann saßen sie eine Weile schweigend da und betrachteten das sich im See spiegelnde Sonnenlicht. »Danke«, sagte er dann, »dass du auf Jessica aufgepasst hast.«

Sie hatte ihm erzählt, dass sie von uniformierten Polizisten observiert worden war. Er hatte sich schon denken können, wer die entsprechende Anordnung gegeben hatte.

Rowlinson zuckte mit den Schultern. »Sie bedeutet dir sehr viel, oder?«

»Keine Ahnung.«

»So ist es wahrscheinlich am besten, Priest. Das Spiel ist viel einfacher, wenn man nichts zu verlieren hat.«

Rowlinson sah ihn bedeutungsvoll an. Priest nickte. Er wusste es zu schätzen, dass er die Sache nicht an die große Glocke hängte. Die meisten anderen Menschen hätten wohl mehr als Gegenleistung erwartet.

»Ich habe mit jemandem gesprochen, den ich noch aus meiner Zeit als Detective kannte.«

»Mit wem denn?«

»Einem Journalisten namens Slinky.«

Rowlinson spitzte die Ohren. »Aha?«

»Slinky hat sich noch sehr gut an mich erinnert. Aus irgendeinem Grund hat er Angst vor mir.«

»Weshalb denn nur?«

»Wie sich herausstellte, war Grey unser Maulwurf. Er hat die Presse informiert.«

Rowlinson atmete erleichtert aus. »Das ist eine sehr nützliche Information.«

»Hier. Eine Kopie des Schecks, den Slinky auf seinen Namen ausgestellt hat.«

Priest gab ihm ein Blatt Papier. Rowlinson steckte es in die Tasche. Er sah aus wie eine Katze vor einem Sahnetopf.

»Ach übrigens«, sagte der DCI. »Ich habe gehört, dass ein prominenter Insasse von Fen Marsh abgängig ist.«

»Ach, wirklich?«

»Ja. Und jetzt läuft eine der größten Fahndungsaktionen in der Geschichte der Menschheit.«

Priest schüttelte den Kopf. »Der taucht schon wieder auf. Er hat mir mal gesagt, dass er sich viel zu sehr an die Klinik gewöhnt hat und es in freier Wildbahn wohl gar nicht mehr aushalten würde. Warte noch ein, zwei Tage, dann ist er wieder da, weil er sich nach der Klinik zurücksehnt.«

»Glaubst du das wirklich?«

»Klar – wieso nicht?«

Rowlinson strich sich zufrieden die Hose glatt und stand auf. »Man hat mich sowieso von dem Fall abgezogen. Durch unsere Freundschaft bin ich angeblich befangen – du wirst dir also eine wasserdichte Geschichte über die Vorfälle in der Elipmus-Klinik ausdenken müssen. Ich nehme an, dass sie demnächst deine Aussage aufnehmen werden.«

»Ja, wahrscheinlich.«

»Irgendwie habe ich das Gefühl, dass sie dir die Behauptung, du hättest das Bewusstsein verloren und keine Ahnung, wer Michael Ransom umgebracht hat, nicht abkaufen werden.«

Priest zuckte mit den Achseln. »Ich bin sehr ohnmachtsanfällig.«

Rowlinson lachte freudlos. »Da wirst du dir etwas mehr Mühe geben müssen. Na ja, ich muss los. Auf mich wartet noch eine Menge Papierkram. Alles Gute.«

»Bleibst du in der Gegend? Oder zieht dich die niedrige Kriminalitätsrate zurück in die walisischen Hügel?«

Rowlinson sah ihn einen Augenblick lang an, dann wandte er sich ab und starrte wehmütig ins Leere.

»Keine Ahnung.«

»Tiff, du könntest hier wirklich etwas bewirken.«

»Du auch.«

Priest antwortete nicht. Die Unterhaltung war so gut wie beendet, Rowlinson machte Anstalten aufzustehen. Doch irgendetwas brannte ihm noch auf den Nägeln. Er sah sich erst um und dann wieder Priest an.

»Wieso beschützt du ihn?«, fragte er leise. »William, meine ich.«

Priest studierte die Miene seines Freunds. Die Frage war weder eine Provokation noch eine Anklage, sondern aus aufrichtiger Neugier gestellt.

»Weil er mir mehr bedeutet, als du dir vorstellen kannst.«

Vielleicht lag es an der Endgültigkeit in Priests Ton oder daran, dass Rowlinson das heikle Thema nicht weiter vertiefen wollte – jedenfalls nickte er nur und zog einen imaginären Hut. »Okay. Pass auf dich auf, Priest.«

Rowlinson ging davon. Priest wäre ebenfalls aufgestanden, doch er hatte noch ein Telefonat zu führen. Er nahm das Handy aus der Tasche, suchte die richtige Nummer aus der Kontaktliste und wählte sie.

»Ja?«, fragte eine Stimme am anderen Ende, die kaum zu verstehen war, weil im Hintergrund ein Radio lief und laut gehämmert wurde.

»Priest hier. Ich wollte mich nach dem Volvo erkundigen.«

»Volvo?«

»Mein Auto. Es ist bei Ihnen in Reparatur. Schon seit mehreren Wochen.«

»Einen Augenblick.«

Im Telefon knisterte es, als der Mann den Hörer weglegte. Priest hörte jemanden auf Polnisch etwas rufen, dann kehrte der Sprecher zum Apparat zurück.

»Da muss wohl ein Irrtum vorliegen. Sie haben es gestern abgeholt.«

Priest atmete aus und fuhr langsam mit der Zunge über die Lippen. »Ach, wirklich?«

»Ich hab die Papiere hier, Kumpel. Unterzeichnet von Dr. Priest. Was …«

Priest legte mitten im Satz des Mechanikers auf, steckte das Telefon weg, legte die Arme auf die Banklehne und blickte entspannt in die diesige Entfernung. Irgendwo da draußen war ein weiterer Mörder auf freiem Fuß. Dann stand er auf und zog die Jacke fester um sich. Der Wind wurde stärker. Die Hitzewelle war vorüber.

Danksagung

Dieses Buch ist das Ergebnis der Arbeit eines Jahrs, doch ohne den Fleiß und die Hingabe vieler Menschen wäre es nie gedruckt worden.

Oliver, Grace und Archie: Ihr seid ein nie versiegender Quell der Inspiration, Unterstützung und Faszination. Ihr lest alle viel weniger, als ihr solltet, und ihr habt die unheimliche Fähigkeit, eure Mutter und mich gleichzeitig zur Verzweiflung und Hysterie zu treiben. Doch jeder von euch hat auch eine einzigartige Gabe, und ich kann mich sehr glücklich schätzen, Teil eures Lebens zu sein.

Meiner stoischen Mutter: Deine Detailgenauigkeit und aufrichtige Begeisterung für die Priest-Reihe ist erstaunlich, aber auch etwas beunruhigend – wieder einmal bin ich dir sehr dankbar für die vielen Stunden, in denen du meine zweifelhafte Grammatik und Rechtschreibung verbessert hast.

Denise: Danke fürs Testlesen – auf deine Kommentare freue ich mich immer. Da war es nur angemessen, dass ich den letzten Teil des Romans spätnachts an deinem Küchentisch geschrieben habe!

Die netten Leute vom Lincolnshire County Council: Vielen Dank, dass ihr mich in die Geheimnisse der Mikroklima-Speichereinheit eingeweiht habt, in dem die Magna Carta aufbewahrt wird. Ihr seid die Hüter des wichtigsten juristischen Dokuments der britischen Geschichte (das natürlich kurz nach Unterzeichnung gleich wieder missachtet wurde!). Ich weiß eure Hilfe sehr zu schätzen.

Meine Lektorinnen Katherine Armstrong und Jennie Rothwell: Ich stehe tief in eurer Schuld – eure Einsichten und Vorschläge haben aus der Idee zu einer Geschichte einen zusammenhängenden Roman gemacht. Und vielen Dank für eure Geduld, wenn es zum Abgabetermin mal wieder knapp wurde.

Gordon: Dein Rat zu den düsteren Elementen dieses Buchs war unbezahlbar. Der Sommertag letztes Jahr ist mir in guter Erinnerung, und ich hoffe, dass wir das bald wiederholen. Du warst immer für mich da – danke für deine Hilfe und deine Freundschaft, ohne die die Welt ärmer für mich wäre.

Und schließlich meine hartnäckige erste Leserin Jo: Vielen Dank, dass du es all die Jahre mit mir ausgehalten und an meine Schriftstellerkarriere geglaubt hast. Ohne dich hätte ich nicht ein verdammtes Wort geschrieben. Ich weiß noch, wie du mit dem ersten Entwurf von *Mayfly* nach mir geworfen hast, weil das Ende damals keinen Sinn ergab (zu Recht). Jedes Wort, das ich schreibe, ist stets für dich.

Lieber Leser,

ich hatte das große Glück, den ersten drei Charlie-Priest-Thrillern Leben einzuhauchen, und ich hoffe, Ihnen hat die Lektüre ebenso viel Spaß gemacht wie mir das Schreiben (ganz im Vertrauen: bis jetzt ist *Die Schlange* mein Lieblingsbuch der Reihe!).

Dieser Roman ist genau wie seine Vorgänger das Ergebnis unzähliger Nachtschichten und eines monatelangen Kampfs, bei dem sich frühmorgendliche Inspirationen mit längeren Phasen der Ideenlosigkeit abwechselten, aufwendiger und manchmal sogar nützlicher Recherche und ungefähr einer Million Tassen Tee.

Vielen Dank, dass Sie sich die Zeit genommen haben, es zu lesen. Zeit ist wertvoll, und wenn Sie mich auf dieser Reise von Anfang an begleitet haben, gebühren Ihnen mein Respekt und mein Dank; wenn Sie neu in der Welt von Priest sind, dann herzlich willkommen – ich hoffe, Sie werden auch einen Blick in *The Mayfly* und *Die Puppe* werfen.

Vielleicht haben Sie ja zwei Minuten Zeit: Wir Schriftsteller schätzen immer eine faire und ehrliche Rezension – positives Feedback ist die beste Motivation. Wenn Ihnen die Priest-Bücher gefallen haben, sagen Sie es weiter: Jeder freut sich über eine gute Buchempfehlung.

Priest wird zurückkehren, und wenn Sie mehr erfahren wollen, treten Sie dem James Hazel Readers' Club bei, indem Sie mir eine Mail unter james.hazel@myreaders club.co.uk schreiben. Die Registrierung dauert nur einen Augenblick, dann erhalten Sie wichtige Updates über die neuen Romane und exklusive VIP-Inhalte.

Und Sie können mit mir in Kontakt treten. Es würde mich sehr freuen, von Ihnen zu hören und zu erfahren, was Sie gern lesen und was nicht.

Selbstverständlich werde ich Ihre Daten nicht weitergeben und Sie auch nicht über Gebühr belästigen. Sie können sich jederzeit abmelden. Dennoch hoffe ich, dass Sie mir gewogen bleiben. Brechen wir gemeinsam zu einem großartigen Abenteuer auf!

Noch einmal: Vielen Dank, dass Sie mein Buch gelesen haben.

Alles Gute

James Hazel